Simone de Beauvoir
A MULHER DE MONTPARNASSE

CAROLINE BERNARD

Simone de Beauvoir
A MULHER DE MONTPARNASSE

uma história da busca
por amor e liberdade

Tradução:
Claudia Abeling

TORDSILHAS

PRÓLOGO

Paris, 1924

Nessa noite, Simone e o pai brigaram mais uma vez.

Georges de Beauvoir mastigava impaciente seu pedaço de carne. Ele queria sair, já estava vestido para tanto.

Simone sentava-se à sua esquerda; ao lado do prato, como sempre, havia um livro, pois ela não tinha tempo a perder caso quisesse cumprir sua ambiciosa meta diária de leitura. Naquele momento, lia *Eupalinos ou o arquiteto*, de Paul Valéry.

— É indigno uma moça como você se descuidar desse jeito. Olhe para essas unhas sujas!

A voz do pai expressava todo o seu desdém, e isso não era pouco, pois, como ator amador, ele sabia modular as emoções.

Simone não ergueu os olhos do livro. A mão esquerda pousava sobre as páginas a fim de manter o volume aberto; a direita segurava o garfo, com o qual ela mexia no prato na esperança de conseguir espetar às cegas um pedaço de cenoura.

— Simone. Estou falando com você. Não aprendeu bons modos nesta casa?

— Georges, deixe a menina. Ela tem dezesseis anos — disse a mãe.

— Por isso mesmo — exclamou Georges. — Aos dezesseis, outras moças já sabem se portar. Elas vão a matinês e jogam tênis para serem apresentadas a rapazes adequados.

— Não quero ser escolhida por homem nenhum — disse Simone impávida, mudando de página.

— Também não consigo imaginar alguém que quisesse ficar com você. Uma sabichona e tanto. Os homens não gostam de mulheres inteligentes.

Simone estremeceu. O pai chamou-a de sabichona? Afinal, não foi ele quem a incentivou a estudar e quem sempre mostrou orgulho de seu ótimo desempenho? Entretanto, desde que ela entrara na puberdade, ele passara a

7

considerá-la pouco atraente e gorducha. E toda sua atenção voltou-se à outra filha, Hélène (apelidada Poupette), dois anos mais nova e bonita.

Também o pai tinha mudado. O que acontecera com o homem que ficava todas as noites perto da lareira, apresentando às meninas seus monólogos e cenas cômicas até que elas começassem a chorar de tanto rir?

— Os homens não gostam é de mulheres sem dote — ela disse, erguendo por um instante o olhar para ver a reação do pai.

Ele ficou vermelho de raiva.

— Você não é apenas pobre, também é feia.

Simone levantou-se, calada. Perdera o apetite.

Atrás de si, ela ouviu a mãe falar:

— Simone tem razão, Georges. Se você tivesse ganhado mais dinheiro com seus negócios, minhas filhas teriam um dote. O que será delas, você pode me responder?

Simone não ficou para ouvir o resto. Ela conhecia de sobra os argumentos das eternas brigas de seus pais. Georges havia feito mau uso do dinheiro que Françoise trouxera ao casamento. Eles tiveram de se mudar para aquele apartamento escuro no quinto andar da Rue de Rennes, sem empregados, e agora o futuro das filhas estava arruinado.

A briga prosseguiria até o pai sair do apartamento. Simone se deitou na cama e cobriu a cabeça com o cobertor. Pouco tempo depois, quando Poupette também entrou no quarto, ela não reagiu. Fez de conta que já estava dormindo, embora estivesse acordadíssima, pensando.

Ela se perguntava quando as críticas do pai haviam começado. Quando foi que ele passou a rejeitar nela tudo que antes achava bom? Por que ele desdenhava de seu empenho, de seu sucesso na escola? Quando a admiração por sua inteligência transformara-se em repulsa? Quando a adorada menina, da qual ele tanto se orgulhava, havia se tornado uma fonte de constante irritação, uma sabichona?

Até aquele momento, Simone sempre atendera às expectativas que as pessoas tinham a seu respeito. Agora, justamente isso era motivo de repreensão. Ela se sentia insegura, mas a raiva era ainda maior. As observações do pai tinham calado fundo, mas não eram motivo para mudar suas convicções. Simone se admirou por não estar chorando. Entre as amigas, era famosa e temida por seus copiosos acessos de choro. Mas ela não queria se incomodar com as ofensas do pai. As regras dele não valiam mais para ela.

Ao seu lado, Poupette soltou um gemido, dormindo. Simone precisava apenas esticar o braço para tocar a irmã, pois o espaço entre as duas camas era ínfimo. O quarto era pequeno demais para outros móveis, embora tudo que Simone desejasse fosse um lugar para estudar, uma escrivaninha própria. Ela ponderou se deveria conversar com a irmã sobre o que estava pensando. Não, decidiu-se, Poupette não compreenderia. Ela amava a irmã caçula, tão cheia de charme e inteligência, embora não possuísse a ambição nem a força de vontade de Simone.

Já era tarde, mas Simone não conseguia pegar no sono. Ficou prestando atenção ao apartamento silencioso. A mãe havia se deitado, o pai só retornaria depois de algumas horas. Simone se levantou silenciosamente e, descalça, foi tateando até o escritório. O cômodo era reservado ao pai, embora ele raramente entrasse ali. Era natural que um homem e chefe de família possuísse um escritório, mesmo que praticamente não o usasse.

Simone sentou-se junto à escrivaninha de Georges e tirou uma folha de papel da gaveta. Os postes da rua iluminavam bem, embora a luz já não fosse tão forte lá no alto. Simone pegou uma caneta. De repente, era como se o mundo inteiro fosse seu. Porque ela podia criá-lo de acordo com sua vontade. Era possível imaginar tudo – um grande amor, uma aventura, uma nova filosofia que explicasse este mundo.

Muito bem, o que ela deveria escrever? Alguns meses antes, Simone começara a fazer um diário. Desde então, preenchia as páginas com sua escrita minúscula, pois os cadernos eram caros e ela tinha a esperança de que a mãe não decifrasse os garranchos. Apesar disso, usava apenas a parte direita do caderno; na esquerda, anotava citações, títulos de livros e pensamentos que lhe haviam impressionado e dos quais não queria se esquecer.

Ali, entretanto, era diferente: ela queria registrar a própria vida. Se não tinha ninguém com quem conversar sobre suas preocupações e seus sonhos, então falaria consigo mesma para compreender melhor quais eram seus desejos na vida e como alcançá-los. Ela seria a obediente Simone, a filha de boa família, que satisfazia a expectativa dos pais. A outra Simone, que prezava a divergência e que não podia aceitar nada como simplesmente dado, sem questionamentos, apresentaria o contraponto. Qual das duas levaria a melhor? Em todo caso, ela tinha certeza de que escrever lhe faria bem; seria uma espécie de exílio autoimposto, no qual estaria possivelmente sozinha, mas não solitária.

Simone ergueu a caneta e fez alguns movimentos de caligrafia no ar enquanto observava as mariposas do lado de fora, que voejavam ao redor da luz amarela das luminárias a gás.

Em seguida, pousou calmamente a caneta e devolveu o papel à gaveta.

Viverei uma vida muito especial, ela se prometeu. *A vida que eu quero, e não a vida que meus pais querem para mim. Serei Simone de Beauvoir, não senhora Fulano de Tal.*

E, algum dia, serei uma escritora famosa.

CAPÍTULO 1 - Primavera de 1927

— *Plus vite*, Jacques, mais rápido — pediu Simone, colocando a cabeça para fora da janela a fim de sentir o vento acariciando seu rosto. Na verdade, aquele dia de março estava frio demais, mas ela não resistiu e baixou o vidro.

Simone queria aproveitar o momento. Pela manhã, tinha sido aprovada no exame de Literatura com distinção, como era de se esperar. A conclusão do curso significava mais um passo rumo ao sonho de escrever, que ela perseguira com determinação nos últimos dois anos. Todos os minutos livres de seus dias tinham sido dedicados à procura da voz particular de sua escrita e de um tema. Nada escrito estava a salvo dela. Na livraria Shakespeare & Company, na Rue de l'Odéon, ela adquiria os lançamentos norte-americanos; na loja da frente, de Adrienne Monnier, era a vez dos franceses. Às vezes, quando queria muito um livro mas não tinha dinheiro, ela o roubava. Nos famosos *bouquinistes* – vendedores de livros usados instalados às margens do Sena –, ela lia, em pé, tudo que lhe caísse nas mãos. O que não conseguia em outros lugares era encomendado na Biblioteca Nacional, em cuja sala de leitura ela aparecia todos os dias. Lá, entretanto, Simone costumava ler os livros necessários aos estudos. E, ao lado da Literatura, ela estudava também a vida que Paris – a Cidade Luz, a cidade das artes – tinha a oferecer em sua diversidade. Simone havia visitado quase todas as exposições nas galerias de seu bairro, além de frequentar habitualmente os grandes museus. Sempre que dispunha de dinheiro, ia com uma amiga a um café em Montparnasse, onde as duas pegavam uma mesinha e ficavam escutando as conversas das pessoas. Tudo a interessava, nada estava a salvo de sua sede por conhecimento e de sua curiosidade.

Bem, seu objetivo estava mais próximo com a aprovação. Para sua alegria, o primo Jacques estava esperando por ela na frente do Institut Sainte-Marie e, com um sorriso, abriu-lhe a porta de seu carro novo.

— Vejo que uma mulher aprovada num exame também pode ser atraente — ele disse a ela. — Posso convidá-la a um passeio para comemorar o dia?

Simone estava radiante. Quando crianças, Jacques tinha sido um bom amigo; mais tarde, ela passou a admirar o primo mais velho. E agora estava prestes a se apaixonar por ele, um homem bonito e que vestia ternos chiques. Jacques morava com a irmã e uma empregada num apartamento espaçoso no Boulevard du Montparnasse e era absolutamente dono do próprio nariz. Ele era um homem do mundo, que saía muito à noite, conhecia todos os *dancings* e galerias da moda e havia apresentado o surrealismo a Simone. Eles passavam horas conversando sobre arte e literatura. A mãe dela, em geral tão rígida, permitia que a filha passeasse com Jacques ou que fossem juntos ao cinema. O pai também gostava dele e apreciava quando o rapaz a acompanhava até em casa, à noite, entrando para dois dedinhos de prosa.

Ao se lembrar disso, Simone fez uma careta. Nessas ocasiões, seu pai e Jacques entabulavam discussões sem fim sobre literatura e teatro, com o pai xingando os modernistas e elogiando os clássicos. Simone teria uma opinião a dar, mas sua participação não era desejada – o pai deixava isso bem claro. Uma mulher não devia interromper os homens. Quando Georges se sentia perturbado por ela, colocava o braço ao redor dos ombros de Jacques e conduzia-o até o escritório, enquanto a filha fervia de raiva.

Naquele dia, entretanto, Jacques era exclusivamente seu. Simone baixou o quebra-sol a fim de se observar no espelho. Nos últimos tempos, sua aparência exterior havia melhorado muito – a patinha feia se transformara num cisne. Embora Simone ainda não se preocupasse muito em se arrumar, sob os vestidos desajeitados havia uma bela jovem. O que ela mais gostava era dos olhos claros, cor de hortênsias, que iluminavam o rosto de traços finos. Alguns dias antes, ela trocara o cabelo comprido por um corte mais curto e moderno. Também a amiga Zaza estava usando esse tipo de penteado e ficava linda com seus chapéus *cloche* de feltro. Mas o cabelo de Simone era fino demais, o rosto muito comprido; o penteado não caía bem, embora Maheu tivesse afirmado o contrário. Apesar de casado, seu colega de estudos René Maheu, que ela chamava de "Lama", estava apaixonado por ela. Ele não se cansava de admirar coisas nela ou enfatizá-las, fosse sua beleza, a inteligência ou até mesmo a voz rouca, com a qual disparava argumentos feito uma metralhadora. Naquele dia, Simone tinha amarrado uma echarpe de bolinhas claras no cabelo a fim de disfarçá-lo um pouco.

Jacques, evidentemente, não havia notado a mudança, só comentara como a echarpe combinava bem com o colarinho branco da blusa dela.

— Você está parecida com um rapaz simpático — ele brincou.

Buzinando, Jacques ultrapassou um carro e, com uma manobra brusca, retornou à sua pista. Simone foi jogada contra o ombro dele. Ela se afastou e fechou o quebra-sol com o espelhinho. Jacques nunca perderia tempo pensando na própria aparência, pois era simplesmente lindo. Simone observou de lado o rosto bem talhado do primo. Ele apertou os olhos um pouco, lembrando a expressão de um aventureiro. Jacques notou o olhar dela e riu.

— Logo chegamos — ele informou.

— Que pena — Simone retrucou. Ela poderia passar horas sentada ao lado de Jacques no carro, aproveitando a viagem. Eles saíram da cidade pelo lado oeste. Jacques tinha escolhido especialmente para ela a rota que passava pela Praça da Concórdia, onde o obelisco se erguia em direção ao céu de um azul pálido, e depois pelo Arco de Triunfo. Agora já atravessavam o parque Bois de Boulogne. Nessa época do ano, as árvores ainda estavam nuas, mas Simone enxergava nos gramados os pontos luminosos dos botões de magnólias e o amarelo dos jasmins e narcisos.

— Que bonito — Ela suspirou e colocou a mão para fora da janela a fim de sentir o vento fresco.

— Você sempre encontra algo de bonito nas coisas — disse Jacques, balançando a cabeça.

— Mas a primavera em Paris é maravilhosa. Você não acha? Veja só o verde tão delicado. Essa cor só existe agora. Se retornar aqui na semana que vem, ela já terá desaparecido.

Ela voltou o rosto de olhos fechados na direção do Sol, que, naquele momento, atravessava as nuvens. Em seguida, tornou a olhar para Jacques. Ele estacionou o carro com habilidade e foi até o lado dela para lhe abrir a porta.

— Por gentileza.

Simone sorriu para ele.

— O que você está com vontade de fazer? Andar de barco ou tomar sorvete?

— Ambos — ela exclamou. — Mas preciso estar em casa às oito. Papai quer sair comigo para festejar meu exame.

Eles alugaram um dos barcos pequenos com a forma de um cisne e lentamente chegaram ao centro do lago.

Jacques tirou um livro do bolso da jaqueta. Era *O bosque das ilusões perdidas*, de Alain-Fournier, que muitos viam como o sucessor do *Os sofrimentos do jovem Werther*, de Goethe, porque tratava de um tipo de amor – um grande amor, infeliz – que as pessoas só sentem quando são muito jovens. O romance havia sacudido as emoções de Simone, que, desde então, passara a ficar mais ciente dos delicados sentimentos que nutria por Jacques. E havia sido o estímulo final para que a literatura substituísse, para ela, a religião. Simone acreditava no poder das palavras, os romances se transformaram em sua nova Bíblia, mesmo que a mãe temesse pela salvação da alma da filha.

— Você não precisa ler nada em voz alta para mim — ela disse. — Conheço passagens inteiras de cor.

— Tudo bem. Então que tal *La garçonne*? Seu penteado combina.

Ah, ele notou, sim, meu cabelo, pensou Simone quando o primo tirou o livro do outro bolso.

Ela deu um sorriso. O romance de Victor Margueritte estava provocando um escândalo após o outro porque sua protagonista, Monique Lerbier, opunha-se aos planos de casamento que os pais faziam para ela, além de manter uma vida sexual livre. Claro que Simone também tinha lido esse livro, em segredo, sem que os pais soubessem. E, por vezes, durante a leitura, ela tinha pensado que gostaria de ser como Monique. Ela fez um movimento de recusa com a mão.

— Também conheço. Por favor, não deixe que *maman* o veja, senão nunca mais poderei sair com você.

— Ela ainda censura suas leituras?

Simone, contrariada, fez que sim com a cabeça e se recordou de quando, no passado, Françoise fechava com agulhas as páginas que Simone não deveria ler. Claro que essas eram justamente as que a filha lia primeiro para, em seguida, recolocar as agulhas exatamente nos mesmos buraquinhos.

— *Maman* desistiu de me educar.

— De transformá-la numa senhorita decente, com chances no mercado de casamentos — disse Jacques.

— Eu? Chances no mercado de casamentos? Você sabe que não tenho nenhuma porque papai não pode pagar um dote.

— Também sei que você não quer.

— Casar tudo bem, mas não com qualquer um e, certamente, não com alguém escolhido por meus pais.

Brava, Simone olhou-o de lado, tentando identificar se ele havia entendido a insinuação. Em vez de prosseguir na observação de Simone, Jacques de repente fez um esforço e passou a remar com muita força, embora estivessem ainda a uma boa distância da ilha artificial. Ele fazia de conta que estavam prestes a se chocar com alguma coisa. Mas, no restante da tarde, se portou como um irresistível cavalheiro charmoso.

Jacques levou-a para casa a tempo de Simone ir ao teatro em companhia do pai.

Enquanto Georges conduzia Jacques até seu escritório para "trocar uma palavrinha entre homens", Simone foi até o quarto pentear rapidamente o cabelo desgrenhado e ajeitar a echarpe. Suas faces estavam coradas, a pele parecia brilhar, mas nem isso faria com que seu pai enxergasse algo de belo na filha. Ela se perguntou o que os dois estariam conversando. Sobre o casamento dela com Jacques? Para Simone, isso seria a concretização de um sonho, e o pai teria de concordar que ela tinha condições de encontrar um marido.

Ela suspirou.

Simone não compreendia o motivo de o pai se decepcionar tanto com ela. No passado, ele sempre ficara orgulhoso ao afirmar que ela pensava como um homem. Simone havia estudado e trabalhado para estar à altura dessa expectativa. Agora, ela tinha tirado seu primeiro diploma e queria impressioná-lo. Mas ele não fez nem sequer uma pergunta sobre a prova. Não tinha interesse.

Há tempos que Simone não estudava para impressionar o pai. Ela havia ingressado no mundo do saber, e cada livro que lia despertava a curiosidade pelo próximo. Adorava destrinchar questões científicas e fazer descobertas, dispor de argumentos convincentes e surpreender os outros com sua inteligência.

Simone deu um sorriso. Depois, foi atrás do restante da família.

CAPÍTULO 2 – Inverno de 1927

A ideia de que não faria um casamento como mandado pelo figurino, arranjado, do modo habitual em seu estrato social, há tempos já não assustava Simone. Uma vez que seu pai havia perdido grande parte de seu patrimônio em títulos de guerra russos e, mais tarde, especulou o restante do capital em empreendimentos arriscados e fracassados, as portas de muitas casas da alta burguesia se fecharam à família.

Simone teria de ganhar o próprio dinheiro. E, antes de conquistar sucesso como escritora, trabalharia como professora. Se fosse homem, poderia ter frequentado a Escola Normal Superior, que formava os melhores professores do país. Ela era inteligente o suficiente para tanto, mas o estabelecimento era vetado às mulheres. Portanto, ela se inscreveu em diversas faculdades, entre elas o Instituto Católico, o Liceu Santa Maria, em Neuilly, e a Sorbonne, a fim de estudar matemática, literatura, grego, latim e filosofia. Desse modo, para ir de uma escola a outra, tinha de cruzar Paris de ônibus e metrô todos os dias. Além disso, sua mãe exigia que sempre estivesse em casa para o almoço. Por um lado, Simone gostava de estar em trânsito porque, com ninguém prestando atenção a ela, era possível ler e sonhar com tranquilidade. Às vezes, descia num ponto qualquer e flanava por uma rua ou um bairro. No geral, porém, considerava sua vida bastante confusa.

Ela imaginou que completaria os estudos em quatro anos. Aos seus olhos, uma eternidade. Durante esse tempo, teria de continuar morando na casa dos pais e aceitar as muitas prescrições e limitações.

— Por que você simplesmente não dá aulas particulares? Isso seria ótimo — a mãe sugeriu, cada vez mais preocupada com a salvação da alma da filha. Afinal, Simone tinha frequentado uma escola religiosa, na qual o ensino laico era visto de maneira muito crítica, e, ainda por cima, ela queria estudar justamente filosofia.

— Você quer mesmo ser professorinha? — o pai perguntou, nervoso. "Professorinha" era como ele se referia às professoras particulares.

Mas, para ele, o cúmulo do constrangimento seria ver a filha lecionando numa escola pública. Em sua escala de valores, os funcionários públicos estavam abaixo das professorinhas. — Por que você não estuda Direito? Com isso, dá para fazer alguma coisa — sugeriu. Ele próprio havia sido advogado, mas tivera de abrir mão do escritório depois da guerra e, desde então, não se reerguera profissionalmente.

Simone não aguentava mais ouvir nada disso. Havia tempos que não se importava com a opinião do pai. Ela não precisava mais do seu elogio. Primeiro, era imperioso terminar os estudos, depois ela veria como continuar. Quando disse isso ao pai, ele teve um acesso de fúria. Simone se levantou e saiu da sala.

À noite, deitada na cama, Poupette perguntou:

— Por que você sempre tem de ser diferente de todo mundo? Por que você vive confrontando as pessoas e depois se admira que elas não gostem de você? — A voz da irmã ecoava reprimenda, mas também admiração.

Simone não precisou pensar muito para responder.

— É que sou diferente. Não quero que ninguém me meta numa gaveta. Sou Simone, eu sou eu, não alguém como os outros gostariam que eu fosse.

— Isso é cansativo, não? — perguntou Poupette.

Simone assentiu com a cabeça. Sim, era cansativo, às vezes sua força não era suficiente. Mas ela não sabia ser de outro jeito.

Françoise não tolerava quando Simone se escondia atrás dos livros. Ela ainda nutria a esperança de que a filha, no círculo adequado, acabaria encontrando um homem e, portanto, aproveitava todas as situações para sair com a moça.

— Simone, por favor, apronte-se. Você sabe, temos um convite para a casa dos Brugers. — A mãe abriu a porta do quarto de Simone, que estava deitada na cama, lendo. A voz dela revelava impaciência. Já avisara Simone por duas vezes. Poupette estava atrás da mãe, já de sobretudo.

— Eu não vou. Tenho de trabalhar. Amanhã começa o novo semestre. — Simone se virou de maneira teatral para o outro lado.

— Mas é claro que você vem — a mãe retrucou com a voz cortante, desdenhosa, que Simone tanto odiava. — Os Brugers são amigos da família e hoje nos convidaram para um aperitivo. Os Castellets também estarão presentes.

— Acho essa gente um tédio.

— Que bobagem! Venha.

A mãe não lhe deixara alternativa. Simone passou duas horas intermináveis sentada na sala de estar lotada dos Brugers, ouvindo todas aquelas conversas vazias. E teve de suportar os olhares recriminadores de madame Castellet, que colocava o filho nas alturas. Este último ficou sentado, tímido, ao lado dela e não abriu a boca durante todo o evento. Simone o considerava um paspalho completo. Como essas pessoas eram falsas. Elas não viviam, apenas ostentavam! Simone fechou a cara e não respondeu às perguntas que lhe eram dirigidas.

— É uma idade difícil — disse madame Bruger à mãe de Simone na hora da despedida.

Essa cumplicidade era o que mais irritava Simone. As duas conversavam sobre tudo como se ela não estivesse ali do lado. E fingiam saber o que se passava na cabeça das moças de sua idade. Mas Simone não era como todas as outras moças e nunca seria.

No caminho de volta para casa, a mãe repreendeu Simone com veemência. Disse que a filha se comportava de maneira inadequada, que afrontava os outros.

— Assim você nunca vai achar um marido.

Simone parou e olhou para ela, espantada.

— Você quer realmente me casar com um cabeça-oca feito aquele sujeito? Não quero um marido. E não terei um, porque papai especulou e perdeu meu dote, como todos sabemos!

Françoise ergueu o braço, e Simone achou que a mãe fosse lhe dar um tapa. Mas, em seguida, abaixou-o novamente, quando percebeu que as pessoas em volta estavam prestando atenção. Elas prosseguiram em silêncio.

Certamente a mãe informara ao pai com detalhes a deselegância com que Simone havia se portado. Na noite seguinte, ao se sentar à mesa com os cabelos sujos e roupas gastas, exausta, concentrada em aprender verbos gregos, Simone enxergou a decepção nos olhos dele.

— Você é um monstro ingrato — ele falou, bravo.

A ofensa atingiu Simone. Mas ela não podia fazer diferente. Há tempos o pai deixara de ser um exemplo. Ela não podia se esquecer de que ele também não estava com a vida organizada. Ele detestava os livros que ela lia. Rejeitava tudo que não era francês sem saber do que se tratava. Era teimoso e limitado, além de reverente às autoridades. Saía de casa todas as noites para jogar bridge e considerava que os homens tinham o direito natural de serem infiéis vez ou outra; já as mulheres precisavam se manter virtuosas. Com que direito esse homem podia determinar o que ela deveria ou não ler?

Enquanto olhava para o livro e conjugava mentalmente os verbos, Simone pensou em Zaza. Desde que se sentara ao seu lado na quarta série, ela era a melhor amiga de Simone. E, com Zaza, Simone conheceu as bênçãos de uma amizade. Ela vinha de uma família de posses, religiosa, e tinha inúmeros irmãos; suas obrigações sociais eram cumpridas com muita elegância e naturalidade. Ela sabia manter uma conversação, servir o chá e estava sempre bem-vestida. Nunca erguia a voz ou ria alto. Simone a admirava por seu talento ao piano e pelas leituras acumuladas. Como ela conseguia ser, ao mesmo tempo, uma filha cônscia de suas obrigações e uma espécie de amiga da própria mãe? Infelizmente, Zaza estava sempre muito ocupada com a família, e, por esse motivo, as duas não se viam com frequência. Naquele momento, Simone sentia sua falta e considerava a amizade delas mais importante do que nunca.

O homem que hei de amar algum dia terá de ser igualzinho, ela pensou. *Ele não poderá se dar ares de que é a pessoa certa, do contrário eu teria de me perguntar o tempo todo: por que ele e não outro?*

Ela olhou para os pais, que preferiam vê-la casada com um sujeito tedioso qualquer. Naquele momento, estava orgulhosa de quanto tinha se distanciado deles e de sua classe social. Deus também não servia mais de âncora, pois aos catorze anos chegara à conclusão de que Ele não existia. Mas onde ela iria parar? Qual era seu lugar na vida? Ah, se ela ao menos tivesse alguém com quem discutir essas dúvidas, seu desejo por uma vida autêntica e sincera. Mas não havia ninguém que compartilhasse seu modo de pensar, de questionar o mundo.

A mãe interceptou o olhar crítico da filha, e Simone voltou a se concentrar nos verbos.

O trabalho intelectual seria a tábua de salvação para suas dúvidas e contra a monotonia. Simone organizou um plano minucioso, e logo cada minuto de seu dia estava preenchido com leituras. Ela ficou ainda mais desleixada com a aparência, não se preocupava com as roupas nem em pentear os cabelos. Quando não havia aulas, passava seus dias na Biblioteca Nacional, na Rue de Richelieu. O caminho até lá, que atravessava as passagens cobertas do século XIX, passando por lojas de tapeçarias e uma oficina de bonecas de porcelana, era um prazer. E, depois de atravessar a porta giratória de madeira que estalava a cada vez que se punha em funcionamento, ela estava na gigante sala de leitura, sob as muitas luminárias decoradas que se pareciam com um exército de guarda-chuvas abertos. Nessa hora, o coração de Simone batia mais forte. Ao mesmo tempo, sentia-se muito pequena, pois o conjunto do saber da França – guardado em livros e manuscritos, em notas e imagens, jornais, catálogos e o que mais havia de material impresso – estava acumulado em estantes que tinham a altura de uma torre de igreja. Ali havia resposta para todas as perguntas. Provavelmente, um daqueles livros guardava também a resposta para por que ela era tão infeliz e vivia brigando com a mãe. Simone tinha apenas de encontrá-lo.

Logo na entrada, ela notou que seu lugar preferido ainda estava desocupado. Ficava no corredor à esquerda, o número 271. Ela se apressou até lá, empurrou a cadeira para trás e sentou-se à mesa larga com apliques de couro. Simone acendeu a luminária com cúpula de vidro verde e fechou os olhos por um instante a fim de se concentrar e desfrutar dessa atmosfera excepcional e querida.

Ao seu redor, ouvia-se o estalar onipresente do piso e das cadeiras velhas ao qual já estava tão acostumada que imaginou ser incapaz de ler de maneira concentrada sem ele. Vez ou outra, sobrepunha-se o ruído característico da chegada de um novo correio pneumático nos fundos da sala. Simone gostava de pensar nos papéis sendo transportados de um andar ou de uma ala do prédio a outro andar ou ala através de canos longuíssimos pela pressão do ar para depois serem cuspidos ali.

Ao seu lado, alguém pigarreou, e ela saiu desse estado de sonho. Simone abriu o livro e começou a ler.

Quando a fome chegava, ela fazia uma pausa. Finalmente conseguira permissão da mãe para não ter de voltar para casa na hora do almoço, pois perdia tempo demais no metrô. Então saía para comprar uma baguete e um pedaço de queijo e se sentava no jardim do Palais Royal, que ficava numa rua transversal. Na primavera, escolhia um dos bancos ao ar livre sob as tulipeiras que, nessa praça cercada por todos os lados, floresciam mais cedo do que nos outros lugares. Quando chovia, ela procurava um lugar debaixo das arcadas. Em seguida, voltava a trabalhar até que o responsável pela biblioteca anunciasse, com a voz séria: "*Messieurs*, estamos fechando". Certa vez, Simone se colocou diante de sua mesa e perguntou se o anúncio valia também para as mulheres, mas ele a olhou sem entender. Na hora da saída, com a luz vespertina, Simone sempre precisava de algum tempo para reconhecer Paris. Ao seu redor, as pessoas estavam ocupadas com suas atividades cotidianas. Levavam o lixo para fora ou compravam pão enquanto Simone estava totalmente mergulhada no mundo do intelecto. Muitas vezes, ela caminhava até o rio Sena, e, quando o pôr do sol fazia com que as muitas janelas do Louvre refletissem um brilho dourado, podia acontecer de ela verter lágrimas de felicidade.

Apesar de sua satisfação com o caminho que havia tomado na vida, muitas vezes Simone era acometida de grande insegurança, e sentimentos estranhos a assolavam. Podia passar noites chorando por Jacques. Ela simplesmente não entendia como interpretar seu relacionamento com ele. Às vezes, o desdenhava por desperdiçar a própria vida. Jacques tinha fracassado no exame final de Direito e sentia-se frustrado, mas não tomava quaisquer providências para refazê-lo. Ele sumia por semanas, e ela sentia saudades.

Simone encontrava consolo nas conversas com Zaza. O pai da amiga assumira um novo cargo, de salário muito alto. A família mudou-se para um apartamento maravilhoso e comprou um carro. Para Zaza, isso significava mais obrigações sociais e ainda menos tempo para Simone. Muitas vezes, elas dispunham apenas de algumas horas no domingo para passear na Champs-Élysées, e Simone abria o coração, relatando suas dúvidas e sonhos. Zaza esforçava-se para compreendê-la, mas era da opinião de que Simone era exigente demais.

— Acho você muito corajosa. Mas em algum momento toda mulher quer filhos e um marido — disse ela. — Afinal, assim são as coisas.

— Você fala isso porque está escrito na Bíblia? — perguntou Simone bruscamente. — Faz tempo que não acredito mais nisso.

Zaza a olhou decepcionada.

Por sua inteligência e boas notas, Simone chamava cada vez mais a atenção dos outros estudantes, quase sempre rapazes. Ela se sentia lisonjeada sendo cercada por eles e respondendo às suas perguntas. No verão de 1928, tirou a segunda melhor nota da sua turma no curso de Filosofia. O terceiro colocado foi um jovem chamado Maurice Merleau-Ponty. No dia em que os resultados foram anunciados, ele cumprimentou-a pelo sucesso. Ele havia se preparado para o exame na prestigiosa Escola Normal, algo que o tornava muito interessante aos olhos de Simone. Talvez ela pudesse se informar com ele sobre as aulas que eram dadas lá. Como homem, Merleau-Ponty não despertava maior interesse nela: magro, alto, não a seduzia. Mas isso era o de menos, pois ele sempre se portava de maneira elegante e, o principal, era inteligente. Ela estava encantada porque ele mantinha conversas sérias com ela sobre filosofia. Finalmente Simone havia encontrado um interlocutor à sua altura. O fato de ele ser católico praticante não era algo que a interessava sobremaneira, mas pelo menos dava a ambos a oportunidade de debater durante horas sobre os místicos da Igreja.

Simone começou a lecionar para alunos mais jovens em sua antiga escola. A atividade lhe proporcionou liberdades extras. Ela podia dizer à mãe que tinha aulas a dar; com o dinheiro, podia comprar livros ou ingressos baratos para assistir a concertos no Théâtre du Châtelet ou apresentações da grande companhia de balé Ballets Russes.

Aos vinte anos, Simone decidiu fazer de tudo para encurtar os estudos universitários – quanto antes começasse a trabalhar, mais rapidamente sua tão desejada liberdade se concretizaria.

— O professor Brunschvicg permite que eu tire o diploma e, ao mesmo tempo, me prepare para a *agrégation* na Escola Normal. Se passar nesse exame, eu me qualifico para lecionar no ensino superior. Sou uma das primeiras alunas a obter essa permissão. Desse modo, economizo um ano inteiro — ela relatou certa noite, durante o jantar.

Seus pais queriam proibi-la de seguir esse plano, e Simone passou várias semanas sem lhes dirigir a palavra, até que eles finalmente cederam. Simone estava contente. Era preciso aguentar mais um ano e meio, daí seria independente.

Tudo poderia ter sido perfeito caso Jacques não tivesse de iniciar seu serviço militar na Argélia. Ele ficaria ausente por catorze meses. Simone tinha a sensação de morte iminente. Como viver tanto tempo longe de seu amado Jacques? Por outro lado, ela dizia a si mesma que também não teria tempo para ele caso quisesse terminar os estudos conforme o planejado.

Com o coração cheio de desespero, Simone foi ao lugar que ele tinha escolhido para se despedir dela. Naquele endereço, havia um bar no porão. Admirada, desceu as escadas. O estabelecimento estava escuro e enfumaçado, e ouvia-se música. Casais dançavam agarrados e se beijavam. Ela não estava preparada para aquilo. Ao contrário do que esperava, Simone também não estava sozinha com Jacques, mas na companhia de um bando de amigos barulhentos dele. Ela colocou a bolsa no banco ao seu lado e resolveu aproveitar a noite. Era a primeira vez que pisava num lugar daqueles. A atmosfera do bar escuro fez com que esquecesse por um instante a decepção. O cheiro de tabaco e álcool deixou-a zonza. Ela observou os outros clientes, tomou seu primeiro coquetel e, imediatamente, apaixonou-se pelo gosto adocicado do abacaxi e pelo pequeno guarda-chuva que decorava a taça e com o qual ela tentava espetar a fruta. Enquanto observava a si mesma no espelho e apurava o ouvido para entender as conversas ao redor, Simone se perguntou o que teria nas garrafas com as quais o bartender fazia seus malabarismos. Quais sabores, quais formas de embriaguez se escondiam atrás daqueles rótulos coloridos? Ela lançou olhares instigantes ao funcionário do bar, sentindo-se desavergonhada e atraente. Mais tarde, Jacques levou-a para casa. Sentada ao lado dele, Simone procurou as palavras certas.

— Quando você voltar, terei quase terminado meus estudos — disse Simone. Ela esperava que ele desenvolvesse o raciocínio. Então não seria hora de ficarem noivos? Jacques, entretanto, ficou olhando para a rua, sem dizer nada.

Chovia, e as luzes de Paris formavam estrias vermelhas e brancas no para-brisa. Eles chegaram cedo demais ao prédio na Rue de Rennes. Agora ele tinha de dizer alguma coisa, esse era o momento para uma conversa olhos nos olhos. Ela ficou na expectativa de que ele a beijasse e pedisse para esperá-lo, a fim de que pudessem se casar depois do seu serviço militar.

Jacques, entretanto, não fez nada disso.

— *Au revoir* — ele disse e curvou-se sobre ela para abrir a porta do passageiro. Ela desceu do carro, e ele foi embora.

Simone ficou sozinha na calçada, observando o carro se distanciar, espantada demais para falar ou mesmo pensar alguma coisa.

Nas semanas seguintes, Simone tentou se convencer de que não estava sentindo falta de Jacques nem tinha tempo para saudade, pois a quantidade de trabalho havia aumentado de novo. Agora, ela estava escrevendo sobre o filósofo alemão Gottfried Wilhelm Leibniz, que o professor Brunschvicg lhe indicara como tema de sua dissertação.

Apenas aos domingos ela se permitia um momento de descontração e ia jogar tênis com Zaza. Naquele fim de semana, convidara também Merleau-Ponty, que levara Gandillac, um colega da faculdade. Simone conhecia Gandillac de vista e o achava simpático, pois, apesar de vir de uma família afluente, não era metido. Eles jogaram em dupla e se divertiram muito. No domingo seguinte, ela convidou Merleau-Ponty para um passeio de barco.

— Traga sua amiga! — ele sugeriu.

Espantada, Simone percebeu que, subitamente, Zaza estava se comportando de uma maneira bem diferente do que de costume. Ela estava muito animada, ria muito e ficava o tempo todo ajeitando o vestido. E sua atenção era toda dedicada a Maurice.

— Você está apaixonada por Ponty — Simone brincou com ela quando estavam voltando para casa de ônibus.

Zaza, com olhar sonhador, fez que sim com a cabeça.

— Ele é um homem tão refinado. Acho que meus pais iriam gostar dele.

Encorajada por aquela noite com Jacques, Simone – agora em companhia de Poupette, que estudava pintura – começou a frequentar bares que reuniam artistas, trabalhadores e gente de todo tipo, e sentia prazer em conversar com pessoas que vinham de um mundo bem diferente daquele de sua família. Simone gastava, nessas ocasiões, o dinheiro que recebia de seus alunos. Seu bar predileto era o Jockey, com fotos de Greta Garbo e Chaplin decorando as paredes. Poupette e ela adoravam se sentar junto ao balcão e pedir uma aguardente. Às vezes, faziam de conta que não se conheciam e encenavam uma briga daquelas, divertindo-se com a atenção recebida dos outros frequentadores.

Esporadicamente, Simone recebia uma carta de Jacques, que escrevia frases engraçadas que ela não conseguia decifrar. "Ano que vem faremos do jeito certo." Ela achava que eles se casariam, e o pensamento a deixava feliz.

O verão foi passado, como sempre, no campo, onde seus tios e tias tinham duas casas. O destino das quatro primeiras semanas era, tradicionalmente, Limousin. Lá, numa aldeia chamada Meyrignac, a poucos quilômetros de distância de Uzerche, seu bisavô adquirira duzentos hectares de terra e uma casa. A construção não dispunha de nenhum conforto, nem água corrente ou energia elétrica. A água era retirada com uma bomba na frente da casa, e o barulho rítmico que a máquina fazia era um dos sons prediletos de Simone.

Os verões em Meyrignac sempre eram maravilhosos para Simone e Poupette, porque sua mãe lhes dava toda liberdade, e elas podiam circular à vontade durante o dia. Além disso, elas amavam o avô, que seguia um cronograma diário rígido e não achava que as netas o importunavam. Quando a temporada em Meyrignac se encerrava, eles passavam mais algumas semanas em La Grillère, que ficava a alguns poucos quilômetros dali e onde a irmã de Georges mantinha uma casa.

Durante as férias, Simone retomava seus hábitos queridos: ler durante horas, esticada na grama ou escondida atrás de um arbusto; fazer longos passeios e admirar as belezas da natureza. Nesse meio-tempo, ela passava uma semana com Zaza e a família, que também veraneavam no campo. Os oito irmãos de Zaza, inúmeros outros parentes, convidados e empregados circulavam pela imensa propriedade. As atividades se sucediam num ritmo insano: convites sem fim, reuniões para o chá, torneios de críquete e piqueniques. Simone logo ficava com saudades do sossego de Meyrignac. Além do mais, madame Le Coin não permitia que Simone passasse quase nem um minuto a sós com Zaza, pois a considerava uma má influência para a filha. Para ela, Simone era uma garota pobre, sem modos, cujo pai estava em bancarrota.

Para sua enorme decepção, Simone também não podia mais dividir o quarto com Zaza como no passado. Em vez disso, quem dormia na segunda cama era Stépha, uma jovem oriunda da Ucrânia, mas que, na família Le Coin, era chamada somente de *mademoiselle la Polonaise*, a senhorita polonesa. Ela se ocupava dos irmãos mais novos de Zaza, era loira e linda, e Simone logo reconheceu sua inteligência. E o fato de a moça ainda frequentar a Sorbonne fez com que ganhasse pontos com Simone.

— Por que você trabalha como governanta? — Simone perguntou na primeira noite. — Zaza me contou que sua família é muito rica.

Stépha sorriu, travessa.

— Minha mãe me deu o dinheiro para a faculdade, mas simplesmente sou perdulária e já gastei tudo. Daí, vim trabalhar de babá na casa da madame Le Coin.

— E como conseguiu cair nas graças dela? Você não parece muito católica.

Stépha sorriu de maneira maliciosa, juntou as mãos e ergueu o olhar para o alto.

— Fiz de conta que era muito religiosa, e ela acreditou em mim.

A alegria atrevida de Stépha conquistou de pronto a simpatia de Simone. A partir de então, as duas jovens passavam as noites sussurrando e rindo baixinho, fazendo troça de quão antiquados, católicos e avarentos os Le Coins eram. Stépha chocava Simone o tempo todo com seu comportamento liberal. Na primeira noite, ela simplesmente tirou o vestido e a anágua e começou a se lavar, enquanto continuava conversando despreocupadamente. Simone nunca tinha visto outra mulher nua, nem mesmo Poupette, e desviou o olhar, constrangida. Embora conhecesse, por meio de seus livros, a anatomia feminina e tudo aquilo que podia acontecer entre um homem e uma mulher, nunca tinha ousado conversar tão abertamente desses assuntos como Stépha. Mas Simone não seria ela mesma caso não tivesse imediatamente repelido esse tipo de escrúpulo.

Simone prestava especial atenção quando Stépha falava de Fernando, o pintor espanhol que conhecera no ano anterior em Berlim e que amava. Ela também se deitava com ele, como contou a Simone, que ficou boquiaberta.

No outono, quando regressou a Paris, as pernas de Simone estavam mais musculosas devido à atividade física, e a pele, bronzeada e radiante. Ela não via a hora de prosseguir com os estudos e passou seus dias em diversas bibliotecas, lendo o que estava programado. Naquele semestre, era a vez dos complexos textos de Kant, e, para desanuviar, Simone mergulhava nas belas histórias da mitologia grega.

Talvez tenham sido as conversas privadas com Stépha que a fizeram recordar que também tinha um corpo. De todo modo, Simone agora se entregava com muito prazer à sua paixão de sonhar acordada. Instalada na Biblioteca Nacional, seus olhos se fechavam, e ela imaginava Jacques sentado às suas costas, também trabalhando e lançando olhares furtivos em sua direção. Às vezes, bastava a mera possibilidade de que ele estivesse lá para levá-la a esse estado de encantamento. Esses momentos eram deliciosos, e Simone se permitia desfrutar deles. Em seguida, voltava à realidade e se curvava mais uma vez sobre seus textos.

Seus estudos raramente lhe deixavam tempo livre para sair ou encontrar amigos. Stépha, que, ao contrário de Simone, dispunha de mais dinheiro, convidava-a vez ou outra para um chocolate quente no Deux Magots. Numa dessas ocasiões, Simone conheceu Fernando. Ele era judeu, tinha crescido em Constantinopla e estudado Filosofia na Alemanha com Cassirer, Husserl e Heidegger. Em 1924, viera a Paris para se tornar pintor. O nome dos filósofos que ele conhecia despertaram a atenção de Simone, que já tinha ouvido falar deles, mas não lera suas obras. Além disso, Fernando tinha tino para os negócios, gerenciava uma firma e ajudava a família empobrecida na Turquia. Stépha o amava ardentemente, mas isso não a impedia de ser cortejada por outro homem. Simone gostava de Fernando por causa de seus inúmeros talentos, e, vez ou outra, eles saíam juntos. Com Poupette, Simone passava muitas horas no Louvre. Quando também Zaza voltou a Paris, elas retomaram seus passeios regulares. Numa dessas tardes, comendo castanhas quentes nas Tulherias, Zaza confessou que havia se apaixonado profundamente por Maurice Merleau-Ponty.

— Ele me olha de um jeito... que me faz sonhar.

— Vocês dois combinam à perfeição — disse Simone, contente por dois de seus amigos estarem enamorados.

— *Maman* ainda não sabe nada a respeito — disse Zaza, e Simone viu o sorriso feliz no rosto da amiga.

Simone estava satisfeita com a própria vida apesar de tão previsível e monótona. Ela percebeu que, por meio de suas boas intervenções nas aulas e desempenho excelente nas provas, angariava mais e mais o respeito dos colegas. Ela gostava desse tipo de atenção, que era um consolo frente à desaprovação que recebia do pai.

De tudo que lhe faltava, aquilo de que mais carecia era Jacques.

CAPÍTULO 3 – 1929

Em nove de janeiro, Simone estava fazendo vinte e um anos. Pela manhã, entrou um tanto nervosa no Liceu Janson de Sailly, na Rue de la Pompe, não muito longe do Arco do Triunfo. Ela passaria as quatro semanas seguintes lecionando Filosofia aos jovens do bairro. O estágio fazia parte de sua formação. O 16º *arrondissement*, onde o ginásio estava localizado, era o mais caro e mais elegante de toda a Paris. Simone não ia à região com frequência e apreciou a viagem de metrô, que, durante uma parte do percurso, subia à superfície, oferecendo uma vista da Torre Eiffel e do Trocadéro. Também os bulevares largos com as casas maravilhosas a encantavam. Nessa escola, exclusiva para meninos, começaria seu período de estágio. Merleau-Ponty também estava trabalhando lá e tinha falado coisas boas a respeito do lugar.

Nesse primeiro dia, ao atravessar o grande portão e pisar no pátio central, ela ouviu os risos e os gritos de centenas de gargantas jovens. Os alunos de calças curtas brincavam durante o recreio, e Simone se perguntou se, nessa escola de rapazes, o esporte era mais valorizado do que a literatura.

Quando finalmente chegou à sala de aula, seus alunos começaram a abafar as risadas.

— Essa não pode ser a professora! É jovem demais, além de mulher. — Ela escutou um dos alunos sussurrar.

Simone não entrou na discussão, afinal, não era a primeira vez que lecionava, e conseguiu dar uma boa aula.

Ao entrar na sala dos professores no intervalo, percebeu de onde vinha a reação dos alunos. O corpo docente era composto apenas de homens, à exceção de uma professora mais velha.

Madame Coulmas, esse era o nome da colega, apresentou-se a ela no fim do intervalo.

Simone estava interessada em conhecer um pouco do funcionamento da escola e, portanto, perguntou se madame Coulmas tomaria um café com ela depois das aulas.

A colega rejeitou o pedido com indignação.

— Uma dama não frequenta um café sem estar acompanhada por um homem.

Então elas se sentaram num banco no pátio, que estava em silêncio novamente.

— As portas do mundo todo estão abertas para esses jovens, e eles sabem muito bem disso. — Madame Coulmas iniciou a conversa. — Você precisa ser rígida, senão eles tomam conta da situação.

— Parece que a senhora não gosta muito de lecionar aqui — concluiu Simone.

A outra suspirou, resignada.

— Qual é a minha alternativa? Daqui a pouco, você estará sentindo o mesmo.

Simone balançou a cabeça, determinada.

— Estou aqui apenas para meu estágio. Na verdade, estou preparando minha *agrégation* — ela falou isso cheia de orgulho, mas a reação da colega freou seu entusiasmo.

— Mas por que você se dá ao trabalho? Afinal, assim que se casar, vai parar de trabalhar de qualquer jeito.

Simone estava achando a conversa cada vez mais desagradável.

— Por que a senhora diz isso?

— Ora, você não vai querer me convencer de que está passando por essa formação tão difícil apenas para lecionar para esses garotos de boas famílias. Vá procurar um homem simpático, daí sua vida estará garantida. — Ela soava bastante arrogante.

De repente, Simone ficou com pressa em se despedir. Ela se levantou.

— Sim, é exatamente essa minha intenção. *Adieu.*

Nervosa, caminhou até o metrô. Como sua colega podia achar que tinha algo em comum com ela, Simone? Dava para ter pena de madame Coulmas. Ela era da mesma geração que sua mãe. Provavelmente, não tinha encontrado nenhuma outra saída para sua vida. Mas por que ela partia do pressuposto de que Simone haveria de trilhar o mesmo caminho?

Nunca levarei uma vida tão fracassada, infeliz, como essa mulher, ela pensou. Ao se lembrar da comemoração do próprio aniversário – que estava prestes a acontecer e que madame Coulmas certamente não aprovaria –, um sorriso teimoso iluminou seu rosto.

* * *

Simone havia convidado os amigos para uma reunião num café em Montmartre a fim de festejar seu aniversário.

Merleau-Ponty acompanhou-a até o lugar, e antes eles ainda passaram na livraria L'Ami des livres, de Adrienne Monnier, na Rue de l'Odéon, onde Ponty pediu que ela escolhesse um livro. Simone se decidiu por um volume de poesias de Paul Éluard.

— Parabéns — ele disse, entregando-lhe o livro. Em seguida, abraçou-a e beijou-a nas duas faces. Eles nunca tinham feito isso antes. Simone sentiu um calor subir dentro de si, soltou uma risada alta e saiu de braços dados com o amigo.

Eles tomaram o ônibus na direção de Montmartre, e Simone falou de sua conversa com madame Coulmas.

— Nunca serei uma mulher tão amargurada — ela exclamou, repetindo em voz alta o que antes tinha apenas pensado.

— Aliás, isso é impossível — ele retrucou.

— Por quê?

— Porque você já se distanciou muito das expectativas de sua classe. Porque você é inteligente demais.

Radiante, Simone o encarou. Uma confirmação mais bela de seus esforços por liberdade era impossível. Por um instante, achou que havia uma pitada de repreensão na sua frase, mas logo deixou isso de lado. *O fato é que me afastei um bocado das expectativas de Ponty*, ela pensou, apertando a mão dele.

Eles desceram no Moulin Rouge a fim de esperar por Poupette e sua amiga Germaine, chamada por todos de Gégé. Gégé presenteou-a com uma encantadora colagem de recortes de jornal que mostrava uma Simone lendo em meio a uma pilha de livros, mais alta que ela. A turma se dirigiu a um café nos fundos da Basílica de Sacré Coeur, um ponto de encontro da boêmia parisiense. Lá, esperaram pelos demais, e logo Stépha e Fernando, de braços dados, aproximaram-se de sua mesa.

Stépha sorria de felicidade.

— Nós vamos nos casar — ela sussurrou no ouvido de Simone.

Gandillac chegou alguns minutos mais tarde. Faltavam apenas Zaza e Maheu.

Quando Zaza chegou, um pouco esbaforida, mas com seu melhor vestido, todos abriram um espaço para que ela pudesse se sentar ao lado de Maurice. Ela não precisava revelar a Simone por que seus olhos estavam vermelhos. Certamente madame Le Coin proibira sua saída e Zaza brigara com a mãe. Agora, estava sentada ao lado de Ponty, e os dois mantinham as mãos dadas sob a mesa, secretamente. Simone sentiu uma pontada de inveja no coração, mas depois disse a si mesma que Ponty e Zaza formavam um casal maravilhoso. Na sua vida havia outros homens; Jacques, Lama e talvez Gandillac, que estava sentado à sua frente e lhe lançava olhares lânguidos.

Para se acalmar, Simone fez de conta que estava procurando algo na bolsa. Ah, Jacques, por que ele não podia estar com ela nessa noite? Mais quatro meses, esse era o tempo pelo qual ela ainda tinha de esperar por ele. De repente, Simone se arrependeu da decisão de festejar justo num bar em que estivera com Jacques. Mas era seu aniversário e não era hora de estragar o humor. Há tempos ela havia prometido a si mesma aguentar os últimos meses antes da volta dele. Enquanto assoava o nariz, Simone viu Lama se aproximando. Ele entregou a ela um buquê de rosas, cortejando-a de acordo com o figurino. Simone sorriu. A noite estava salva.

Já passava da meia-noite quando todos se levantaram para partir. A madrugada de inverno estava tão linda que eles percorreram a pé todo o trajeto até o Sena e, em seguida, até Montparnasse. O grupo ria, fazia barulho – todos estavam felizes. Depois de terem acompanhado Stépha e Fernando até em casa, Simone não quis encerrar a noite tão especial e sugeriu:

— Agora vamos para uma saideira no Jockey.

As aulas eram cansativas, os rapazes não colaboravam e mostravam pouco respeito pelas orientações da jovem professora. Eles estavam tão certos de sua superioridade que não se importavam. Seus pais eram diretores de empresas ou advogados; muitos tinham, como Simone, um "de" antes do sobrenome, mas, no caso dela, isso não significava um predicado de nobreza nem poder ou dinheiro. E alguns afirmavam abertamente que não recebiam ordens de uma mulher. Simone dava de ombros e aplicava castigos pesados, de modo que, em poucas semanas, já era temida e conhecida como a professora mais severa da escola.

Além de Maurice Merleau-Ponty, havia mais um colega na escola com o qual ela se dava bem. Ele se chamava Claude Lévi-Strauss. Cada vez que se encontravam, ele falava de seus planos para o futuro. Lévi-Strauss queria viajar o mundo todo e estudar povos isolados. Simone era fascinada por sua determinação.

Maurice, por sua vez, preferia falar de Zaza. Ele amava-a profundamente e imaginava um futuro em comum com ela. Entretanto, sempre apresentava obstáculos para isso. Havia sua mãe, que era tão sozinha; havia os estudos, que ele queria terminar antes de se apresentar aos pais de Zaza. E, naturalmente, tudo devia se dar conforme as regras e com a anuência da Igreja.

Zaza estava ficando cada vez mais infeliz com a hesitação dele. Durante os encontros com Simone, permanecia calada e introvertida. E, quando Stépha falava animada de seu casamento, que estava próximo, ela começava a chorar, enquanto Ponty fazia de conta que não percebia nada.

Simone foi tirar satisfações, muito brava.

— Como você não enxerga que Zaza está infeliz embora a ame tanto? — ela exclamou, agitada. — Que tipo de religião permite algo assim? Você ao menos já a beijou alguma vez?

Simone sabia que não, pois Zaza, lacrimosa, havia reclamado disso. Ela estava começando a duvidar do amor de Ponty.

— Ele quer, primeiro, oficializar nosso relacionamento — Zaza o defendeu.

— Então por que não o faz? — Simone perguntou. — Ele está esperando o quê?

Tais desventuras amorosas estavam sendo quase tão penosas para ela quanto eram para Zaza.

Num dia gelado do fim de janeiro, Simone saiu da escola, vislumbrou Zaza do outro lado da rua e foi até ela. O estado da amiga deixou-a triste. Sem casaco, com os lábios arroxeados, ela tremia de frio.

— Maurice não está na escola? — Zaza ficava repetindo. — Estou esperando há horas por ele. Mas ele não vem. E logo tenho de voltar para casa. *Maman* já deve estar preocupada.

— Zaza, você está quase congelando. Aqui, tome meu casaco. — Simone a ajudou a vestir o sobretudo e colocou a echarpe em volta do pescoço da amiga, cujas forças pareciam estar completamente drenadas. — Maurice está no Louvre, numa excursão com sua classe.

Zaza olhou para ela, transtornada.

— Então vou esperar por ele lá.

— Mas, Zaza, isso é impossível. Imagine, ele está com quarenta rapazes, como vai conseguir falar com você? Vou levá-la para casa, você vai acabar ficando doente desse jeito. Escreva uma carta pneumática, que chegará em uma hora na casa dele.

— Você acha que ele vai falar comigo?

Simone fez que sim com a cabeça, embora não tivesse certeza. Naquele momento, ela não sentia nada além de desprezo pelo hesitante amigo, que preferia deixar a mulher amada infeliz a superar convenções e assumir seu amor.

Ela tomou Zaza pelo braço. O trajeto até a Rue de Berri era curto, e Simone estava torcendo para que a amiga se beneficiasse da caminhada, aquecendo-se. Sua preocupação com Zaza era tamanha que o fato de ela própria estar passando muito frio não importava. Simone nunca vira a amiga num estado tão desolador. Sua imagem era a de uma mulher aflita.

Madame Le Coin ficou espantada ao receber a filha tremendo e chorando muito.

— Meu Deus, o que foi que você fez com ela? — A mãe de Zaza levantou a voz para Simone. — É melhor ir embora agora. Não esqueça seu sobretudo.

Abatida, Simone foi para casa. De sua parte, escreveria uma carta a Merleau-Ponty relatando o incidente.

Em seguida, deitou-se na cama, pois sentiu-se subitamente exausta.

À noite, Simone ardia em febre. A preocupação de sua mãe foi tanta que até um médico foi chamado. O diagnóstico foi de uma exaustão profunda, e a prescrição foi resguardo total na cama.

Simone passou os dias seguintes repousando. Entre o sono e a vigília, ela refletia sobre a própria vida. Será que estava querendo demais? Será que o esforço era excessivo? E tudo isso para quê? Para se tornar uma professora solitária e ridicularizada como madame Coulmas? Não seria melhor se casar com Jacques e levar uma vida mais tranquila? Ela passou o mês de fevereiro praticamente inteiro na cama e quase enlouqueceu de tanto pensar. Em alguns meses, seus estudos estariam concluídos. O que viria a seguir? Em certos momentos, ser uma mulher casada e sustentada pelo marido lhe parecia algo mais que sedutor. Mas então ela pensava no casamento da mãe e afastava essa ideia. O exemplo de Zaza estava diante de seus olhos. Em pensamento, a amiga havia entrelaçado sua vida de tal maneira com a de Merleau-Ponty que não via saída caso a união não se concretizasse.

Essa não era uma alternativa para Simone. Ela tinha certeza disso.

Zaza vinha visitá-la tantas vezes quantas a mãe permitia – que não eram muitas. Ela lia em voz alta, mas Simone estava fraca demais para ouvir. Mesmo assim, gostava de Zaza simplesmente sentada junto à sua cama. Elas não conversavam sobre Merleau-Ponty porque Simone percebeu que isso não fazia bem para Zaza. Havia momentos em que a amiga estava estranha. Num deles, contou a Simone que, um dia, a mãe lhe confidenciara que, apesar dos nove filhos, sempre detestou o relacionamento conjugal. No dia seguinte, Zaza voltou para se despedir. Ela viajaria para a casa de uma tia doente em Bayonne a fim de ajudá-la.

Ambas sabiam que a viagem era uma desculpa da mãe de Zaza para mantê-la distante de Maurice – e também de Simone.

Depois de duas semanas, Simone conseguia ao menos ler. Poupette foi encarregada de pegar emprestados romances americanos com Sylvia Beach, e ela leu Whitman, Blake, Yeats, os romances de Virginia Woolf – que adorava cada vez mais, porque se reencontrava neles –, Sinclair Lewis e mais alguns outros que a irmã escolhia ao acaso.

Simone teve vontade de usar a pausa compulsória para escrever, mas não conseguiu ir além de registros em seu diário.

Como os outros escritores faziam? Como chegavam aos seus temas, suas ideias? Como criavam suas personagens e seus conflitos? Como levavam uma história até o fim e como escolhiam a qual fim chegar? Se ela fosse escrever uma história de amor infeliz, seria a de Zaza e Merleau-Ponty. Mas ela tinha permissão para isso? Podia usar os sentimentos, as dores da amiga? Isso significava traí-la? Ela esboçou a vida de Zaza em algumas frases, mas depois riscou tudo. Não, não era possível. Aliás, qual era o sentido, o objetivo de seus romances? Simone chegou à conclusão de que o ponto de partida de sua escrita deveria ser uma questão filosófica e de que seus textos deveriam incentivar nos leitores o desejo por liberdade. E as personagens deveriam, necessariamente, ser indivíduos, não modelos como "o homem", "a princesa", "o malvado".

Simone não avançou em suas reflexões e acabou desistindo, exausta.

Durante os longos dias de sua doença, teve muito tempo para pensar em Jacques e em Maheu e sentir saudades deles. Ah, se Lama estivesse ali para continuar falando de Cocteau. Ele lhe apresentava escritores que ela não conhecia até então – e esse era um dos motivos de sua afeição. Mas ela também gostava de seu charme transbordante, de sua aparência quase dândi e de como ele olhava para ela às vezes. Por que ele estava preso num casamento infeliz com uma mulher que nunca tinha amado? Se Simone estivesse ao seu lado, ele teria a felicidade que tanto merecia.

Mas por que ela pensava em Lama? Afinal, ela queria se casar com Jacques. Seu Jacques, tão parecido com Maheu em muitas coisas. Jacques também havia lhe mostrado uma parte do mundo de que ela gostava, o mundo dos cafés, e lhe proporcionara seu primeiro encontro com a arte dos surrealistas.

Ao pensar nisso, lágrimas brotaram em seus olhos, como tantas vezes. *Meu Deus*, ela pensou, *será que isso nunca terá um fim?*

CAPÍTULO 4 – Início de abril de 1929

Simone avançava com passos rápidos em direção ao prédio principal da Sorbonne e sentia o coração bater forte de alegria. Os feriados de Páscoa tinham passado, ela tinha convalescido e transbordava de energia. Podia estudar novamente – e como havia sentido falta disso! Nessa manhã, ao sair de casa, pensou que poderia conquistar tudo neste mundo, que nada era impossível. Simone estava no último ano da Sorbonne e frequentava cursos na famosa Escola Normal. Ainda hipnotizada por essa sensação inebriante, parou por um momento e olhou para a imponente cúpula da capela. Ainda menina, já havia passado milhares de vezes por ali, ao descer o Boulevard Saint-Michel a fim de comprar livros novos e principalmente os cadernos escolares de capa preta que usava como diário na Librairie Gibert Jeune, no fim do bulevar, logo antes do rio Sena. Em cada uma dessas ocasiões, ela olhava para a Sorbonne com vontade. A universidade! Enquanto frequentou a escola católica de meninas e terminou com louvor o ensino médio em Neuilly, o desejo de frequentar a Sorbonne também sempre esteve presente. Agora ela estava completando dois anos na universidade e estava prestes a enfrentar as provas finais. No verão, seria a vez da *agrégation* e, em seguida, finalmente, começaria sua verdadeira vida. Simone pressionou a bolsa com os livros contra o peito e continuou caminhando rápido.

Em meio ao fluxo de estudantes que ultrapassavam uns aos outros e riam, ela atravessou a porta pesada e chegou ao pátio interno. Lá, num pequeno jardim, vislumbrou Maheu e estava prestes a acenar para ele, alegre, quando percebeu que o rapaz não estava sozinho. Simone abaixou a mão. Maheu e os amigos Paul Nizan e Jean-Paul Sartre estavam lançando pedrinhas no lago que servia de moradia para alguns peixinhos dourados. Outros estudantes observavam a cena do alto, pelas janelas, e começaram a jogar bitucas de cigarro e bilhetes de metrô nos três.

— E agora alguns erros ortográficos — exclamou Sartre, olhando de soslaio para Simone.

Simone passou por eles. Ela gostaria de trocar umas palavras com Maheu, mas Sartre a intimidava. Ele e o amigo Nizan eram os únicos estudantes com os quais ela nunca tinha conversado. Ambos eram considerados as mentes mais inteligentes da Sorbonne – brilhantes e arrogantes, com lendárias exposições orais. Isso despertava a curiosidade de Simone, que gostaria de medir forças com eles, mas Sartre e Nizan não lhe davam a mínima atenção. Eles se afastavam dos demais estudantes, deixando claro, nas aulas, o quanto tudo aquilo lhes desinteressava. Além disso, eram suspeitos de todos os tipos de travessuras. De Sartre, dizia-se que tinha muitas amantes, mas que as tratava mal.

De algum modo, Simone não conseguia acreditar que ele era como os outros, que diziam que a universidade não tinha espaço para as mulheres e começavam a rir e fazer caretas no instante em que uma aluna começava sua exposição oral.

Ela entrou no saguão do outro lado do pátio. Como fazia bem, depois de tanto tempo solitária na cama, enferma, ouvir as vozes e as risadas dos outros. Os ruídos ecoavam nas paredes e no chão de mármore e a atingiam em cheio. Ficou parada e olhou para a escadaria larga do outro lado e para o alto, onde ficavam os corredores.

Os saltos dos sapatos de Simone marcavam seus passos enquanto ela atravessava o salão para chegar no auditório Richelieu.

Ela entrou no auditório e, como sempre, ficou deslumbrada com a opulência do lugar. Revestimentos em madeira, cadeiras dispostas em semicírculo num piso com elevação; atrás da mesa do professor, havia uma pintura gigante – para ela, de gosto um tanto duvidoso.

Simone escolheu um lugar no meio e colocou a bolsa sobre a mesa. As fileiras ao seu redor começaram a ser preenchidas. Ela tirou da bolsa o caderno no qual tinha anotado os trechos dos livros que lera nas férias como preparação. Embora tivesse frequentado quase todos os dias a Biblioteca Nacional, lendo por nove ou dez horas, em geral filósofos alemães, mas vez ou outra também um romance (para o que não precisava de muito mais que uma tarde), não tinha conseguido dar conta de todas as leituras. Será que Sartre havia lido tudo que constava na bibliografia? Ela imaginava que sim, mesmo que ignorasse, por princípio, as listas de leitura.

Suspirou resignada, fazendo com que o colega na cadeira ao lado olhasse irritado para ela. Simone ignorou-o e suspirou mais uma vez. Faltavam apenas alguns meses para alcançar a tão sonhada liberdade.

A partir desse dia, ela era aluna do último ano, frequentando cursos na Sorbonne e na Escola Normal. Depois, poderia fazer e deixar de fazer o que quisesse. Ela não se candidataria de imediato a um cargo fixo de professora. Afinal, não era possível prever para onde seria deslocada. Em geral, os iniciantes eram enviados ao interior. Simone, porém, queria permanecer em Paris. Ela daria tantas aulas particulares quantas fossem necessárias para ter dinheiro suficiente e garantir que tivesse acesso a tudo que desejava (e que havia ganhado importância para ela) na cidade: o cinema, o teatro, as conversas interessantes nos cafés, as noites animadas nos bares dançantes e também os inúmeros livros que ela só conseguia de maneira confiável na capital. E ela finalmente começaria a escrever com seriedade.

De todo modo, não se casaria. Há alguns anos, essa ainda seria uma opção, mas agora? Nunca. No máximo com Jacques, mas isso era algo bem diferente. A essa altura, ela estava aliviada por não ter dote. Só por essa razão seus pais concordaram que ela prestasse o exame para se qualificar como professora. Simone riu em pensamento. Uma desvantagem havia se transformado numa vantagem, numa verdadeira chance de liberdade.

Ela despertou de seus sonhos quando o professor Brunschvicg colocou ruidosamente a maleta sobre a mesa. Algumas fileiras à sua frente, Maheu, Sartre e Nizan estavam empurrando uns aos outros, até que finalmente se sentaram. Claro que tinham se atrasado – algo que os parecia divertir – e não mostravam qualquer interesse em acompanhar a aula. Sartre se virou para ela e sorriu, repuxando a boca de uma forma esquisita.

Simone observou-o rapidamente. *Que rosto curioso*, ela pensou, perguntando-se se ele não era simplesmente feio. Sartre tinha um estrabismo acentuado, e os óculos não combinavam com seu rosto. Mas, em seguida, ela notou a delicadeza de seus traços e o olhar, que a tocava de maneira especial por trás das lentes redondas.

Ela se concentrou de novo. A aula estava começando, e ela não queria perder nem uma palavra.

Logo em seguida, notou Maheu, que se virou para ela mostrando um bilhete entre os dedos. Ele o deu para uma aluna às suas costas e apontou para Simone. Quando o bilhete chegou à destinatária, Simone desdobrou-o com curiosidade.

Maheu tinha feito um desenho, um ser fantástico, e escrito: "BEAUVOIR = BEAVER = CASTOR". "Como assim, *beaver*?", ela anotou em sua caligrafia minúscula e devolveu o bilhete a Maheu. A resposta não demorou.

"Porque você trabalha sempre com tamanho afinco, feito um castor. E, em inglês, 'castor' é '*beaver*', que soa parecido com seu nome."

Ela olhou para ele e, de repente, seu olhar cruzou com o de Sartre. Ele apontou para o bilhete que tinha em mãos, que seria entregue a ela. Simone desdobrou-o e corou imediatamente. Sartre tinha desenhado o filósofo alemão Leibniz cercado de mulheres nuas. Simone engoliu em seco. Tratava-se de uma provocação? Se sim, tinha sido bem-sucedida, pois ela ficou brava. Estava evidente que Sartre sabia que seu trabalho de conclusão era sobre Leibniz. Como interpretar isso? Ela percebeu a inquietação na fileira à sua frente, mas se recusou a dirigir o olhar para lá, pois temia que Sartre e Maheu notassem seu constrangimento. Desse modo, voltou a se concentrar totalmente no professor Brunschvicg.

Depois da aula, Maheu estava na saída esperando por ela.

— Como você pode ser amigo de alguém tão estranho feito Sartre? — perguntou Simone, apontando com a cabeça na direção desse último, que era tudo menos alto, certamente meia cabeça mais baixo do que ela.

Maheu riu.

— Ele acabou de perguntar o mesmo para mim, porém a seu respeito. Ele queria saber a todo custo o que você tinha escrito para mim. Mas eu não lhe disse.

— Por mim, tudo bem.

Maheu sorriu.

— Ele é quase tão esperto e tem tanta leitura acumulada quanto você.

— Há quanto tempo você o conhece? Ele é realmente tão complicado como falam por aí?

Maheu contou que o pai de Sartre tinha morrido cedo e que ele crescera com o avô. A mãe o criava feito menina, chamando-o carinhosamente de Poulou; ele havia usado tranças longas e loiras até chegar à escola. Apenas então seu cabelo foi cortado e notaram que ele não era bonito. Desde sempre, Sartre era solitário e superdotado. E já tinha escrito um romance. Simone olhou para o rapaz. Um escritor? Pontos para ele. Será que o motivo de seu não convencionalismo estava na infância? Sartre não se importava com a própria aparência, era possível notar isso de longe; usava sempre as mesmas roupas, uma calça puída e uma camisa que um dia fora branca ou um pulôver cuja cor indefinida não combinava com ele. Era conhecido pelas brincadeiras de mau gosto e, por essa razão, já tinha sido repreendido várias vezes. Sartre era tido como o aluno mais inteligente, embora tivesse falhado na *agrégation* no ano anterior. Apenas por isso frequentava a mesma aula que Simone.

E foi exatamente por ser uma promessa intelectual que ele se tornou atraente aos olhos de Simone. Ela gostava de pessoas excêntricas e inteligentes.

— Você quer que eu os apresente? — perguntou Maheu. — Apesar de que é melhor não. Ele irá monopolizá-la imediatamente.

Na realidade, isso era tudo que Simone queria. Deveria ser maravilhoso ser aceita nesse grupo de pensadores inteligentes. Apesar disso, ela exclamou:

— Pelo amor de Deus, não! O que ele iria pensar de mim?

— Ele acha que você é bonita, embora não se importe com suas roupas. E ele gosta da sua voz rouca. Acha que é masculina, me disse.

— Bem, ele deve saber do que está falando. — Simone encerrou o assunto como se Sartre não a interessasse, mas no fundo sentia-se lisonjeada. Agora ela estava ainda mais curiosa sobre esse homem.

No dia seguinte, a temperatura estava agradável como na primavera. Simone decidiu ir ao Jardim de Luxemburgo depois da aula. O parque era um dos seus espaços favoritos em Paris, essa cidade que abrigava tantos lugares queridos para ela. E o Luxemburgo, na primavera, era simplesmente um sonho. Perdia apenas para o Palais Royal na época em que os tulipeiros floresciam. Mas agora, no início de abril, eles já estavam perdendo as flores novamente; as folhas púrpuras formavam montes no chão, ganhavam tons terrosos e soltavam um aroma que tonteava. E os tulipeiros davam lugar às castanheiras do Luxemburgo, com seus botões que ficavam cada dia mais grossos e, nessa época, se abriam, oferecendo o verde mais bonito do ano.

A Sorbonne não ficava longe do Jardim de Luxemburgo, apenas um curto trajeto a pé pelo Boulevard Saint-Michel. A entrada principal ficava logo do outro lado da rua. Simone entrou no parque através do grande portão e passou pela fonte Médici e pelo grande lago onde as crianças, com longas varas, empurravam veleiros em miniatura pela água.

Ela caminhou à sombra de umas das grandes cercas vivas, num lugar que permanecia tranquilo àquela hora do dia. Inspirou profundamente o aroma das árvores e prestou atenção no estalar da areia fina sob seus sapatos.

Ao dobrar uma esquina, Simone avistou Sartre, baixinho, de óculos grossos e com aquele olhar peculiar. Ele estava se sentando numa das pesadas cadeiras de ferro esmaltadas de verde. Agora ela também via Nizan e Lama. Nada estranho, pois os três estavam sempre juntos. Eles tinham trazido para perto outras cadeiras verdes e as ocupavam. Sartre acendeu seu cachimbo, Maheu abriu um jornal.

Simone se aproximou, seu caminho a levava diretamente ao grupo.

Maheu ergueu a mão para cumprimentá-la, os outros dois não reagiram. Então ela continuou andando. *Gente metida*, pensou.

Simone não teria nada contra passar algum tempo com eles. De todo modo, estava usando um vestido novo, e Poupette havia lhe assegurado que estava bonita. E ela bem que gostaria de dizer ao tal de Sartre o que tinha achado de sua objeção durante a aula do dia. Em sua opinião, ele estava cometendo um erro de lógica. Ela tinha certeza de que isso ensejaria uma conversa interessante, talvez até com uma pitada de charme, caso ela lhe apontasse o lapso de raciocínio. Mas nada feito! Simone continuou andando e esticou as costas a fim de manter a postura ereta. Para o caso de eles a estarem observando.

Não que ela não tivesse admiradores. Gandillac esperava por ela quase todos os dias diante da Biblioteca Nacional, supostamente estando lá por mero acaso, e em seguida a convidava para almoçar num dos cafés das redondezas. Na realidade, porém, ela não se sentia atraída por ele. Algumas vezes, ela aceitava o convite; em outras, recusava. A lembrança de como ele ficava triste no segundo caso a fez sorrir. Simone encontrou uma cadeira vazia perto das caixas de abelhas, onde o zum-zum era bastante audível, sentando-se de costas para Maheu e os outros.

Todos esses jovens empalideciam frente a Jacques. Quando estava a sós, seus pensamentos voltavam-se a ele de maneira quase automática. Simone ainda acreditava que eles iriam se casar. Ela teria filhos e viveria sua vida ao lado de Jacques, uma vida prazerosa e com conversas sobre livros. Livros que ela própria escreveria.

Jacques era a ligação de Simone com a sua infância, por isso ela gostava tanto dele. Ele havia vivenciado todas as fases do seu desenvolvimento. Desde quando ela ainda era uma criança inocente sem maiores questionamentos, leitora de livros para formação moral com cunho religioso que lhe diziam que ela era uma alma pura. Aos olhos de Deus, a alma de uma menina tinha tanto valor quanto a de um menino, foi o que

Simone dissera a Jacques aos onze ou doze anos, e ele não a contradissera. Mais tarde, vieram outros livros, principalmente os de Louisa May Alcott, que falavam da pequena Jo. Uma menina não muito bonita nem muito querida, mas que despertou toda simpatia de Simone devido ao seu amor pelos livros. Outras figuras femininas foram surgindo gradualmente em suas leituras: Alice, aquela do País das Maravilhas, e Maggie Tulliver, em *O moinho do rio Floss*, se opunham às exigências feitas a meninas pequenas, não ficavam horas bordando nem queriam ser obedientes o tempo todo. Quando Simone chegou à adolescência, essa imagem sagrada do mundo começou a trincar. Ela não compreendia por que o pai, que não tinha um trabalho regular e passava os dias em bares, ainda assim acreditava que tinha mais direitos e mais valor do que ela, que sempre cumpria de maneira muito confiável com todas as suas obrigações e tarefas. Não compreendia por que, subitamente, tinha passado a censurá-la. Simone conhecia muito bem a raiva e a boca ferida da mãe, que tinha de assistir, impotente, às ações do marido.

Durante esses anos, Jacques esteve ao seu lado e a protegeu contra o pai. Entretanto, quando mesmo assim ele pactuava com Georges, seguindo-o até o escritório – ao qual Simone não tinha acesso –, fazia-o para interceder por ela. Pelo menos era o que ela imaginava.

Nos últimos meses, porém, antes de entrar no serviço militar, Jacques aparecia cada vez menos. E quando Simone o via, muitas vezes ele estava mal-humorado. Agora ele já se encontrava havia tempos no Exército, e ela esperava em vão por uma carta dele.

Seu olhar foi em direção a Maheu e Sartre. Eles eram totalmente diferentes de Jacques. Inevitavelmente, Simone se perguntou como seria viver com um homem feito Sartre, que abominava qualquer tipo de atitude burguesa. O que ele diria caso soubesse que ela flertava com planos de casamento? Sartre certamente teria um comentário ácido na ponta da língua. Os "talas" ou "pênis devotos", como ele chamava os alunos católicos, também sempre eram vítimas de seu sarcasmo ferino.

E Maheu? Ele era, de longe, o mais charmoso dos três. Frequentemente, dizia a Simone que apreciava seu estilo, seu pensamento e sua aparência peculiares. "Você é tão diferente das outras mulheres" era uma frase que ela ouvia muito dele. Simone ria. Se ele soubesse que as combinações de roupas eram resultado das compras feitas pela mãe, que ela tentava atualizar com um lenço na cabeça...

Simone flagrou-se olhando novamente para o grupo. Censurou-se por esses pensamentos adolescentes. Não importava quem seria seu futuro marido ou ainda se chegaria a se casar. Ela nunca permitiria que um homem a tornasse infeliz – esse era um ponto pacífico. Nem mesmo seu adorado Jacques. Ela tirou um livro da bolsa e mergulhou no novo romance de André Gide.

Em maio, morreu o avô de Simone. Toda a família partiu numa viagem cansativa de trem até o enterro em Meyrignac. Na volta, Françoise tingiu de preto os vestidos da filha. Simone não se importava. Ela já tinha a fama de malvestida, a cor não faria diferença.

Em junho de 1929, ela terminou seu trabalho de conclusão de curso sobre Leibniz. Logo em seguida, começaram os preparativos para o exame de Matemática, que ela queria prestar no mês seguinte. Além disso, estudava para as provas da *agrégation* para a Escola Normal, que também ocorreriam em meados de junho.

— Por que prestar a *agrégation*? Por que você não se contenta em ser professora numa escola de ensino fundamental e médio? — perguntou a mãe. — E, ainda por cima, duas provas ao mesmo tempo?

Simone, entretanto, manteve-se firme. Ela queria terminar os estudos o mais rapidamente possível porque depois poderia sair de casa. Tudo estava planejado; após a morte do seu avô, a avó não conseguiria manter por muito mais tempo o apartamento na Place Denfert-Rochereau e resolveu alugar os quartos para sobreviver. Depois de negociações complicadas, os pais de Simone permitiram que ela se mudasse para lá.

O verão tinha chegado. Os parisienses reclamavam do calor e aguardavam impacientes o mês de julho para sair de férias. Os dias de Simone estavam preenchidos por muito trabalho. Às oito da manhã, ela já estava sentada junto aos livros, às vezes até duas horas mais cedo, e passou a adorar as manhãzinhas com seu ar fresco e límpido, que lhe permitia pensar melhor. O dia podia começar com Aristóteles e, ao fim da manhã, chegar a Spinoza. No ônibus, durante o percurso para se encontrar com Maheu para o almoço, lia coisas mais leves, um novo romance americano como *Manhattan Transfer*, de John Dos Passos; já durante a refeição, discutia o conceito de amor de Pedro Abelardo. Em seguida, visitavam uma exposição, ocasião em que ela analisava os quadros minuciosamente em relação às suas peculiaridades e força inovadora. Depois, era a vez da Biblioteca

Nacional, onde ela estudava os argumentos do filósofo Émile Boutroux contra seu aluno Henri Bergson. Em geral, Maheu e Gandillac – e, às vezes, Merleau-Ponty – a esperavam lá para irem a um café discutirem as leituras do dia. À noite, ela se encontrava esporadicamente com Zaza ou Stépha. Iam ao cinema e discorriam longamente sobre assuntos do coração.

Por volta da meia-noite, Simone caía na cama, morta de sono e com a cabeça girando devido a tudo que tinha lido e pensado no dia. Mas era exatamente essa a vida que queria viver, e, no dia seguinte, ela acordava cedo para fazer tudo mais ou menos igual. O prazer do pensamento, a alegria da troca de argumentos, a satisfação de compreender inclusive as teorias e raciocínios mais complicados eram sua fonte de energia. Muitas vezes, ficava cansada, as linhas sumiam diante de seus olhos, e houve dias em que chegou a adormecer na Biblioteca Nacional, despertando assustada após alguns minutos com a cabeça no tampo da mesa, amassando os papéis. Por fim, o excesso de trabalho fez com que ela ficasse extremamente nervosa, e qualquer coisinha era motivo para cair no choro.

Sua mãe começou a ficar preocupada.

— Você vai cair doente de novo, como em fevereiro — ela alertou.

Mas Simone queria as coisas daquele jeito, queria que sua vida fosse um desafio intelectual. E ela precisava ver os amigos diariamente e discutir com eles sobre as coisas que a inspiravam ou com as quais ela se ocupava a fim de receber a confirmação de que os outros levavam seus argumentos a sério. Ela não queria nenhuma outra vida.

CAPÍTULO 5

— Sartre quer uma explicação sobre esse Leibniz complicado e está convidando você para o quarto dele na Cidade Universitária, segunda-feira — disse Maheu no início de julho para Simone, quando veio em sua direção a passos rápidos. — Acho que é apenas um pretexto para conhecê-la. No seu lugar, eu não iria.

Simone se alegrou. Bingo! O desinteresse dele durante seus encontros casuais era apenas fingido ou ele tinha mudado de opinião sobre ela. Tanto fazia, pois Simone não desperdiçaria a oportunidade de conhecer esse funesto Sartre.

— Diga a ele que vou com prazer.

Na segunda-feira, nervosa, ela reuniu suas anotações antes de se pôr a caminho da moradia universitária no sul da cidade, onde Sartre morava. Ela tinha ficado lendo até o último instante e não teve tempo de lavar os cabelos. Decidida, pegou a echarpe de algodão que usava no pescoço, enrolou-a algumas vezes em volta da cabeça e prendeu. Ao se olhar no espelho, notou espantada que os cabelos presos destacavam a pele delicada, os traços finos e, principalmente, as maçãs do rosto e os belos olhos.

— Ficou bom — disse Poupette ao entrar no quarto. — Combina com sua blusa. Meu Deus, você está nervosa. Parece que ele vai tirar sua inocência — ela brincou.

— Estou nervosa — retrucou Simone —, mas não por causa da minha blusa e muito menos pela minha inocência. Fico preocupada com que Sartre me considere banal. E se eu disser apenas platitudes? Afinal, ele é tido como um dos alunos mais inteligentes da Sorbonne.

Hélène entregou-lhe uma pilha de papéis que ela queria levar.

— Você está doida — disse Hélène. — Lembre-se de que ele não passou na prova no ano passado. Isso nunca aconteceria com você.

— Ele não passou porque apresentou um tema que não tinha relação com o que fora proposto. Mas sua apresentação foi brilhante, todos que estiveram presentes afirmam isso.

Quando Simone chegou ao quarto diminuto, Maheu estava descansando com as mangas arregaçadas na cama desarrumada. Dava para perceber que ele tinha ficado furioso com sua chegada. Ainda naquela manhã, havia lhe enviado uma carta pneumática, na qual pedia a ela que não fosse. Simone realmente pensou em mandar Poupette em seu lugar a fim de não irritar o amigo, mas acabou desistindo da ideia. Ela estava simplesmente curiosa demais para conhecer Sartre. Nizan, sentado num banquinho, observava as unhas da mão. Ele era tido como arrogante e difícil.

— *Bonjour, mademoiselle* — cumprimentou Sartre, sorrindo educadamente. — Que bom que se dispôs a vir.

Ele se sentou num banco perto da janela e, com um movimento da mão, ofereceu a Simone a única cadeira, que apoiava uma pilha de livros com bilhetes dentro. Ela pegou os livros e os transferiu para a escrivaninha antes de se sentar. Com um olhar rápido, esquadrinhou a atmosfera do quarto: livros em todos os lugares, não apenas nas estantes, mas sobre a mesa, na cama, no chão. Nas paredes, havia pequenos desenhos cuja libertinagem a deixavam constrangida. O ar fedia a inúmeros cigarros, o cinzeiro sobre a mesa transbordava. Sartre acendeu um cachimbo e ofereceu um cigarro a Simone.

— E então?

Simone olhou para a bolsa em seu colo. Os papéis estavam lá, mas ela tinha tudo na cabeça. Usando palavras claras, mas que deixavam entrever sua admiração, ela apresentou a vida do polímata e, em seguida, discorreu sobre suas ideias acerca da metafísica antes de passar para seus conceitos de liberdade e contingência. Quando percebeu a atenção plena de Sartre, ficou mais segura. Era quase como antes, quando ainda conseguia ganhar o pai com a própria inteligência.

E agora ela estava sentada diante de Sartre, e ele estava fascinado pelo rigor do seu pensamento e por sua erudição.

— Mas como você explica que...

— Isso é bem simples, veja bem...

A conversa transcorreu mais ou menos nesses moldes. Simone falou por quase quatro horas, com Lama e principalmente Sartre colocando questões o tempo todo, pedindo explicações.

Por fim, Sartre se levantou.

— Já abusamos demais de você. Vamos à quermesse!

Simone ficou confusa. O que ele estava propondo? Parecia que era exatamente o que tinha dito. Numa das extremidades do parque em que se localizava a Cidade Universitária, havia um carrossel e um estande de tiro. Sartre comprou algodão-doce para Simone e ofereceu uma rodada de tiros para todos.

Maheu apoiou o braço sobre o dela. Sartre percebeu e começou a contar piadas.

— Você conhece essa? O que leva um camaleão à loucura?

— Não faço ideia — respondeu Simone.

— Ser colocado sobre uma coberta quadriculada. — Ela soltou uma gargalhada, e Maheu ficou sem graça.

— Você é apenas um castor que procura por companhia ou uma valquíria inflexível, que vai à luta sozinha? — Sartre lhe perguntou na despedida. — Não, sei que é uma virgem guerreira.

Na volta, no metrô, Maheu estava mudo. Simone achou bom. Ela queria refletir sobre a tarde.

De repente, porém, ele falou:

— Eu lhe disse de cara... — E, olhando bravo pela janela, não falou mais nada.

— Disse o quê? — perguntou Simone, embora imaginasse a resposta.

— Sabia que Sartre iria monopolizá-la. E você só teve olhos para ele durante toda a tarde. E, ainda por cima, ele veio com aquelas piadas.

Simone baixou o olhar. Maheu tinha razão. Mas Sartre era tão inteligente que ao seu lado todos os outros empalideciam. Ela achava divertido comparar-se intelectualmente com ele. Mas Sartre era Sartre, a pessoa mais inteligente da Sorbonne, nada além disso, e foi isso que ela afirmou a Maheu.

— Mas você continua sendo meu pequeno Lama, e eu sou seu castor — ela disse, baixinho. E, nesse momento, estava falando sério. Se Maheu não fosse casado, se Jacques não existisse...

À noite, na cama, repassou a tarde em sua mente. Como tinha sido incrível! Ela tinha gostado muito do tempo passado com Sartre. *E provei que estou à sua altura*, ela pensou, triunfante. Sartre era quase viciado em livros, exatamente como ela, e daí ele tinha dito, como se fosse a coisa mais natural do mundo, que também queria escrever livros. Mais um ponto em comum. Ela bem que gostaria de ter perguntado sobre o primeiro livro dele, mas a presença de Maheu e Nizan a impediu. Na próxima oportunidade, porém, ela colocaria a questão sem falta.

Sartre, no entanto, era não apenas inteligente como também divertido. Ela tinha gostado da atmosfera em seu pequeno quarto, as alusões e as brincadeiras que aconteciam entre os amigos, os pequenos gestos com os quais eles confirmavam seu afeto mútuo de maneira muito criativa. E depois, na quermesse, ele estava relaxado e feliz e tinha feito Simone sorrir, mostrando mais uma faceta de sua personalidade. O rosto dele reapareceu em sua mente.

De perto, o efeito era bem diferente, era preciso observar com atenção os traços de Sartre. E, assim que ele abria a boca, formulando um de seus pensamentos inteligentes, ela o achava muito atraente. *Se ele é gênio e brincalhão, então posso ser valquíria e virgem*, Simone pensou antes de adormecer.

Na manhã seguinte, sua torcida para encontrar Sartre se renovava a cada passo. E, realmente, ele estava esperando por ela na frente da Sorbonne.

— Quero continuar conversando com você — ele disse. — Mas não só. O que você acha de nos prepararmos juntos para a *agrégation*?

As provas aconteceriam dali a poucas semanas. O coração de Simone disparou ao pensar que o veria com mais frequência. Era exatamente esse seu desejo, que tinha sido incapaz de formular. Ela supunha que esse homem, com sua inteligência excepcional, iria lhe abrir novos mundos, e isso era quase a coisa mais excitante que ela podia imaginar.

— Combinado. Para que você não repita de novo — ela disse.

Ele riu, embora sua boca curiosamente assimétrica tenha ficado ainda mais torta, e era esse desequilíbrio levemente irritante que o tornava tão ímpar. A partir de então, eles se encontravam quase que diariamente, e, em geral, Maheu e Nizan estavam presentes. Trabalhavam durante algumas horas, depois iam a um café ou flanavam por bulevares com um sorvete nas mãos. Os homens disputavam quem pagaria um sorvete a Simone ou poderia acompanhá-la ao cinema, de noite. Às vezes, todos se apertavam no carrinho de Nizan e cruzavam Paris, algo que Simone adorava. Ela pediu para ver os dormitórios na Escola Normal e, juntamente com os outros, subiu no telhado do lugar, que proporcionava uma vista sensacional da cidade. Sartre sentou-se junto à chaminé, e Maheu tirou fotos, nas quais Simone abria um sorriso gigante.

Maheu estava cada vez mais chateado pelo fato de Sartre estar ocupando mais e mais o coração de Simone e disse isso a ela.

— Não meu coração, mas meu cérebro — protestou. Ela realmente ficava magoada em ferir seu querido Lama.

— Por que você não se deita com ele para saber o quanto ele é realmente importante para você? Além disso, é ridículo você ainda estar intocada. Isso é tão antiquado — comentou Stépha numa das noites que passaram juntas. Elas estavam sentadas junto ao balcão do Jockey. Simone havia lhe contado de Sartre e de como Maheu estava enciumado e pediu conselhos à amiga sobre como agir.

Simone se engasgou com o gim. Tossindo, encarou Stépha. Ela tinha falado tão alto que o homem ao lado ouviu e passou a olhar para Simone de um jeito atrevido. Ela tossiu de novo.

— Você está bêbada — Simone disse.

Stépha não parou de encarar a amiga, que fazia biquinho ao beber com o canudo.

— Pode ser. Mesmo assim, tenho razão.

— Mas Maheu é casado.

Stépha soltou gargalhadas histéricas. Simone primeiro ficou ofendida, depois riu também.

— Fidelidade é uma exigência quando amamos alguém de verdade. Daí, também não temos vontade de trair a pessoa. Eu nunca desejaria outro homem, pois tenho Fernando — Stépha afirmou com grande convicção.

— Como você pode ter tamanha certeza? De onde vem essa noção? — Simone perguntou.

— A verdadeira questão é por que você não sabe disso tudo — foi a resposta. — E qual é a opinião do seu Sartre sobre isso?

Simone adorava conversar com Stépha sobre esses assuntos. A amiga era muito mais desprendida do que ela, embora ambas tivessem tido o mesmo tipo de educação, e Simone se perguntava como Stépha tinha conseguido se livrar de toda a carga de preconceitos e se tornar uma mulher tão confiante. Stépha conseguia deixá-la constrangida. Há alguns dias, Simone tinha ido buscá-la em seu apartamento e vislumbrou um enorme nu da amiga pendurado sobre o sofá.

Simone encarou o quadro.

— Você permitiu que Fernando a visse assim? — ela perguntou, espantada.

Stépha apenas revirou os olhos.

— Simone! — Ela hesitou, mas acabou revelando: — Tenho de lhe dizer uma coisa. Fernando e eu moramos juntos.

— Mesmo não sendo casados? — Simone espantara-se mais uma vez.

Stépha ficou em silêncio, e, de repente, Simone se deu conta do absurdo de sua indignação. Quem foi que disse que as pessoas tinham de ser casadas para dividir um apartamento? Além disso, eles queriam se casar, estavam certos de que passariam a vida juntos. Simone inspirou fundo, então, caiu na risada e quase não conseguiu mais parar. Quando finalmente o acesso passou, Stépha estava sorrindo para ela.

— Já não era sem tempo — ela disse.

— Preciso me sentar de um jeito que não me permita ver o quadro — Simone disse gracejando, mas, ao voltar para casa à noite, ficou refletindo durante muito tempo sobre o quanto Stépha devia se sentir livre para ousar se apresentar totalmente nua para seu amante.

Simone alegrava-se a cada dia por se encontrar com Sartre. Ela nunca conhecera um homem cuja formação fosse tão abrangente. Não havia tema com o qual ele não pudesse contribuir de alguma forma. E suas falas nunca eram triviais, sempre trazendo um ponto de vista novo. Tudo que ele dizia abria um novo ângulo sobre o já conhecido. "Sartre só para de pensar quanto está dormindo", Maheu afirmara certa vez. Ele não era especialmente bem apessoado, não, isso era verdade, mas, assim que abria a boca, nada mais importava senão suas palavras. Ele fascinava Simone por meio da inteligência e do charme. E como sabia escutar bem! Sartre era um homem que a levava a sério, independentemente do que ela dissesse, e seu interesse por suas reflexões era inédito.

No caminho para encontrá-lo no Jardim de Luxemburgo, ela se perguntou sobre o que eles conversariam naquele dia. Ela queria, sem falta, saber a opinião dele a respeito de *Manhattan Transfer* e já tinha formulado mentalmente algumas perguntas. Simone percebeu como fazia questão de que Sartre notasse a clareza de seu pensamento, embora soubesse que ele estava bem mais avançado em seu desenvolvimento intelectual e que podia aprender muito com ele. Finalmente, ela tinha alguém ao seu lado que estava à sua altura, talvez fosse até superior; a espera por esse tipo de desafio tinha sido longa. Simone sentiu uma felicidade sem igual ao pensar nesses termos.

Em geral, suas conversas com Sartre transcorriam da seguinte maneira: um dos dois propunha uma tese, enquanto o outro formulava sua antítese. Em seguida, iniciava-se uma troca de argumentos, até que um tivesse convencido o outro. Em geral, ele ganhava, Simone tinha de confessar. Mas, por vezes, ela também o levava às raias do desespero, e, no fim, ele ria, dizendo:

— Você simplesmente não desiste até ter eliminado a última imprecisão. Suas perguntas são como pedrinhas no sapato. Quanto mais tentamos evitá-las ou nos esquecer delas, mais doem.

Ele procurou algo nos bolsos de sua calça larga e então, com um sorriso maroto, puxou uma figura de porcelana do tamanho de um punho, bastante feia. Tratava-se de um homenzinho com um chapéu esquisito na cabeça, que apoiava, pensativo, o queixo nas mãos.

— Achei isso há pouco numa loja de objetos de segunda mão na Rue de Seine. Me lembrou de você.

Simone pegou a peça, aquecida pelo calor corporal de Sartre, e não sabia o que fazer com ela.

Então era assim que ele a via? Como uma garota engraçada?

— Você tem razão, é muito parecida comigo — ela disse de maneira um pouco brusca, metendo o homenzinho na bolsa. Apenas mais tarde, quando pegou novamente a peça, achou que Sartre poderia tê-la escolhido pela pose de pensador.

Quando estava em companhia de Sartre, o mundo ao seu redor se iluminava. Comparar-se intelectualmente com ele era o mais puro deleite. Nos seus encontros, ele apresentava uma generosidade quase maníaca. No começo da noite, mostrava aos outros quanto dinheiro tinha nos bolsos e não voltava para casa antes de gastar o último centavo. Na noite de 14 de julho, ele convidou Simone, Lama, Nizan e a esposa, Henriette, para o café e não parou de pedir coquetéis até todos estarem alcoolizados. Foi uma noite maravilhosa, cheia de risadas e dança. Simone aceitou os cortejos de um estranho, que sempre passava por sua mesa e a convidava para dançar. Até que Sartre deu um basta.

— Na verdade, eu não danço, mas, se quiser mais alguma coisa de você, acho que é inescapável.

Quando estavam próximos, a diferença de altura entre eles se tornava muito perceptível. Sartre era meia cabeça mais baixo do que Simone, mas isso não parecia incomodá-lo minimamente. Ele elogiava a beleza dela de maneira incansável, com comentários atenciosos, e dava a entender que quase não se importava com a própria aparência. Como conseguia? Ele mostrou ser um dançarino terrível, mas passou o tempo todo conversando com Simone e a fez rir tanto que ela finalmente parou de pensar nessa diferença. Alturas intelectuais eram mais importantes do que alturas físicas.

Duas semanas depois, ela se dirigiu à Sorbonne com um ligeiro zumbido na cabeça e o coração disparado para descobrir os resultados das provas. A comissão estava se posicionando junto à mesa do docente; em seguida, os nomes seriam lidos.

— Em primeiro lugar ficou *monsieur* Jean-Paul Sartre; em segundo, *mademoiselle* Simone Lucie Ernestine Marie Bertrand de Beauvoir, em terceiro...

Simone se dirigiu a Sartre, sentado ao seu lado.

— Segunda, depois de você. Estou tão orgulhosa.

— Poderia ter sido o inverso — ele retrucou.

Eles tinham passado e estavam aptos a fazer a prova oral, assim como Nizan. Maheu havia sido reprovado. Depois de uma breve comemoração, Simone foi procurá-lo, mas não o encontrou. No dia seguinte, soube que o amigo tinha saído de Paris sem se despedir dela.

Dois dos colegas de Sartre, os *petits camarades*, não estavam mais presentes. Maheu mudara-se para o interior; Nizan e Henriette não moravam mais no prédio com a fachada branca de cerâmica na Rue Vavin, bem perto de Simone, pois tinham comprado uma moderníssima casa de vidro em Saint-Germain-en-Laye e iam a Paris apenas uma ou duas vezes por semana, à noite.

— A partir de agora, vou cuidar de você — disse Sartre.

— Será um prazer — Simone respondeu com um sorriso.

A partir de então, eles ficavam muito tempo juntos, algo que possibilitou uma intensidade muito nova às suas conversas. Simone percebeu que ficava ainda mais nervosa antes de seus encontros do que costumava ficar, e Sartre tinha passado a lhe fazer incansáveis elogios, à medida que não portava peças engraçadas de porcelana.

— *Chère* Simone, seus olhos azuis tão límpidos certamente já desconcertaram muitos homens além de mim. O que mais gosto em você é seu jeito de caminhar, absolutamente charmoso. Quando ando ao seu lado, seus passos rápidos me transmitem a sensação de que temos de ir urgentemente a algum lugar. Mas prefiro ainda mais quando você vem em minha direção. Daí, eu digo a mim mesmo que você não via a hora de me encontrar... Mas, agora, vamos ao trabalho.

Um calor repleto de alegria inundava Simone quando ele dizia essas coisas. E ela havia sentido o mesmo em relação à peça de porcelana. Mas não sabia como demonstrar isso. Ela não estava acostumada a receber presentes ou elogios e queria passar não por romântica e sentimental, mas por inteligente. Então, não falava nada.

Eles estavam sentados bem próximos um do outro, diante de si uma pilha de livros e cadernos abertos com suas anotações. Sartre pegou um livro que estava do lado dela da mesa e, nessa hora, tocou no braço de Simone. Ele parou e sorriu para ela, daí se curvou sobre o livro. Eles podiam passar horas assim juntinhos.

Simone e Sartre não conversavam apenas sobre filosofia. Era cada vez mais frequente que se afastassem do tema trabalho e falassem sobre si, sobre coisas que os emocionavam e fascinavam, algo de que Simone gostava especialmente. Enfim ela podia discutir com alguém sobre suas dúvidas e questões relacionadas ao futuro. Eles caminhavam durante horas no Jardim de Luxemburgo ou nas Tulherias e se esqueciam do tempo.

Simone ficou espantada com quão bem Sartre a compreendia, embora a conhecesse havia apenas poucas semanas.

Naquele dia, eles se sentaram nas cadeiras verdes de ferro das Tulherias, esticaram as pernas e colocaram os pés na borda de uma fonte. Sartre contou a ela de uma ex-noiva, pela qual tinha sido muito apaixonado, mas que tinha deixado.

— Ela se chama Simone, como você — ele disse.

Simone estava muito interessada nesse assunto, mas o pensamento logo foi dissipado porque os pés deles subitamente se tocaram. Também por esse motivo, não sabia mais como ele tinha chegado ao tema de que ela, Simone, sempre defendia as pessoas que amava, apesar de maldizer suas ações e desejar não ser como elas.

Ela retrucou dizendo que aquilo não fazia sentido e citou a mãe como exemplo.

— Ela é absurdamente católica e rejeita tudo que não se encaixa em sua imagem de mundo, mesmo sendo a verdade. Ela ainda tem esperança de achar um homem que vai se casar comigo para que eu não precise me tornar professora. Mesmo assim, ela é minha mãe, e eu a amo.

Sartre começou a desmontar a argumentação até não restar nada mais. Ele colocou o interior de Simone para fora e desfez, sem esforço, as teorias dela.

— Mas quero decidir com o meu coração o que é bom e o que é mau — ela exclamou depois de três horas, durante as quais se defendera amargamente. — E talvez exista uma Simone para os outros e uma só para mim, que você não conheça.

— Querido Castor, veja, isso não é verdade. E você sabe disso. Pare de descansar sobre seus preconceitos e opiniões que lhe são valiosas, mas também superficiais. Ah, lá vem o seu ônibus. Vamos, rápido!

Simone já queria ter partido uma hora antes, porque sua mãe estava esperando por ela em casa, mas a discussão com Sartre a prendeu de tal maneira que ela foi ficando. Agora, era preciso correr para tomar o último coletivo. *Ônibus idiota*, pensou, pois já estava sentindo falta da companhia de Sartre. A bem da verdade, era só isso que Simone queria: estar com ele. Ela se sentou no último banco e olhou pela janela. Do lado de fora, Sartre, em seu sobretudo azul, acenava, triste. Simone recostou-se e refletiu sobre o que ele havia dito.

Hipocrisia, ou autoengano, era um conceito central para Sartre, que representava tudo o que ele detestava e contra o que lutava, em cada um de seus pensamentos, em cada uma de suas ações. Hipocrisia, para ele, era apoiar-se em opiniões pré-concebidas, ceder e fazer combinados preguiçosos apenas para se ter paz. No caso de um ser humano, hipocrisia era o contrário de liberdade – e, para evitá-la, era preciso questionar tudo, mesmo as coisas mais cotidianas, que muitas vezes parecem ser tão naturais e evidentes.

Simone ficava extasiada com o fato de ele a levar tão a sério. Enfim alguém que a via como ela realmente era, não como um anexo de seu próprio mundo. Com Sartre, ela não era a filha que não queria se casar e que tinha saído do caminho da virtude. Também não era a amiga ou a irmã. Era simplesmente Simone.

"Não sei mais o que pensar nem se consigo pensar", ela anotou no diário nessa noite. "Estou embriagada dele e de mim."

CAPÍTULO 6 – Verão de 1929

Em menos de quatro semanas, nem o mês de julho inteiro, Sartre tinha conseguido entrar na mente de Simone de tal maneira que ela quase não pensava mais em Maheu ou em Jacques. Ele se aproveitou do fato de seus concorrentes não estarem em Paris.

— Agora vou tomar conta de você — ele dissera. E realmente a monopolizou de tal maneira que as batalhas internas de Simone em relação a Jacques tinham cessado. — Preciso de você para organizar meus pensamentos — Sartre reforçava, deixando-a feliz e orgulhosa. — Posso lhe apresentar um raciocínio semiconcluído e você imediatamente saberá como eu devo terminá-lo. Gosto muito disso.

Ao mesmo tempo, ele não parava de cortejá-la enquanto mulher. De início, Simone dava de ombros. Afinal, Sartre flertava o tempo todo com outras mulheres, fazia parte de sua personalidade.

Nizan logo se queixou de que Sartre quase não tinha mais tempo para ele e de que havia perdido seu posto de interlocutor preferencial. Certa noite, Simone e Sartre tinham sido convidados à casa dele e de Henriette. Quando a esposa de Nizan se levantou para fazer uns sanduíches na cozinha, ele incentivou Simone a ajudá-la.

— Mas não sou dona de casa — Simone retrucou, irritada, e Sartre caiu na gargalhada.

Conheço Sartre há poucas semanas, e ele já sabe tudo sobre mim, literalmente se apossou de mim, ela pensou, sem saber se isso deveria deixá-la feliz ou preocupada. Ela se decidiu por ser feliz, todo o resto não era de seu feitio. Sartre impressionava Simone cada vez mais com seu conhecimento gigantesco. Ele era três anos mais velho e tinha tido mais tempo para estudar, mas só isso. Ele frequentara também a Escola Superior por dois anos. Nela, os jovens aprendiam com os melhores filósofos da França e, desse modo, ganhavam uma autoestima intelectual que faltava a Simone. Apesar de tudo, Sartre não era arrogante, muito pelo contrário.

Sempre deixava que ela participasse do seu saber e com frequência se mostrava impressionado pelos conhecimentos dela. Como resultado, Sartre era irresistível para Simone.

— Ele compensa a feiura com charme e intelecto — definiu Stépha quando Simone e ela estavam mais uma vez conversando sobre Sartre.

— Mas ele não é feio! — exclamou Simone.

— É o que estou dizendo — retrucou Stépha, sorrindo.

No dia seguinte, Simone se sentou no jardim da Sorbonne de maneira que Sartre pudesse enxergá-la de dentro do prédio. Ela precisava preparar seu trabalho sobre Rousseau, mas estava com dificuldade para se concentrar porque sentia que ele a observava.

— Simone!

Espantada, ela ergueu o olhar. Era Maheu. O coração dela transbordou de felicidade. Seu pequeno Lama, de quem sentira tanta falta, tinha voltado. Ela desejou que Maheu passasse os dedos pelo cabelo dela, como costumava fazer, mas ele estava um pouco constrangido e nem sequer lhe estendeu a mão.

— Vamos dar uma volta?

Simone guardou suas coisas. Ela lançou um olhar para a sala em que Sartre se encontrava e achou que o viu dar um aceno.

Como era bom caminhar ao lado de Maheu pelas ruas. Seus passos eram sincronizados, e Simone se recordou dos muitos passeios que haviam feito juntos.

— Vamos ao Jardim de Luxemburgo. Lá, podemos tomar um sorvete — disse Maheu, como se tivesse adivinhado os pensamentos dela.

O parque estava cheio, e eles tiveram de entrar na fila do sorveteiro, em meio a crianças ruidosas e suas babás. Eles acharam graça da situação.

— Você ainda gosta do de limão, como no meu tempo? — perguntou Maheu quando chegou a vez deles.

Ela assentiu.

— Mas ainda é o seu tempo. — Pelo olhar dele, porém, ela soube que não era verdade.

Eles se sentaram com seus sorvetes à sombra de uma cerca viva.

— Castor, vou deixar Paris para sempre; meu quarto já está vazio. Estou triste por ter perdido você. Afinal, minha profecia se concretizou: Sartre roubou-a de mim.

56

Simone quis contestar, mas daí pensou no que Sartre falava sobre a hipocrisia. O momento clamava por ação de sua parte. Ela encarou Maheu, seu cabelo desgrenhado e os belos olhos e ficou triste. Simone não queria perdê-lo, mesmo que não soubesse mais o que tanto a atraíra nele no passado.

— Vou visitá-la em Meyrignac quando for passar férias por lá.

— Ficarei muito feliz. — Dessa vez, estava sendo sincera.

Quando regressou à Sorbonne, Sartre estava esperando por ela, e eles conversaram longamente sobre Lama. Sartre percebeu o quanto Simone estava triste, deu-lhe o braço, e ambos desceram o Boulevard Saint-Michel. Ao entoar "Ol' Man River" a plenos pulmões, ele espantou os pensamentos sombrios dela. Simone não conhecia sua bela voz, embora o sotaque fosse absolutamente terrível.

No sábado, Simone saiu. Poupette queria muito ir à Styx, uma boate da moda, que tinha fama de ser o lugar onde tudo podia acontecer. A irmã combinara com seus amigos da Académie de la Grande Chaumière, uma escola de Arte em Montparnasse que era acessível a todos sem formação prévia. Poupette estudava pintura lá. Assim como a irmã, Simone se espantava com o fato de os pais permitirem que Hélène partisse para um caminho tão ligado à boêmia. Mas a mãe tinha mudado seu comportamento em relação às filhas. Nesse meio-tempo, sentia muito orgulho dos êxitos de Simone e demostrava isso a ela por meio de pequenos gestos. Quando Simone ficava até tarde estudando, às vezes ela levava uma coberta ou um chá quente para a filha antes de se deitar.

— Talvez, comigo, eles tenham desistido, pois não conseguiram proibir você de seguir com a filosofia — arriscou Poupette.

Simone suspirou ao se recordar de quando passou semanas sem trocar uma palavra com os pais até eles finalmente cederem.

— Acho que eles simplesmente não têm ideia do que você faz na Academia. Se *maman* soubesse que há modelos nus posando para os alunos, ela imediatamente teria uma de suas crises.

— Deus me livre, ela não pode saber disso!

Enquanto a irmã falava, Simone se lembrou do horror que sentiu algumas semanas antes ao descobrir Stépha nua numa pintura. Agora, aquilo lhe parecia absolutamente normal. Sartre havia contribuído para a mudança, pois tinha desmontado sem esforço seu pudor com uma fala absolutamente engraçada sobre a moral burguesa, tomando como exemplos Rimbaud e Marx.

Simone estava sentada ao lado de Poupette num banquinho alto, no bar, e tentava manter as pernas cruzadas com elegância. Nada muito fácil, pois já tinha tomado algumas taças. Já fazia algum tempo que ela frequentava esses bares com a maior naturalidade, com ou sem companhia masculina. Quando contou isso a Zaza, a amiga ficou espantada.

Simone sentia-se muito bem e pediu mais um gin fizz. Ela não havia percebido que uma amiga de Poupette se sentara ao seu lado. Simone já a conhecia, chamava-se Magda.

— Você tem notícias de Jacques? — Magda perguntou à queima-roupa, encarando-a com olhos um tanto opacos.

Simone levou um susto.

— Jacques? Como assim? — ela perguntou.

— Bem, vocês são primos, não? Ficamos dois anos juntos, então ele simplesmente sumiu, e não tenho mais notícias dele. Sei que sou uma idiota total, mas ainda o amo!

Simone olhou fixamente para ela. Magda estava quase chorando. Mesmo assim, era bonita, angelical, tinha pernas longas e um pescoço delicado que surgia de uma jaquetinha de pele. Com seus olhos escuros maquiados ela olhava para Simone, que não se sentia mais uma mulher maravilhosa, mas uma gata borralheira.

"Eu beijo uma mulher; confio na outra." Jacques escrevera essa frase para ela certa vez. Na época, Simone sentiu-se orgulhosa por ser a confidente. Mas, ao ver toda a beleza de Magda, não teve mais certeza de que deveria se sentir assim. Será que estava com ciúmes?

Simone não deixou o desconforto transparecer e, com algum esforço, aguentou bem até o fim; a noite foi insone, angustiante. Lembrou-se de Colombe, personagem do romance de Alain-Fournier que se afogara ao descobrir que o amante não era digno dela. Simone ficou horrorizada ao perceber que a ideia de fazer algo parecido foi sedutora por alguns segundos. Sentou-se e acendeu a luz a fim de afastar esse pensamento terrível. Poupette gemeu ao seu lado, mas Simone não prestou atenção nela.

Era preciso, urgentemente, conseguir enxergar os próprios sentimentos com clareza. Apressada, procurou pelo diário e folheou os registros dos últimos meses que faziam referência a Jacques. Admirada, percebeu o espaço que ele ocupava. Todos aqueles "Oh, Jacques!" e "Meu Jacques!". E por que eles se tratavam de maneira tão efusiva? Ela nunca pensaria em agir assim com Sartre; com ele, o tratamento era mais contido e, mesmo assim, tinha afeição, mas uma afeição séria, não essa entrega sonhadora, que não combinava nada com uma mulher intelectual como ela.

Havia registros no diário em que todas as linhas mencionavam Jacques, direta ou indiretamente. Ela o comparava com outros amigos, como o suave Maheu e o charmoso Gandillac; escrevia sobre visitas ao Bois de Boulogne para, em seguida, descrever suas lembranças de passeios com Jacques ao lugar. Cada canteiro de tulipas, cada narciso que tocava seu coração era um gatilho para Simone se lembrar de Jacques. As flores das castanheiras, de um rosa delicado, faziam-na recordar o quanto Jacques gostava dessa árvore.

Quando Simone releu as passagens, elas a perturbaram. Será que a beleza do mundo não tinha seu próprio valor? E Sartre não havia lhe ensinado que ela era um ser humano autônomo, de modo algum definida unicamente por sua relação com Jacques? Seus encontros, suas experiências... por que pautava tudo isso por seu relacionamento com ele? Que constrangedor! E ela sabia que os registros dos anos anteriores eram ainda mais sentimentais e – ela procurou pela palavra adequada – ainda mais enganosos. Ela sempre vira em Jacques alguém que ele não era nem fingia ser. Quando ele dizia coisas como: "Acho que logo terei de me casar", Simone se convencia de que só poderia ser com ela, embora soubesse da verdade. Furiosa, fechou o caderno. Quase o atirou na parede.

Quero ser assim?, ela se perguntou. *Uma pessoa tão dependente? Que distorce o mundo de maneira insincera em vez de enfrentar as situações da vida honestamente? Acabei de passar em minha* agrégation, *meu Deus! Estou prestes a me tornar uma das melhores professoras da França. Sou uma mulher responsável, que questiona as próprias ações e reflete sobre elas. Tenho um objetivo na vida. Mas tudo que escrevi aqui é falso. Essa não sou eu. Não é quem quero ser.*

Ela parou. *Mas tenho apenas vinte e um anos*, pensou para se consolar um pouco, *estou no começo da vida. E reconheci meu erro. Vou corrigi-lo, vou mudar. E vou seguir mudando até poder dizer: agora sou como quero ser.* Ela se lembrou do que Poupette havia lhe dito algum tempo antes: "Não me espanta que tenha se apaixonado por Jacques. Ele era o único homem que você conhecia. E, em nossos círculos, isso só podia significar que você se casaria com ele".

* * *

Na manhã seguinte, a caminho do Boulevard Raspail, onde ficava a mulher que havia datilografado seu trabalho de conclusão de curso, a mente de Simone ainda estava funcionando a mil. O coração partido era tão doloroso – apesar de tudo, o coração estava, sim, partido por Jacques – que seu trabalho, no qual tinha investido tanto, pareceu-lhe subitamente desimportante. Recebeu o pacote de folhas de maneira quase indiferente. De volta à rua, Simone ficou furiosa. Ela tinha em suas mãos o resultado de vários meses de trabalho; era preciso se alegrar! Em vez disso, estava mergulhada no luto por um homem que não era digno dela e com o qual nunca se casaria. De repente, Simone reconheceu claramente a extensão de sua ilusão. Seu primo estava à procura de um bom partido, que lhe ajudasse em suas dificuldades financeiras. As juras de amor dele eram frutos de sua imaginação. E como ela queria manter um casamento daquele? Como ambos estariam em dez, vinte anos? Será que ainda teriam algo a dizer um ao outro? Tudo isso era uma loucura. O que Jacques estava fazendo com ela? Não! O que ela permitia que ele fizesse? Como ela foi idiota! Quantas vezes acordara pela manhã com lágrimas nos olhos por ter sonhado com ele a noite inteira. Quantas vezes desperdiçou tempo na biblioteca porque passava horas pensando em Jacques em vez de ler, progredir, desenvolver-se. Há tempos não contava mais os dias em que não o tinha visto, há tempos que não escrevia mais páginas melosas em seu diário. Jacques, há tempos, tinha começado a esmaecer. Que alívio!

Graças a Sartre, ela tinha aprendido a ir ao fundo de seus sentimentos e nunca mentir para si mesma. Era preciso dar um fim à hipocrisia. Desse ponto de vista, era impossível não considerar encerrado seu relacionamento com Jacques.

Alguns dias mais tarde, quando estavam sentados no quarto esfumaçado de Sartre com a pretensão de estudar, ela lhe falou de Jacques.

— Mas querido Castor, como você pode pensar dessa maneira tão burguesa? — ela ouviu a voz suave de Sartre questionar. — Ele é filho de uma boa família e se esbalda antes do casamento com uma mulher de classe inferior, antes de decidir virar um homem sério e se casar com alguém da própria classe. E claro que ele não garante à futura esposa o mesmo direito. Isso é infame!

Simone se empertigou. Ela estava tão enojada que ficou com ânsia de vômito.

Para seu espanto, Sartre não se interessou minimamente por sua indignação. Caso Simone achasse (ou secretamente torcesse para isso) que fazia o papel de mulher interessante ou misteriosa ao lhe contar das peripécias com Jacques, ela estava redondamente enganada. Para Sartre, casamento e monogamia não eram uma opção, ele não se interessava pelo assunto.

— Agora diga alguma coisa. Você não quer saber como me sinto? — ela exclamou finalmente, nervosa.

Sartre encarou-a, espantado.

— Mas, Simone, não ache que você precisa me contar de outro homem para se fazer desejada. Você tem o propósito de ser livre. Você é muito curiosa. Devia escrever livros em vez de se casar.

Essas palavras atordoaram Simone, embora fosse preciso confessar que ele estava com a razão.

Quando ela foi embora, ele se despediu dizendo:

— Meu Castor encantado, adorei estar com você hoje. Você é a moça mais delicada, fiel e autêntica que conheço.

Desse modo, Sartre havia recolocado a situação nos eixos, mas, assim que Simone chegou à rua, um grande desespero se abateu sobre ela.

Ela foi correndo até o Jardim de Luxemburgo e, de repente, estava chorando na frente de um grande arbusto de lilases, cujo aroma estava no ar. Ela se sentou num banco e tentou se acalmar. O que estava acontecendo? Simone abriu seu livro a fim de pensar em outra coisa, mas ficava apenas olhando para as páginas, sem ler nem uma linha. *O que define minha vida?*, ela se perguntou. A resposta foi: todo o conhecimento que a Biblioteca Nacional, a Sorbonne, a Escola Normal ou as livrarias encantadas de Adrienne e Sylvia guardavam para ela; sua irmã e seus amigos, em especial Zaza, Maheu, Merleau-Ponty, Stépha e, há algumas semanas, principalmente Sartre; as noites passadas com eles em Montparnasse; as descobertas da filosofia e, não menos importante, os livros que ela escreveria. Ao pensar nisso, Simone enfim conseguiu se acalmar e disse a si mesma: "Provavelmente, sua maior humilhação, meu caro Jacques, seria eu não pensar nem uma única vez em você durante um dia inteiro". E ela faria exatamente isso.

Simone ergueu a cabeça e notou o arbusto de lilases. Afinal, enquanto houvesse tal beleza, a vida não era mesmo maravilhosa e não devia ser desfrutada?

CAPÍTULO 7

Sartre convidou Simone para um passeio às margens do Sena. Segundo ele, era para continuar a conversa sobre as expectativas dela em relação ao futuro de ambos. Enquanto caminhavam defronte ao Louvre, Sartre descreveu o futuro que via diante de si: ele nunca criaria uma família nem acumularia bens. Iria viajar e não teria medo de nada. Pediria aos trabalhadores do porto de Constantinopla que lhe contassem suas vidas, beberia com cafetões e trabalharia na terra com camponeses. Circularia pelo mundo, colecionando o maior número possível de experiências.

— Para que tudo isso? — ela ousou perguntar, embora soubesse a resposta.

— Para compreender e contar a respeito. Quero espalhar minhas ideias no mundo. E nada vai me impedir.

Simone olhou para ele, admirada. Incrível como ele sabia exatamente o que queria da vida! Sartre havia resumido sua quintessência. Ele queria ver o mundo, e tudo ao seu redor haveria de compor sua obra. Ele perseguia uma ideia, não o desejo de se tornar famoso. A vontade incondicional de Sartre de escrever livros, quase uma teimosia apaixonada, fascinava Simone ainda mais do que seu conhecimento ilimitado. Ela teve de reconhecer que ele sabia exatamente qual era seu objetivo.

Sartre parou, de repente, no meio da Pont Neuf.

— O que o amor significa para você? — ele perguntou. — O desejo de que o outro fale com você ou de que a abrace?

— Ambos — ela respondeu sem pestanejar. — É possível antecipar um beijo porque palavras muito belas foram ouvidas antes. E é possível deixar de gostar de alguém quando nos decepcionamos com suas palavras.

Ele riu triunfante.

— Eu lhe disse que esse Jacques a faria infeliz. Vamos, vou lhe pagar um chocolate quente!

Eles entraram no primeiro café que viram pela frente, e um garçom trouxe as bebidas. Sartre começou a falar sobre a superfície do chocolate quente, como ela se modificava com a adição de creme e depois, ao ser remexida. Em seguida, ele segurou a colher no alto e ponderou sobre sua forma e sobre por que era exatamente essa e não outra.

Ainda com a colher, Sartre apontou na direção do pequeno palco no fundo do salão.

— Você está vendo aquele pianista baixinho? Ele está tocando essa canção porque pensa em se separar da esposa, que o trai com o guitarrista.

Simone prosseguiu:

— Mas o guitarrista ama a esposa do pianista desde a infância. E é recíproco. Ela só se casou com o pianista porque se deitou uma vez com ele e ficou grávida. Desde então, os três infelizes estão presos nessa história.

Simone apoiou o queixo na mão e pensou sobre a esposa do pianista.

Eles viviam fazendo isso. Comentavam sobre tudo e todos a seu redor. Todos os detalhes lhes interessavam, o mundo estava cheio de histórias. Eles conversavam o tempo todo, e Simone nunca ficava entediada ao lado de Sartre.

Nesse dia, Simone ficou aliviada ao voltar para casa e perceber que não havia ninguém por lá. Aproveitou a solidão para registrar suas ideias sobre Sartre no diário. Para ela, era importante ser tocada por palavras. E Sartre penetrava em sua cabeça com as palavras. Meu Deus, penetrar, foi isso que escreveu? Isso parecia... Ela riu.

De repente, sentiu saudades dele. Não do pensador, mas do homem. Desde que Maheu se mudara de Paris e, portanto, não podia mais cortejá-la, desde que tinha se afastado internamente de Jacques e de sua hipocrisia, havia espaço para Sartre em seu coração. Simone não conseguia compreender muito bem esse sentimento, mas o desejo apareceu subitamente. Era como se ela estivesse vendo Sartre pela primeira vez. Com os dedos trêmulos, escreveu uma frase – uma intenção, para ser mais exata. Nesse momento, ouviu a mãe chegando em casa. Rapidamente, Simone fechou o diário e escondeu-o atrás de uma fileira de livros em sua prateleira.

— Vou acompanhá-lo até seu quarto — ela disse, no dia seguinte, para Sartre. Eles tinham passado o dia juntos, como de costume. Estava escurecendo, e ambos se sentiam cansados e satisfeitos com as conversas. E Simone se recordou da frase anotada na noite anterior.

Sartre olhou-a com surpresa e carinho.

— Quero isso faz tempo. Na verdade, desde o primeiro dia. Mas por que agora?

— Refleti a respeito e decidi que chegou a hora. E Stépha me passou um sermão — ela respondeu com um sorriso.

— *Brave*, Stépha! — exclamou Sartre tomando a mão dela para não soltar mais.

No quarto, ele a envolveu pela cintura e a beijou. No instante em que os lábios carnudos dele pousaram sobre os dela, Simone sentiu algo explodir dentro de si. Ela se apertou contra ele, e ambos se deitaram na cama estreita. Pilhas de livros se desfizeram, Sartre empurrou-os com os cotovelos para abrir espaço.

— Amo você, Simone. Mas, mesmo se ficarmos juntos agora, isso não significa que você tenha algum direito sobre mim — ele disse de repente. — Você sabe disso, não?

Simone deu uma risadinha.

— Não se faça de tão importante, Sartre. — E mesmo se não fosse assim, ela não queria voltar atrás. Simone achava que conhecia de antemão todo o roteiro de sua primeira vez. Mas, naquele momento, ela era apenas desejo e paixão, e seus pensamentos simplesmente foram desligados.

No caminho de casa, dentro do ônibus, ela não sabia o que pensar primeiro.

— Vou levá-la de volta — Sartre havia sugerido enquanto passava a mão delicadamente sobre as costas nuas de Simone, mas ela queria ficar sozinha para pensar no que havia acabado de acontecer. Era bem possível que a mãe estivesse aguardando por ela em casa, e Simone não queria estar despreparada. Françoise haveria de observar os olhos cintilantes e o nervosismo da filha e faria perguntas incisivas.

Finalmente ela dera o passo. E tê-lo feito com Sartre foi a coisa certa. Ela tinha testemunhado o semblante desdenhador de Stépha quando a amiga discorria sobre as noções pequeno-burguesas relativas à sexualidade das mulheres. Entretanto, Stépha não havia lhe revelado o furacão do amor físico. "Não dá para explicar, você vai ver", ela tinha afirmado de maneira lapidar e com um sorriso. Agora Simone sabia do que se tratava. Finalmente estava ciente das coisas sobre as quais não se falava. E a mãe de Zaza tinha chamado o sexo de tarefa nojenta? Como assim? Simone continuava sentindo o desejo, o formigamento, o prazer.

O que mais lhe impressionava era a sensação de contato com Sartre. Ela não sabia que podia haver outro nível de conexão além do intelectual. Simone havia conhecido a felicidade infinita de amar um homem por seu corpo e por sua inteligência. Ela sentiu a certeza arrepiante de que Sartre era o homem por quem esperava; ele era tudo de que precisava em seu caminho. Ele era seu interlocutor, seu amigo, seu homem. Ele era mais importante do que todos os outros.

Zaza foi a primeira a perceber que Simone estava apaixonada.

— Fico contente por você — ela disse. — Sei que o homem certo muda tudo.

— Isso quer dizer que você não está com ciúmes pelo fato de eu passar tanto tempo na companhia dele?

Zaza balançou a cabeça.

— Não, de modo algum!

— Também estou me deitando com ele. — Pronto, ela tinha falado. Simone esperou, temerosa, pela reação de Zaza. Ela não suportaria que a amiga a condenasse.

— Você deve saber o que faz. Eu não conseguiria. — O comentário de Zaza foi breve e contundente.

Simone e Sartre ficaram ainda mais próximos nas semanas seguintes. Ela se tornou a confidente mais importante de Sartre, e todos os amigos dele vinham em segundo lugar. Por sua vez, Simone não conseguia mais imaginar uma vida sem ele.

— Acontece o mesmo comigo — ele disse, com o olhar embevecido. — Você se tornou a pessoa mais importante da minha vida. Como foi que conseguiu?

No verão, entretanto, Simone viajaria, como sempre, para Meyrignac e, a partir do outono, Sartre precisaria cumprir seu serviço militar. Simone entrava em pânico ao imaginar a separação que se anunciava. E se ele fosse transferido para o norte da África, como Jacques?

— Não vou sobreviver — ela exclamou. — Vou com você. Alugarei um quarto em algum lugar perto do quartel e esperarei por você.

Mas primeiro eles tinham de superar a separação durante o verão.

— Irei visitá-la — ele anunciou, e Simone abraçou-o, aliviada.

65

CAPÍTULO 8 – Meyrignac, agosto de 1929

No início de agosto, Simone estava no trem rumo a Meyrignac. A mala pesava devido aos muitos livros que queria ler, e igualmente pesava seu coração – embora fosse uma alegria passar algumas semanas em meio à natureza, lendo debaixo de uma árvore ou sob o Sol. Além do mais, esse verão na cidadezinha de sua infância também seria especial, pois Simone achava que talvez fosse a última estadia mais longa por lá. Depois da morte do avô, a propriedade havia passado às mãos de um tio, e ninguém sabia ao certo seu destino. Então, apesar de toda a expectativa feliz pela vida no campo, naquele ano Simone estava muito saudosa das pessoas que deixara em Paris.

Ela mal conversou durante o longo percurso de trem. Enquanto a mãe reclamava dos assentos desconfortáveis da segunda classe e o pai tinha ficado nervoso pelo fato de não terem encontrado carregadores de malas, tendo que se esforçar e colocar eles mesmos as bagagens na cabine, Simone se manteve introspectiva e silenciosa. Poupette cutucou-a com o pé porque ela não respondia às suas perguntas. A cabeça de Simone estava ocupada com Jacques, Maheu e Sartre. E a confusão sentimental em seu coração realmente não era tema de conversa na presença dos pais.

Simone estava contente pela solidão de Meyrignac. Lá, ela tinha um quarto para si. Ficava no primeiro andar, sobre um terraço sombreado, onde ela gostava de ficar sentada à noite, lendo. Ela mal podia esperar para ocupar seu espaço e registrar os pensamentos no diário. Assim que se instalou no quarto após a chegada, limpou a fina camada de pó sobre a mesa do lugar, depositando ali seus livros e o caderno de anotações.

E, com um gesto festivo, se sentou.

Ela tinha se proposto a usar as semanas de férias para ganhar clareza sobre seus sentimentos e tomar uma decisão. E começou escrevendo três nomes no alto de uma folha. "Sartre – Maheu – Jacques." Mas por que os nomes vinham nessa sequência?

"Meu carinho por Sartre não é uma traição nem a Lama, nem a Jacques", ela escreveu. Sartre e Maheu eram seus companheiros, com os quais ela vivia as aventuras do espírito, que lhe transmitiam a sensação de que ela tinha algo a dizer. Ela havia se deitado com Sartre, mas quantas vezes desejara o mesmo com Maheu, o doce e tímido Maheu? Simone teria dito sim, mas ele nunca perguntou, nunca deu uma expressão física a seu afeto por ela. Jacques, por sua vez, era parte de sua infância inocente e não fazia ideia do quanto seu silêncio empurrara Simone para a infelicidade. Mas ele também não sabia o quanto ela se distanciara dele. O que Sartre havia dito? Que Jacques era exatamente aquele tipo de homem – romântico, bonzinho, imprevisível – que a faria infeliz.

Simone suspirou. Ela amava os três, mesmo que de modos bem diferentes. Às vezes, sentia falta de um, uma ausência dolorida, às vezes de outro. Ela planejava se decidir por um deles até o fim das férias, mas e se não conseguisse, se não quisesse? E, de repente, perguntou-se o que a impedia de amar simultaneamente esses três homens tão diferentes entre si? Simone baixou a caneta. Era preciso refletir a respeito daquilo.

Os primeiros dias no campo foram divinos, assim como ela havia sonhado. Cheia de satisfação, Simone percorreu novamente os arredores tão conhecidos. Caminhou até o riacho que gorgolejava no fim do terreno e colocou os pés na água gelada. Procurou pelos ninhos de pássaro do ano anterior e ficou contente ao descobri-los habitados novamente; foi até o lugar onde havia encontrado violetas silvestres e voltou com grandes buquês. Ela abraçou o enorme cedro, plantado pelo avô, como se fosse um amigo, e relaxou sob sua sombra.

— Você poderia ter se tornado bióloga — gracejou Poupette quando elas caminhavam pela propriedade, e Simone se abaixava para ver uma folha ou um caramujo, uma libélula ou outro animal. Para ela, era como se estivesse fazendo todas essas coisas tão adoradas pela última vez, por isso se entregava a elas de coração.

Ela via os pais e o restante da família apenas durante as refeições e estava bem assim.

Às vezes, ia com Poupette e a prima Madeleine até a cidade vizinha, Uzerche, mas as sorveterias e butiques não ofereciam nada de interessante. Ela sempre se alegrava em voltar à modesta Meyrignac.

Em outros momentos, passava horas sobre a grama queimada de sol, um livro diante do nariz, envolta pelo aroma da terra úmida, dos grãos recém-moídos e do zumbido dos insetos. Ela sonhava acordada até aparecer a primeira estrela no céu muito azul, sentindo uma grande calma interior, uma paz silenciosa, perguntando-se se esses sentimentos eram inéditos ou não.

À noite, escrevia cartas cheias de saudades para Sartre, nas quais detalhava seu cotidiano. Quando pensava nele, Paris voltava diante de seus olhos: os muitos lugares que haviam visitado juntos, as ruas pelas quais caminharam, mergulhados profundamente em conversas, os cafés e os restaurantes que haviam frequentado. Ela teve de escrever a ele: "Sartre, para mim, você é Paris. Se o perder, perderei Paris. Sabe que o carrego o tempo todo no coração quando caminho pelos gramados úmidos de orvalho?".

Em 21 de agosto, finalmente ele chegou. Dez dias juntos os aguardavam. Sartre reservara um quarto em Saint-Germain-les-Belles, a quatro quilômetros de distância, e todos os dias vinha a pé até Meyrignac. Simone saía de casa como sempre, mas agora era para se encontrar com Sartre.

Parecia que eles nunca tinham se separado, Simone constatou, feliz. Eles retomaram a conversa bem no ponto onde tinha sido interrompida. E, surpresa, Simone percebeu que, com a chegada de Sartre, não havia mais espaço em sua cabeça para pensar em Maheu ou em Jacques. Eles não conseguiam competir com a presença dele; Sartre não deixava espaço para que pensasse em mais ninguém – e o fazia de um jeito muito excitante.

Quando ela acordava por volta das sete com o canto dos passarinhos diante da janela aberta, seu primeiro pensamento era dedicado a Sartre e ao fato de que ele estaria esperando por ela no seu ponto de encontro. Ela comia rapidamente um croissant na cozinha, bebia café e saía. Poupette era sua cúmplice e embrulhava para a irmã alguns sanduíches ou uma fatia de torta salgada e mais um pedaço de queijo. Simone bem que gostaria de preparar o piquenique por conta própria, mas isso levantaria suspeitas, pois todos na família sabiam como ela detestava o trabalho na cozinha. Poupette, entretanto, considerava os encontros da irmã muito românticos e estava do seu lado.

Ela e Sartre estavam sentados em um de seus locais favoritos, numa clareira inundada pelo sol perto de um pequeno rio, observando uma lagartixa se aquecer numa pedra.

— E se não passar nenhuma presa para ela hoje? — Simone perguntou apenas por perguntar.

Sartre, entretanto, logo estava alerta:

— Daí, ela vai morrer de fome. Ou procurar outro lugar para caçar.

E já estava em meio a uma explicação filosófica de sua teoria do acaso, que ele chamava de contingência.

— Essa lagartixa agradece sua existência unicamente ao acaso, e também é casual conseguir uma presa ou morrer de fome. Não há forças superiores — ele disse. — Não existe um deus que determina previamente nosso destino. São os acasos que dão uma direção à nossa vida. E, claro, nossas ações.

Simone encarou-o boquiaberta. *É por isso que o amo*, ela pensou. *Porque ele transforma essas coisas miúdas em filosofia.* Ela queria que ele continuasse falando e perguntou:

— E se o acaso quisesse que nós não tivéssemos nos encontrado?

— Agora quem fala é *mademoiselle* De Beauvoir, não meu corajoso Castor.

— E você é Baladin, o peregrino, que descobre as mentiras e a mediocridade do mundo.

Ele riu.

— Baladin, como o da peça de John Millington Synge, *Le Baladin du monde occidental*. Gostei.

Ela considerava as conversas filosóficas tão fascinantes quanto o olhar dele sobre ela. Sempre que percebia algo em Simone, quando enfatizava algo do caráter, da aparência ou até do jeito de andar dela, ele usava de imagens e descrições que eram simplesmente belas. E ela começou a fazer em seu diário uma lista dos elogios mais bonitos. "Você é preciosa e muito frágil, meu querido Castor. É preciso tratá-la com delicadeza porque você costuma se entregar por inteiro. Você nem sabe a delicadeza que irradia de seu pequeno rosto." Quando ele havia dito isso a ela? Depois de terem se amado no chão da floresta? Quando ficaram horas deitados lá, face a face, conversando?

Eles não tinham a intenção de esconder seus encontros e, muitas vezes, davam longos passeios, algo de que Sartre não gostava muito porque afirmava ser alérgico à clorofila. No dia da feira, eles ficavam sentados num banco diante do hotel de Sartre, e Simone cumprimentava os vizinhos de Meyrignac que passavam. Às vezes, Sartre a esperava no limite do jardim, e era possível enxergá-lo de dentro de casa. E foi assim que aconteceu o que era previsível. Certo dia, eles estavam deitados lado a lado em meio a uma grama alta, quando o pai dela se aproximou rapidamente, furioso.

— *Monsieur*, exijo que o senhor vá embora imediatamente. Nossa filha está ficando falada — Georges exclamou, bravo, a alguma distância.

Sartre ergueu-se propositalmente devagar e deu a mão a Simone para ajudá-la a se levantar.

— Papai... — ela começou, mas Sartre interrompeu.

— Não, *monsieur*, não vou embora. Sua filha é adulta, e nós estamos preparando um trabalho.

— Papai, esse é Jean-Paul Sartre. Ele foi o primeiro colocado no exame da *agrégation*; nós estudamos juntos. Não permito que você me impeça de vê-lo.

O pai olhou ameaçadoramente para Sartre, e Simone achou que ele partiria para a agressão física.

— *Monsieur*, faça o que quiser; por mim, até luto com o senhor, mas não serei enxotado. — Sartre permaneceu muito calmo, e essa estratégia desarmou Georges.

— Papai, tenho vinte e um anos. Isso é ridículo — Simone insistiu.

Mas Georges não se acalmava. Ele simplesmente não queria acreditar que um jovem estudante atrevido não obedecesse a uma ordem sua. Entretanto, teve de engolir a situação. À noitinha, quando voltava para casa, Simone já estava se preparando para uma tempestade. O pai, porém, ficou calado, e a mãe tampouco mencionou o ocorrido.

Quando Sartre regressou a Paris, Simone registrou as impressões da visita dele em seu diário. Os últimos dez dias haviam confirmado o afeto inquebrantável dele – nada os separaria, ela estava certa disso.

"Sartre está em meu coração e em meu corpo, mas (visto que outros também podem estar no meu coração e no meu corpo) é, principalmente, o amigo inigualável dos meus pensamentos..."

Alguns dias depois de Sartre ter ido embora, Lama chegou à estação em Meyrignac. Simone se armara de coragem e conseguiu a permissão dos pais para reservar um quarto no hotel da estação. Maheu também se hospedaria por lá, mas claro que num quarto separado. Visto que ele já tinha sido apresentado aos pais dela em Paris, quando conquistou sua simpatia, os pais aquiesceram. Talvez eles temessem o falatório dos vizinhos caso a filha voltasse a caminhar desacompanhada com um homem; desse modo, era preferível que ela ficasse longe. Para Simone, tanto fazia, ela estava apenas abismada com os pensamentos da mãe, que acreditava piamente que uma menina de boa família tinha de se casar com o homem com quem tinha jogado tênis ou passeado algumas vezes.

Quando Maheu desceu do trem, de terno claro, mala pequena e cansaço no rosto, o coração de Simone começou a bater mais forte. Ela tinha um imenso carinho por ele. Os dois se instalaram em seus quartos no hotel, e Simone ouviu-o cantando ao lado, enquanto se refrescava. Na primeira noite, ela bebeu uma garrafa de vinho no restaurante – eles conversaram tanto que Simone nem percebeu como entornava uma taça atrás da outra. O tema era Sartre e os dias passados em conjunto. Ela relatou todos os detalhes a Maheu, que ficou chateado, mas fez de conta que estava apenas preocupado com ela.

— Você nunca terá Sartre apenas para si. Duvido que seja feliz com ele.

Por volta da meia-noite, quando voltaram aos seus quartos, Simone estava enjoada do vinho, e Maheu foi até ela com seu pijama de seda azul, sentou-se na sua cama e beijou a mão de Simone até que se sentisse melhor.

Nos dias seguintes, eles fizeram longas caminhadas. Numa delas, nadaram num rio, e Maheu sofreu uma queimadura solar. Mais tarde, ele trepou numa árvore para fazê-la rir. Ambos se esforçaram para reavivar a antiga amizade, mas uma curiosa estranheza se mantinha entre eles.

Quando Simone acompanhou-o de volta ao trem, ela estava com a sensação de que havia algo de errado. A leveza do relacionamento se perdera. Na despedida, Maheu acenou, triste.

Com a ajuda do diário, ela tentou compreender qual poderia ser a diferença entre Sartre e Lama. Maheu fazia parte dos homens bonitos que acreditavam estar sempre no controle da situação, que pediam desculpas com uma piscadela e achavam que as mulheres deviam compreender que os homens funcionavam de um jeito diferente. Era exatamente esse seu poder de sedução. Homens como Maheu – ou Jacques – faziam de conta que eram frágeis e enganavam as esposas sorrindo feito príncipes para esconder as amantes e outras trapaças.

Sartre, por sua vez, nunca se permitiria tais manipulações. Ele era honesto inclusive nas pequenas questões e, o mais importante, dava à Simone a liberdade de ser ela mesma, autêntica, encarando as coisas da maneira que eram. Sem compromissos, sem imposições ou expectativas, sem interpretações e desculpas. Além disso, Sartre era o único que estava à sua altura intelectualmente.

A noite caía, e Simone estava sentada no terraço, sob sua janela. Na mesa, ardia uma luminária a querosene, cuja luminosidade fraca não conseguia penetrar a escuridão por mais de dois metros. Ao seu redor, era possível ouvir os grilos e os chamados de uma coruja; nos pés nus, ela sentia a umidade que subia do gramado após um longo dia de verão. O diário estava à sua frente, e ela se empenhava em registrar o que fazia seu relacionamento com Sartre ser tão especial. No início, era mais fácil sentir seus efeitos do que descrevê-los com palavras claras. Entretanto, ela tinha certeza de que, com esse tipo de união, Sartre lhe oferecia algo que ela havia esperado inconscientemente por muito tempo: um relacionamento entre iguais, sem manipulações, sem compromissos, sem desculpas, sem a carga do passado, dos papéis preconcebidos, das expectativas.

Ao lado dele, ela se sentia livre. Simone o amava por isso, e esse relacionamento tão especial era motivo de orgulho.

"Dedico-lhe, meu querido sapo, esta noite encantada", ela escreveu.

Simone soltou a caneta e mergulhou nos ruídos e nos aromas da noite que a circundavam. Sua alegria era tanta que seus olhos se encheram de lágrimas.

O fim das férias estava próximo. Simone não sabia se ficava triste porque, muito provavelmente, não voltaria àquele lugar ou feliz pelo reencontro com Sartre em Paris. Como tantas vezes, ela montou uma lista com as coisas que queria fazer no ano seguinte, a fim de organizar as ideias.

No alto de sua lista, estava Sartre. Ele havia se tornado uma parte natural de sua vida cotidiana, e ela o veria com a maior frequência possível. Em seguida, vinha Jacques, com o qual ela ainda não havia rompido totalmente, embora também não pensasse mais nele com tanta frequência. Eles se encontrariam, jantariam juntos, mas a ideia de um casamento tinha ficado no passado. Daí, seguiam-se os outros amigos: Maheu, Nizan, Poupette e todos os outros. Ela escreveria um livro, bom ou ruim, tanto fazia. E a leitura não podia ficar de lado – livros de História, Filosofia, romances –, pelo menos três horas por dia, na Biblioteca Nacional ou em casa. Claro que ela iria sair, frequentar concertos, bailes, teatros e cinemas. Simone lecionaria, talvez duas horas por dia, a fim de ganhar dinheiro suficiente para todo o resto. Ah, e mais uma coisa: no ano seguinte, ela cuidaria melhor das suas roupas, contentando assim os *petits camerades*. Há pouco, tinha comprado uma revista de moda justamente para se inteirar das novidades.

Depois da lista pronta, ela esboçou o transcorrer de um dia. Das nove da manhã à uma da tarde: escrever; das duas às cinco: leitura; das cinco e meia às sete: aula; mais tarde: visita à casa da mãe ou passeio com a irmã ou Zaza. Nas noites em que Sartre estivesse na cidade: encontro com ele. Dormir à meia-noite.

Ao olhar para seu planejamento, Simone pensou no quanto era feliz. O futuro reluzia à sua frente e continha muitas promessas.

CAPÍTULO 9 – De volta a Paris, outono de 1929

Simone pressionou a bolsa contra o corpo e correu através do Jardim de Luxemburgo. Sartre a esperava na fonte Médici, e ela estava atrasada. Ainda bem que, no último minuto, lembrara-se de pegar um xale, porque, assim que as férias chegaram ao fim, o clima e a temperatura haviam se tornado outonais. Tinha chovido, e as folhas ainda gotejavam levemente; o ar estava limpo. O coração de Simone deu um salto quando ela reconheceu Sartre em sua capa de chuva azul. Ele havia erguido o colarinho e se abrigado sob o telhado da casinhola dos vigias.

— Que bom revê-la, Castor — ele disse, abraçando-a. Eles ficaram assim por um tempo, e Simone sentia-se sem fôlego, tamanha sua felicidade.

Já que a chuva tinha recomeçado, eles entraram num café para comer algo e começaram a conversar. Tudo era interessante. O que Simone havia feito em cada um dos dias das férias? E Sartre em Paris? Eles estavam sentados lado a lado e liam passagens de seus diários e de suas cartas um ao outro para terem as informações exatas. Separaram-se, a contragosto, apenas ao fim da noite para irem dormir. O primeiro dia depois das férias se tornaria um modelo para as próximas semanas. Eles se viam quase que diariamente, sempre que possível.

Simone e Sartre eram inseparáveis. Os amigos tiveram de se acostumar a encontrá-los sempre juntos. Mesmo na presença de outras pessoas, eles aproximavam as cabeças e mergulhavam numa conversa paralela que não terminava nunca. Podia acontecer de Sartre confiar um pensamento a Simone diante da casa dela tarde da noite, e, na manhã seguinte, ela lhe dizer sua opinião a respeito, sem repetir a reflexão. Eles sempre sabiam exatamente qual era a opinião um do outro. Nada tinha de ser explicado em suas discussões, nenhum livro precisava ser resumido, nenhum filme precisava ser recontado. Ambos tinham lido tudo e se entendiam plenamente.

***

Duas semanas mais tarde, Zaza também estava de volta a Paris. Radiante, ela informou Simone de que suas arestas com Merleau-Ponty tinham sido aparadas e que eles estavam noivos em segredo.

Simone ficou infinitamente aliviada.

— Vocês dois combinam à perfeição. Não posso imaginar ninguém melhor para você do que o bondoso Ponty.

Entretanto, Zaza e Ponty quase não tinham oportunidades para se ver, visto que madame Le Coin ocupava a filha durante o dia inteiro. Por isso, Simone teve a ideia de retomar suas partidas de tênis nas manhãs de sábado. Poupette era a quarta pessoa no jogo, e assim a atividade ganhava um ar inocente. Mas Simone percebia, pelos olhares conspirativos de Zaza, que não era bem assim.

— Logo vou contar para *maman* — ela disse.

Mas Zaza cancelou o primeiro jogo. Ela passou pela Biblioteca Nacional, ofegando, para avisar Simone:

— Se *maman* estivesse em Paris, eu poderia brigar com ela e conseguir a permissão para ir com vocês. Como ela não está, não posso quebrar a confiança que ela tem em mim.

Simone ficou possessa.

— Por que você aceita isso? — ela perguntou. — Então lhe diga que está indo para algum outro lugar. Zaza! — Ela falou tão alto que o bibliotecário lhe lançou um olhar de repreensão.

— Não posso mentir para *maman* — Zaza retrucou. — Prefiro ficar infeliz a decepcioná-la.

Ela deu meia-volta para ir embora. Simone reconheceu, pelos ombros trêmulos, que Zaza estava chorando.

Simone acompanhou-a com o olhar e balançou a cabeça, desconcertada. Embora estivesse ficando cada vez mais furiosa com a tolerância de Zaza, Simone também sofria. Sua melhor amiga estava metida numa séria confusão emocional, isso era evidente. A palidez de Zaza não era habitual, e ela parecia sempre introspectiva, além de ter emagrecido muito. Simone perguntou-se, assustada, se ela estava doente de verdade por causa de amor.

Nos dias seguintes, Simone escreveu a Zaza linhas encorajadoras, mas não a viu pessoalmente. Quando tocou a campainha na Rue de Berri, madame Le Coin não a deixou entrar.

— Zaza não está passando bem.

E a amiga também não apareceu para o tênis.

Apenas duas semanas mais tarde, Zaza chegou de surpresa na Rue de Rennes. Ela estava com um vestido claro de musseline e um chapéu de palha. À primeira vista, parecia cheia de vida, mas Simone descobriu lágrimas nos olhos e manchas avermelhadas nas faces da amiga.

— Vim para me despedir de você — disse Zaza, apressada. — Não tenho muito tempo. *Maman* está esperando lá embaixo no carro.

Simone puxou-a para dentro do apartamento. Felizmente, não havia ninguém em casa, e elas podiam conversar livremente.

— Me conte tudo. O que está acontecendo? — Simone incentivou-a.

Zaza finalmente tivera coragem de falar sobre Ponty para a mãe, e madame Le Coin não viu outra saída senão despachar a filha para Berlim a fim de passar algumas semanas por lá. Oficialmente, Zaza devia aprender alemão, mas estava claro que sua mãe queria mantê-la distante de Maurice.

— Mas por quê? — Simone exclamou. — Maurice está se formando na Escola Normal, e suas perspectivas para o futuro são as melhores. E a família dele é católica.

— Em nosso meio, casamentos por amor não são habituais, e você sabe disso. — Havia arrogância na voz de Zaza, que soava feito a mãe.

Simone olhou para a amiga, incrédula. Será que isso era uma indireta às suas experiências fora dos costumes da classe? Será que Zaza a repreendia pelo seu afastamento de Deus e da Igreja e por ter um amante? Ela não gostava de Sartre e chamava-o de intelectualzinho medonho. Simone sentiu a raiva crescer dentro de si.

Ela encarou a submissão de Zaza em relação à mãe como uma afronta pessoal. Os mundos das ideias das duas amigas estavam se afastando cada vez mais. Zaza vivia seus valores católicos e, nisso, era muito semelhante a Ponty, enquanto Simone já tinha aberto mão desses valores há tempos e agora só conseguia rir deles. Por sua vez, Zaza ficava chocada com isso.

— Você tem de se defender da sua mãe — Simone ordenou. — É tão fácil assim abrir mão de Ponty? E de mim?

Zaza soluçou. Em seguida, ergueu o olhar e encarou Simone.

— Você não entende, nunca entendeu. E, além disso, você tem Sartre.

Simone sentiu o golpe. Ela mesma tinha a consciência culpada por estar passando quase o tempo todo com Sartre. Apesar disso, não queria desistir.

— Então me explique! Zaza, você ama Ponty, e até ficaram noivos. Por que você permite que sua mãe, com os valores ultrapassados dela, atrapalhe sua felicidade? Não entendo. Decida-se, afinal, entre a sua família ou Ponty. — *E entre mim e a sua família*, ela completou em pensamento.

Zaza se levantou.

— Preciso ir — ela disse. — *Maman* está esperando. E, além disso, preciso fazer as malas. Meu trem parte hoje à noite.

— Maurice virá se despedir de você?

— Pelo amor de Deus, não! Escrevi a ele. E você também não pode ir à estação. — Ela se virou mais uma vez na direção de Simone. — Me faz um favor?

— Claro.

— Cuide de Maurice. Ele não se vira bem sozinho. — Ela se aproximou e abraçou Simone, que a sentiu soluçar. De repente, ela temeu por Zaza.

Assim que a amiga chegou a Berlim, Simone recebeu cartas que a deixaram muito desconfortável. "As coisas que amo não amam umas às outras. Por quê?" Ela não sabia o que a amiga queria dizer quando escrevia: "É possível fazer os filhos expiarem os pecados dos pais? Eles também carregam responsabilidade? E os entes queridos dos filhos têm de sofrer também?". Simone começou a ficar seriamente preocupada. Ela relia essas frases sem parar. Zaza não era nenhuma pecadora; ninguém era menos pecadora que ela, mesmo se fossem usados os parâmetros extremamente rígidos da própria Zaza. Por que ela obedecia às ordens da mãe? Não por medo, mas por amor a ela? E por que madame Le Coin era tão cruel com a filha que tanto amava?

No início de dezembro, finalmente Zaza voltou de Berlim. Em Paris, as lojas e os bulevares já estavam enfeitados para o Natal. Simone e Zaza se encontraram "casualmente", quando Zaza passou pela Biblioteca Nacional. Ela nunca tinha muito tempo. Mal havia tomado apressadamente seu café, era hora de partir novamente. Simone achou-a mudada; algo estava acontecendo. A pele da amiga estava sempre recoberta de manchas vermelhas, e sua animação parecia fingida. Por vezes, Simone chegava a ficar irritada.

Foi então que ela ouviu um boato de que a mãe de Ponty mantivera durante anos um amante, que também era o pai de seus filhos. Simone decidiu investigar isso a fundo e combinou de se encontrar com

Ponty no Deux Magots. Assim que ele se sentou à sua frente, ela começou a repreendê-lo.

— Você comete traição ao não confessar seu amor por Zaza. Faça algo, declare-se! Vá, enfim, falar com madame Le Coin.

Ponty desviou o olhar.

— É minha intenção, mas o momento não é propício. Minha mãe está sofrendo, e meu irmão está com o casamento marcado. Não posso lhe impingir perder dois filhos ao mesmo tempo.

Simone achou que não estava escutando bem. Uma argumentação dessas poderia ter sido feita por sua mãe.

— Como você pode ser tão torpe assim? Que história é essa de sua mãe perdê-lo depois de você se casar? E por que você se coloca acima de Zaza? Não vê que como ela está passando mal? Como é possível assistir impassível a isso? Você é covarde.

Antes que dissesse coisas impossíveis de serem consertadas mais tarde, ela se levantou e foi embora.

Mais tarde, o pai de Simone lhe contou que Jacques tinha voltado do serviço militar. Ela ficou decepcionada, porque o rapaz não fora informá-la pessoalmente. Mesmo assim, mal podia esperar para revê-lo – sem saber exatamente o que a aguardava. Mas ele desmarcou vários encontros em cima da hora, e, por fim, ela o convidou para ir à sua casa, mas ele também não apareceu. No dia seguinte, Simone não conseguiu se conter e foi até ele. Jacques abriu a porta, e ela lamentou o movimento impensado. Ficou decepcionadíssima. Os abraços, felicíssimos, e a festa pelo reencontro existiram apenas na imaginação de Simone. Na verdade, ele mal olhou para ela. Jacques se parecia com alguém que bebia muito, estava flácido, e seus olhos, vermelhos.

— *Salut*, Simone. Você está bonita. Você mudou — ele falou, meio a contragosto.

"Você também", ela gostaria de ter retrucado. O terno dele estava muito apertado, o olhar parecia amargurado. Não restara mais nada do homem charmoso e cheio de vida do passado. Simone quis lhe perguntar o que havia acontecido e se podia ajudá-lo, mas ele falou primeiro.

Jacques apoiou-se na lareira e apontou para a foto de uma jovem.

— Essa é minha noiva, vamos nos casar no mês que vem. Já sabia antes mesmo de partir para a Argélia. — Ele proferiu essas palavras como se quisesse se livrar o mais rapidamente possível da verdade inconveniente, e Simone percebeu o quanto estava constrangido.

— Felicidades — ela disse e foi embora. Chegando à rua, teve um acesso histérico de riso.

Que covarde, ele não tinha lhe dito nada a respeito! Em seguida, Simone começou a chorar, porque tinha perdido tanto tempo precioso e tantas lágrimas por esse caráter lamentável. Quando percebeu que estava chorando de novo por causa de Jacques, enxugou as lágrimas.

— *Adieu*, Jacques — ela disse, falando muito sério.

À noite, havia combinado de se encontrar com Stépha e lhe contou toda a história.

— Eu nunca teria sido feliz com ele — Simone afirmou. — No fundo, estou aliviada que as coisas entre nós tenham terminado. Imagine se ele tivesse pedido minha mão... — Ela caiu na gargalhada, porque a imagem era absurda.

Stépha também começou a rir.

— E o que você teria feito com Sartre?

Simone retomou a seriedade.

— Acho que hoje me despedi para sempre de meus sonhos de menina. Nunca serei uma comportada dona de casa, que dedica a vida ao marido e aos filhos. Quero escrever e ser livre de todas essas convenções.

— E, dessa maneira, seu fracasso se transformou numa vitória — disse Stépha, sem rodeios, acertando em cheio.

CAPÍTULO 10 – Outubro de 1929

Simone acordou e afastou a coberta. O sol da manhã atravessava a janela, já devia estar tarde. Ela olhou ao redor do pequeno quarto laranja e, de repente, a certeza estava lá. Esse era seu próprio quarto; ela tinha chegado à sua própria vida!

Seu olhar procurou automaticamente o relógio de pulso ao lado da cama, mas depois desistiu. Simone não queria saber as horas. Tanto fazia. Com um sorriso, saiu da cama.

Havia duas semanas, ela se mudara para esse quarto no apartamento de Mémé. No fim, a mãe relutou em deixá-la sair da casa, mas há tempos já estava combinado que, depois do verão, ela se mudaria para o apartamento da avó. Desde então, cada dia era uma festa. Simone desfrutava de sua liberdade. Ela podia fazer e deixar de fazer o que bem entendesse. Se a vontade fosse de ler a noite toda, então isso só dizia respeito a ela. Se quisesse dormir durante o dia, tudo bem também. Podia receber amigos, ficar sonhando acordada e trabalhar. Ela passava dias inteiros sem sair do quarto, simplesmente deitava-se na cama, ligava o aquecedor e fazia um chá, aproveitando o calor. Fumava, lia Proust, Jaspers e estava feliz. Simone poderia abraçar o mundo inteiro. Desde o verão, sua vida se tornara infinitamente mais rica.

Ela era agora professora formada e podia começar a lecionar quando quisesse. Primeiro, seriam as aulas particulares que garantiriam seu sustento; Simone não precisava de muito dinheiro. Ela preferia ser livre e ter tempo para escrever o primeiro livro. Desde o momento em que decidiu banir Jacques de sua vida – e, com ele, a ideia de que precisaria ser esposa e dona de casa –, Simone sentia-se leve e quase embriagada pela liberdade. A ideia de que seu futuro pertencia a si mesma e que ninguém lhe dava ordens podia fazê-la dançar o dia inteiro.

A vida, como ela a planejava, teria tempo para Sartre. Nas últimas semanas, eles haviam caminhado por Paris, mostrando um ao outro seus locais prediletos, que muitas vezes eram os mesmos. Eles ficavam sentados lado a lado, sempre juntos; quando se deitavam, suas faces se tocavam. Principalmente, porém, eles conversavam, e as palavras fluíam entre eles num fluxo contínuo. O dia não tinha horas suficientes para que pudessem dizer tudo o que lhes passava pela cabeça. E, juntos, nunca tinham se entediado nem por um segundo. Ela apreciava o fato de ele sempre lhe oferecer sua atenção integral. Tudo que Simone dizia parecia ser importante para Sartre. Nem mesmo Poupette era uma ouvinte tão dedicada.

Entretanto, Sartre tinha sido incorporado ao serviço militar havia alguns dias. Para grande felicidade de Simone, a caserna dele ficava a apenas uma hora de trem ao sul de Paris, em Fort de Saint-Cyr. Lá, havia uma estação de observação meteorológica onde se daria sua formação. Os primeiros dias haviam transcorrido de maneira muito tranquila, e Sartre teve tempo para ler e escrever. Eles tinham feito um plano bastante preciso sobre quais seriam os dias em que ela iria até ele à noite a fim de passarem duas horas juntos e depois tomaria o último trem de volta para casa. Nos fins de semana e em um dia da semana, Sartre podia ir a Paris. Nos outros, eles se escreveriam longas cartas. A perspectiva de vê-lo regularmente afastou de Simone o susto que havia tomado com a convocação.

O estômago roncava alto, mas ela não conseguia deixar seu novo endereço naquele instante, pois queria aproveitar mais alguns minutos de seu valioso sentimento de felicidade.

Simone se levantou e atravessou lentamente o cômodo. Embora seu lar fosse apenas a antiga sala da avó, era dela. Com a ajuda de Poupette, que a invejava ardentemente, descartara todos os móveis antigos, comprando, numa loja de segunda mão, uma mesa e duas cadeiras, que depois foram pintadas por ela mesma. A tarefa tinha sido mais difícil do que o esperado, mas Simone ficou satisfeita com o resultado. O mais importante eram as estantes para os livros. Ainda havia um sofá, que lhe servia de cama e sobre o qual, durante o dia, ela estendia uma coberta laranja. No canto, ficava o fogão a querosene, que fedia quando era aceso, mas aquecia muito bem. O melhor era a varanda, de onde podia avistar a Place Denfert-Rochereau e a enorme estátua do leão deitado que a enfeitava.

Simone saiu para a pequena varanda e fumou um cigarro enquanto assistia aos carros na rua, que faziam fila para ingressar na praça. Ficou tonta por fumar de estômago vazio. Mas ela já estava tonta – de felicidade. Do lado de fora, no corredor, escutou a avó falar alguma coisa, mas Mémé não entraria sem bater. Ela tratava a neta como qualquer outro de seus inquilinos e mantinha-se discreta. Simone voltou ao quarto para se certificar de que a porta estava trancada. E ficaria assim enquanto essa fosse sua vontade.

Ela pegou o livro que estava lendo na noite anterior. Uma das histórias policiais de Edgar Wallace, que ela lia às dúzias e com as quais se divertia e se arrepiava juntamente com Sartre. Simone havia passado metade da noite lendo, embora, ao chegar à página cinquenta, já soubesse quem era o assassino. Mas não era esse o ponto.

Ela guardou o livro e olhou mais uma vez para seu novo reino. Os desenhos atrevidos dos *petits camarades* e uma reprodução de Michelangelo, presente de Maheu, estavam pendurados na parede. Em seguida, esticou a colcha sobre a cama e saiu do apartamento a fim de se dirigir ao mercado na Rue Daguerre, do outro lado do leão, e comprar flores, uma garrafa de vinho do Porto e algo para comer.

Sartre viria à noite. Em seu pequeno cômodo, eles não seriam perturbados. Com um suspiro, Simone pensou nas muitas horas que tiveram de passar em ruas molhadas pela chuva porque não tinham para onde ir.

Ela desceu os cinco lances de escada com agilidade e cumprimentou a zeladora com um alegre: "*Bonjour*, madame Malakoff. *Comment-allez vous?*". Em seguida, atravessou rapidamente a grande praça, sob a qual havia uma gigante pedreira, usada desde 1875 como catacumba. Milhares de ossadas descansavam lá embaixo, mas, naquele dia, Simone estava interessada em vida. Ela chegou à estreita Rue Daguerre, do outro lado, onde as barraquinhas da feira já começavam a ser montadas.

Simone parou diante de uma barraca que oferecia cogumelos aromáticos. Sua boca salivou, mas ela não sabia como prepará-los e também não tinha vontade de cozinhar. Então comprou queijo, pão e uma linguiça na barraca ao lado. E um vinho do porto. Só isso. Ao consultar o relógio, soube que seu amado chegaria dali a cinco horas. E ele passaria o fim de semana inteiro em Paris.

Por volta das cinco da tarde, Simone estava em sua varanda, e seu coração disparava a cada táxi ou ônibus que passava na rua embaixo. Foi quando um carro parou e, dele, desembarcou um homem de terno azul, recém-barbeado. Simone desceu as escadas correndo.

— Finalmente você chegou!

Sartre acompanhou-a até o apartamento para deixar a mala. Em seguida, pousou o braço ao redor dos ombros dela, e foram caminhando assim na direção do rio para conversar. Como sempre, pararam no mercado de flores e nas banquinhas de livros usados. Um mostrava ao outro os livros que achava interessantes e tentavam pechinchar o preço. Depois, deram meia-volta e retornaram a Saint-Germain para tomar um chocolate quente no Café de Flore. Eles se sentaram lado a lado num banco vermelho de couro artificial, folheando os livros que haviam acabado de comprar.

Ao anoitecer, regressaram ao apartamento de Simone, conversando o tempo todo. A conversa não cessou nem durante a refeição. Mas, por fim, Sartre se aproximou dela no sofá, e eles se amaram.

— Seu corpo é muito charmoso — ele disse, e Simone considerou o adjetivo surpreendentemente adequado.

No domingo, Sartre havia combinado de se encontrar com seu antigo colega de faculdade, Raymond Aron.

Esperando em casa por ele, Simone se perguntou se havia encontrado o tema certo para um romance e queria fazer anotações a respeito. Era algo em torno de um jovem um tanto sonhador que encontra uma moça emancipada. Ambos não combinavam, e a história se passaria em Limousin, na região de Meyrignac. Mas ela não conseguia avançar muito bem. Embora tivesse muitas ideias para o início e uma ou outra personagem, assim que começava a escrever elas desapareciam, como se lhes faltasse substância. Ou Simone simplesmente não gostava mais de nada. Quando Sartre finalmente voltou, ela ficou aliviada por não ter mais de pensar no assunto e se lançou nos braços dele.

— Se você soubesse o quanto senti sua falta! — ela exclamou.

Sartre tomou as mãos de Simone, que estavam pousadas nas suas costas, e afastou-as suavemente.

— Eu gostaria que você estivesse preparada para partir durante a noite, para ficar longe de mim, ainda que infeliz. Temo que ficaria comigo por comodidade, mesmo se outra coisa a chamasse, meu Castor!

Simone não sabia o que responder. Ela estava chocada. E sabia que Sartre tinha razão antes de ele terminar de falar. Às vezes, ela sentia medo dos próprios sentimentos, medo de que algum dia seu amor por Sartre a deixasse sem ar. Ela percebeu que estava muito fixada nessa felicidade a dois, que exigia mais e mais. Ele não gostava disso.

— Você sabe que nosso amor não é compulsório, que sempre vamos colocá-lo à prova, sem nunca o considerar um fato consumado, não é? — ele perguntou, encarando-a.

Simone fez que sim com a cabeça. Ela sabia que Sartre e ela não eram *um* castor, mas dois. Que ela existia, e ele também. No fundo, sabia disso há tempos, desde que reconhecera que também ela e o mundo ao seu redor eram duas coisas distintas. Até então, nada nesse sentido havia sido um problema, mas agora, quando a questão se relacionava diretamente aos seus sentimentos em relação a ele, o problema apareceu. Simone ficou com medo, mas tinha de se curvar à verdade. Não podia haver hipocrisia. E então já estava com uma das categorias filosóficas dele na cabeça. Ela ficou feliz ao reconhecer que seus próprios padrões de explicação do mundo pareciam ser corretos. Simone deveria dar voz exatamente a isso num romance. Ela tinha ido muito longe em pensamento, mas então olhou para Sartre e confessou com um sorriso discreto:

— Acho que quem se manifestou há pouco foi a *mademoiselle* De Beauvoir — ela disse com cuidado. — Sinto muito.

— Eu nunca a machucaria, por isso até aceitaria se você se prendesse a mim.

Simone segurou a mão de Sartre.

— Deixe-me pensar a respeito.

Ela lutou com seus pensamentos durante toda a noite. Observou a situação por todos os ângulos. Havia a avidez que sentia em ser tocada por ele, seu romantismo infinito, as efusões sentimentais com as quais o soterrava e que imaginava serem constrangedoras para ele – ela também achava tudo isso desagradável. Simone suspeitava de que se tratava mais de um amor por si própria do que de amor por ele. Meu Deus, ela não queria ser daquelas mulheres que se agarravam ao braço do marido e que viviam apenas para receber seu amor! Sartre nunca a repreenderia por esse motivo e se manteria ao seu lado. Mas ele deixaria de afirmar o tempo todo o que ela significava em sua vida. Simone estar ciente disso seria suficiente.

O dia estava começando a amanhecer quando ela finalmente caiu num sono agitado.

— Acho que o que torna tudo tão difícil é não haver exemplos femininos — disse Poupette, com quem ela havia discutido a questão na segunda-feira. Nesse dia, Sartre havia tomado o primeiro trem para

Saint-Cyr, e Simone ficara em seu quarto, que subitamente lhe parecia estranho; ela tocou nas coisas que Sartre havia tocado e pensou muito. Por fim, mandou uma mensagem por correio pneumático para a irmã pedindo ajuda. Poupette veio imediatamente.

Elas estavam deitadas lado a lado na cama de Simone tomando vinho do Porto, embora ainda fosse a hora do almoço. No dia anterior, Sartre o havia dispensado, e agora Simone dividia a bebida com a irmã porque estava com vontade.

— Veja sob esse ângulo — disse Poupette. — Você é a primeira mulher que dá aulas de Filosofia aos jovens. Você passou pela *agrégation*, e alguns dizem que se saiu melhor do que Sartre na prova. Apesar disso, ficou em segundo lugar, porque não é permitido a uma mulher ser melhor do que um homem.

— Sartre é um pensador brilhante, está muito à minha frente — retrucou Simone.

— Blá-blá-blá, conversa fiada. Ele apenas teve mais tempo para estudar. E não tinha outra saída senão fazer a prova da *agrégation*. Certamente, não precisou pensar nem um segundo a respeito, muito menos se impor contra barreiras ou até superar dúvidas internas.

Simone assentiu.

— Todos me acharam maluca. Ninguém acreditou em mim.

— É o que estou dizendo. Não houve nenhuma mulher antes de você. E agora isso prossegue.

Simone se virou para Poupette.

— Como assim?

— A maneira como vocês estão vivendo juntos. Vocês não são casados e, apesar disso, formam um casal. Ninguém os abençoou.

— Bem, teve Stépha...

— Ela não conta. E mesmo ela já se casou.

Simone acendeu um cigarro e soprou a fumaça em direção ao teto. Poupette tinha razão quando mencionava a falta de modelos para as mulheres. Os homens tinham muitas figuras entre as quais podiam escolher em quem se espelhar ou até a quem superar. Para as mulheres, era diferente. Quase não havia gênios do sexo feminino, muito menos na Literatura e na Filosofia. Ela se lembrou de George Sand, mas foi só.

Depois de Poupette ter ido embora, Simone se sentou à escrivaninha com a caneta na mão a fim de fazer uma lista das mulheres que admirava. Mas hesitou antes mesmo de anotar o primeiro nome. Ela não conhecia nenhuma. Nenhuma professora na Sorbonne, nenhuma filósofa, nada de modelos. Madame Coulmas? Sua mãe? Madame Le Coin? Zaza? Ela riu, amarga. Em vez disso, recordou-se das palavras do pai, que dizia às filhas que a criatividade era algo masculino e que as mulheres não eram capazes de criar coisas novas. Com um suspiro de desgosto, pegou uma folha limpa e escreveu outro correio pneumático à irmã: "Querida irmã, serei um gênio. E se não há modelos femininos, então serei um".

CAPÍTULO 11

Antes de Sartre voltar a Paris, Simone aproveitou sua ausência para refletir sobre o relacionamento. Que tipo de vida ela queria? Será que conseguiria se adaptar às ideias de Sartre de um amor que franqueava aos amantes a liberdade total? O que aconteceria caso alguém como Jacques viesse a pedir sua mão em casamento? Ela tinha realmente deixado para trás as noções burguesas de relacionamento? Simone passou um bom tempo ponderando os prós e os contras, como costumava fazer. Antes de tomar uma decisão, ela queria estar absolutamente segura.

Sartre chegou em 14 de outubro de 1929. Era uma segunda-feira. Ele havia trabalhado no fim de semana e estava com dois dias livres. "Temos de conversar", ele lhe escreveu, "sobre nós".

Eles tomaram seu caminho predileto: em direção ao Sena, passando pelos vendedores de livros usados, só que não pararam ali. Não estavam com vontade de ficar revirando livros antigos. Em vez disso, cruzaram a Pont Neuf e, durante um momento, apreciaram em silêncio a vista da Notre Dame, cujas torres pareciam mais próximas no ar límpido. Do outro lado do rio, cruzaram o pátio interno do Louvre. Simone tremia devido ao vento leve, e Sartre conduziu-a um banco que ficava protegido do vento, onde se sentaram. Simone apertou o sobretudo no corpo, e Sartre colocou o braço ao redor dos seus ombros, num gesto de cuidado. Em algum lugar, um gato miou; uma mulher velha chamou-o com sons melódicos e um saco de ração. Fora isso, havia silêncio.

Simone aproximou-se de Sartre. A bochecha dele encostou na testa dela, e ela sentiu sua respiração.

— Pensei naquilo que você me disse na semana passada — ela começou.

— Eu também.

Ela olhou para ele.

— Simone, você sabe que recuso a instituição burguesa do casamento. Eu morreria caso alguém me obrigasse a ela. Assim como recuso, via de regra, todas as obrigações burguesas. Por isso, nunca terei filhos. Para minha vida, desejo algo novo: uma relação que combine com minha filosofia. Não quero ser conduzido nem por sentimentos, nem por necessidades sexuais, porque minha liberdade seria cerceada. Aquilo que desejei para você deve valer para mim também: que eu possa partir a qualquer hora para onde quiser e sem ter de me preocupar com ninguém. — Ele tomou a mão dela. — Apesar disso, meu maior desejo é ficar com você. Você deve ficar ao meu lado. Mas tenho a impressão de que você está muito focada na felicidade, que orienta sua vida nesse sentido e acaba ficando presa. — A fala dele parecia um alerta.

Simone assentiu. Ela tinha compreendido há tempos que um relacionamento burguês com Sartre era impossível. E tinha começado a gostar da ideia de se relacionar de uma maneira absolutamente nova. Ela tinha de pensar apenas na vida em seu próprio quarto. E não pretendia abrir mão disso por homem nenhum. A maneira como ela e Sartre estavam vivendo naquele momento era perfeita. A única coisa que lhe dava medo era a possibilidade de ele querer se afastar dela. Sua felicidade ainda dependia de Sartre, algo que limitava sua própria liberdade.

Sartre pigarreou.

— Meu doce Castor, quero lhe sugerir um pacto. Vamos ser um casal pelos próximos dois anos, que tal? Nesse tempo, você será minha única relação necessária e constante. Todas as outras serão casuais. Seremos absolutamente sinceros um com o outro. Nosso amor será absoluto e incondicional. Não será questionado. Mas ambos nos permitiremos ter outros amores em paralelo a partir de determinado tempo, relações contingenciais, casuais, mas que não afetem nosso verdadeiro relacionamento.

A cabeça de Simone estava a mil. Dois anos, foi o que ela pensou primeiro, era um tempo longo em que ela estaria em segurança, dois anos em que sua felicidade estaria garantida. Ela não duvidou nem por um segundo de que Sartre estivesse falando sério e de que não voltaria atrás.

— Nós nos prometemos verdade absoluta. Nada de mentiras, nada de subterfúgios. Transparência total. Mesmo se houver outras pessoas envolvidas — disse Sartre nesse momento, como se tivesse lido os pensamentos de Simone.

Outra ideia passou pela cabeça dela. E era tão grande e importante que ela fez um gesto para Sartre indicando que precisava de um momento para refletir. Afinal, esse pacto significava que ela também seria livre, não só ele. Ela ainda não tinha considerado a situação por esse ângulo. Significava que não precisaria se decidir entre seu romance com Maheu, com seu amor de juventude, Jacques, ou com seu reflexo intelectual, Sartre. Não imediatamente nem mais tarde. Ela poderia ter tempo para seguir seus sentimentos, tentar uma coisa sem precisar negar a outra.

Que longo caminho a filha de uma boa família havia percorrido. Ela tinha beijado Sartre e se deitado com ele sem que eles fossem casados. E agora tinha tanta confiança no parceiro que daria o próximo passo.

Um sorriso luminoso espalhou-se sobre o rosto dela.

— *D'accord.* Combinado — Simone disse. Sartre também sorriu. Em seguida, ele a abraçou. — Mesmo assim, vou chamá-lo de meu pequeno marido — ela afirmou.

— Mas claro. E, de vez em quando, vamos fingir que somos um casal sério, o *monsieur* e a madame Morganático...

— Como você se lembrou desse adjetivo? — interrompeu Simone.

— Ora, afinal não teremos um casamento segundo o código civil burguês, mas algo muito peculiar. Provocaremos pequenas cenas à vista de todos.

— Ah, sim, então poderia haver também os Morgan-Hattic, de Nova York, que estão em Paris para se esbaldar. Faremos simplesmente de conta que somos casados.

Sartre tomou a mão dela e encarou-a com carinho.

— Seremos um casal mítico. Como Abelardo e Heloísa no passado. Não, seremos os Curie da literatura.

— E em algum momento sentiremos grande vergonha por termos chegado a cogitar um casamento — completou Simone.

Eles se levantaram. Sartre beijou-a apaixonadamente.

Um casal mais velho passou por eles, e o homem ficou indignado com seu comportamento.

— Tomem vergonha! — ele exclamou.

Sartre olhou para ele e caiu na gargalhada.

— Mas a madame é minha esposa — ele disse, beijando Simone novamente, enquanto ambos se aproximaram dos velhos com alguns passos de dança.

O casal se afastou, balançando a cabeça.

E, de repente, eles queriam chegar o mais rapidamente possível ao quarto de Simone, onde se amaram durante toda a noite.

***

Pela respiração cadenciada dele, Simone sabia que Sartre tinha adormecido. A cabeça dela estava sobre o ombro dele; a sensação era boa, e ela se sentia protegida, embora estivesse excitada demais para dormir também.

Ela pensou sobre o pacto. O que Sartre e ela haviam decidido era absolutamente único e não correspondia em nada às expectativas sociais de seu tempo. Apesar disso, em alguns anos eles possivelmente serviriam de modelo para outros casais.

Mas o que significava esse pacto para ela enquanto mulher? Simone tinha clareza de que estava se expondo a um risco muito maior do que ele, que era homem. A resistência que enfrentaria – dos pais, do seu entorno – seria muito mais forte. Até Zaza, sua melhor amiga, desaprovava seu relacionamento com Sartre. Mesmo o padrasto dele era considerado muito conservador. Provavelmente se recusaria a conhecê-la porque eles não eram nem noivos, nem casados. Simone não dava muita importância à relação com *monsieur* Mancy, mas ficava muito contrariada pelo fato de um homem ter permissão de se manter solteiro o tempo que quisesse para se formar, para ver o mundo, até para "se esbaldar", como diziam. Jacques era o melhor exemplo disso. Para ela, como mulher, as coisas eram diferentes. Sartre queria passar um ano estudando no Japão. O mundo estaria aberto para ele, que teria novas experiências e testaria as liberdades que o pacto lhe conferia. Ela, por sua vez, teria de esperar por ele, manter-se passiva. Será que não estava correndo o risco de se tornar uma dessas mulheres que abrem mão de tudo em prol de um casamento, de um homem, e depois de alguns anos são apenas a sombra do que tinham sido no passado, porém sob o disfarce do pacto? Uma dessas mulheres que, como parasitas, vivem ao lado do marido e se tornam dependentes dele? Que perdem toda coragem de viver a vida sozinhas, seus talentos, desejos e objetivos?

Será que a felicidade era também um perigo? Como ela podia se entregar a Sartre – pois, para ela, apenas isso era o amor – e, ao mesmo tempo, não se perder?

Oh, Deus, e quando pensava nos pais. Como eles se decepcionariam. Ela teria de contar a Georges e a Françoise e sabia que eles ficariam absolutamente chocados e envergonhados pela filha. Talvez o pai a deserdasse. Ela suspirou. As coisas não seriam fáceis, mas o caminho simples também não a atraía de maneira alguma.

Ela se virou com cuidado na cama estreita para não despertar Sartre e ficou olhando para a pele lisa e jovem do peito dele.

Não, ela falou a si mesma, decidida. *Não vou cair na armadilha do casamento. Porque não quero e porque Sartre não quer. É ele que me faz pensar, que atiça minha reflexão, que me faz escrever. Ele me compreende e admira, quer ouvir o que tenho a dizer. Ele não permite que eu me descuide ou entre numa zona de conforto. Ele é a garantia de que não me perderei nas expectativas do meu meio. E ele confia que escreverei livros. Ninguém mais faz isso. Isso basta para eu ficar com ele.*

A coisa tinha, inclusive, mais uma dimensão. Não se tratava apenas do relacionamento entre ela, como mulher, e Sartre, como homem. Ela sabia muitíssimo bem que sua posição na sociedade, por ser mulher, era diferente da de Sartre. Mas, mesmo num mundo utópico, absolutamente igualitário, ela estaria ciente do problema: o que importava num relacionamento, num amor, era que cada um se mantivesse fiel a si mesmo, sem se reprimir nem trair seus objetivos em favor do outro.

— Não cair na zona de conforto — ela sussurrou baixinho. — Eu prometo isso a mim. Nada de combinados preguiçosos, apenas porque Sartre é Sartre e eu o amo. Sempre serei fiel a mim mesma, e esse será meu lema prioritário.

Ela não tinha dúvida de que seu amado se afastaria caso ela rompesse o pacto e passasse a exigir mais dele. Mas Simone estava grata a Sartre por isso. Ela queria assim e precisava desse alerta para não perder seu objetivo de vista.

Satisfeita, fechou os olhos.

No dia seguinte, eles foram ao cinema e assistiram a um filme de Buster Keaton. Simone quase não prestou atenção à tela. *Ele é como meu duplo*, ela pensou, observando Sartre de lado, na luz intermitente. *Se está comigo, não preciso de mais ninguém, muito menos de Jacques.*

Mais tarde, sentaram-se num café, exaltados, e ficaram conversando sobre amigos em comum. Eles realmente estavam fazendo o papel de casal que fica cuidando da vida dos outros. Divertidos, observavam as reações dos demais clientes.

— Eu nunca imaginaria que você seria capaz de algo assim — exclamou Simone, quando estavam de volta à rua.

Sartre riu.

— E eu estava certo de que você gostava de uma fofoca.

Eles podiam realmente comentar a vida dos outros, mas sempre tinham boas intenções e nunca falavam mal dos amigos. E faziam com a certeza de que havia mais coisas por trás. Eles queriam dividir os sentimentos por outros e experiências em comum a fim de se conhecerem melhor. Para tanto, também tentavam se olhar pelos olhos de estranhos. Como no café, pouco antes, quando as pessoas ficaram comentando a seu respeito.

Para eles, tudo era parte da experiência e formava seu mundo: os amigos, a diversão, as novidades sobre Nizan, Poupette ou Merleau-Ponty, mas também a discussão de um conceito de Platão.

Eles passaram mais uma noite juntos, e, na manhã seguinte, Sartre teve de partir bem cedo.

Apesar de todas as promessas, foi triste vê-lo se afastar. Depois, Simone chorou, porque o desejo de estar perto dele era mais forte do que tudo.

CAPÍTULO 12 – 20 de novembro de 1929

"Zaza morreu."

Simone só conseguiu escrever essa frase em seu diário. As lágrimas borravam a tinta. Ela estava desolada.

Alguns dias antes, madame Le Coin enviara uma breve mensagem a fim de informar Simone de que Zaza estava internada no hospital em Saint-Cloud com febre alta e dor de cabeça.

"Ela está muito fraca. Por favor, não insista em visitá-la", ela havia escrito.

Nessa mesma noite, Simone se encontrou com Merleau-Ponty para se informar melhor. Ele relatou que Zaza tinha aparecido fazia poucos dias na casa da mãe dele, totalmente desesperada, quase chorando, sem chapéu. Ela ficou o tempo todo perguntando se Maurice já estava no céu e por que madame Merleau-Ponty era contra o casamento dela com seu filho. Quando Ponty finalmente chegou em casa, Zaza estava delirando de febre.

— Levei-a para casa de táxi. No caminho, ela me pediu para beijá-la. — Ele parou de falar e começou a soluçar. — Eu falei com madame Le Coin, pedi formalmente pela mão de Zaza. Minha mãe também estava de acordo. Tudo poderia estar bem. Mas a febre de Zaza só subia e daí... — Sua voz fraquejou. Mais uma vez, ele conseguiu se recompor. — No hospital, ela passou a delirar. Mas pedia para ver você. Queria você, o violino dela e champanhe.

— E você? — Simone perguntou.

Maurice balançou a cabeça, triste.

— Ela queria me ver também.

Até o fim, os médicos não sabiam qual havia sido a causa de sua morte. Eles falaram de uma espécie de encefalite causada por exaustão severa.

Simone tinha certeza de que Zaza morrera de coração partido. Sua força tinha se esvaído, e todos a haviam decepcionado, principalmente Maurice, mas também ela, Simone.

Sou culpada, ela não parava de pensar, em desespero. *Enquanto aproveitei de minha liberdade, Zaza morreu. Quis acreditar quando ela disse que usaria o tempo em Berlim para ler bastante e estudar. Mas eu estava me enganando. Afinal, sabia que ela devia estar se sentindo exilada.*

Simone deveria ter cuidado mais da melhor amiga. Mas tinha estado ocupada demais com Sartre, com construir uma vida, enquanto a de Zaza se consumia. Simone leu em seu diário o que escreveu sobre a morte e sobre Zaza. Estava à procura de sinais, de momentos nos quais poderia ter intervindo.

Em algum momento, Sartre ficou impaciente com ela e lhe disse que era hora de parar com a autocomiseração.

— Sabe, Castor, você também paga um preço alto. Mas por sua liberdade.

Simone ficou chocada com a frieza dele. Mas Sartre realmente achava que, como um ser humano pensante, era preciso ter a liberdade de bloquear os próprios sentimentos. Ela se lembrou de uma cena que ocorrera havia poucas semanas. Sartre comeu um peixe que devia estar estragado. Embora estivesse com a disposição abalada, ele se recusara a reconhecer o mal-estar e saíra com ela. Simplesmente não aceitava ser dominado por queixas físicas ou por emoções.

Simone se opôs a esse ponto de vista.

— Não acho que minha tristeza por Zaza obscureça meu pensamento. Eu não morri. Estou viva e quero viver. Zaza, por sua vez, perdeu tudo. Primeiro, seu amor e, depois, a vida. Isso me deixa furiosa e triste. E quero me sentir assim.

— Mas você tem as duas coisas. A vida e o amor. Acredita que sua tristeza me comove? A tristeza leva a um embotamento intelectual, e não é isso que você quer, Castor.

— Por isso você também não prestou atenção quando lhe contei sobre Jacques.

— Prestei atenção, mas sua dor não a tornou mais interessante aos meus olhos. Eu estava interessado em você mesmo sem saber de sua questão amorosa.

Quando ficou sozinha, Simone refletiu sobre as palavras de Sartre. Mais uma vez, ele a surpreendera com sua maneira não convencional, totalmente direta, de olhar as coisas. E, mais uma vez, tinha razão. Ao não permitir que a tristeza e os sentimentos de culpa a distraíssem, a morte da amiga ganhava outra dimensão: Zaza não tinha conseguido escapar de seu suposto destino como mulher. Ela imaginava que sua tarefa consistia em ser "feminina", agradar tanto aos pais quanto ao futuro marido – no fundo, a todos os homens. Assim, não havia alternativa senão colocar todas as fichas no casamento com Ponty, aguardar passivamente o momento de se tornar sua esposa. Isso acontecia com todas as mulheres, enquanto os homens podiam planejar a própria vida sem que um casamento ou a paternidade se tornassem obstáculos. Quando eram exitosos, as chances dos homens no mercado de casamentos não diminuíam. No caso de Zaza e de todas as outras mulheres, era diferente. Sua escolha se resumia entre a peste e a cólera, e sua liberdade não valia mais do que a liberdade de uma mulher num harém. Ao pensar nisso, Simone sorriu. Mas era verdade. Uma mulher como Zaza poderia ser livre, mas, aos olhos de muitos, deixaria de merecer afeto. Ou ela poderia corresponder às expectativas e obedecer às normas – perdendo a liberdade e abrindo mão da verdadeira felicidade e do amor autêntico.

Quando ficou ciente desse dilema no qual sua amiga caíra havia anos, um dilema tão cansativo que lhe foi impossível lutar contra a morte, Simone ficou enfurecida.

Alguém deveria escrever a respeito disso, ela pensou. *Eu deveria escrever a respeito disso. Devo criar uma mulher que tenha acesso às duas pontas.* E foi então que Simone se deu conta de que ela era essa mulher. De um lado, havia ela própria, com a expectativa de um futuro ao lado de Sartre, cheio de felicidade, ideias, com livros que ela escreveria. Do outro lado, Zaza tinha morrido. Uma jovem a quem tudo isso fora negado. Que não pôde amar, que não pôde estudar, que não pôde nem mesmo pensar diferente da mãe.

A ideia fez com que ela chorasse novamente. *Eu falhei em apoiar minha amiga*, pensou Simone. *Precisaria ter estado ao seu lado. Em vez disso, agora fico pensando se deveria transformar a infelicidade de Zaza num romance.*

Ela não discutiu seus escrúpulos com Sartre. Simone sabia que ele não os aceitaria. A discussão se limitou ao tema do romance, que não saía mais de sua cabeça.

O enterro de Zaza aconteceu no cemitério do Père Lachaise. O cortejo avançou lentamente pelas ruas de areia e subiu a pequena colina. O túmulo da família Le Coin ficava numa das grandes alamedas. Chovia há dias; poças largas tornavam o trajeto ainda mais difícil do que de costume. Simone caminhava ao lado de Ponty, bem à frente do cortejo. Madame Le Coin tinha vindo falar com ela, curvada pela consternação, e lhe contou que, ao ver o sofrimento da filha no hospital, permitiu o casamento com Ponty. Mas tinha sido tarde demais. Simone desejou que Zaza tivesse ouvido essas palavras conscientemente, que soubesse que seu sonho teria se tornado realidade.

Com todos postados em volta da cova aberta, Simone imaginou estar no casamento de Zaza. E enquanto a irmã da amiga tocava o violino, Simone chorou.

Por volta do fim do ano, quando o grande choque sobre a morte de Zaza tinha sido superado, a vontade de Simone de escrever se tornou cada vez maior. Ela passava horas no quarto, junto à pequena escrivaninha. Tinha lido livros sobre a morte, suicídio e uma porção de romances de amor, tudo para encontrar uma maneira de escrever uma história que falasse de Zaza. Ela começou incontáveis vezes, pensava, ficava em dúvida, riscava e reformulava e, no fim do dia, amassava as folhas e as lançava no fogo. *Meu trabalho serve ao menos para aquecer*, pensava, cheia de frustração. Ela saía bastante com Poupette e Stépha, às vezes também com Ponty – mas as noites com ele eram tão cheias de tristeza que Simone nem sempre tinha força para encará-las. O inverno parisiense, cinza e frio, tornava tudo mais difícil. E foram poucas as vezes que ela sentiu tanta falta da natureza. Simone estava com saudades do sol, dos passeios no Jardim de Luxemburgo. Às vezes, mergulhava na melancolia e só conseguia reemergir com a presença de Sartre.

Entretanto, ele também estava frustrado. Nenhuma notícia do Japão. O que ele deveria fazer após o serviço militar? Sartre não queria ser professor longe de Paris. Ele queria escrever todas as suas ideias, livros inteiros, já tinha começado a redigir sem parar, mas não encontrava ninguém disposto a editar seus textos e, por essa razão, era preciso ganhar dinheiro de outra maneira.

Ambos viviam para os momentos em que ele vinha de Saint-Cyr ou ela o visitava. Sem Sartre, Paris era vazia e solitária. Nessas horas, Simone tentava ler a série de livros que ele lhe enviava e, da sua parte, enviava outros para ele. Mas ela não conseguia se concentrar direito porque a saudade era grande demais. Sem ele ao seu lado, não era capaz de nada. Sartre logo descobriu como ela se sentia na sua ausência. Numa carta, ele lhe explicou que transformava a solidão em criatividade à medida que escrevia para ela e, desse modo, tinha novas ideias. "Minhas pequenas preocupações particulares se tornam algo geral e são prenúncios de ideias. Sinto-me inteligente, sento-me à mesa e escrevo."

Simone ficou brava.

— Por que não posso sentir sua falta? Por que não posso me jogar nos seus braços? Afinal, somos um casal! — ela exclamou, nervosa.

— Você está feliz demais — ele disse.

Simone ficou tão espantada que não conseguiu responder de pronto.

— E você fica me tutelando — disse por fim, mas as palavras dele ainda a mantinham no escuro.

À noite, depois de Sartre ter partido, Simone tentou compreender. "Ele fala comigo como se estivesse falando com uma menininha. Diz que quer que eu seja feliz, mas, quando eu também quero isso, ele já não concorda", ela anotou em seu diário. Distraída, brincou com a caneta que tinha nas mãos, pensando sobre qual era o problema que havia entre eles. No fim, estava certa de que tinha de aprender a se impor ao lado dele. Nos últimos meses, talvez Simone tivesse vivido por Sartre e não com Sartre. "Não quero perder meu orgulho, não quero colocar minha vida em segundo plano."

Ela se recordou do que havia prometido a si mesma em outubro, quando Sartre e ela firmaram seu pacto: que ela não entraria numa zona de conforto, que se manteria fiel a si mesma caso quisesse ser feliz – e se não quisesse perder Sartre, o que era quase a mesma coisa.

Simone ainda estava preocupada com mais uma questão. Sartre havia despertado seu desejo físico. Até então, ela nunca havia perdido o controle sobre si mesma por causa de fome, sede ou frio. Agora, entretanto, sentia, cada vez mais, que seu corpo a subjugava – e como ela gostava dessa sensação! Simone tinha demorado um bom tempo para se livrar da educação católica e aceitar isso. Se sua mãe soubesse o que passava pela cabeça da filha ao olhar um homem bonito ou quando ficava insone na cama, sairia correndo para rezar por ela. O fato era que Simone sentia o prazer se manifestar cada vez mais e estava começando a permitir esse sentimento e até a apreciá-lo. Certo dia, porém, quando foi tocada por um homem em meio a um vagão lotado e permitiu que ele a segurasse por alguns segundos, Simone ficou chocada e envergonhada. Ela saiu rapidamente do metrô e vomitou no meio-fio.

— Posso ajudá-la, *mademoiselle*? — um passante perguntou, preocupado.

Simone recusou a oferta com rispidez e continuou seu caminho, muito irritada.

— O que aconteceu com você? — Stépha indagou.

— Como vou me virar quando Sartre estiver longe por um período mais longo?

— Vocês dois têm esse pacto. Simples. Daí você arranja um amante.

Simone começou a rir de maneira histérica quando lembrou que, pouco tempo antes, ela dividia com Zaza as mesmas noções sobre amor, casamento e monogamia. Não havia muito tempo, teria sido completamente inadmissível para ela firmar um pacto com Sartre que não incluísse fidelidade sexual nem monogamia.

— Vou pensar a respeito — ela falou para Stépha.

Dessa vez, foi a amiga quem começou a rir.

— Você sempre tem de pensar a respeito das coisas — falou, balançando a cabeça.

Nesse meio-tempo, Sartre e ela haviam discutido. Os primeiros meses em comum foram tudo menos harmônicos. Ambos tiveram de afinar suas expectativas sobre uma vida a dois e definir seus papéis nela. O processo tinha sido cansativo e absolutamente dolorido para ambos, mas eles estavam firmemente decididos a organizar a nova forma de relacionamento. Nem Simone, nem Sartre conseguiam imaginar a vida sem o outro. Eles precisavam das conversas, das reflexões em comum sobre Filosofia e Literatura, de sua proximidade intelectual e de sua intimidade. Eles precisavam das muitas horas que passavam caminhando de braços dados por Paris sem que parassem de conversar nem por um minuto. As horas que passavam lendo, lado a lado, também eram importantes, interrompidas apenas quando um dos dois chamava atenção para uma ideia que lhe parecesse importante.

— Você é e sempre será meu grande amor, e todo o resto é secundário — Sartre disse a ela.

Em janeiro, ele seria transferido a Saint-Symphorien, nas proximidades de Tours, onde, após sua formação básica, passaria a cuidar de uma estação meteorológica. Sartre fazia leituras dos equipamentos várias vezes ao dia e registrava os resultados em listas pelas quais ninguém se interessava. Não havia outra coisa a fazer, e ele usava todo aquele tempo livre para ler e escrever.

Tours ficava mais distante de Paris do que Saint-Cyr, e, portanto, eles não se viam mais com tanta frequência.

Para Simone, essas semanas de solidão eram uma tortura. Ela costumava ter dores de dente porque tensionava os maxilares. Caminhava sem rumo por Paris e, volta e meia, tinha uma crise nervosa. Sartre confiava que ela também usasse o tempo livre para escrever. Mas ela quase enlouquecia. Dia após dia, Simone sentava-se à mesa diante de uma pilha de papel e, com a caneta na mão, escrevia algumas linhas ou palavras-chave, embora soubesse que nada daquilo prestava, e rasgava as folhas. Em vez de escrever, ela pensava – sobre si, sobre sua vida, sobre Sartre. Sonhava acordada, pegava um livro e o soltava novamente, levantava, caminhava pelo quarto, achava que tinha tido uma ideia boa e corria à escrivaninha, mas, num instante, a ideia sumia novamente.

Preciso de um tema, Simone pensou, aflita.

Irritada, ela pegou o casaco e se pôs a caminho do Jardim de Luxemburgo. Lá, enquanto descobria uma nova planta que florescia em toda sua beleza em meio ao aroma inconfundível de rosas e lavanda, à sombra silenciosa das cercas vivas, ela sempre encontrava sua paz interior. Enquanto flanava pelos jardins em todo seu esplendor sempre renovado, seus pensamentos se reorganizavam. Ela ficou lá até o fim da tarde, sentada num dos bancos observando as sombras se encompridarem cada vez mais. Depois de duas horas, ainda não sabia sobre o que escrever, mas ao menos sua inquietação interior havia diminuído.

Fortalecida, Simone voltou para casa.

CAPÍTULO 13 – Verão de 1930

La Coupole, no Boulevard du Montparnasse, era a maior *brasserie* da cidade. Desde sua inauguração, três anos antes, ganhava mais e mais prestígio, desbancando muitas outras, como a Rotonde, que ficava bem em frente. A turma da boêmia e os clientes esnobes do jantar sentavam-se no terraço para ver e serem vistos e degustar o famoso *poulet au curry* – frango ao curry – acompanhado de café turco. Simone adorava aquele terraço, mas não gostava de ficar sozinha ali. Por isso, naquela noite, ela entrou no grande salão. As vinte e quatro pilastras angulosas tinham sido pintadas por artistas famosos, entre eles Chagall, Kisling e Léger. Entre elas, viam-se cúpulas de luminárias no estilo art-déco com armações de metal e vidro perolado. Ela passou pela escada que levava ao porão. Lá, havia um *dancing*, no qual uma banda americana de *swing* e *jazz* se apresentava à noite e onde Simone já passara horas dançando. La Coupole tinha se tornado um de seus lugares prediletos. Ali, serviam os melhores frutos do mar da cidade. Três grandes pratos, dispostos num aparador, ofereciam ostras e mariscos, lagostas e caramujos marinhos numa cama de algas, que o cozinheiro, num cantinho do terraço, preparava para os clientes. O prato era servido com limões, manteiga salgada e pão, além de todo tipo de ferramentas necessárias para se alcançar o interior dos moluscos: quebradores de nozes e garfos, pequenas pinças usadas para prender cédulas de dinheiro, agulhas de tricô...

Simone não gostava do lugar apenas por causa dos frutos do mar, que, aliás, não tinha como consumir regularmente. Ela ia até lá para preencher cadernos com sua letra minúscula. O ruído ambiente a acalmava, e o murmúrio constante despertava sua criatividade. Quando erguia a cabeça entre duas frases, percebia que o mundo ao redor ainda existia, e podia então voltar tranquilamente à lida.

Lá dentro, ela respirava aliviada porque tinha escapado do calor da rua. Henri, o garçom, veio rapidamente ao seu encontro.

— *Bonsoir, mademoiselle*. Há preferência para mesa hoje? Está sozinha? — Ele balançava seu guardanapo branco como se fosse um toureiro com sua capa.

— Um lugar no meio — disse Simone, e ele entendeu. — Estou esperando alguém. — Ela imaginou como seria se falasse: "Meu marido vem mais tarde". E riu ao pensar nisso.

Henri acompanhou-a até o centro do enorme salão. Lá, ao redor de uma coluna, onde gente colorida e exótica se amontoava, havia algumas mesas. Esse era o lugar para onde os garçons costumavam levar as louças sujas e também cortar, em segundos, os linguados em filés. Daquele ponto, Simone podia ver qualquer um que entrasse. Era seu lugar favorito. Entretanto, permanecer ali só era possível caso o cliente pedisse, pelo menos, uma taça de chablis e ostras. Quando tinha dinheiro apenas para um café, Simone preferia se sentar bem na ponta, num dos bancos com encosto alto. Escondida daquela maneira, não era percebida tão rapidamente pelos garçons – afinal, nem todos eram tão simpáticos quanto Henri. Eles não gostavam quando os clientes ficavam horas sentados diante de uma xícara de café frio.

Naquele dia, entretanto, Simone iria mimar a si mesma; desse modo, sentou-se aliviada e pegou, sedenta, a jarrinha de água que Henri havia lhe trazido, atencioso. Ela pediu *crêpe suzette* e uma taça de vinho. A bebida não harmonizava com o prato, mas ela não se importava. Simone estava com vontade de comer algo doce e precisava também de um gole de vinho para se acalmar.

Mal Henri se afastou para entregar o pedido à cozinha, Simone voltou a sentir o comichão que sempre sentia quando esperava por Sartre. Ele não estava em serviço e passaria o fim de semana inteiro em Paris. Eles conversariam por horas, até bem tarde da noite.

Enquanto Sartre fosse soldado e eles pudessem se ver regularmente, tudo estava em ordem. Mas, em janeiro, no mais tardar em fevereiro do ano seguinte, ele receberia baixa. E aí? Será que Sartre chegaria hoje com uma carta-convite para uma estadia no Japão? E ela? Ela não tinha mais dinheiro, e seu romance não havia avançado. Ou seja, Simone decidira trabalhar como professora no próximo ano. Provavelmente, seria alocada em alguma cidade do interior.

Ela foi tomada pelo pânico ao pensar nisso.

Assim que Henri trouxe o vinho, ela tomou um gole, apressada e, logo em seguida, mais um. Mas não conseguiu se acalmar, o álcool deixou-a ainda mais nervosa.

Ela e Sartre haviam conversado sobre como temiam a separação. Eles ficariam longe durante dois anos. Simone ficava nervosa a cada vez que o encontrava, o estômago doía. Ela só não enlouquecia por conta da certeza que o pacto lhe dava.

— E então? — ela exclamava para ele a cada vez que se encontravam.

Se ele balançasse a cabeça, o dia estava salvo. Ele não iria até o outro extremo do mundo. Ainda não. Ela ficava contente, mas de consciência pesada. Afinal, ele queria ir. Será que ela tinha o direito de desejar o oposto? Só porque não conseguia imaginar uma vida sem ele?

Simone pegou uma folha de papel e uma caneta da bolsa, mas estava agitada demais para escrever.

— Henri! — ela chamou, pedindo mais uma taça de vinho. Impaciente, consultou o relógio. Por que ele não chegava? Já havia se passado meia hora do horário combinado. Sartre costumava se atrasar e ficava constrangido, desculpando-se efusivamente. Em geral, tinha um bom motivo. O trem estava atrasado ou ele encontrara um amigo. Simone não podia culpá-lo, mas, apesar disso, ficava rancorosa.

Ela percebeu que lágrimas começavam a brotar de seus olhos. A terceira taça de vinho foi pedida, e os dedos trêmulos acenderam um cigarro. Ela observou as mãos e começou a chorar baixinho. Henri olhou para ela e, discretamente, desviou o olhar. Não era a primeira vez que lhe acontecia isso, Simone conhecia esses acessos de sua juventude. Seu choro se intensificava até ela soluçar de maneira incontrolável. Ela pressionou o guardanapo diante da boca, enquanto o corpo se mexia. O acesso passou tão rapidamente quanto veio. Simone inspirou profundamente, secou as lágrimas, pegou a bolsa e foi ao banheiro no porão a fim de lavar o rosto e retocar a maquiagem. Em seguida, voltou ao seu lugar como se nada tivesse acontecido.

Dez minutos mais tarde, Sartre chegou. Radiante e com o inevitável cachimbo na boca, ele veio em sua direção. Em seguida, curvou-se e beijou-a nas duas faces. Simone inspirou profundamente o cheiro de tabaco e do casaco de couro.

— Como vai, *mon amour*? — ele perguntou, sentando-se ao seu lado.

— Tudo às mil maravilhas. Vamos pedir?

No dia seguinte, Simone sofreu mais um ataque nervoso enquanto Sartre visitava a mãe para buscar sua correspondência. Ela tentou se acalmar, pois odiava quando ficava tão fora de si, mas foi impossível. Soluçou, tremeu e chorou; quando Sartre voltou, ficou tão assustado que procurou um médico para que aplicasse um calmante nela.

A única coisa que Simone conseguia pensar era que tinha desperdiçado um domingo inteiro na companhia de Sartre.

No fim de semana seguinte, quando retornou, Sartre foi recebido no quarto da amada por uma Simone radiante.

— Estava esperando por você. Tenho tanta coisa para contar. — Ela queria se aninhar nos braços dele, mas ele a afastou. Simone não entendeu nada.

— Mas eu não quero que você espere por mim.

— Eu amo você. Sinto saudades. Me arrumei para você. — Ela se virou com o vestido novo que tinha comprado por uma pequena fortuna, equivalente ao salário de duas semanas.

Sartre quase não reparou nele.

— Também sinto sua falta quando você não está comigo. Mas não desperdice sua vida esperando por mim. E você deve escrever enquanto estou ausente. Viva sua vida e seja feliz.

— E você não quer sentir culpa quando não vem, embora saiba que estou à sua espera.

— Sim. Também.

Ele simplesmente confessou. De onde ele tirou tanta liberdade para defender sua pretensão contra os sentimentos machucados dela, contra o amor dela?

Quanto mais Simone pensava a respeito, mais ambivalente parecia ser a reação dele. Os sentimentos dela se recusavam a aceitar o desejo de Sartre; a razão, por sua vez, reconhecera há tempos a contradição entre amor e liberdade com a qual ela se debatia. Às vezes, ela quase desejava que ele fosse mesmo para o Japão. Daí, ao menos ela saberia o que estava acontecendo e poderia se acostumar à situação.

Uma semana mais tarde, ela recebeu uma carta da secretaria de ensino. Era a temida notícia: no início do próximo ano, Simone seria enviada a uma escola de moças em Marselha. Simone segurava o informe com as mãos trêmulas, longe do corpo, como se tivesse nojo dele. Marselha era quase tão distante de Paris quanto o Japão – oito horas de trem, no mínimo. Voltar para casa, mesmo nos fins de semana, seria impossível. Ela olhou para o quarto que tanto amava. Com tristeza, percebeu que estava prestes a perder o controle. Jogou água fria no rosto para se acalmar. Era preciso encarar os fatos: Sartre e ela passariam o próximo ano letivo separados.

Uma hora mais tarde, quando ele chegou, ela já conseguia manter a calma exterior, embora estivesse fervendo por dentro. Simone abriu a porta para Sartre e se sentou no sofá, de costas para ele.

— O que aconteceu, Castor? — ele perguntou, preocupado.

Simone entregou-lhe a carta, desviando o olhar. Sartre passou os olhos pelo papel e logo compreendeu do que se tratava. Ele deu uma risada, e Simone olhou irritada para ele.

— Eu, por minha vez, trago boas notícias. O lugar no Japão foi concedido para outra pessoa. Em vez disso, depois do serviço militar, serei enviado como professor de Filosofia para Le Havre.

Aos poucos ela se virou para ele, tentando compreender o que tinha ouvido.

— Isso quer dizer que você ficará aqui enquanto eu vou embora? Trata-se de algum tipo de piada?

Para Simone, a notícia foi um choque. Eles passariam o próximo ano em escolas em partes opostas do país e quase não conseguiriam se ver. Ela calculou o tempo de viagem para ir de trem de Marselha a Le Havre: um dia, no mínimo. Mesmo se tomasse o trem no sábado logo após o fim das aulas, conseguiria ficar apenas algumas horas com Sartre antes de precisar retornar para estar na escola na manhã de segunda-feira. O mesmo aconteceria com ele. Era demais. Ela não conseguiu se controlar mais e começou a chorar. Sartre se aproximou dela no sofá e abraçou-a.

— Vou sentir tanto sua falta — ela disse em meio ao choro. — Não quero viver assim. Não conseguirei trabalhar, porque estarei sempre pensando em você. Serei uma péssima professora.

— Acalme-se, por favor. Pare de chorar. — Era evidente que ele temia que a carga emocional da situação fugisse do controle. Simone envergonhou-se pelo próprio comportamento e começou a soluçar.

Sartre apertou o abraço um pouco mais. Ao mesmo tempo, cantarolava uma melodia e murmurava o nome dela o tempo todo. Isso ajudou-a a se acalmar aos poucos. Ele afastou-a um pouco, a fim de conseguir olhar para ela.

— Vamos pensar com calma no que fazer. Talvez precisemos de uma organização básica. Talvez haja uma saída.

— Como? Você poderia pedir uma transferência para Marselha também? — ela perguntou.

— Você sabe que isso é impossível.

Simone estava inconsolável.

— Le Havre fica ainda mais distante de Paris do que Marselha! — Ela soltou um gemido, cruzou os braços diante do peito e tombou no sofá.

A voz de Sartre ficou um pouco mais decidida.

— Vamos dar um pequeno passeio agora. Temos de sair, pegar um ar — ele disse e se levantou, entregando a ela o casaco, que ficava num gancho atrás da porta. — Venha logo. — Estava parado junto à soleira, com um sorriso um tanto torto, mas confiante.

Eles foram dar uma volta no Jardim de Luxemburgo. Naquele horário, no fim da tarde, a região próxima ao grande lago estava mais tranquila. As crianças já tinham ido para suas casas com as governantas. Apenas algumas pessoas ainda estavam sentadas nos bancos. No céu, as nuvens pareciam lilases pelo pôr do sol. A visão emocionou Simone. O efeito de tudo aquilo, mais a presença de Sartre, foi tranquilizador.

Sartre caminhava em silêncio ao seu lado. Era possível notar que algo estava mexendo com ele.

— É difícil assistir ao quanto você está sofrendo, Castor — ele disse, por fim.

— Você não consegue ver uma mulher sofrendo — ela retrucou.

— Verdade. As lágrimas de uma mulher me deixam completamente sem ação.

— Sinto muito. E tenho vergonha de mim. Mas não consigo ser diferente. O que poderemos fazer?

Sartre suspirou e tirou os óculos. Ele segurou-os contra a luz e limpou as lentes com sua gravata. Ela o observava, notando um traço de contrariedade em seu rosto. Depois de recolocar os óculos, ele falou.

— Vamos nos casar. Assim, teremos de ser alocados numa mesma cidade e poderemos ficar juntos. Será bom. Vou até comprar um anelzinho bem bonito para você.

Simone encarou Sartre, cujos olhos assumiam novamente aquela expressão indefinida de resignação e raiva contida. Mas ela não queria dar importância a esse sentimento.

Não ficaremos separados, ela pensou, feliz. E, naquele momento, isso era a única coisa na qual ela queria – e podia – pensar. *Não precisarei ficar*

longe de Sartre. Nada de dias passados em trens, nada de encontros apressa-
dos com um olho sempre no relógio, nada de solidão, nada de saudade.

— O casamento também traria vantagens financeiras — Sartre falou ao seu lado.

O comentário dele tirou-a das nuvens.

— Mas um casamento burguês significa que estaremos nos submetendo a parâmetros burgueses.

Ele fez um gesto de desdém.

— Você não vai bancar a mártir por causa dos seus princípios! Isso seria tão inútil quanto idiota.

A euforia inicial de Simone diminuiu quando ela pensou no preço a pagar por se casar com Sartre. Um casamento significava também filhos. E ela não queria filhos. Não agora e provavelmente nunca. Filhos eram uma armadilha para a mulher, que subitamente se transformava em mãe e mais nada. Como ela poderia escrever se tivesse filhos? E Sartre? O que ele esperava? Que ela passasse suas camisas e mantivesse suas roupas em ordem? Que servisse canapés quando seus amigos fossem visitá-lo? Daí ele não seria mais o homem que ela amava. Quando via todas aquelas mulheres obedientes, esposas que estavam sempre à disposição dos maridos, que não os perturbavam com as preocupações do cotidiano, que ficavam grávidas (querendo ou não), Simone sentia angústia e medo. Ela não queria viver dessa maneira. Ela não tinha estudado para se casar agora. E, casada, talvez nem conseguisse um emprego. Mas o mais importante era que, se aceitasse a sugestão de Sartre, sua vida se apequenaria demais. Ela não seria mais a Simone de seus sonhos. E, em algum momento, ele passaria a desprezá-la por isso. E ela também.

— Um casamento significaria o fim de nossa liberdade, da sua e da minha — ela afirmou.

— Só por causa de um papel?

— Porque cairíamos numa armadilha. Porque despertaríamos expectativas, porque cederíamos. — *Porque eu não seria mais fiel a mim mesma. Eu não seria a Simone de Beauvoir que quero ser,* ela pensou.

— Você está tão pensativa — disse Sartre ao seu lado.

— Porque preciso muito de você. Preciso das nossas conversas, quero ouvir seus pensamentos e lhe contar os meus, preciso de seu encorajamento. Simplesmente preciso de você. Mas não como meu marido, embora às vezes eu o chame assim. — Ela fez uma pausa antes de continuar:

— Acabei de perder Zaza e agora tenho de perder você? — Simone parou de repente.

— Agora você está exagerando. Eu não sumiria de sua vida, nós nos veríamos com a maior frequência possível e, no mais tardar, depois de um ano, concorreríamos a um novo local de trabalho que nos deixasse mais próximos um do outro.

Simone ergueu o olhar e enxergou o céu sobre o extremo oeste do parque. Os últimos raios de sol faziam os telhados de Port Royal brilhar como se fossem de ouro.

Que bonito, ela pensou. *Este mundo é bonito, ele consola.*

O vigia do parque apitou.

— O parque vai fechar em instantes — ela disse. — Vamos para casa.

Tristes, eles caminharam lado a lado. O fato de Sartre estar infeliz também não era um consolo. Ela tentou manter o ânimo, mas não conseguiu. *Estou estragando nossas horas juntos*, ela pensou. *Em vez de aproveitar essa noitinha de verão ao lado dele, estou cansando-o com minha tristeza.*

Quando chegaram em frente ao prédio dela e Simone quis entrar, Sartre segurou-a.

— Castor — ele disse —, há dois anos fizemos um pacto. Vamos prolongar esse pacto até chegarmos aos trinta anos.

Ele olhou para ela com um sorriso confiante.

— Até os trinta anos? Isso é uma eternidade. E nada vai mudar entre nós, não importa se estivermos separados ou não, certo?

Sartre fez que sim com a cabeça e abraçou-a.

— Venha, rápido. Vamos subir. Quero fazer amor com você a noite inteira.

Agora ela se sentia segura.

CAPÍTULO 14

— Escrevi algo que quero que leia e me diga se está correto assim.

O quê?, Simone pensou, espreguiçando-se sonolenta. Ela ainda se sentia totalmente saciada das carícias da noite e quis tocar o braço de Sartre, mas ele se levantou e foi até a mesa, onde estava sua bolsa.

— Chamei o ensaio de "A lenda da verdade". Por favor, preste atenção especialmente a se a tese contrária é plausível. — Ele lhe entregou as folhas.

Simone encarou-o, espantada. Depois de tudo que havia acontecido no dia anterior e depois de eles terem prolongado o pacto em dez anos e se amado até quase o dia raiar, ele conseguia voltar tão tranquilamente ao trabalho? Qual era a mágica?

Sartre voltou à cama e se sentou ao lado dela. Ele beijou-a com delicadeza e disse:

— Preciso de você, *mon amour.*

E Simone compreendeu que o combinado, o novo pacto, oferecia tamanha segurança que ele podia seguir em frente sem mais. Para ele, seu futuro em comum assegurado iria ajudá-lo no trabalho. Aconteceria o mesmo com ela?

Simone tentaria, ao menos. Com um suspiro, ela se levantou.

— Vamos ao Deux Magots tomar café. Estou com fome. Lá, eu leio seu manuscrito.

No bar, eles pediram croissants e café. Em seguida, Simone curvou-se sobre o texto e esqueceu o mundo ao seu redor. Sartre precisava dela para trabalhar, ele nunca publicaria nem uma linha sem a leitura prévia dela e sua aprovação. Simone ergueu o olhar, notou os outros clientes nas mesas ao lado, olhou para Sartre, que estava à sua frente e que já estava anotando novos pensamentos num caderno.

Sou a musa de um gênio, ela pensou, feliz. *E logo escreverei meu próprio livro.*

***

À tarde, Sartre precisou retornar para sua unidade. Simone ficou sentada à escrivaninha no quarto, com um grande maço de papéis à frente.

— E o que você andou escrevendo? — ele perguntara antes da despedida.

Ela não tinha nada para mostrar, e Sartre quase não conseguiu disfarçar a decepção.

Depois de ele ter ido embora, Simone olhou para a escrivaninha bastante caótica. Sobre ela, havia não apenas livros e bilhetes, mas também coisas que não pertenciam àquele lugar: uma escova de cabelo, sua bolsa e taças de vinho. De repente, percebeu que seu relacionamento estava fadado ao fracasso se ela não conseguisse encontrar o caminho para a escrita. E perderia não apenas Sartre, mas também a si mesma. Aquilo que Sartre e ela almejavam era um amor em liberdade – e um amor entre iguais. Desde os quinze anos, Simone desejava escrever. Ela não podia permitir, independentemente do motivo – fosse por comodidade, por amor ou por acreditar que outras coisas eram mais importantes –, afastar-se desse objetivo que deveria ser o ponto central de sua vida.

Simone pensou em como era sua vida antes de Sartre. Ela lia e estudava bibliotecas inteiras, o tempo todo fazendo planos para seu grande romance. E daí veio o temor de sua separação dele, que havia se sobreposto a todo o resto. Ela conseguia compreender a indisposição de Sartre em aceitar isso.

Ela escreveu "solidão" numa folha de papel e tentou imaginar como seria a vida que a aguardava em Marselha. Antigamente, estar a sós era uma oportunidade bem-vinda para se ocupar de seus planos. Quando isso havia se transformado numa fonte de medo e angústia?

Como seria bom voltar a aprender a ficar sozinha e considerar a solidão uma vantagem, uma fonte de inspiração. E esse ficou sendo seu desejo.

De repente, Simone viu Zaza diante de si. Zaza também tinha sido solitária, mas de um jeito bem diferente. Uma ideia surgiu, um sentimento excitante: a solidão podia levar à ruína, mas também podia ser a porta para a liberdade. Era isso! Simone tinha encontrado o tema de seu romance. Ele trataria de Zaza e dela mesma. No romance, Zaza se chamaria Anne; Simone se intitularia Lucy.

Ela empurrou tudo que estava sobre a escrivaninha para o lado a fim de conseguir um espaço, curvou-se sobre a folha de papel e rapidamente delineou, em linhas gerais, o tema. E, em vez de o medo de perder o amado continuar a paralisá-la, Simone agora tinha a certeza de que ela e Sartre seriam um casal pelos próximos dez anos e de que disporia daquela liberdade e segurança intelectuais indispensáveis à criatividade, da qual sentira falta por tanto tempo.

Nas semanas seguintes, Simone reconquistou a autoconfiança. Ela trabalhou de maneira incansável na ideia do seu romance, leu e estudou textos para recolher material sobre o assunto. À noite, encontrava-se com amigos, dançava até tarde, muitas vezes com amigos de Sartre que ele pedia que a procurassem para que ela lhes mostrasse Paris. Simone não dispunha de muito dinheiro, somente o indispensável para ir levando, mas também não mantinha nenhum luxo. Seus dois ou três vestidos eram usados até virarem trapos e começarem a cair do corpo. A coisa mais importante de sua vida era Sartre, e, desde que o pacto havia sido renovado, a separação não parecia mais uma catástrofe. Seu relacionamento nunca estivera tão íntimo e tão seguro. Não havia ninguém em quem Simone confiasse mais do que em seu amado desde que soube que, por sua causa, ele teria ingressado inclusive no clube dos homens casados, que tanto desprezava. Ele estaria a seu lado independentemente do que acontecesse. Essa certeza lhe dava muita força.

A vida dela se tornou mais colorida, algo que os pais perceberam rapidamente, mesmo que não aprovassem.

— Você está se afundando em Paris — o pai xingava. — Só faz é ficar em férias.

Mas apesar da nova onda de criatividade, o romance não queria engatar. Algo não estava certo, a protagonista Anne permanecia curiosamente estática, não ganhava vida. A estrutura da narração lhe trazia problemas. O narrador deveria ser onipresente? Ou ela deveria deixar as personagens falarem por si, na primeira pessoa? Sua maior dúvida, entretanto, ainda era se ela estava sendo justa com Zaza ou apenas usando da infelicidade da amiga.

— Talvez você tenha uma proximidade excessiva com ela — sugeriu Sartre. — Tente colocar no primeiro plano do seu romance não as pessoas, mas um conceito. Inveja ou liberdade.

Simone estava indecisa diante do armário. O que colocar na mala para as férias na Bretanha? O verão lá podia ser fresco e com ventos.

Queriam partir assim que Sartre fosse dispensado do serviço militar. Ela pensava nele com muito amor. Até então, tinham feito alguns passeios de um dia nas proximidades a convite de Sartre, para que ela arejasse a cabeça. Mas agora fariam sua primeira viagem de verdade. Ah, era preciso ainda comprar as passagens. Ela pegou seu vestido de lã no armário, aquele tão batido. Seria adequado também à Bretanha. Simone fechou a porta do armário com um estrondo. Ela colocara simplesmente duas roupas que sempre usava na mala – e pronto.

A chegada de uma carta de Stépha mudou as coisas. Ela e Fernando convidavam o casal para ir a Madri. Fernando estava trabalhando para uma grande companhia eletrônica na Espanha, e a família estava sempre viajando entre Paris, Barcelona e Madri. Ele também fazia sucesso como artista, com mostras individuais e quadros vendidos. Stépha havia descoberto uma paixão pela cozinha e, com frequência, dava grandes festas onde os artistas se encontravam.

Espanha? Simone quase não conseguia acreditar na sua sorte. Finalmente seu desejo por conhecer outros países seria concretizado. Há quanto tempo ela sonhava em viajar? Entretanto, nunca tinha ido além de Meyrignac, mas já esse povoado no interior da França havia lhe trazido felicidade e despertado sua criatividade. Ela se lembrou de como Zaza gostava das viagens à Itália. E agora era sua vez de visitar a Espanha? E, ainda por cima, tendo a companhia de Sartre? Ela pensou em paisagens banhadas pelo sol, no mar mediterrâneo, nas emoções das touradas ou do flamenco.

Sua euforia, entretanto, logo recebeu um balde de água fria.

— Não posso arcar com essa viagem — ela disse, triste, a Sartre, depois de ter se informado sobre valores de trens e hotéis. — É impossível.

— Mas eu posso. Ainda tenho um pouco de dinheiro da herança de minha avó.

— Mas esse dinheiro é seu — retrucou Simone.

Ele abriu os braços, balançando a cabeça.

— Ora, Simone, meu dinheiro é seu dinheiro e vice-versa. Faremos assim a partir de agora. O fato de não estarmos ligados pelas regras de um casamento não significa que não nos apoiemos mutuamente.

Então eles trocaram francos por pesetas. Segurar as moedas estrangeiras já deixava Simone animada. Ela havia elaborado uma rota muito precisa para a viagem e, depois da primeira noite, vencido um percurso incrível através dos Pirineus, não parava de dizer "Estamos na Espanha" ao desembarcarem do trem do outro lado da fronteira, na catalã Figueras, como se não conseguisse acreditar no fato. Eles se sentaram na varanda do primeiro café que encontraram e desfrutaram da magia de sua primeira viagem juntos ao exterior.

— Ninguém é tão capacitada à felicidade quanto você — disse Sartre carinhosamente, porque Simone se alegrava com qualquer coisinha.

— Mas o que poderia ser melhor do que viajar e conhecer outros países? — ela perguntou.

— Viajar com você para outros países — Sartre respondeu, beijando-a apaixonadamente.

Nesse momento, um carro muito caro, no qual estavam um homem e uma mulher muito elegantes, passou por eles. As pessoas à beira da estrada tiraram os chapéus por respeito.

— E ainda bem que você não precisa de dinheiro para ser feliz — completou Sartre, beijando-a mais uma vez.

Depois de Figueras, eles cruzaram o país em todas as direções. Sua primeira estadia mais longa foi em Barcelona. Simone havia encontrado um pequeno hotel decadente nas proximidades da catedral que correspondia ao seu orçamento e, ainda por cima, tinha uma localização central. Eles partiam dali todos os dias bem cedinho a fim de conhecer a cidade, não se interessando somente pelas construções famosas e pelas igrejas, mas por tudo – os mercados, as vielas, as pessoas simples, nada estava a salvo da curiosidade de Simone. Ela experimentava frutas exóticas nas barracas e pratos estranhos, cheirava flores desconhecidas e tocava tecidos com as pontas dos dedos. Na hora do almoço, quando ficava quente demais, eles tiravam uma *siesta* no quarto do hotel. O sol, que batia nas cortinas vermelhas, deixava o lugar mergulhado na cor púrpura.

— Está parecendo um bordel — gracejou Sartre.

Simone, porém, nunca ficava muito tempo no quarto. Depois de uma hora, no máximo, ela já estava caminhando pelas ruas entupidas de gente. Sua curiosidade era grande demais, e ela sempre tinha medo de perder alguma coisa. Imaginava que, por trás de cada esquina, havia um segredo que ela precisava descobrir. À tarde, Sartre preferia ficar no hotel ou no terraço de um café para trabalhar. Ele estava sempre escrevendo nos seus cadernos, nunca saía sem um. *Para Sartre, a vida é escrever*, pensou Simone, admirada. *E em algum momento será o mesmo para mim.*

Primeiro, porém, ela queria conhecer a Espanha. Acontecia de ela se perder completamente e, como não falava espanhol, podia levar horas até voltar ao lugar onde estava hospedada. Sartre a aguardava para lhe mostrar o que havia escrito, e eles bebiam vinho espanhol barato, comiam sardinhas e conversavam. Mais tarde, visitavam um bar onde as mulheres dançavam graciosamente, apesar dos corpos de curvas generosas, e cantavam com suas vozes graves e nasaladas. Simone e Sartre assistiam a tudo, fascinados. Sua atenção era despertada não apenas pelas dançarinas, mas também pelos espectadores. E eles repetiam o jogo que faziam em Paris, de inventar histórias às pessoas. Em Barcelona, isso era muito mais fácil, porque não entendiam nada do que era falado ao seu redor.

Eles prosseguiram para Madri, passando antes por Saragoça. Simone tinha consultado todos os guias de viagem, preocupada em perder alguma atração. No caminho para a capital, havia salinas e um monte artificial de sal que Simone gostaria de visitar, embora fossem necessárias horas de caminhada. Sartre, entretanto, recusou-se. Se havia algo que ele não dividia com Simone era o interesse pela natureza e o desejo de examiná-la durante caminhadas, independentemente de quanto pudessem ser exaustivas.

— Você não pode ver tudo, Castor. Igrejas, tudo bem. Monumentos naturais, tudo bem também. Mas montes de sal? — Ele balançou a cabeça. — Não comigo. Você não para quieta, seu lindo traseiro está cheio de formigas.

Simone riu.

— Pode ser, mas você provavelmente acha que basta se limitar às caminhadas intelectuais, seu Baladin.

— Por vezes, sim. Hoje à noite, vou cantar para você, será melhor do que um monte de sal.

E assim ele a convenceu.

Em Madri, Fernando buscou-os na estação com um carro grande e os levou a um apartamento maravilhoso na Plaza de Toros, onde Stépha os aguardava.

Simone estava contentíssima em rever a amiga, mas emudeceu ao ficar frente a frente com Stépha. Ela estava grávida! Seria a primeira das amigas de Simone a ter um filho.

Também o modo de vida do casal era novo para Simone e Sartre. Na parte da manhã, Fernando trabalhava como diretor-geral e, de noite, era pintor boêmio. Stépha tinha cozinhado um cardápio de quatro pratos.

— Esta é a melhor refeição que fiz durante toda nossa viagem — disse Simone, servindo-se mais uma vez de carne bovina.

Em seguida, Fernando mostrou-lhes seus novos quadros, e eles passaram a noite conversando tranquilamente, chegando até a dançar. Stépha e Fernando estavam felizes, era impossível não enxergar isso.

Eles se beijaram à mesa, e Sartre abriu um sorriso radiante primeiro para os dois e depois para Simone; em seguida, limpou um pedacinho de peixe de um dos cantos da boca da amada.

— Não tive coragem de contar para você — disse Stépha, quando Simone lhe perguntou sobre a gravidez. — Sei que você considera a maternidade algo pouco desejável.

— Trata-se de um mito que não permite que as mulheres façam aquilo que realmente querem — disse Simone, resumidamente.

— Mas quero esta gravidez e quero este filho. Fernando e eu conversamos a respeito. Vamos dividir o trabalho. Vai funcionar.

— Stépha quis assim — disse Sartre, quando estavam deitados na cama, discutindo longamente o assunto. — E ela podia escolher.

Nos dias seguintes, o caráter da viagem mudou bastante, pois Fernando passou a levá-los a lugares pouco turísticos. Eles comeram azeitonas em restaurantes populares e quebraram cascas de caranguejos; Simone, com seu vestido gasto e suas sapatilhas, sentia-se um pouco deslocada, pois, ao seu redor, estavam sentados homens que, apesar do calor, vestiam-se sem exceção de maneira muito formal, com camisa e colete. Stépha levou-os a um mercado e presenteou Simone com uma saia florida e uma blusa de mangas curtas, proporcionando-lhe uma grande alegria. Mas, enquanto Fernando explicava a história de algumas casas e bairros em particular nos quais os ricos e a Igreja humilhavam e escravizavam os pobres, aos olhos de Simone, os passeios estavam perdendo a ingênua inocência dos ignorantes. A família de Fernando lutara pela renúncia do rei espanhol e pela República espanhola, que não tinha nem um ano de idade. Ela sentia-se contente pelos desdobramentos políticos do país apesar de seu desconforto interior se tornar cada vez mais intenso.

À noite, na cama, ela começou a chorar.

— O que está acontecendo, Castor? — Sartre perguntou, assustado.

— Sinto falta da cumplicidade das últimas semanas com você — ela soluçou. — Adoro Stépha e Fernando, mas não ficamos mais a sós. E quando penso que logo estarei em Marselha, totalmente sozinha, tenho a impressão de estar olhando para o inferno.

Ela tinha razão. Os dias que se seguiram foram recheados com excursões, passeios ao Prado, onde eles apreciaram El Greco, e Sartre se afastou, enojado, de Ticiano. No domingo, foram às touradas, cujo fascínio Simone e Stépha não compreendiam. Por que os espectadores estavam vaiando? E por que aplaudiam? Simone se contentava em observar a reação dos presentes. Ela se divertia com Fernando, que ficava nervoso, gritava, batia palmas e cutucava Sartre com força, tentando contagiá-lo com sua animação. À noite, frequentavam restaurantes. Simone, sem um minuto sequer para si, sentia falta de flanar pelas ruas, das descobertas casuais que aconteciam dessa maneira. E mais ainda das conversas olhos nos olhos com Sartre.

Apesar disso, a despedida do casal Fernando e Stépha foi difícil, porque também significava o fim da viagem.

De Madri, eles seguiram rumo a Paris, passando por Burgos, Pamplona e San Sebastián.

Depois de dois meses, eles cruzaram a fronteira em Hendaye e tomaram o trem para a capital. Simone e Sartre estavam sentados frente a frente e, pela primeira vez, não sabiam o que dizer, embora houvesse tantos assuntos. Simone suspirava vez ou outra, e Sartre olhava pela janela, mudo.

— Sentirei sua falta, *mon amour* — ele disse, triste.

— Eu também. Já estou com saudades.

Sartre tomou a mão dela.

— Vamos dar um jeito. Sabemos que ficaremos juntos. Todo o resto é secundário. E nossa separação não ultrapassará um ano. Não quero que você chore na despedida. Quero mantê-la na memória bela, alegre e curiosa, do jeito que você esteve na Espanha.

Simone concordou com a cabeça. Ela também não queria chorar na frente dele. Depois de um trajeto curto demais, o trem parou em Bayonne. Sartre levou a mala dela até a plataforma e abraçou-a. O maquinista apitou, alertando que a viagem iria prosseguir, e eles se beijaram uma última vez. Sartre subiu novamente no trem e olhou-a pela janela. Simone encarou-o e conseguiu sorrir.

— Amo você — ela falou baixinho enquanto o trem se colocava em movimento.

O trem dela para Marselha partiria em meia hora. Simone ficou um bom tempo imóvel ao lado da mala, esperando. E não se animou com o trajeto, que atravessava uma das paisagens mais belas da França. Seu entusiasmo, que demonstrara há pouco quando eles admiravam montanhas, vales ou cidades na Espanha, desaparecera. Enquanto o trem seguia seu caminho, ela ficou em profunda introspecção, lembrando-se dos momentos mais bonitos da viagem. Ninguém os roubaria dela. Simone se encostou na janela, e o desejo de que Sartre estivesse ao seu lado quase tirou seu fôlego. Muda, ficou em seu lugar sem conseguir fazer outra coisa senão contar os quilômetros que a separavam do amado.

CAPÍTULO 15 – Marselha, 1931

Simone desceu do trem em Marselha no fim da tarde carregando apenas a mala que trouxera da viagem à Espanha. Uma segunda mala, com livros e outras coisas, tinha sido despachada de antemão. Ela queria levar apenas o imprescindível, pois não tinha intenção de criar raízes ali.

Quando chegou à pracinha em frente à estação, que ficava num ligeiro aclive, o sol forte tirou sua visão. Depois de alguns passos, ela se encontrava no alto de uma das escadas mais largas que já vira até então. Nas laterais, havia candelabros de grandes dimensões; ao lado da escada, erguiam-se esculturas gigantes de pedra de lindas mulheres, que deviam ser a personificação das antigas colônias. Admirada, Simone parou um instante e apoiou a mala no chão a fim de apreciar a cena. Não havia muitas pessoas no lugar, e a escada larga de arenito claro era quase sua. Embaixo, ficava a cidade, tão diferente de Paris, com uma beleza própria. Os telhados, já mal iluminados pelo Sol, se sobrepunham em meio ao verde-claro dos plátanos e alguns pinheiros isolados. Ela ergueu o nariz e sentiu um aroma estranho, oriental, com notas de menta e coentro. Simone lembrou que muitas pessoas oriundas do norte da África viviam em Marselha e evidentemente tinham levado com elas sua culinária. Ao longe, do outro lado da cidade, erguia-se numa outra coluna uma igreja majestosa, exuberante. Devia ser Notre-Dame de la Garde, como ela sabia dos seus guias de viagem. E, em algum lugar no meio, havia o velho porto, *le Vieux Port*, fundado na Antiguidade.

Simone se manteve imóvel, sem se decidir a retomar o caminho. Escurecia, e ela não tinha um quarto para passar a noite.

Seu pensamento se voltou para o ano que tinha pela frente. Seria o mais infeliz de sua vida? Um ano cheio de solidão, disso tinha certeza. Sua carga horária de aulas não passava de catorze horas semanais; o restante era livre. Haveria momentos de tristeza, momentos de desespero, porque ela não estaria com Sartre. Mas ele estaria sentindo o mesmo, e juntos eles conseguiriam superar a separação, inclusive tirando dela algo de bom. Eles nutriam a expectativa do futuro em comum. E talvez tudo isso não durasse mais do que um ano.

Simone olhou para a cidade que estava a seus pés, inspirando fundo algumas vezes. Marselha prometia uma vida de atmosfera mediterrânea, com calor e sol quase onipresentes. *Vou aproveitar esse ano*, ela pensou, e, de repente, havia uma promessa em vista. *Ficarei completamente sozinha, e isso me dará tempo para refletir e escrever.*

Subitamente, Simone foi tomada por uma alegria enorme, pois soube que, para Sartre, era natural passar pela *agrégation* e assumir um cargo como professor. Ela, por sua vez, tinha escolhido aquilo; tratava-se de um passo em direção à sua libertação, enquanto, para Sartre, era apenas um pedaço evidente de liberdade. O fato de ela estar ali no alto encheu-a de um orgulho profundo, pois era a concretização de sua filosofia, era a filosofia *vivenciada*, mesmo que ainda não houvesse um nome para isso.

Marselha, ela pensou. *Estarei nesta cidade totalmente sozinha, sem amigos, sem meus hábitos, na condição de mulher independente. Terei de organizar meu dia a dia por conta própria, não haverá ninguém para me dar conselhos, distrair, amar. Terei muito tempo. Talvez, finalmente, consiga escrever meu romance. Talvez seja infeliz e solitária, mas vou sobreviver. Em todo caso, me esforçarei. Não quero decepcionar Sartre – nem a mim mesma. Ao fim deste ano, terei me aproximado mais um pouco da Simone que quero me tornar. Continuarei a me inventar.*

Ela pegou a bagagem e desceu os degraus. A cada um deles, suas emoções ficavam mais intensas, o passo ganhava mais segurança, embora ela soubesse que não havia um motivo real por trás disso.

Algumas ruas depois, avistou uma placa de quarto para alugar. Estava próximo à estação, ou seja, próximo de Paris. Ela entrou e logo combinou tudo com a dona, uma viúva de buço saliente. O quarto era grande e mobiliado. Um aparador enorme estava entupido de fotos e lembrancinhas. O principal era a grande mesa na qual ela iria trabalhar. E, no dia seguinte, quando o cheiro do sabão da fábrica vizinha entrou por sua janela, Simone sentiu-se totalmente satisfeita com sua hospedagem.

O dia seguinte era seu primeiro dia de trabalho na escola.

As moças à sua frente eram gorduchas, provincianas e pouco talentosas. Literalmente filhas de boas famílias, elas queriam terminar o mais depressa possível a escolaridade compulsória e depois, igualmente rápido, encontrar um marido.

Eu poderia ter sido uma delas, Simone pensou com uma mistura de pena por aquelas criaturas lamentáveis e orgulho pelo que tinha conquistado na vida. Ela se esforçava ao máximo para despertar nas alunas a curiosidade e o espírito da controvérsia. Deu a elas Proust e Gide para ler, porque essas tinham sido suas leituras recentes e achava que especialmente o pacifismo de esquerda de Gide poderia fazer bem às moças. Além disso, não queria perder muito tempo preparando aulas. Ela era apenas um pouco mais velha do que as alunas e, muitas vezes, era confundida com uma delas.

Simone não agradou às colegas professoras, que, no fundo, eram versões adultas das alunas. A maioria não era casada e tinha envelhecido precocemente, e não havia nenhuma mulher entre elas que encantasse Simone ou ao menos despertasse algum tipo de interesse nela. Com seu primeiro salário, ela comprou duas saias escuras e blusas simples, que combinavam com um lenço, também para se diferenciar exteriormente das colegas. Ela fazia tranças no cabelo e prendia-as ao redor da cabeça; muitas vezes, colocava uma faixa por cima, fazendo as vezes de turbante. Esse turbante, que havia se tornado sua marca registrada em Paris, em Marselha gerava comentários. Nos pés, sapatilhas de tecido, bem leves, que havia comprado na Espanha. Sua aparência chamava a atenção das moças, que olhavam com curiosidade quando entrava na sala de aula.

Visto que tinha muito tempo livre, Simone começou a descobrir a cidade. Saía caminhando de casa sem roteiro prévio. Ela gostava de Marselha. O que a grande escada da estação havia lhe prometido, as vielas estreitas cumpriam com sua confusão de vozes e aromas. No antigo porto, ela sentia o cheiro de alcatrão e ouriços do mar frescos. Subia até a Notre-Dame de la Garde e tentava vislumbrar, do outro lado da cidade, a colina com a estação. Mergulhava na massa humana da rua principal no bairro histórico, La Canebière, e das praias da cidade. Divertia-se com os bondes e suas estações finais de nomes sonoros: La Madrague, Mazargues, Roucas--Blanc. Logo ela conhecia todo canto, todo jardim de Marselha.

Em seguida, começou a dar longos passeios às quintas-feiras e aos domingos livres. Assim que clareava, Simone ia até a estação de ônibus, que ficava bem próximo de sua residência, e tomava um dos pequenos coletivos verdes que a levavam até as cercanias da cidade.

Em geral, ela percorria os antigos caminhos da aduana, que eram sinalizados de maneira mais ou menos confiável. No início, Simone caminhava por cinco ou seis horas; depois, suas excursões passaram a ser cada vez mais longas, e ela só voltava para casa ao anoitecer. Uma de suas colegas, com trinta e tantos anos, cujo marido morava num sanatório, perguntou-lhe ao fim do primeiro mês se ela não queria acompanhá-la numa caminhada.

— Afinal, temos tanta coisa em comum — ela disse, assustando profundamente Simone, que não era alguém como madame Tourmelin. — Vá à loja de *monsieur* Hallier, que fica logo aqui ao lado. Ele vende tudo para caminhadas. Você vai precisar de calçados adequados. As trilhas nas montanhas são pedregosas. Também lhe aconselharia um cajado. E, claro, uma mochila.

Simone olhou para ela sem entender, e madame Tourmelin explicou:

— Amanhã quero ir às Calanques. Se quiser me acompanhar, vai precisar de equipamento.

Simone já havia gastado o dinheiro reservado para roupas; além disso, sempre usara suas próprias peças nas caminhadas e se perguntava se era mesmo necessário adquirir um equipamento para fazer simplesmente aquilo que amava desde sempre: andar em meio à natureza.

Conhecer as Calanques era algo que tinha muita vontade de fazer. Tratava-se daqueles fiordes de calcário que se formam na costa entre Marselha e Cassis, abrindo-se para baías de mar cristalino. Mas o que pensar do passeio com sua acompanhante? Quando elas se encontraram cedo, pela manhã, na estação de ônibus, madame Tourmelin lançou um olhar desdenhoso ao vestido bastante gasto e aos sapatos de tecido que Simone usava. Ela também trazia uma garrafa de água e duas madalenas num saco de algodão. Sua colega trajava roupas de caminhada e sapatos caros, mais uma mochila cheia. Ela era membro de um dos muitos clubes de caminhada que havia em Marselha. Toda rota era discutida minuciosamente de antemão e descrita em detalhes num boletim.

Durante a viagem de ônibus até La Madrague, madame Tourmelin revelou todas as fofocas que circulavam na escola. Em seguida, falou sobre o próprio marido. Ele sofria de tuberculose e, por isso, estava internado num sanatório. No fundo, a professora estava aliviada por vê-lo apenas raramente. Simone achou-a lamentável e já estava arrependida de ter aceito o convite. Elas desceram em Callelongue. O caminho serpenteava entre as cabanas simples de fim de semana, sem água ou eletricidade, até a costa.

— Vamos lá! — anunciou madame Tourmelin.

Logo ficou claro, entretanto, que Simone dispunha de muito mais resistência física do que a encorpada colega. Depois de dois quilômetros, madame Tourmelin já caminhava atrás de Simone, e era possível ouvir uns murmúrios de desgosto. Quando chegaram a um trecho íngreme, ela estava arfando muito. Simone sentiu um cheiro forte de suor que se sobrepunha inclusive ao aroma dos pinheiros. Depois de meia hora, chegaram à primeira baía estreita com água maravilhosamente esverdeada e paredes de rocha branca. Ambas decidiram continuar a caminhada até a Calanque de Sormiou, que ficava mais ou menos a duas horas de distância.

— Espere um pouco. Não estou conseguindo acompanhá-la — madame Tourmelin chamou atrás de Simone.

— Faremos uma pausa quando chegarmos — Simone retrucou, falando por sobre o ombro. De repente, havia reunido forças para ser mais rápida e forte do que a arrogante madame Tourmelin. Percebeu que estava avançando bem e queria chegar ao seu destino, sem se importar com a outra. Não queria ser atrapalhada, nem na caminhada, nem em outras coisas.

Após a última sucessão de curvas, Simone chegou ao topo do platô de pedra. A visão deixou-a boquiaberta, e ela ficou imóvel, apenas observando. Embaixo, aos pés de uma encosta muito íngreme, localizava-se uma das pequenas baías. O mar lambia a paisagem como uma língua verde. Na ponta, havia uma estreita faixa de areia. Ao redor, erguiam-se rochas calcárias brancas, ofuscantes. Devido ao fundo de pedra, o mar era turquesa. Dali do alto, a baía parecia pequena, mas Simone conseguiu vislumbrar algumas pessoas tomando sol e nadando. Ela procurou um caminho para descer e achou uma trilha que avançava entre as rochas.

— Espero por você lá embaixo — exclamou Simone, sem prestar atenção ao clamor da colega. Ela desceu a trilha com agilidade. Tudo a atraía para o mar; queria muito molhar os pés naquela água turquesa.

Chegando na praia, sentou-se e desfrutou a vista. Tomou um gole de água e comeu uma de suas madalenas. Em seguida, colocou os pés na água. De tão clara, era possível ver os peixinhos e as conchas.

Depois de algum tempo, a colega chegou com o rosto afogueado e evidentemente exausta. Sentou-se na areia ao lado de Simone e esfregou as pernas doloridas.

— Estou tão aliviada de prosseguir com o barco. Não consigo dar nem mais um passo — ela falou.

— Como assim, com o barco? — perguntou Simone.

— Um barco vem de hora em hora trazendo gente de Cassis. E levando outras pessoas de volta.

— Eu ainda quero conhecer a próxima baía. — Simone se levantou e guardou suas coisas. Ela tinha visto que outra trilha levava ao próximo pico. Queria segui-la e, de lá, devia haver um jeito de retornar à estação de ônibus. — Então nos encontramos em Cassis, na estação — ela avisou à colega.

No fim da tarde, Simone chegou ao local combinado ainda a tempo de se sentar num café e ler o jornal. Madame Tourmelin apareceu, vindo da direção do porto, no momento em que o ônibus já estava pronto para partir. Gesticulando muito, ela pediu ao motorista para esperar e, muda, tomou o assento ao lado de Simone.

No dia seguinte, ela estava doente e, quando retornou às aulas, explicou que o médico a havia proibido de caminhar novamente com Simone.

Depois desse dia, Simone ganhou definitivamente a fama de arrogante e intocável. Não que ela se importasse, pois não dava valor à companhia das colegas e dizia a si mesma que nunca teria chegado onde estava se tivesse se preocupado com o que os outros pensavam de uma mulher como ela.

No fim de semana seguinte, foi de ônibus até Camargue. Quando desceu diante de um dos grandes lagos salgados atrás de Fos-sur-Mer, Simone foi tomada por uma sensação de felicidade. Ele estava à sua frente, liso feito um espelho e iluminado pela luz da manhã, com apenas algumas rochas sobressaindo-se em sua superfície. O lago era de um azul prateado, que se interrompia apenas bem longe, junto ao horizonte, numa fiada de juncos baixa e de brilho avermelhado. Simone precisou apertar os olhos por conta da luminosidade ofuscante e da beleza excessiva. Ela ficou parada durante um longo tempo, acompanhando a luz cambiante do Sol, que nascia. Em seguida, se pôs a caminho na direção do Sol. Ela passaria o dia sozinha, no seu ritmo, podendo seguir a energia do próprio corpo. Mas, se quisesse percorrer os cerca de trinta quilômetros até Saintes-Maries-de-la-Mer até o anoitecer e, de lá, tomar o coletivo de volta a Marselha, era bom se apressar.

A paisagem sem árvores, tomada por canais e inúmeros lagos que serviam à extração de sal, era fascinante. Simone nunca imaginara que uma chapada tão plana e vazia pudesse tocar seu coração de tal maneira. Bem à sua frente, um grupo de flamingos partiu em direção ao céu azul claro, e ela estava realmente encantada por aquele voo cor-de-rosa e livre. Aquele pequeno momento já tinha valido todo o esforço. Depois de horas de caminhada, ao chegar a Saintes-Maries-de-la-Mer, ela foi até o ponto de ônibus, mas não havia nenhum coletivo por lá. Simone esperou por mais de uma hora, até que finalmente um caminhão carregado de sal apareceu descendo a rua. O motorista parou e abriu a porta.

— Faz tempo que não tem mais ônibus por aqui — ele disse, meio resmungando. — Para onde a senhora vai?

— Marselha.

— Então suba.

Eles viajaram em direção ao sol poente, e o motorista apertava os olhos. Ele não conversava muito; Simone percebeu que havia algo no ar, mas não deu muita importância a isso. Num pequeno trecho de floresta logo antes da cidade, o motorista subitamente saiu da pista e curvou-se sobre ela. Segurou os braços dela e tentou beijá-la. Simone gritou e tentou se desvencilhar dele com toda a força, até conseguir chutar o baixo-ventre do homem.

O sujeito gritou de dor e de ódio e deu-lhe um tapa que a fez bater a cabeça contra o vidro.

Ele abriu a porta, e ela desceu do caminhão, quase caindo. Então ele foi embora.

Simone teve de caminhar até a próxima cidade e chegou em casa no meio da noite, morta de sede e com o rosto inchado. *Tive sorte*, ela pensou, mas seus joelhos tremiam.

Ela escreveu a Sartre sobre o ocorrido, e ele fez com que ela prometesse que seria mais cuidadosa. Mas, às vezes, não havia alternativa senão pegar uma carona. Outros momentos parecidos se sucederam, mas Simone sempre conseguia se safar ilesa. Ela já tinha passado por algo semelhante em Paris, quando aceitara bebidas de homens estranhos; mais tarde, foi difícil se livrar deles. *Nada de mau vai acontecer comigo*, ela pensava, embora soubesse que as amigas em Paris ficariam aturdidas com sua atitude leviana. Simone, entretanto, não queria reduzir minimamente sua liberdade. Por essa razão, nunca questionava as caminhadas exaustivas e também perigosas, não queria abrir mão dessas provas de força, físicas e mentais, mesmo quando se perdia em meio à neblina na Montagne Sainte-Victoire, tinha o gorro soprado para longe por uma tempestade gelada de outono ou encontrava um cachorro bravo no meio do caminho. Ela queria percorrer todos os lugares que a encantavam da mesma maneira que, quando criança, quis caminhar pelo mundo inteiro. Essa obstinação em manter seu objetivo ajudou-a a superar seu exílio. Os dias em meio à natureza compensavam a solidão, e ela não queria abrir mão deles. E seu raio de ação foi se ampliando cada vez mais. Visitava igrejas e vilarejos no meio dos percursos, descobria novas plantas e se inebriava em seus aromas. Ao ver pela primeira vez as amendoeiras em flor no início da primavera, seus olhos se encheram de lágrimas.

Ela estava satisfeita consigo mesma porque tinha conseguido organizar sua solidão, exatamente como se propusera junto à grande escada. Às vezes, sentada num café, enxergava-se como mulher sozinha, porém independente, e a imagem lhe agradava. Depois das aulas, Simone comprava algo para comer e se sentava à escrivaninha no quarto a fim de ler ou escrever para Sartre.

A saudade de Sartre se tornava mais dolorida depois que eles se encontravam. Ela ia a Paris com a maior frequência possível, quando tinha alguns dias livres e havia economizado dinheiro suficiente. Como ela odiava essas viagens intermináveis de trem, que, após um fim de semana breve demais, a levavam de volta a Marselha. Certa vez, a saudade de Sartre e de Paris foi tão grande que ela inventou estar gripada e pediu uma licença médica na escola. O rosto radiante de Sartre fez com que ela esquecesse a consciência pesada com relação às suas alunas. Ao chegar novamente no alto da escadaria diante da estação de Marselha, Simone inspirou profundamente a fim de ganhar forças para as próximas semanas.

Poupette se encontrava frequentemente com Sartre em Paris e escrevia à irmã dizendo que ele sempre falava de Simone e de seu amor por ela.

Nas férias de Natal, entretanto, os dois passaram por um estremecimento.

Sartre havia lhe mostrado seus cadernos cheios de anotações. Eram muitos. Simone tinha passado quase a noite inteira acordada para ler todos eles. Sartre estava produzindo bem. Seu ensaio sobre as lendas da verdade tinha sido recusado pela editora, mas ele não se deixou abater.

— Tente, talvez, usar o tema num romance — Simone sugeriu.

— E traga um pouco de tensão à narrativa. Afinal, você adora romances policiais. Deixe os muitos adjetivos e comparações de lado.

Sartre assentiu.

— É um bom conselho. Até nos vermos novamente terei trabalhado nisso tudo. E você, Castor, o que escreveu na última semana? — ele perguntou, olhando para ela com expectativa.

Simone deu de ombros.

— Tentei — ela disse, pensando no projeto de romance sobre Zaza, ao qual não dera prosseguimento. — Mas não foi adiante.

— Então me mostre os rascunhos.

— Joguei fora. Não eram muitas páginas — ela falou sem pensar, mas ele ficou bravo.

— Você está vivendo como se fosse autista — Sartre esbravejou. — Preste atenção!

Ele tem razão, ela pensou, arrasada. Ela não gostava nem mesmo quando uma colega resolvia acompanhá-la numa caminhada. Queria ter tudo somente para si.

Durante toda a viagem de volta, Simone ficou pensando nisso. Será que estava em vias de trair seus grandes propósitos, aqueles que havia colocado para si quando estava no alto da escada? Ela sempre quis escrever, desde a infância. A escrita, como uma atividade em comum, fazia parte de seu pacto com Sartre. Quando isso tinha ficado para trás? Era preciso trabalhar nesse ponto. Era preciso escrever. Mas, primeiro, ela decidiu se manter nos exercícios. Simone sentava-se nos cafés ou em bancos de praça e imaginava histórias para as pessoas que via, anotando-as depois.

Durante suas caminhadas solitárias, ela pensava nos livros que queria escrever. A natureza proporcionava-lhe profundo regozijo; a palavra era antiga, mas absolutamente precisa. Uma formação de nuvens, uma árvore velha, um animal em fuga ou a porta entalhada de uma casa atiçavam sua imaginação para criar histórias. Quando caminhava num ritmo intenso, sua velocidade habitual, ela dava vazão aos seus pensamentos que surgiam espontaneamente. Às vezes estava com um poema na ponta da língua, às vezes cantava. Sempre que, já em seu quarto, essa sensação de liberdade ecoava nela, a criatividade se soltava, e ela se lembrava de algo que tinha visto ou pensado no meio do caminho. Dessa maneira, as cenas para seu livro iam se avolumando. Ela as escrevia num caderno que estava reservado para esse fim. E preenchia uma página depois da outra. Uma tarde num café ou um dia na natureza sem pensar minimamente em seus livros poderiam se transformar, posteriormente, em fontes de inspiração.

Às vezes, essas ideias surgiam dias mais tarde, totalmente inesperadas, e Simone pegava a caneta e anotava. Desse modo, sua habilidade para a observação e a atenção que dedicava às minúcias do cotidiano eram bem-vindas. Entretanto, todas essas cenas, mesmo que significativas, não resultavam num livro nem sequer num conto.

No fim de março, ela recebeu uma proposta para lecionar num ginásio em Rouen no ano letivo seguinte. A cidade ficava a apenas uma hora de trem de Le Havre, onde Sartre dava aulas. A felicidade era tanta que Simone enviou um caríssimo telegrama a ele, que respondeu de pronto: "Amá-la-ei". Em junho, pouco antes do fim do ano letivo, Sartre foi a Marselha, e eles passaram dez dias juntos. Simone mostrou-lhe seus lugares prediletos na cidade: os cafés no porto; as Calanques; as baías encantadas; o Chateau d'If, uma fortaleza numa ilha rochosa diante da cidade; Aix-en-Provence, uma cidade muito mais burguesa, mas ainda assim maravilhosa, e, espantada, percebeu que tinha começado a gostar daquele lugar.

Em julho, ela aplicou as provas e, depois, arrumou as malas para deixar a cidade. A cada peça guardada, pensava no que aquele ano havia trazido para sua vida. Ela se tornara uma boa professora. Algumas alunas haviam lhe dito que sentiriam falta dela e de suas aulas. Trabalhara num romance que ficou pelo caminho, mas havia aprendido coisas no processo e, da próxima vez, faria melhor. Ao colocar os mapas de caminhadas na mala, Simone se lembrou, cheia de orgulho, dos passeios longos e solitários, que haviam confirmado sua coragem e resistência física – ela nunca se curvara ao seu temor nem nunca seu corpo a deixara na mão. Havia aprendido a lidar com a solidão; melhor, tinha aprendido a confiar em si mesma.

Antecipando a alegria que estava por vir, Simone subiu no trem para, como no ano anterior, passar o verão com Sartre na Espanha. Também nas viagens eles formavam uma equipe bem ensaiada. Enquanto Simone passava o dia inteiro caminhando e visitando coisas, Sartre passava as tardes nos terraços dos cafés, trabalhando em seus textos. Quando ela voltava dos passeios e descobertas, os dois tinham novidades a contar um para o outro, embora Sartre não tivesse saído do lugar, colocando apenas a mente para viajar. Simone considerava essa capacidade algo incrível. Ela se sentou ao seu lado, ainda um pouco ofegante, e deu um golinho no vinho do companheiro antes de afirmar:

— No ano que vem, eu também vou escrever, você verá. A escrita será minha prioridade. Vou pautar minha vida por isso. E o fato de você estar por perto vai me ajudar.

Sartre apoiou o queixo na mão e encarou-a.

— Vou lembrá-la disso, pode ter certeza.

CAPÍTULO 16 – Rouen, 1932

Seis horas de escrita por dia. Seis horas, de preferência, ininterruptas. Pela manhã, na hora do almoço, de tarde ou à noite. Principalmente no fim da tarde, quando o dia já tinha sido vencido, cheio de acontecimentos que a tinham alegrado ou irritado, mas que sempre achavam uma maneira de comparecer em seus textos. Quando escrevia uma boa cena, Simone se esquecia de todo o cansaço. Com a caneta entre os dentes, o olhar dirigido para a frente, ela procurava pela palavra precisa, a metáfora certa, que expressasse exatamente o que queria dizer. O trabalho era árduo. E daí vinha a sensação de felicidade, ao reconhecer uma frase bem redigida. A aventura era tamanha que ela se esquecia de dormir. Às vezes, o cansaço abria portas em seu interior e derrubava barreiras de pensamento. Podia acontecer de sua mão se mover como num transe sobre o papel, como que escrevendo algo.

Quando lia essas linhas novamente na manhã seguinte, descansada e bem desperta, ela riscava grande parte. Mas sempre se salvava alguma coisa, um pensamento, uma palavra, que incentivava sua criatividade e a colocava em marcha; a partir daí, ela podia prosseguir. Também acontecia de ficar acordada à noite, pensando no romance que um dia viria a escrever enquanto os trens passavam do lado de fora do seu quarto. Ela formulava frases inteiras. Nesse estado semiconsciente, tudo lhe parecia simples e claro. Depois, levantava para anotar rapidamente o que pouco antes era tão explícito. Mas o pensamento se dissipava no trajeto da cabeça à mão que segurava a caneta, até ela ficar apenas com um fragmento daquilo. O que era mesmo que queria escrever? Como foi exatamente? As palavras não retornavam, e Simone se deitava novamente na cama, frustrada.

O quarto de Simone em Rouen ficava num hotel junto à estação de trem e era bastante decadente. O diretor da sua nova escola havia lhe oferecido um quarto com uso de cozinha na casa de campo de uma velha senhora e que ficava bem no meio de um parque, mas, quando Simone percebeu o sossego do lugar, recusou a oferta. Ela não queria tranquilidade nem solidão, e também não ia cozinhar. A vida no hotel, como aprendera em Marselha, combinava muito melhor com ela, porque evitava qualquer tipo de aspecto ou rotina caseira. Em Rouen, como em Marselha, Simone apreciava a proximidade da estação e os ruídos da cidade. Havia um café por perto, no qual os trabalhadores e os socialistas se encontravam. O lugar estava um tanto decadente, a comida era horrível, mas Simone o escolheu – com seus bancos de couro sintético rasgados – como uma espécie de lar. Ali, ela tomava seu café da manhã e ficava ouvindo as conversas dos homens, e era exatamente desse ambiente barulhento e simples que ela precisava para se inspirar.

A cidade e seus habitantes encastelavam-se atrás de muros medievais, muito grossos, e logo Simone percebeu como sentia saudade da leveza mediterrânea do sul. Mas ela não se importava com o caráter filistino do lugar, o frio no quarto e o tempo desagradável, pois Sartre e Paris estavam próximos. O trajeto de trem até Paris levava uma hora e meia, e até Le Havre, onde Sartre lecionava, uma hora. A possibilidade de vê-lo e também os amigos parisienses lhe trazia bom humor, e sua criatividade entrava em ação. Ela não estava mais o tempo todo sozinha e ocupada apenas com os próprios pensamentos, mas tinha até decidido encontrar alguma amizade em Rouen.

Paul Nizan contou de uma amiga, Colette Audry, que havia sido transferida para a mesma escola que Simone. Disse que Colette, provavelmente, seria a única pessoa interessante em Rouen.

No dia seguinte, Simone entrou na sala dos professores e, sem dizer nem um bom-dia, perguntou em voz alta:

— Quem de vocês é Colette Audry? — Os outros, curvados sobre seus livros, olharam para ela indignados, reprovando sua atitude. Simone percebeu que tinha sido mal-educada, mas já era tarde demais. — Então? Colette Audry?

Uma mulher de cabelos escuros, camisa branca e lenço estampado marrom, cujo rosto quase desaparecia sob o cabelo cacheado, levantou-se. Simone admirou sua elegância e a roupa bonita.

— Sou Colette Audry — ela disse, encarando Simone com expectativa.

As duas foram almoçar juntas, e, antes mesmo de terem feito os pedidos, Simone sentiu-se obrigada a falar de seu relacionamento com Sartre.

— Para nós, a verdade é mais importante do que a paixão. Palavras valem mais do que beijos. — Como sempre, sua voz era rápida e muito decidida.

Colette olhou para ela, espantada.

— Por que você é sempre tão brusca?

— Sou brusca? — Simone riu. — Então me conte quais são seus interesses.

Colette falou de seu trabalho político. Ela era marxista e integrante do Partido. E quando Simone confessou que preferia ler as notícias gerais à seção de política do jornal, Colette ficou decepcionada com sua ingenuidade.

— Mas você não enxerga a desigualdade na sociedade francesa? E a ascensão da direita? Você não tem medo desse Hitler maluco? Você esteve na Espanha. Deve ter visto como a situação das pessoas simples melhorou depois da eleição dos republicanos.

Simone balançou a cabeça. Quase não prestava atenção nas distorções da política interna francesa ou na ascensão dos nazistas na Alemanha. E, durante a viagem à Espanha, quando testemunhou casualmente uma tentativa de golpe, no qual o prefeito republicano de Sevilha fora preso por militares sublevados, ela se importou mais com a roupa colorida das mulheres do que com os perigos que um comportamento desses significava à democracia. Ela conhecia o marxismo, mas só em teoria; havia lido Marx como filósofo, não como orientação para uma ação política.

Colette conversou com ela com tamanho entusiasmo que Simone despertou. Ela nunca havia encontrado uma mulher que estivesse disposta a batalhar por suas convicções políticas, e isso a deixava admirada. Ela própria nunca teria tido a ideia de fazer algo semelhante, mesmo que desejasse igualmente uma sociedade mais justa. No seu caso, esse desejo permanecia difuso e não levava a ações políticas. Escrever e dividir a vida com Sartre lhe era mais importante. Sempre que ouvia algo interessante, Simone discutia o assunto com Sartre. E ela faria o mesmo dessa vez.

— Sartre vem no próximo fim de semana — ela falou quando viu Colette de novo. — Você precisa conhecê-lo. — Simone raramente apresentava alguém a Sartre, apenas quando tinha certeza de que ele iria gostar da pessoa. Para Simone, isso significava que Colette tinha sido aceita em seu círculo.

E Colette convidou o casal para se encontrar com ela na noite de sábado.

— Então poderemos conversar com calma. Vou comprar uma garrafa de uísque.

Como Simone havia imaginado, o apartamento de Colette não era convencional. Um tapete oriental recobria o chão. Incensos soltavam um aroma de cravos. Havia panos coloridíssimos pregados às paredes e cartazes com o alfabeto cirílico, que festejavam a Revolução de outubro. Colette usava um vestido largo com um friso dourado no decote.

— *Bonjour*, Simone — ela disse, beijando-a na face.

Simone deu um passo para o lado.

— E esse é Sartre.

Eles mal tinham se sentado quando Sartre e Colette começaram a trocar ideias sobre suas posições a respeito do marxismo, também porque tinham opiniões muito antagônicas sobre se tornar soldados do Partido.

— Nós lutamos com a palavra, com nossos livros, não com a caderneta do Partido na mão — disse Sartre, enquanto Colette tentava convencê-lo do contrário.

Eles fizeram muitas digressões, tomaram uísque e discutiram sem parar. Todos os três achavam que trocar ideias e discutir até ficarem tontos era gratificante e libertador. Em algum momento, Sartre consultou e relógio e levantou-se em um salto. Ele tinha de se apressar para tomar o trem.

— Gosto da força e do jeito destrutivo com que vocês dois polemizam — disse Colette na manhã de segunda-feira para Simone, quando se encontraram no pátio da escola. Na noite anterior, os três haviam combinado de se tratarem com muita informalidade, visto que eram quase camaradas. — E agora entendo porque você foi logo me falando de Sartre assim que nos conhecemos. Ver como vocês combinam dá até inveja. O quanto vocês se conhecem, como conseguem acompanhar a conversa um do outro, como você corrige Sartre e ele percebe um erro de lógica seu e, na frase seguinte, o contrário. Nunca vi nada parecido. Ele é absolutamente encantado por você, e sua ligação tem uma intensidade quase palpável.

— Também invejo você — disse Simone, que ficou felicíssima com as palavras de Colette. — A maneira como você mora. A gaiola de passarinho no seu apartamento. E o seu jeito de se vestir? Suas calças são feitas sob medida? — Ela apontou para as pernas da colega.

Colette confirmou com um movimento de cabeça. Nesse dia, ela estava vestindo calças largas de bolsos fundos, nos quais enterrava as mãos, e um pulôver masculino xadrez, muito grande para ela, mas que parecia prático e feminino.

Ao lado da aparência cuidada da nova amiga, Simone sentia-se inadequada com seus vestidos gastos, nos quais, muitas vezes, havia manchas ou faltavam botões, e sabia que Sartre também não apreciava muito esse jeito um tanto desleixado. Há algum tempo, ele vinha se empenhando em cuidar das suas roupas, escovando os ternos e observando os vincos na hora de guardar as calças. E, recentemente, ele se recusara a sair com ela porque sua meia-calça estava furada.

Então, vamos dançar conforme a música, pensou Simone. Stépha havia lhe mostrado como superar seu pudor; com Colette, aprenderia a se vestir melhor. Ela continuava não dando muita atenção à aparência, mas o efeito que Colette alcançava era cativante.

— Você pode me aconselhar sobre quais vestidos me caem melhor? Simplesmente não faço ideia — ela pediu.

Colette acompanhou-a até lojas de departamentos e butiques e mostrou a Simone roupas que realmente a cativaram. Na vez seguinte que Sartre a viu, Simone estava usando um vestido quase elegante, novo, de crepe marrom-escuro, que envolvia o corpo magro e flexível e a fazia se sentir bonita. Em seguida, ela foi contagiada pela paixão de Colette pelos esmaltes e podia passar longo tempo pensando qual cor combinava melhor com seu vestido: vermelho das cíclames ou cereja? Ela adorava pintar as unhas enquanto Sartre lhe assistia.

— Não tenha pressa — ele dizia, fascinado por suas belas mãos. — Enquanto isso, leio em voz alta para você.

Seus sapatos de salto, entretanto, ficavam no armário. Ao lado de Sartre, ela preferia os modelos baixos para que a diferença de altura entre eles não ficasse tão evidente.

Quando Sartre estava em Rouen, os três saíam juntos, e, muitas vezes, Colette e Simone foram juntas a Paris. Colette tinha contatos no cinema, e o casal conheceu o diretor Charles Dullin, que rapidamente se tornou um bom amigo. Sartre e Simone puderam acompanhar os ensaios de *Ricardo III* e ficaram fascinados com a maneira de Dullin trabalhar. Ele era famoso por seus acessos de fúria e ensaiava as cenas incontáveis vezes até finalmente se dar por satisfeito. Nessa noite, ele atazanou uma atriz durante tanto tempo que ela acabou chorando. Simone sentiu pena dela, mas compreendeu o motivo do diretor em agir daquele modo e o que ele queria alcançar. Em seguida, o teatro se tornou, para ela e para Sartre, um novo tema, que passaram a debater filosoficamente. O que acontecia com os atores quando eles entravam em um papel? O quanto se identificavam com o assassino que interpretavam no palco? E a atriz criticada, estaria sendo falsa se desse razão a Dullin por suas reprimendas?

— Vocês dois têm mesmo de comentar e analisar tudo? — perguntou Colette, espantada.

— Essa pergunta é feita justamente por alguém da dialética? — Sartre devolveu a pergunta com um sorriso.

— Temos de conversar sobre isso da próxima vez. Preciso ir embora. Tenho uma reunião do Partido.

Sartre e Simone acompanharam os outros a um *dancing* na Place de Clichy depois dos ensaios. Também a atriz com quem Dullin havia berrado tanto pouco antes estava presente e era uma das mais animadas. Ela chamou Simone para dançar e encostou o corpo no dela enquanto cantava a música baixinho em seu ouvido. Simone permitiu o avanço e percebeu o olhar divertido de Sartre. Mais tarde, Gégé com o marido e Poupette apareceram, e eles se divertiram até bem depois da meia-noite, de modo que perderam o último horário do transporte. Então resolveram continuar dançando. Ainda estava escuro na manhã seguinte quando entraram cambaleantes no primeiro trem. Ao seu lado, viram trabalhadores de rostos macilentos, que ouviam, desconcertados, suas conversas sobre todos os encontros e as aventuras do fim de semana.

Simone colocava Sartre e a si mesma no centro do mundo, e, ao seu redor, os amigos e conhecidos gravitavam feito pequenas luas. Simone nem sempre era simpática ou especialmente atenciosa ao conversar sobre seus conhecidos e, quando não gostava de alguém, a crítica era aberta. Por sua infância privilegiada e, mais tarde, por sua solidão obstinada, ela tendia a mostrar certa arrogância que Sartre às vezes censurava. Mas eles sempre eram unânimes em se alegrar quando descobriam, em seu círculo, mais um tipo de hipocrisia.

— O que você acha do marido de Gégé? — ele perguntou.

Simone soltou um ruído de desaprovação.

— Como é possível se casar com seu antigo professor? — ela disse.

— Ela me contou que a família do marido não a aceita porque, aos olhos dessa gente, ela não é religiosa o bastante. E ele não tem coragem de apoiá-la.

Simone assentiu.

— Eles brigam muito. Gégé está infeliz. Eles não dançaram juntos nem uma vez durante a noite.

— Nós também não.

— Isso é verdade, mas você ficou conversando longamente com Dullin sobre a peça.

— E você dançou agarradinha com aquela atriz, tanto que chamou a atenção até de Poupette.

Ela percebeu, de esguelha, que o homem ao seu lado tinha erguido a sobrancelha, desaprovador.

— Estou com fome — Sartre falou, de repente.

— Espere — disse Simone, pegando na bolsa as nozes que Poupette havia lhe dado.

A irmã também tinha emprestado um ferro de passar e roupas, e então eles começaram a abrir as nozes com o ferro, dentro do trem. Ao mesmo tempo, analisavam o assassinato espetacular noticiado pelo jornal matutino: Violette Nozière, de dezoito anos, envenenara os pais; o pai tinha morrido, a mãe sobrevivera como por milagre. Violette confessou imediatamente ao ser presa, enquanto seu amante, que a incentivara a cometer o crime, colocava toda a culpa nela. Durante o processo, descobriu-se que o pai abusava da filha regularmente, desde que ela tinha doze anos.

Para Sartre e Simone, Violette era alguém que tinha modificado conscientemente uma situação que a atormentava e então sofria as consequências de seu ato.

— Ela cometeu um ato de liberdade — disse Simone.

— E o namorado dela tem má-fé. E sua estação chegou.

Simone não havia percebido que eles tinham chegado a Rouen. Rapidamente, pegou suas coisas e guardou o ferro de passar na bolsa. Ela se despediu de Sartre com um longo beijo, e ele seguiu até Le Havre. No quiosque da estação, Simone comprou um croissant e foi direto para a escola. Estava tão cansada que, durante as aulas da tarde, acabou caindo no sono por alguns segundos. Mas nada no mundo teria feito com que ela trocasse aquelas noites em Paris e a companhia de Sartre e dos amigos por algumas horas de descanso.

Claro que as colegas notaram a exaustão e o vestido amarrotado, e os pais das alunas, que há tempos consideravam o estilo de vida de Simone um escândalo, dirigiram-se à diretoria para reclamar de sua moralidade e da influência exercida sobre suas filhas. O diretor chamou Simone às falas, mas ficou apenas na advertência, pois a considerava uma boa professora.

— O que é mais importante para o senhor? — Simone lhe perguntou em seguida, impávida. — Suas alunas aprenderem alguma coisa e tirarem boas notas nas provas finais ou que sejam adestradas como boas esposas?

CAPÍTULO 17

Simone observava essa sua aluna havia algum tempo. Olga Kosakiewicz cursava suas aulas a fim de se preparar para a prova final de Filosofia. Ela se sentava na última fileira e se mostrava ostensivamente desinteressada, uma vez que escondia o rosto incomumente belo atrás do cabelo loiro abundante. Olga nunca perguntava nem dizia nada, mas, alguns meses antes, entregara um trabalho muito interessante sobre Kant, transbordando inteligência.

Nesse dia, Simone aplicou uma prova. Ao fim da aula, Olga lhe entregou a folha em branco. Atrevida, ela colocou o papel sobre a mesa da professora. A curiosidade de Simone pela jovem tinha sido definitivamente despertada. Ela parecia se recusar a se tornar adulta e, com isso, lembrava Simone de sua própria preocupação em perder a espontaneidade juvenil. Ela mesma estava por volta dos vinte e cinco anos e, às vezes, era tomada pelo pânico de que nada mais aconteceria em sua vida. Ela ainda não tinha escrito um romance, ainda estava presa naquela cidadezinha e temia logo se tornar tão rabugenta e metida quanto as pessoas que via nas ruas. Mas essa jovem, Olga, era tão diferente.

Olga já estava saindo da classe quando Simone a chamou, convidando-a para um café.

— Seu pensamento não é convencional, parece não ter amarras, e gosto disso — disse Olga, exagerando no açúcar de seu café, quando, vinte minutos mais tarde, elas estavam sentadas no pequeno bar logo ao lado do Lycée Jeanne d'Arc. — Você é tão diferente das outras professoras, tão bonita e jovem, e ainda por cima usa maquiagem. As outras contaram que você também sempre se encontra com seu amante nos fins de semana. É verdade? — a aluna perguntou, arregalando os olhos e evidenciando como gostava da ideia.

Simone sorriu. Ela sabia que Olga era mais do que apenas uma jovem tímida.

— Conte-me de você.

Olga nascera na Rússia e era nove anos mais jovem que Simone. Sua mãe, francesa, tinha ido à Rússia como professora particular da família burguesa de seu pai. Eles se casaram, Olga nasceu e, depois da Revolução, a família se exilou na França. Wanda, a irmã mais jovem de Olga, nascera no novo país. Ambas as meninas haviam gozado de uma educação muito livre nos primeiros anos, mas foram enviadas a uma escola católica muito severa. De acordo com a vontade dos pais, Olga deveria estudar Medicina mais tarde, uma ideia que ela odiava.

Além da recusa em se dobrar às regras, Simone ficou fascinada pelas ambivalências da personalidade de Olga. Ela era meio russa, meio francesa, meio moderna, meio religiosa, meio filósofa, meio médica. Olga tinha algo muito frágil e desconcertante, o que talvez se explicasse pelo fato de falar fluentemente três idiomas, os quais às vezes alternava sem perceber. Ela buscava desesperadamente seu lugar no mundo e, a partir de então, encontrou em Simone uma aliada para se defender das expectativas dos pais.

Elas começaram a se encontrar regularmente. Olga esperava por Simone depois da escola e a acompanhava até seu quarto, onde tomavam chá feito em um aparelho elétrico levado às escondidas e passavam horas conversando. A jovem gostava de Simone e ficava triste quando a nova amiga não tinha tempo, mas se recusava categoricamente a fazer planos – fosse para a noite seguinte, fosse para sua vida. Apesar da inteligência, Olga era má aluna, e seus pais a cobravam por isso.

Simone decidiu colocar essa jovem especial debaixo de suas asas e apresentá-la a Sartre.

Antes do primeiro encontro entre os dois, que aconteceria em um café, Simone buscou Olga em casa. A aluna abriu a porta, e Simone ficou espantada. Nunca vira Olga daquele jeito. Ela estava usando um vestido encantador e tinha passado batom.

— Estou bonita? — ela perguntou.

Simone fez que sim. Quando entrou atrás dela no café onde Sartre já as aguardava, percebeu o andar sinuoso de Olga e sentiu seu perfume.

A menina só tinha olhos para Sartre. Passou o tempo todo fixada nele, rindo quando ele fazia uma piada. Sartre parecia gostar da situação. Quando ele foi ao balcão buscar mais cigarros, Simone repreendeu-a.

— O que você está pensando?

Olga estremeceu.

137

— Só quero agradar ao seu Sartre para que você fique satisfeita comigo. Quero apenas causar boa impressão. — Seus olhos se encheram de lágrimas. Quando Sartre voltou à mesa, ela se levantou de repente e, sem se despedir, foi embora.

Sartre ficou curioso com o comportamento da moça, sentindo-se visivelmente lisonjeado. Como era previsível, Olga não passou nas provas. Ela desapareceu durante dias, e ninguém sabia do seu paradeiro, até que se deitou no meio do saguão de um hotel para dormir – totalmente bêbada e à luz do dia. O gerente acordou-a com um chute, e Olga lhe pediu para avisar Simone.

— Meus pais querem que eu volte para casa. Mas não vou sobreviver a isso. Você tem de me ajudar — ela confessou, chorando.

Simone sentiu-se responsável por ela e, na condição de professora, entrou em contato com os pais de Olga. Eles foram a Rouen, e, depois de uma longa conversa, Simone conseguiu sua permissão para que Olga ficasse morando com ela no seu hotel a fim de que ajudasse a menina a se preparar para as provas finais. Depois de os pais terem partido, Olga foi até Simone, ajoelhou-se à sua frente e pegou suas mãos, cobrindo-as com beijinhos.

— Mas, Olga, o que você está fazendo? — perguntou Simone, espantada com aquela profusão sentimental.

Olga encarou-a com os olhos marejados.

— Amo você, Simone, estou tão grata. Você é a pessoa mais importante da minha vida.

Simone ficou comovida com essa confissão, e os beijos de Olga tinham despertado nela uma sensação desconhecida, que a deixava arrepiada. Ela estava verdadeiramente feliz por sua protegida, mas se perguntava, um tanto temerosa, onde esse relacionamento desaguaria e se não havia tomado muita responsabilidade para si.

Visto que Olga ocupava um lugar cada vez mais importante em sua vida, Simone falava constantemente a respeito dela com Sartre. Olga oferecia muitos temas para discussão ao não aparecer nos seus compromissos ou demorar tanto a chegar que Simone se atrasava para o teatro ou para o *vernissage*. Às vezes, Simone e Sartre brigavam por causa de Olga, e, quando Simone não estava com vontade de ter a companhia da jovem, Sartre insistia para que ela estivesse presente. Era evidente que Olga sempre se arrumava quando Sartre estava junto. Ela literalmente o endeusava, prestava atenção a tudo que ele dizia e bancava a sedutora como no primeiro encontro. Logo Simone teve certeza de que Sartre estava se apaixonando por Olga, enquanto Olga tentava jogá-lo contra Simone. Ao mesmo tempo, a moça tinha inveja do amor entre Sartre e Simone e tentava atrapalhar a relação, na medida em que passava o tempo todo fazendo insinuações, observações insolentes ou revelava pequenos segredos que um dos dois havia lhe confiado. Um dia, levantou-se em meio a uma conversa e saiu do café de mãos dadas com outro homem enquanto Sartre e Simone ficaram observando a cena, boquiabertos.

Quanto mais inconveniente Olga se tornava, mais fascinava a ambos. Ela era quase uma promessa de vida confusa, sem quaisquer compromissos. Uma vida sem trabalho, sem tarefas tediosas, sem obrigações burguesas. Por outro lado, Simone percebia dolorosamente que não era mais jovem , enquanto Olga era uma fonte de juventude, uma folha em branco, à espera de ser preenchida por Sartre.

Colette Audry ficou muito brava com a intromissão da jovem na relação dos dois.

— Vocês fazem um trio para lá de estranho! — ela ralhou. — A mais pura comédia de Pigmalião! Olga não é alguém sem eira nem beira, que vocês podem formar ao seu bel-prazer. Ela é manipuladora e mimadíssima!

A própria Simone tinha, às vezes, a impressão de que algo na relação com Olga não andava bem. Elas eram muito próximas, embora Olga fosse a aluna e Simone a professora. Havia algo de falso na relação, e Simone quase teria dito: algo de hipocrisia. Mas depois se lembrava de que as categorias morais convencionais não serviam para eles — pessoas adultas que podiam decidir livremente o que fazer. E o atrevimento de Olga, seu prazer em provocar, simplesmente lhes fazia bem.

Naquele fim de semana, Sartre tinha vindo a Rouen. Eles ficaram na cidade. Simone não fazia mais caminhadas como em Marselha. A paisagem da Normandia a entediava, porque não surpreendia e lhe oferecia poucos desafios. O clima, muitas vezes fechado e chuvoso, não ajudava. Quando o tempo não estava bom em Rouen, o lugar era absolutamente desagradável, nublado e com um frio úmido. Ali, não havia o romantismo das gotas que caíam das árvores e que faziam as folhas brilharem.

— Acho bom que você não fique o tempo todo andando por aí — disse Sartre com um sorriso maroto. — Assim não preciso passar horas tentando alcançá-la.

Em vez disso, eles se sentaram no Café Victor às margens do Sena. À noite, como o tempo estava bom, ficaram em uma mesa no terraço. Um homem aproximou-se e, pela roupa, era possível dizer que se tratava de um trabalhador do porto. Ele parecia exausto, provavelmente tinha acabado de terminar seu turno. Mal se sentou, o *maître* veio do interior do estabelecimento, agitando o guardanapo engomado.

— Vamos fechar daqui a pouco — ele falou com voz de poucos amigos.

— Por que ele não se defende? — Simone olhou para Sartre, sem entender.

— Ele não conhece outra realidade. A França é uma sociedade de classes, e essa cena é seu melhor exemplo.

Os dois começaram a discutir sobre o tema. Simone relatou uma noite no teatro, alguns dias antes, quando subitamente percebeu que a camada mais alta da sociedade buscava ali sua porção de cultura e de beleza, deleitando-se com sua posição privilegiada.

— De repente, me senti desconfortável — ela falou. — Era como se eu não pertencesse ao lugar, mas, de todo modo, eu estava ali, algo que era vedado a tantos outros.

— Talvez Colette tenha razão e eu precise mesmo entrar no Partido Comunista — disse Sartre, pensativamente tragando seu cachimbo. Eles já haviam conversado muitas vezes a respeito, e Colette sempre exigia isso deles.

— Você acha que conseguiria ter algum protagonismo no *parti communiste*? Afinal, você nem faz parte do proletariado. Além disso, acho que seu conceito de liberdade combina muito mal com a disciplina partidária.

Eles observaram o homem de ombros baixos atravessar a rua.

No dia seguinte, Simone relatou o episódio a Colette, que a repreendeu seriamente. Ela estava indignadíssima.

— E vocês ainda pediram uma cerveja! Talvez tenham ficado até secretamente aliviados pelo homem não estar mais sentado ali ao lado, fazendo sua consciência pesar com seus privilégios. E em que medida você se diferenciou dos outros espectadores do teatro?

Simone encarou-a. Primeiro, com raiva. Em seguida, percebeu que Colette tinha razão.

— O que poderíamos ter feito?

— Vocês poderiam ter dito ao *maître* que não concordavam com sua atitude. Poderiam ter convidado o homem a se sentar à sua mesa, demonstrando solidariedade. Mas de modo algum era possível assistir à cena mudos, continuando a aproveitar a noite. Se todos forem uma plateia muda, nada nunca vai mudar. — Colette fez uma pausa e depois completou: — Não são vocês que dizem sempre que abominam a hipocrisia?

Simone sentiu-se flagrada e refletiu longamente sobre o assunto. Mas ela não estava tentando mostrar às alunas um caminho diferente daquele que seus pais tinham escolhido para elas? Não procurava educá-las no sentido de desenvolverem um pensamento crítico, questionando se queriam mesmo fazer casamentos convencionais, abrindo mão de todas as pretensões de autorrealização? Se a batalha pela igualdade das mulheres lhe era importante, como era possível relegar a igualdade das classes sociais? E o Partido Comunista não pregava que a libertação das massas traria automaticamente a libertação das mulheres?

Ela discorreu longamente sobre essas questões em uma carta a Sartre. Ele respondeu que não se via como um ativista. "Nós nos engajamos da nossa maneira, por meio de nossos livros, daquilo que ensinamos aos nossos alunos, de nossa crítica em relação ao que acontece na França."

Mas Simone pressentia que a discussão ainda não estava encerrada.

CAPÍTULO 18

Olga permaneceu sendo uma parte importante da vida de Sartre e Simone. Os dois montaram um plano de estudos para ela, que concluiu o ensino médio. Em seguida, relaxou totalmente. Simone ferveu de raiva quando Olga foi reprovada pela segunda vez na prova de admissão ao curso de Medicina e acabou desistindo da faculdade. A partir de então, a moça só fazia o que tinha vontade, sem se interessar especialmente por nada. Passava o dia inteiro prostrada na cama, sem comer e, às vezes, parecia tão exausta que o rosto ganhava uma coloração acinzentada.

Certa noite, os três foram jantar num restaurante. Olga pediu uma omelete, mas depois nem tocou no prato. Com um olhar desdenhoso para Simone, disse apenas que não queria engordar de jeito nenhum.

— Então vá dormir — retrucou Simone. Era preciso se esforçar para não demonstrar sua irritação. — Já que não quer comer.

Olga explodiu, talvez também porque quase não conseguisse mais ficar em pé.

— Vocês e suas atitudes burguesas de merda. Quem disse que o ser humano precisa comer e dormir? — Ela se levantou irada e saiu.

— Às vezes, tenho vontade de mandá-la ver se estou na esquina — disse Simone. — Ao seu lado, me sinto velha, como uma mãe que fica o tempo todo ralhando com a filha. Mas não posso simplesmente abandoná-la. Ela é minha amiga e tem também seus bons momentos. E sei o que há dentro dela.

Sartre tocou o antebraço de Simone.

— É exatamente isso que torna Olga tão fascinante. O fato de ela rejeitar qualquer tipo de regra.

— Mas isso também torna muito difícil manter uma amizade com ela. Além disso, sinto-me responsável por ela.

Quando eles reencontraram Olga no dia seguinte, Sartre lhe disse que ela devia pensar em se tornar atriz.

— Eu poderia falar com Dullin, se você quiser. Ele certamente poderia ajudá-la.

Olga gostou da ideia. Ela abraçou Sartre, depois soltou-o de repente, como se tivesse ultrapassado um limite.

Simone se perguntava se ela fazia isso de propósito, mostrar-se atrevida e, de repente, se fingir de inocente. Mais tarde, quando falou com Sartre a respeito, ele disse que ela estava dando muita importância para um abraço.

Simone ficou aliviada por ir a Paris sozinha no fim de semana. Dois dias sem a presença exigente de Olga lhe fariam bem. Mas Olga tinha conseguido deixá-la com a consciência pesada.

— Entendo que sou entediante e que você queria ter alguns momentos a sós com Sartre. — disse Olga, com o lábio inferior tremendo e parecendo tão infeliz que Simone quase convidou-a a acompanhá-la.

Não foi o que aconteceu, mas Simone pensou sobre sua relação com Olga durante todo o trajeto de trem. Ela era realmente cansativa e, às vezes, quase insuportável. Como Olga conseguia penetrar em seus pensamentos o tempo todo? Algumas de suas observações engraçadas faziam Simone sentir-se velha e feia. Por outro lado, Olga tinha uma devoção infantil a Simone, jurando-lhe fidelidade eterna.

Quando o trem chegou a Paris e as cúpulas brancas da igreja de Sacré Coeur se tornaram visíveis, Simone inspirou profundamente. E se ela escrevesse um romance sobre esse relacionamento a três? Não seria esse o perfeito ponto de partida para tratar da questão da liberdade e do convívio com o outro? Nesse caso, porém, tratava-se de uma outra.

Talvez o romance a ajudasse a compreender melhor sua relação com Olga. O trem entrou na estação. Pensativa, ela pegou a bagagem e desceu.

Apenas na plataforma Simone foi tomada pela alegria de que logo veria Sartre. Com passos rápidos, dirigiu-se à saída. Naquele fim de semana, Olga simplesmente não existiria.

Sartre esperava por ela no Bec de Gaz, um café em Montparnasse. Simone estava usando o vestido novo e tinha esmaltado as unhas com um vermelho muito vivo. Na cabeça, usava um turbante, como quase sempre. Ela sorriu ao pensar que, no começo, o acessório tinha sido uma solução de emergência a fim de esconder o cabelo sujo ou mal cortado. Entrou no café e imediatamente encontrou Sartre. Ele estava mergulhado no trabalho, curvado sobre um livro, e o cachimbo, frio, pousava em um cinzeiro à sua frente.

— Sartre — ela disse baixinho.

Ele ergueu a cabeça, e o sorriso torto apareceu. Ele se levantou, sem parar de encará-la, e abraçou-a.

— *Mon Castor* — ele disse.

Em seguida, ele apontou para o banco ao seu lado.

— Preciso, sem falta, mostrar a você algo que escrevi. Acho bom e fundamentado, mas quero ouvir sua opinião. Por favor, se apresse, pois logo Aron estará passando por aqui. Ele está de férias, voltou da Alemanha; no momento, trabalha no Institut Français em Berlim. Vamos, leia, leia.

Raymond Aron chegou meia hora mais tarde. Eles pediram coquetéis, e Aron falou de Berlim.

— A Filosofia está bem mais adiantada por lá — ele explicou. — Os filósofos alemães tornaram a própria vida o objeto de suas investigações. A vida e as coisas com as quais nos deparamos. — Aron mexeu seu coquetel de damasco. — Se você fosse fenomenologista, por exemplo, e começasse a falar desse drinque, isso seria Filosofia.

Simone percebeu que Sartre estava empalidecendo.

— Como assim?

— É como Husserl e Heidegger chamam.

Sartre parecia nervoso.

— Husserl e Heidegger? Há livros deles em francês?

Aron balançou a cabeça.

— Apenas um tratado de Levinas sobre essa filosofia.

Sartre se levantou de um jeito tão brusco que o copo de Simone balançou.

— Já volto.

Simone acompanhou-o com o olhar. Ele atravessou rapidamente a rua, escapando por pouco de ser atropelado por um carro. Deu um salto e desapareceu na livraria em frente. Logo em seguida, voltou com um livro nas mãos, que começou a ler enquanto andava. Impaciente, separava com os dedos as folhas que não estavam refiladas. Simone prendeu a respiração quando ele atravessou de volta a rua para se reunir de novo com ela e Aron. Sabia exatamente o que ele temia ler nesse livro. E se esses filósofos alemães tivessem descrito sua própria teoria das coisas? E se tivessem se adiantado a ele?

Ao se aproximar da mesa, foi possível notar o alívio de Sartre.

— Eles não surrupiaram minha teoria. Esse era meu medo. Mas se ocupam de coisas parecidas. Tenho de ler esses livros no original imediatamente. Trata-se de algo fascinante, de outro olhar à Filosofia. Todos nós já lemos e estudamos os filósofos clássicos até enjoar.

Aron bateu palmas.

— Então venha a Berlim. Você poderia ser meu sucessor no instituto.

O coração de Simone quase parou. O maior desejo dela era que Sartre conseguisse desenvolver suas ideias. Mas uma viagem à Alemanha significava nova separação.

O amor deles superaria esse obstáculo, Simone sabia, mas pressentia a dificuldade e o quanto de energia seria preciso investir nisso.

Sartre foi aprovado para o cargo em Berlim. Ele começaria logo após as férias de verão, dali a algumas poucas semanas.

— Venha comigo para a Alemanha — disse Sartre. — Vai ser bom.

Simone recusou.

— Ficarei aqui. Um de nós tem de ganhar dinheiro. Além disso, serão apenas poucos meses. Irei visitá-lo. Berlim não é longe.

Simone enxergou o desespero nos olhos de Sartre. Mas não havia alternativa, ambos tinham consciência disso.

— Sentirei muitas saudades suas — ela sussurrou.

Sartre abraçou-a.

— Amo você, Castor. Você é o roedor mais forte que conheço.

Eles passaram as férias viajando e se hospedaram na casa de veraneio de madame Morel, a mãe de um dos antigos alunos de reforço de Sartre que havia se tornado mecenas e amiga. Ela havia crescido na Argentina e se casara com um médico francês que voltara da guerra traumatizado e, desde então, vivia totalmente recluso em um quarto da grande mansão em Juan-les-Pins. Mas madame Morel tinha permanecido animada, jovial e sempre estava vestida conforme a moda. Ela recebia Simone em sua casa como se fosse uma amiga; Simone, por sua vez, gostava da boa comida e dos muitos livros que havia por lá. Ela descansava, lia, dormia e nadava no mar.

Depois, eles ainda passaram alguns dias em Paris antes de Sartre partir, no outono de 1933, para Berlim. Em suas cartas, ele falava de seus estudos; tinha aprendido tanto alemão que conseguia ler os filósofos no original, sua pronúncia, no entanto, era uma catástrofe. Sartre escrevia pouco sobre os acontecimentos políticos, embora Hitler tivesse alcançado o poder na

Alemanha e já se ouvisse falar de prisões de adversários políticos na França. Mas ele acabava sabendo pouca coisa a esse respeito no Institut Français.

Desde que Sartre partira, Simone passava ainda mais tempo com Olga. Ela era o exato oposto dos colegas de Sartre em Berlim; nas cartas, Sartre reclamava da sua visão engessada do mundo, da incapacidade de testar coisas novas e de valorizá-las. Simone estava aliviada por poder contar com Olga, que, com sua juventude e seu horror a compromissos, protegia-a de quaisquer atitudes pequeno-burguesas. *Enquanto for amiga de Olga, nunca serei como essa gente que Sartre e eu tanto desdenhamos*, ela dizia a si mesma.

Toda vez que chegava uma carta da Alemanha, Olga perguntava, curiosa, se Sartre havia lhe mandado lembranças, e, em algum momento, Simone pediu que ele escrevesse diretamente à moça. Sartre o fez, e Olga apertou a carta contra o peito, desde então carregando-a sempre consigo.

Aquela carta, no entanto, era destinada apenas a Simone. Ela estava sentada na cama em seu quarto sem graça. Petrificada, baixou o papel e olhou para o vazio. Ela sempre soube que aquele momento chegaria. Mesmo assim... Apesar de tudo, não estava preparada para a dor. Sartre escreveu relatando um relacionamento que tinha começado com a esposa de um colega – "simplesmente porque aqui todos são tão burgueses". Simone imaginou os lábios macios de Sartre beijando a outra mulher, o modo como ele a despia e observava seu corpo. Será que ele sussurrava as mesmas palavras de amor que um dia foram de Simone? De repente, seu corpo foi perpassado por uma onda quente; o fogacho fez com que ela precisasse abrir a janela. Chovia do lado de fora, o vento puxava a cortina. Simone não prestou atenção nisso e apenas se jogou na cama. Paul e Henriette Nizan também viviam uma relação aberta; o surgimento de uma terceira pessoa parecia ser recebido com indiferença. Há poucas semanas, Henriette havia trazido uma mulher ao café, com quem conversou animadamente. Depois, contou a Simone que Nizan mantinha um relacionamento com ela. Simone ficou impressionada.

Mas, naquele momento, nada disso ajudava. Com desespero, ela percebeu que a ideia de Sartre estar junto de outra mulher lhe causava um ciúme ardente, violento. Ela releu as linhas, mas o sentimento permaneceu. *Por que você está fazendo isso comigo, Sartre?*, ela pensou. Simone começou a soluçar e, em um instante, estava mergulhada em lágrimas. A sensação de perda foi tão grande que ela teve uma crise nervosa, com horas passadas na cama, chorando, matutando e se lamentando. Como ela pôde concordar com um pacto desses? E por que Sartre tinha de fazer uso dele? Até então, a permissão para relacionamentos com terceiros não tinha passado de mera teoria, e ambos viviam bem com essa perspectiva. Simone maldizia Sartre em pensamento e maldizia a si própria. Por que ela não conseguia lidar com a situação de maneira racional? Isso era desonroso. E então a imagem de Sartre com a outra mulher voltou à sua mente, e ela chorou de novo. Ela não sabia que tinha ciúmes nem gostou da virulência com que foi acometida pelo sentimento.

Simone havia levado a sério seu compromisso de amor com liberdade, e queria garantir essa liberdade a ele, assim como também gostaria de desfrutar dela.

O choro cessou apenas após algumas horas. Em algum momento, as lágrimas tinham acabado.

Ela se sentou. Sua força sempre fora a abordagem pragmática dos problemas. Mesmo assolada por sentimentos, a razão acabou sendo convocada. O que tinha acontecido exatamente? Sartre iniciara um relacionamento casual, não imperioso, que chamou de ligação contingente. Ele tinha encontrado uma mulher que o encantava e atraía sexualmente e cedeu à atração. Pela primeira vez desde que selaram seu pacto, quatro anos antes. Quatro anos era bastante tempo. Ambos contavam que, em algum momento, uma amizade casual iria se interpor entre os dois. Isso também podia ter acontecido com ela, Simone, e por acaso aconteceu com Sartre primeiro. Ele imediatamente relatou o acontecido a ela a fim de que Simone ficasse ciente e para que sua parte no pacto fosse cumprida – dizer sempre a verdade e não esconder nada dela. O primeiro impulso de Simone ao ler a carta foi se perguntar: "Por que ele me escreveu isso, por que não me poupou?", mas as perguntas estavam erradas. Claro que Sartre tinha de contar a Simone, qualquer outra atitude não seria de boa-fé e envenenaria a relação.

Simone pegou a carta mais uma vez nas mãos. O que exatamente Sartre havia escrito? Ela se chamava Marie e era esposa de um colega; seu relacionamento era movido mais por tédio do que por amor autêntico.

Bem no fim, havia uma de suas insuperáveis declarações de amor. Ela não sabia dizer se gostava mais quando Sartre se declarava diretamente ou quando escrevia sobre seu amor. Talvez por escrito, porque assim ela podia reler suas palavras sempre que tivesse vontade.

"*Mon cher amour*", ele escreveu, "saiba que penso em você todas as horas do dia; aqui tem você por todos os lados. Sou muito feliz ao imaginar que o Castor existe, que compra castanhas portuguesas e que sai para passear; meu pensamento em você nunca me abandona e, na minha cabeça, conversamos. Somos um, pequena maga".

Isso a animava.

No dia seguinte, Simone foi ao médico e relatou ter sofrido um colapso nervoso porque descobriu que o noivo tinha outra mulher. O médico acreditou nela e imediatamente lhe prescreveu uma licença de duas semanas. Simone foi direto do consultório para a estação de trem e, dali, para Berlim.

Sartre ficou infinitamente feliz em vê-la, mas Simone percebeu que ele estava desanimado, parecia quase deprimido. Não estava conseguindo avançar na escrita de seu livro, além de reclamar de estar ficando careca.

— Quem não ficou famoso aos vinte e oito anos não fica mais — ele declarou, abatido. — E já tenho vinte e oito.

Simone tentou animá-lo. E se perguntou se o relacionamento com a esposa do colega talvez não estivesse servindo para que ele se sentisse jovem novamente.

Sartre contou em detalhes como havia conhecido Marie, que era muito feminina e bonita, que gostava de beijá-la e que se sentia atraído pela silenciosa melancolia dela, chamando-a, por conta disso, de "a mulher da Lua". Em algum momento no decorrer da conversa, Simone emudeceu totalmente – algo que Sartre não percebeu de imediato.

Ela não fala e é mais bonita do que eu, pensou Simone. Com cada palavra que dizia a respeito da amante, Sartre empurrava Simone ainda mais para o fundo do abismo. *Sou realmente ciumenta*, ela pensou, bastante espantada, *e não consigo mudar isso*. Ela sempre imaginou que fosse capaz de sentir ciúmes, mas não sabia qual era a dimensão que essa emoção tomaria nem a força que teria sobre ela. Quando Sartre começou a falar de como era se deitar com Marie, Simone não suportou mais.

— Deixe disso. Não quero saber — ela exclamou com lágrimas escorrendo pelo rosto.

Sartre olhou para ela. Emocionado, ele tomou as mãos dela.

— Mas o que há, Castor? Estou contando tudo isso para lhe mostrar a intimidade que temos. Não falei nem uma palavra de você para Marie. E, no fundo, estou apenas me atendo àquilo que combinamos.

— Se você não tem outras mulheres, então também não precisa me fazer confissões.

— Você quer dizer que se eu não tivesse encontrado Marie, também não teria de lhe contar a respeito.

Simone fez que sim com a cabeça.

— Mas...

Ela assoou o nariz e depois continuou:

— No fundo, você tem razão. Nós nos permitimos ter amantes. Imaginei que fosse ser mais simples. Na realidade, acho que não estava preparada para que realmente fosse acontecer...

— Mas Simone...

Ela não sabia se ele estava sentindo pena dela ou raiva. Não queria nenhuma das duas coisas.

— Quero conhecer Marie — ela disse, determinada. — Agora.

Eles se encontraram em um restaurante. Estavam presentes Marie, seu marido e mais dois colegas de Sartre, um homem baixinho da Córsega de pele escura e cabelo cacheado e um loiro bem-apessoado.

— Ele é judeu — disse Sartre sorrindo na direção do loiro. — O corso não, mas os nazistas acham que ele é o judeu, e o loiro, um ariano autêntico.

Simone não conseguiu parar de rir. Inúmeras histórias sobre a burrice dos nazistas foram contadas naquela mesa à boca pequena. Todos eram unânimes em achar que o fantasma logo seria eliminado; ninguém nutria uma preocupação excessiva. Enquanto os outros riam, ela ficou observando Marie, que estava à sua frente, em silêncio. Era bonita, o cabelo caía em ondas sobre a gola do vestido caro, e dava a impressão de ser uma mulher que se perguntava, admirada, o que estava fazendo naquela mesa. Simone compreendeu que sua passividade atraía os homens. Mas, observada de perto, ela perdia toda a sua periculosidade. Simone decidiu aproveitar a noite. Tomou cerveja daqueles canecos enormes e foi a interlocutora charmosa, encantando os homens ao seu redor. E percebeu os olhares desejosos de Sartre. Tudo estava em ordem novamente.

Nos dias seguintes, Sartre fez de tudo para que sua estadia fosse agradável. Ele esteve à sua disposição o tempo todo; Simone não precisou dividir a atenção do amado com nada nem ninguém. Eles passearam pelas ruas de Berlim, flanaram pela elegante alameda Unter den Linden, passaram pela Kurfüstendamm e pela Alexanderplatz, mas também foram conhecer as áreas ocupadas pelos trabalhadores nos bairros Wedding e Neukölln. Ali, entretanto, não havia bandeiras vermelhas à vista, mas sim aquela com a cruz suástica dos nazistas. À noite, visitavam bares de reputação duvidosa e ficavam junto ao balcão bebendo cerveja e comendo ensopados com muita gordura. Mesmo assim, apreciavam a pesada culinária alemã, porque quase não dormiam à noite e precisavam de todo tipo de reforço energético.

Sartre e Simone fizeram uma pequena excursão a Hanôver, onde pretendiam visitar a casa em que Leibniz nasceu, mas, como chovia torrencialmente, voltar ao trem foi um alívio. Durante o percurso, Sartre contou que estava estudando Husserl. Ele acreditava estar no caminho de uma nova filosofia que não era apenas teórica, mas também prática e orientadora. Que colocava o próprio ego, o indivíduo, no centro. À sua frente, ficava o ego dos outros, do qual estava separado pela absoluta independência da consciência. Para Sartre, esse constructo filosófico era necessariamente positivo, porque libertava as pessoas.

— Você compreende, Castor? Eu sou eu, e você é você. Freud não tinha razão — ele exclamou, pois, aos olhos de Sartre, tudo era exterior ao ser humano. Mudar o mundo por meio da subjetividade era impossível. O mundo, as coisas, eram como eram e nada diferente disso.

Como sempre, Simone não precisou se esforçar para compreender perfeitamente suas explicações complicadas.

— Husserl não fala de intencionalidade? A ambição humana poderia ser colocada sob esse conceito — ela sugeriu.

Sartre bateu palmas, e, com satisfação, os dois começaram a repassar os textos de Sartre. Simone questionava alguns pontos e chamava atenção para as falácias. Ambos se sentiam muito felizes por seu companheirismo em termos de filosofia. O bilheteiro precisou interpelá-los várias vezes. Mergulhados em seu mundo particular, onde não havia lugar para banalidades como passagens, eles simplesmente não tinham percebido o rapaz.

— Estou tão grato por você ter vindo, Castor — Sartre lhe disse ao se despedir na estação, envolvendo-a carinhosamente com os braços.

Depois de dez dias cheios de atividades, Simone retornou a Rouen com a confiança em seu amor fortalecida.

CAPÍTULO 19

No caminho de volta, Simone passou um dia em Paris. Ela precisava mesmo fazer baldeação na cidade e aproveitou para conhecer o novo esconderijo de Poupette.

A irmã ainda morava na casa dos pais, e o encontro com eles foi frio. Seu pai não conseguia perdoar Simone pelo tipo de relacionamento que ela levava com Sartre. Ele nunca aceitaria que eles não fossem casados.

— Você é a prostituta desse gnomo — ele falou, muito bravo. Em seguida, foi até o escritório e fechou a porta.

Sua mãe, entretanto, havia curiosamente aceitado a relação de Simone com Sartre. Ela se encontrou com ele algumas vezes e até o considerava simpático. Mas, claro, sentia-se infeliz pela má fama da filha. Poupette e Simone logo se aprontaram para sair.

— Como você suporta isso? — Simone perguntou enquanto elas desciam a escada.

— Não posso me dar ao luxo de me mudar — Hélène respondeu. — Mas, pelo menos, agora tenho meu ateliê para escapar de vez em quando.

Ela trabalhava meio período como secretária de uma galeria, e todo seu salário era gasto com tintas e telas.

— Logo faremos uma exposição de Salvador Dalí. Você virá?

Simone balançou a cabeça, concordando.

Elas passaram pela estação Montparnasse e chegaram à Rue Castagnary. O minúsculo ateliê era gelado, mas uma janelinha no alto permitia a entrada de luz. Do lado de fora, dava para ouvir os trens passando ruidosamente. Elas permaneceram com seus sobretudos enquanto Hélène fervia água para o chá.

— No verão, você poderia dormir aqui — sugeriu Simone.

Poupette sorriu.

— No verão, este lugar é um forno.

— Mas é o seu forno, e é isso que importa.

Ambas se olharam e caíram na gargalhada.

Chovia. E a chuva em Rouen era um aguaceiro que não parava tão rápido. Em seguida, as ruas ficavam empoçadas. Sapatos e sobretudos estragavam facilmente.

Simone estava mal-humorada ao percorrer o caminho da escola para casa. Tivera uma conversa absolutamente desagradável com o diretor do ginásio. Os pais das alunas haviam reclamado mais uma vez de seu estilo de vida. Ela enxergou tarde demais uma poça funda, pisou nela e sentiu a água penetrando no sapato do pé esquerdo.

— Droga! — esbravejou.

Mesmo tentando dar um passo largo para escapar da água, o outro pé também aterrissou na poça. Ela soltou mais um xingamento. Mais à frente, estava finalmente o café no qual ela havia combinado de se encontrar com Olga. Torceu para que o lugar estivesse bem aquecido, pois a chuva havia ensopado seu sobretudo fino e Simone tremia de frio.

Quando entrou, o estabelecimento estava cheio, e ela não conseguiu encontrar Olga. Simone se sentou em um lugar perto do aquecedor. Ela queria corrigir algumas provas até Olga aparecer, mas depois tirou da bolsa o último capítulo do manuscrito de seu romance e começou a folhear as páginas, desanimada. O texto não estava bom. Nos meses anteriores, ela havia se dedicado a escrever sempre que aparecia uma brecha. Na verdade, Simone pretendia surpreender Sartre com um romance acabado quando ele retornasse de Berlim. Ela já o via virando as páginas, aplicado, até lhe dizer que tinha gostado do trabalho. No fundo, tratava-se de uma variação de sua antiga ideia. Também dessa vez o tema era o relacionamento da própria pessoa com os outros; havia novamente uma personagem calcada em Zaza. Ela havia conseguido contar a história das pessoas até o fim. Do ponto de vista da estrutura, o romance estava correto. Mas não era possível afirmar o mesmo do conteúdo, de seu significado. Simone havia, mais uma vez, entretecido a vida de pessoas que conhecia em um romance, mas não tinha contado uma história significativa, de peso.

Ela fechou o caderno novamente. Seu desejo era lançá-lo imediatamente ao fogo. Ah, se Sartre estivesse por perto, eles poderiam conversar a respeito. Ela imaginava o que ele diria: "Console-se. Você aprendeu. Da próxima vez, dará certo". Será que ele estava junto de Marie naquele exato momento? Ou estaria sentindo saudades de Simone?

Em sua última carta, Sartre havia mencionado Marie novamente e explicado quão enriquecedora era essa experiência contingente. E perguntava se Simone também não queria experimentar algo do gênero. Simone balançou a cabeça, indignada. Afinal, ela não podia sair à procura de um amante apenas para satisfazer Sartre.

Simone ergueu o olhar e viu Olga entrando. Caminhando com desenvoltura e um sorriso arrebatador no rosto bonito, ela veio em sua direção. Enquanto os homens viravam a cabeça para segui-la, Olga só queria saber de Simone.

Ela abraçou Simone com vontade e lhe deu quatro beijos no rosto.

— Estou atrasada?

— *Bonsoir, ma belle*. Não importa — disse Simone, pedindo que ela se sentasse ao seu lado no banco.

— Tenho tanta coisa para contar. Imagine só, Charles Dullin me chamou para uma entrevista na semana que vem. Devo isso a você e a Sartre. E meus pais me mandaram dinheiro. Vamos pedir um champanhe — disse Olga, acenando para o garçom, que estava a postos. — Uma garrafa do melhor champanhe — ela exclamou. Em seguida, abraçou novamente Simone com força. — Ah, estou tão feliz!

Enquanto tomavam o espumante, ambas faziam planos mirabolantes para a carreira de Olga como atriz.

— Aguarde, logo estarei no cinema. Saúde! — Olga ergueu a taça e brindou com Simone.

Era tão bom assistir aos devaneios de Olga que Simone não ousou lembrar à jovem que ela teria de trabalhar duro para isso. Hoje, ela queria esquecer de seu racionalismo e ser tão doidivanas quanto Olga. A moça estava radiante e contagiou Simone com seu bom humor. Duas horas mais tarde, na frente do quarto de Olga, as duas estavam bem alteradas. Simone teve alguma dificuldade em acertar o buraco da fechadura, e Olga entrou também. Quando Simone se sentou na cama, rindo, a fim de tirar os sapatos, Olga sentou-se ao seu lado e puxou Simone para si. Primeiro, Simone quis se desvencilhar, mas ela se sentia maravilhosamente alegre e relaxada por causa da bebida. O estremecimento que sentiu quando Olga beijara sua mão algum tempo antes voltou à sua mente. Agora, Olga tocava delicadamente seu pescoço com os lábios em um ponto especialmente sensível. *Por que não?*, pensou Simone, entregando-se às carícias.

No dia seguinte, ela escreveu a Sartre informando ter uma amante. Ela não queria dar muita importância ao fato, mas seu relacionamento com Olga sempre foi especial. E Simone tinha de confessar que estava gostando das novas descobertas. Os toques de Olga faziam seu corpo estremecer de prazer. Então, qual era o problema?

No verão, Sartre regressou de Berlim e retomou o trabalho no ginásio em Le Havre. Na bagagem, havia um romance quase completo. Tratava-se do projeto no qual trabalhava há anos e que começara como um ensaio filosófico. Porém, a partir de uma sugestão de Simone, ele lhe dera uma forma ficcional: um historiador vai à província para escrever um livro. Antoine Roquentin sente náusea pela falta de sentido e pela casualidade de sua vida e tem de escolher entre o nada e a liberdade. E ele decide escrever um livro a fim de dar sentido à vida por meio da narrativa. Sartre havia chamado o romance de *Melancolia*. Sua pena rápida preenchia página após página e fazia as últimas correções; muitas vezes, nem relia o que havia escrito, porque seus pensamentos o carregavam para a frente.

Simone admirava-o por essa razão. Para Sartre, escrever era vida e vida era escrever. Como ela gostaria de dizer o mesmo!

Agora que Sartre estava próximo, seus dias estavam tomados até o último segundo. Eles passavam tanto tempo juntos quanto possível, e Simone reservava uma noite por semana para seu relacionamento com Olga. Como eles não podiam viajar a Paris nos fins de semana porque não tinham dinheiro suficiente para o trem e um hotel, preferiam se encontrar em Le Havre a se reunir em Rouen. A Simone, Rouen parecia provinciana e tediosa demais, enquanto Le Havre tinha pelo menos o ar de cidade litorânea.

A editora Gallimard recusou *Melancolia*, e Sartre ficou profundamente decepcionado. Naquele dia em novembro, eles estavam em seu café preferido, no porto. A conversa entre eles não fluía, Simone e Sartre nutriam pensamentos desoladores.

— Logo estaremos com trinta anos. E não alcançamos nada na vida. Meu romance foi recusado — Sartre falou, desanimado.

— Mas você ao menos pode apresentar um romance. Ah, eu nem isso. Não posso chamar de romance aquilo que escrevi até agora. — Simone tomou o último gole de seu copo e fez um sinal ao garçom para que ele servisse mais. — Será que daqui a dez anos estaremos ainda vivendo nesse mísero quarto de hotel no interior e ensinando alunos mimados?

— Ora, há alguns bastante promissores entre eles — Sartre se referia, naturalmente, à Olga. Mas também a Bost.

Jacques-Laurent Bost era sempre chamado por eles de "o pequeno Bost", porque tinha vários irmãos mais velhos. Um deles era editor na Gallimard. Bost era excepcionalmente inteligente e vinha de uma família de pastores religiosos. Era jovem, bonito, de olhos verdes e cabeleira farta e escura. Ele havia se aproximado de Sartre, transformando-se de aluno em amigo. Sartre o apresentara bem no começo a Simone, que logo se encantou por ele. Ela gostava do seu sorriso radiante e da sua aparência de príncipe. Bost também era da opinião de que todos podiam ser reis neste mundo. Devido ao seu charme natural, ele parecia quase atrevido. Bost não dava importância à ambição, mas tinha uma porção de pequenos desejos muito teimosos, alegrando-se imensamente quando se concretizavam.

Muitas vezes, quando Simone estava em Le Havre, eles se reuniam a três. Ou a quatro, quando Olga se juntava ao grupo.

Naqueles dias, Simone se lamentava pelo fato de os dois não estarem sentados à mesa com eles, pois, em sua companhia, a recusa do manuscrito seria superada mais facilmente. Ela pediu mais uma taça de vinho, e Sartre observou que a bebida também não era solução.

Claro que Simone sabia disso. Quando estava melancólica, era frequente que recorresse ao vinho, embora a bebida sempre a deixasse chorosa e tudo só piorasse. Então, ela reclamava, sob lágrimas, da miséria de sua vida e duvidava do seu sentido. No dia seguinte, era acometida por dor de cabeça e não se sentia apta a nada.

Apesar disso, a observação de Sartre provocou seu espírito de contestação.

— Você se engana — ela disse. — O vinho me ajuda a derrubar barreiras no meu pensamento e reconhecer a mim mesma. Afinal, não é à toa que se diz que a verdade está no vinho. — E tomou mais um gole.

Sartre colocou algumas moedas sobre a mesa e anunciou:

— Vamos. Está na hora de caminharmos um pouco.

Eles andaram ao longo da costa debaixo de uma garoa fina.

— Aos poucos, estou ficando velha — disse Simone, desanimada e com um gosto ruim na boca devido ao vinho.

Sartre deu uma risada.

— Você, velha? Você é a caminhante mais rápida e de maior resistência que conheço. E sua curiosidade pelo mundo move montanhas.

Simone olhou para ele, espantada.

— Você acha isso mesmo?

— Sim! E sei que algum dia você escreverá livros importantes. Você me aconselhou a transformar um ensaio filosófico num romance. No seu caso, talvez deva ser o inverso: transforme seu projeto de romance num texto teórico. E agora vamos dar meia-volta antes de ficarmos encharcados.

CAPÍTULO 20 - Paris, 1936

Paris! Quando Simone segurou na mão a carta em que lhe era oferecida uma vaga de professora no Liceu Molière, em Paris, ela deu um salto no ar. Finalmente estaria de volta à sua cidade. Finalmente nada mais de viagens noturnas de trem, nada de tempos de espera em estações desoladas. Sua vida se tornaria mais colorida e, quem sabe, suas dúvidas existenciais desapareceriam. Em Paris, ela encontraria o ânimo que lhe faltava – para isso, bastava flanar por alguma parte da cidade, sentar-se em um café qualquer e observar as pessoas. Em Paris, a inspiração estava em todas as esquinas, e, às vezes, era preciso cuidar para não ser soterrada por ela!

Ah, se pensasse unicamente nos muitos meses em que o Jardim de Luxemburgo lhe proporcionara consolo. A partir de agora, ela voltaria a visitá-lo sempre que tivesse vontade, observando o transcorrer do ano a partir da vegetação. Poderia desfrutar novamente da indescritível calma do Palais Royal, poderia ficar parada sobre a Pont Neuf, olhando para o rio...

Nesse meio-tempo, Sartre estava lecionando em Laon, uma cidade pequena a noroeste de Paris, mas ele ia à cidade todos os fins de semana e mais duas noites durante a semana. E ele havia pedido sua transferência para Paris, então era apenas uma questão de tempo até a solicitação ser deferida.

Enquanto isso, Simone esperava por seu trem duas vezes por semana na Gare du Nord. O caminho até lá se tornou tão familiar que ela imaginava poder fazê-lo dormindo. Depois da chegada, eles sempre tomavam um café no bufê da estação; esse momento e o trajeto de metrô eram os únicos em que ela tinha Sartre somente para si, pois, assim que ele chegava em casa, começava a correr de um encontro para o outro. Não apenas Bost, mas também outros de seus ex-alunos estavam morando agora na capital, e, para eles, Sartre continuava sendo uma autoridade e um professor; para alguns, ele era também um amigo. Entre eles, estava Lionel de Roulet, por quem Poupette se apaixonou. Havia ainda a mãe de Sartre,

157

madame Morel, Nizan, Aron e Ponty, e a turma das editoras. Todas essas pessoas queriam algo dele, e Sartre sempre tinha uma legião em seu encalço. Enquanto tomavam café na estação, os dois planejavam o fim de semana e combinavam de se encontrar, mas não lhes restava muito mais do que algumas horas.

A primeira pergunta de Sartre ao descer do trem, muitas vezes, era sobre Olga.

— Quando Olga esteve na cidade? Como ela vai? Falou de mim?

Era impossível não perceber que ele estava muito enciumado com o relacionamento que Simone mantinha com a jovem. E ele não conseguia suportar o fato de Olga recusar suas investidas.

Alguns meses mais tarde, Sartre foi transferido para uma vaga em uma escola em Neuilly, na parte oeste da cidade, muito nobre, e eles conseguiram passar mais tempo juntos. Sartre achou um hotel, o Mistral, bem próximo à estação Montparnasse, no qual reservou dois quartos, que ficavam em andares diferentes. O quarto de Simone contava com uma cama confortável, algumas estantes para livros e uma mesa onde ela podia trabalhar. Ela estava feliz, pois estava levando a vida com a qual sempre sonhara. Vivia no mesmo prédio que Sartre, mas não moravam juntos. Eles dividiam suas vidas sem o perigo de um oprimir o outro. E podiam se ver sempre que tivessem vontade, embora a independência de ambos se mantivesse garantida. Simone não precisava arrumar as coisas dele nem cozinhar para Sartre.

Pela manhã, eles seguiam juntos de metrô até a escola e discutiam o que haviam feito na noite anterior, o que haviam visto e lido. Nos outros dias, combinavam de se encontrar e, para tanto, bastava descer ou subir alguns lances de escada.

— Até amanhã às dez, se o horário estiver adequado para você.

— Claro. Está ótimo.

E então Simone fazia de conta que tinha de tomar o ônibus ou o trem, colocava o sobretudo e pegava a bolsa para visitá-lo. Um minuto mais tarde, estava à sua frente.

Nos outros dias, acontecia o contrário. Ele perguntava se podia visitá-la, ela procurava um vestido bonito e alegrava-se com as batidas na porta.

Para Simone, o arranjo poderia continuar indefinidamente, mas havia Olga. Ela se entediava sozinha em Rouen e só criava confusão. Embebedava-se à luz do dia e desacatava a locatária, que ameaçava expulsá-la.

— Deveríamos trazê-la para Paris. Ela também pode ficar num quarto aqui — sugeriu Sartre.

Simone concordou. Ela gostou da ideia de estar novamente próxima da amiga, embora soubesse que a presença de Olga complicaria sua situação com Sartre. O efeito destrutivo de Olga já havia se anunciado em Rouen, e, quanto mais próxima esteve dela, mais Simone conseguiu notar essa característica. Por outro lado, estava ansiosa para descobrir como Olga enxergava sua relação com Sartre, pois sua jovem amante era a pessoa mais próxima dos dois e quem tinha a melhor percepção de sua vida íntima.

Olga ficou fora de si de alegria ao ouvir a sugestão, prometendo, no futuro, estudar seriamente seus textos e aparecer pontualmente nos teatros para as seleções de atores. Uma semana mais tarde, o hotel tinha um quarto à disposição, e Olga se mudou. Seus pais suspenderam a mesada e, portanto, Sartre e Simone ficaram responsáveis pelo aluguel e por todo o resto.

No início, tudo correu surpreendentemente bem. A admiração de Olga e suas carícias faziam bem a Simone. Ambas passavam algumas noites em um dos cafés para mulheres que havia em Paris. Simone gostava da atmosfera desses lugares, que eram mais liberais. Fazia calor, a música era alta, e ela e Olga dançavam agarradas e se beijavam. Apesar de tudo isso, as mulheres ali não corriam perigo caso quisessem voltar sozinhas para casa.

Depois, Olga começou a flertar com Sartre, porque tinha ciúmes de seu relacionamento com Simone. Sartre, por sua vez, não conseguia suportar o fato de Olga preferir mulheres – principalmente Simone – a ele. Olga logo compreendeu a situação e fez de tudo para dominá-la.

Certo dia, quando Sartre estava no quarto de Simone para trabalharem em um texto que ele queria enviar à editora, Olga apareceu como que por acaso e beijou Simone longamente na boca. Em seguida, olhou de maneira desafiadora para Sartre e cumprimentou-o apenas esticando a mão. Simone pigarreou, constrangida, enquanto Olga e Sartre se mediam com o olhar, receosos.

— Ela amadureceu — Simone afirmou mais tarde para Sartre.

— Ela ainda é uma criança — ele retrucou.

— Não é.

— Você está com ciúmes — Sartre disse.

— Não estou, você é que está com ciúmes.

Sartre ficou obcecado por Olga, e Simone teve de vê-lo cortejar a moça.

— Você está parecendo o marido traído — ela o repreendeu.

— Deveríamos formar um trio, um *ménage à trois*. Três pessoas que se mantêm independentes e que se relacionam entre si — ele falou certa noite, poucos dias depois de Olga tê-lo provocado com seu beijo.

— Não tenho nada contra um trio, mas você se esquece de que somos quase os pais de Olga. Ela depende de nós, não apenas financeiramente.

Eles conversaram longamente sobre o assunto, mas não conseguiram chegar a um acordo. Alguns dias mais tarde, Olga veio falar com ela, exultante:

— Veja só o que Sartre me deu de presente. — Ela tirou uma pequena peça de porcelana da bolsa e mostrou-a a Simone. — Você não tem uma parecida? — ela perguntou, inocente.

Simone ficou pálida. Olga se afastou, mas Simone conseguiu perceber seu sorrisinho de satisfação. Claro que ela sabia que Sartre havia lhe dado algo muito parecido, afinal, ela mesma havia mostrado a Olga. Simone estava profundamente abalada, sentindo-se traída por ambos.

Nos dias que se seguiram, Olga continuou com seu jogo. Ela seduzia Sartre e, em seguida, o repelia. O homem estava enlouquecido.

Além disso, Sartre havia experimentado a droga mescalina algum tempo antes a fim de ampliar sua consciência e eliminar as barreiras de escrita. Mas tudo o que restou da viagem psicodélica foram alucinações que vinham feito ondas. Uma vez ele viu lagostas gigantes seguindo-o pela rua, querendo beliscá-lo. Os sapatos prediletos de Simone tinham estampa de cobra, motivo pelo qual ela não podia mais usá-los na presença dele, pois sempre havia o perigo de Sartre ser tomado por um acesso de pânico, apontar para os sapatos e afirmar que crocodilos estavam em seu encalço. Outra vez, ela teve de usar toda sua força para impedi-lo de fugir para a rua, nu.

E claro que Sartre procurava unicamente por Simone sempre que não se sentia bem ou quando lutava contra seus demônios, seu medo do fracasso ou suas dúvidas a respeito de si mesmo. E enquanto ela o colocava para cima novamente, fazendo de tudo para animá-lo, Olga ficava com o lado bom da vida e podia desfrutar do charme e do sucesso de Sartre.

Algumas semanas mais tarde, Olga se tornou amante de Sartre. Em uma noite, ele contou o fato a Simone, com todos os detalhes.

Simone sentiu-se quase aliviada. Afinal, o inevitável havia finalmente acontecido. Mas a reação de Sartre irritou-a:

— Ora, Sartre, você não é um menininho ávido pelo elogio da mãe — ela disse, nervosa.

Sartre ficou contrariado.

— Isso não é do seu feitio, Castor.

A tensão entre eles diminuiu. Eles realmente formavam uma espécie de trio, uma pequena família. Sartre estava satisfeito porque Olga não o rejeitava mais e também não sentia mais ciúmes do relacionamento dela com Simone. Eles passavam muito tempo a três, mas também a dois, sempre em combinações diferentes. Entretanto, quando Simone e Bost descobriram sua atração mútua, tudo se complicou novamente. Olga começou a se afastar de Sartre, e ambos reclamavam com Simone um do outro. E ainda havia Marco, um cantor de ópera em ascensão, ex-aluno de Sartre, que era perdidamente apaixonado por Bost e, em contrapartida, procurava por consolo e conselhos com Simone. Tratava-se de uma confusão emocional incurável, e, às vezes, Simone pensava que eles formavam um grupo impossível de pessoas egocêntricas que estavam grudadas umas nas outras, sempre gerando novas colisões, mas que também não sabiam viver separadas.

Finalmente Simone havia encontrado tempo naquele dia para se sentar à escrivaninha. Como sempre, estava cheia de expectativa porque se dedicaria ao que mais gostava de fazer: escrever. Já eram oito da noite, e ela viu o reflexo de seu rosto exausto diante de si no vidro da janela. Ela havia lecionado pela manhã, depois almoçara com Sartre e lera cinquenta páginas de um manuscrito dele. Sartre estava retrabalhando seu romance *Melancolia* mais uma vez, de acordo com as sugestões do editor da Gallimard, e não dava nenhuma linha por finalizada sem que Simone a tivesse lido e aprovado. Em seguida, ela esteve na casa da mãe, que havia reclamado do pai; no fim da tarde, Simone ainda corrigiu trinta redações. Agora seus olhos doíam, e o cansaço era perceptível, mas ela lutava contra ele. Escrever era mais importante do que dormir. Um dia sem que tivesse escrito era um dia perdido.

Ela começou lendo o que havia produzido no dia anterior, algo que, via de regra, não era um bom sinal, pois significava que, durante o dia, Simone não tivera nenhuma boa ideia de como prosseguir com a história. Havia dias de sorte: acontecia alguma coisa, ela dava um passeio, observava ou vivenciava algo, e uma cena surgia na sua cabeça. Quando isso acontecia, ela mal conseguia esperar até finalmente colocá-la no papel.

Naquele dia, ela não tinha sido presenteada com essa sorte. Resignada, pegou as folhas preenchidas com sua letra minúscula. O romance tinha sido colocado temporariamente de lado, e Simone trabalhava agora em uma série de contos que descreviam a vida de mulheres absolutamente normais que, de uma maneira ou de outra, tinham de se haver com uma educação religiosa conservadora. Esse predomínio do espiritual aparecia também no título, *Quando o espiritual domina*. O título de cada um dos cinco contos era um nome de mulher; aquele de que tratava no momento chamava-se "Chantal", uma personagem inspirada em Zaza. Em "Marguerite", Simone descreveu a própria juventude sob os ditames da religião. Ela ergueu os olhos e refletiu. O que fazia com que sempre escrevesse sobre sua velha amiga? Ela já havia feito várias tentativas de ressuscitá-la em um romance e sempre descartara tudo porque o resultado nunca esteve a contento. Por que ela tentava de novo e de novo se sabia de antemão que seria inútil?

Antes de Simone conseguir bloquear seus pensamentos, eles estavam em Olga. Um sorriso amargo desenhou-se em seu rosto. Ao contrário de suas personagens literárias, Olga tinha muito sucesso em deixar sua educação para trás, embora sempre às custas de outros. Frequentemente, era Simone quem sofria por causa de Olga, seus caprichos e excentricidades. Seus encontros eram sempre como andar na corda bamba. Simone nunca sabia qual seria o humor da amante e nunca podia confiar que a outra mantivesse os combinados. Quantas horas Simone já tinha passado esperando por ela, tentando convencê-la de algo, esforçando-se para animá-la? Quantas noites já tinha passado acordada porque Olga se recusava a voltar para casa? Simone sorriu ao se lembrar de como essas noites costumavam ser apaixonantes e belas. Olga sabia saciar os desejos de Simone, que adorava passar horas deitada ao seu lado, acariciando seu belo corpo. Mas, além de Olga, Sartre também exigia constantemente sua atenção. Quando se tratava de ler os textos dele, Simone deixava, com a maior boa vontade, o próprio trabalho em segundo plano. Mas tudo isso havia levado, nos meses anteriores, a uma privação de sono. Olga descansava durante o dia, Sartre simplesmente se recolhia ao seu quarto quando estava cansado, mas Simone permanecia acordada, cumprindo com suas tarefas.

Como ela tinha ficado eufórica no início, como se alegrou pela vida conjunta com Sartre. Simone havia montado uma espécie de família com Olga, Bost e a própria irmã. Uma família que tinha se tornado muito mais importante para ela do que sua família original poderia ter sido nos últimos anos. Porque ela havia escolhido essa família, porque nela – apesar de todas as dificuldades e diferenças – Simone se sentia amada pelo que era. Ela nutrira tanta esperança. Mas era complicado, e exigia muito de todos, dia após dia.

De repente, Simone se sentiu exausta e desanimada. Ela se flagrou pensando em como sua vida seria mais simples sem a complicada relação com Sartre.

Alguém passou no corredor do lado de fora. Simone acordou, sobressaltada, e não saberia dizer por quanto tempo tinha dormido. Ao consultar o relógio, descobriu que haviam sido apenas poucos minutos. Ela passou as duas mãos pelo rosto a fim de despertar de vez e voltou a olhar para as páginas.

Ah, se conseguisse escrever algo bom! Ela folheou as páginas, virando-as para ver frente e verso, leu alguns trechos esparsos, e uma ideia surgiu. Era assim que faria! Sua caneta começou a se movimentar febrilmente pelo papel.

Bateram à porta. Simone estremeceu. Ela pensou em simplesmente não abrir, mas as batidas se tornaram mais intensas e urgentes.

Ela soltou a caneta sobre a mesa e foi abrir. Do lado de fora estava Marco, com o cabelo desgrenhado e banhado em lágrimas.

— Eu estava prestes a bater na porta de Olga quando escutei barulhos do lado de dentro. Olhei pelo buraco da fechadura e vi os dois.

Ele começou a soluçar.

— Quem você viu?

— Olga e Bost. Eles estavam se beijando de maneira apaixonada. Não quero mais viver.

Marco soluçou ainda mais alto e se jogou nos braços de Simone. A porta do apartamento em frente se abriu, e a vizinha olhou para eles, curiosa.

Olga e Bost, pensou Simone sem saber se devia ficar enciumada ou se talvez isso simplificaria algumas coisas dentro da família. Era mais provável que tudo se tornasse ainda mais complicado.

— Entre e me conte tudo — disse Simone, colocando Marco para dentro.

Nessa noite, ela não iria escrever nem dormir.

CAPÍTULO 21

Quando Simone chegou à rua, viu alguns homens caminhando em sua direção segurando cartazes do movimento da extrema-direita Action Française. "Judeus não são franceses", estava escrito ali. Ela conhecia o pensamento desse agrupamento extremista católico bastante bem, pois seu pai simpatizava com eles. Os homens não deram a impressão de que iam desviar de Simone, motivo pelo qual ela se abrigou na entrada do prédio e esperou que eles tivessem passado e dobrado a esquina. Em seguida, prosseguiu. Ela calculava que seria possível que os comunistas estivessem vindo da outra esquina e que ambos os lados entrassem em confronto. Um grande escândalo financeiro, iniciado por um russo de ascendência judaica, arruinara muitos franceses, e o evento estava sendo usado pelos grupos de direita para propagar o antissemitismo. As manchetes dos jornais nas bancas destilavam ódio, as ruas ecoavam os gritos dos radicais de ambos os lados. *Essa não é minha Paris*, pensou Simone. Em seu mundo, as pessoas discutiam os problemas em vez de se agredirem nas ruas e odiarem umas às outras.

Ela encontrou Nizan no Deux Magots. Fazia tempo que não o via e sentou-se ao seu lado enquanto o tumulto prosseguia do lado de fora.

— Eles estão certos da vitória, e a Alemanha dá o exemplo — disse Nizan, enojado.

Os emigrantes alemães sentados em uma mesa no canto jogando xadrez também olhavam para a rua. Simone conhecia alguns daqueles rostos. Eles apareciam no café com frequência, pelo menos aqueles que ainda podiam se dar ao luxo de frequentar um café. Os jornais traziam suas ofertas de trabalho: aulas de alemão, faxinas baratas, cortes de cabelo. Simone, às vezes, encontrava as esposas dos refugiados nas esquinas, tentando vender biscoitos feitos em casa. Ela procurava ajudá-las comprando alguma coisa. E aprendia alemão com um refugiado de Köln.

— Isso não vai passar logo? — ela perguntou.

Nizan balançou a cabeça afirmativamente.

— O Comintern finalmente deu uma virada ideológica e agora enxerga os fascistas como seu principal inimigo em vez dos social-democratas. — Ele ergueu o punho. — "Acabe com os fascistas onde quer que estejam", esse é o lema agora.

Simone tinha ouvido falar a respeito; Colette apresentara minuciosamente a ela e a Sartre as conclusões do congresso mundial da Internacional Comunista. Seria esse o motivo dos conflitos carregados de ódio que aconteciam nas ruas?

— Temos de aguardar as eleições. Juntos, podemos vencer os fascistas. — Nizan se ergueu. — Preciso ir embora, tenho uma reunião do Partido.

Simone acompanhou-o com o olhar. Como ela detestava esse tempo! O declínio da economia e a radicalização da política lhe davam medo. E havia gente que acreditava em uma guerra iminente. Ela estava farta de tudo aquilo e apressou-se em voltar para casa, pois era preferível usar suas forças para escrever.

Nizan tinha razão. Em junho de 1936, o socialista Léon Blum ganhou as eleições na França e formou uma frente popular de esquerda, com comunistas, socialistas e socialistas radicais. Pela primeira vez na história, a França seria governada por uma maioria de esquerda. Os parisienses estavam em êxtase; Simone e Sartre se contagiaram pela atmosfera. Em 14 de julho, feriado nacional, milhares de pessoas foram à Praça da Bastilha para dançar e comemorar. Sartre e Simone estavam entre eles. Comovida, Simone viu um menino sentado sobre os ombros do pai e que balançava, animado, a bandeira da França. Eles continuaram caminhando até a Place de la Nation, onde Blum fez um discurso emocionante. A massa era tão grande que Simone não conseguiu compreender todas as palavras de sua fala, mas ele prometeu aos franceses *les lendemains qui chantent*, os amanhãs cor-de-rosa.

Os eventos não passaram em branco para ninguém. Todos se posicionavam, fosse contra ou a favor. De início, os diferentes agrupamentos de direita não estavam dispostos a reconhecer o resultado das eleições, e a situação pegou fogo quando o governo garantiu a todos os franceses o direito a duas semanas de férias pagas. No verão de 1936, as praias da França receberam uma enxurrada de pessoas das classes menos favorecidas. Pela primeira vez em sua vida, os trabalhadores das cidades que orbitavam ao redor de Paris sentiram o ar do campo.

Simone observou as fotos no jornal, que traziam os trabalhadores felizes entrando no mar. A *concierge* de seu hotel estava entre eles, e a *boulangerie* da esquina tinha fechado as portas. *Estou na praia*, dizia um cartaz na porta. Ela estava realmente contente pelo fato de as pessoas conseguirem desfrutar de férias. Mesmo com os gastos sociais do governo cada vez mais altos e vozes alertando para uma falência do Estado.

No início das férias, Sartre, a mãe e o padrasto foram de navio até a Noruega. Desde que Simone o conhecera, ele mantinha um contato muito próximo com madame Mancy e almoçava todos os domingos com ela. Simone continuava sendo uma presença ingrata nessa família porque eles não eram casados. Ela enfrentava o constrangimento com um sorriso amargo; mais importante era o apoio recebido por sua própria pequena família. Em três semanas, Sartre estaria de volta, e eles queriam passar o restante das férias juntos.

Durante a ausência de Sartre, Simone planejou uma caminhada no sul da França. Lá, em meio à natureza, a exaustão física faria com que ela se esquecesse de seu fracasso na escrita. Ela pegou algumas peças de roupa, um cobertor, um despertador e um guia de viagens e, de trem, desceu o vale do rio Rhône, desembarcando logo após Orange. A partir dali, a intenção era caminhar na direção de Ardèche.

Ela passou a noite em um pequeno hotel e imaginou que, durante um bom tempo, aquela seria a última cama na qual se deitaria. Na manhã seguinte, saiu bem cedo e passou o dia inteiro subindo e descendo pela paisagem acidentada. Como sempre havia um rio por perto, às vezes ela andava em uma de suas margens, depois atravessava uma ponte da qual as crianças saltavam na água – uma vez ela acabou se molhando para passar para o outro lado porque não queria aumentar o percurso. No fim da tarde, encontrou um estábulo aos pés de uma colina. O camponês permitiu que ela pernoitasse ali, mas depois lhe contou que, no alto da colina, a mais ou menos duas horas de caminhada, havia uma cabana. Simone não conseguiu resistir ao desafio. Depois de comprar pão e vinho do homem, colocou-se novamente no caminho, que era mais longo do que imaginara a princípio. Talvez ela tivesse saído da trilha. A noite já estava caindo quando Simone encontrou a cabana em um platô. O tomilho selvagem que crescia no alto impregnava o ar com seu aroma. Exausta, porém satisfeita, ela comeu pão e bebeu vinho, aproveitando sua solidão. Em seguida, enrolou-se na coberta e se deitou no estrado simples de madeira. Ao se deitar de costas, conseguiu vislumbrar o céu estrelado através de um buraco no telhado. Sonolenta, tentou contar as estrelas. Apesar disso, era impossível dormir, pois lá no alto o vento assobiava atravessando as fendas da cabana.

Assim que o dia clareou, Simone se levantou e saiu. Ficou literalmente sem ar, porque o vento tinha se transformado em uma ventania fortíssima. Mas também a vista era de tirar o fôlego. O pequeno platô onde ficava a cabana encontrava-se cercado por dois mares de nuvens. E elas corriam vertiginosamente sob seus pés e acima de sua cabeça. Vistas do vale, porém, se pareciam com uma gigante cama de plumas, tão densa e fofa que dava vontade de pular nelas. Simone nunca vira algo assim e riu de alegria enquanto o vento desgrenhava seu cabelo e puxava sua saia. Com aquele tempo, era impossível tentar a descida, pois o vento derrubaria qualquer um na hora. Assim, procurou um canto abrigado na cabana e ficou observando o espetáculo da natureza que era a corrida das nuvens enquanto comia o resto do pão e uma madalena que encontrou na mochila. O vento só amainou perto da hora do almoço, e então ela começou a retornar. Ao entrar no meio das nuvens, Simone sentia-se como em um sonho. Por fim, o sol as dissipou, o calor foi ficando cada vez mais intenso e ela já estava suando em bicas. Horas mais tarde, quando encontrou uma estrada de terra, Simone ficou com a impressão de ter voltado de um mundo estranho.

Um ônibus vinha passando, e o motorista parou, mesmo sem ela ter dado o sinal. Simone entrou e foi só então que percebeu a dolorida queimadura solar nos ombros e nas pernas. Em pior estado estavam seus pés, tomados por bolhas e com a pele machucada em vários lugares. Ela não conseguia dar nem mais um passo e ficou aliviada pela carona. Lentamente, o ônibus atravessou um vale estreito enquanto, ao lado, um rio serpenteava sobre rochas grandes. Simone adoraria meter os pés ardendo na água fresca. O ônibus dobrou na curva seguinte, e os passageiros foram lançados de seus assentos. Simone bateu com o ombro contra a janela e gemeu de dor. A viagem continuou dessa maneira por algum tempo, e apenas depois de uma hora o motorista parou em um vilarejo. Um vilarejo como tantos outros, bonito e convidativo, com café, igreja e campo de bocha sob plátanos grandes. Naquele momento, no fim da tarde, os homens estavam sentados no terraço do café ou jogavam bocha. Simone conseguia ouvir o barulho das bolas. Ela desceu, e seu rosto repuxou de dor.

— Melhor passar um pouco de mel aí — o motorista aconselhou-a antes de prosseguir viagem.

Simone entrou no café, e a dona lhe ofereceu o quarto com vista para a praça. Suspirando de alívio, Simone refrescou a pele queimada com água fria. Ao lançar um olhar encantado aos lençóis de linho, conseguiu sentir seu frescor sobre a pele quente, mas pior do que o cansaço era a fome que sentia. Então ela desceu e pediu uma omelete com salada de tomate. Esfomeada, comeu rapidamente.

— Mais um pouco? — perguntou a simpática proprietária que, sem esperar pela resposta, serviu-lhe mais uma porção no prato e uma taça de vinho. — A senhora tem algum creme para queimadura solar?

Simone fez que não com a cabeça.

— Vou lhe trazer algo. E amanhã é melhor ficar na cama.

Simone assentiu e, de repente, sentiu-se absolutamente exausta.

Agradecida, pegou o produto que a dona lhe entregou, subiu, passou o creme da maneira mais cuidadosa possível e finalmente se deitou nos lençóis impecáveis.

O dia seguinte Simone passou em seu quarto agradavelmente fresco, lendo um romance de Colette que Olga lhe havia dado para a viagem. "Eu te amo", estava escrito na primeira página. Simone ficou contente, embora não tivesse gostado muito do livro.

No dia seguinte, já estava com vontade de sair. Entretanto, Simone ficou mais cautelosa em relação ao sol. Comprou um chapéu de aba larga e um par de sapatos firmes, que protegiam melhor os pés. E manteve os trinta a trinta e cinco quilômetros diários de caminhada. Nas noites seguintes, dormiu ao ar livre, mas prestava atenção para não subir demais antes de escolher um lugar para ficar, a fim de não sentir tanto frio. Quando se deitava, repassava mentalmente os belos momentos e as paisagens estonteantes do dia. Uma marmota que havia surpreendido, uma formação rochosa especialmente interessante. À noite, escrevia para Sartre. Será que ele estava passando pelas mesmas vivências em meio à natureza da Noruega? Provavelmente não, ela supôs, pois, se havia algo que Sartre não apreciava, eram caminhadas exaustivas. Em geral, ela dormia profundamente, não sonhava e, na manhã seguinte, acordava cheia de expectativa pelo dia que estava à sua frente.

Em meio à natureza, Simone encontrava uma profunda paz interior. Ela fazia exatamente o que tinha vontade no momento, não perdia tempo pensando em sua vida complicada em Paris. Suntuosamente presenteada com clorofila e o azul do céu, com o olhar sobre colinas suaves e vales profundos que ela já atravessara ou iria atravessar, com banhos no gelado rio Ardèche e com horas sonhadoras nas quais ficava observando as nuvens ou estrelas, ela experimentava a pura felicidade. Às vezes, pensava em seu romance, mas não insistia no assunto. Haveria tempo para isso mais tarde.

No início de julho, ela estava de volta a Paris, mas apenas para aguardar o retorno de Sartre e depois viajar com ele para o sul. Eles queriam ir à Espanha, como sempre, mas naquele ano não foi possível.

A Espanha estava em meio a uma guerra civil depois de uma tentativa de golpe do general Franco contra o governo republicano. Grande parte dos militares tinha se bandeado para o seu lado. Mas a República se defendia, e o governo espanhol convocara voluntários para lutar ao seu lado contra os golpistas.

Simone foi correndo até Stépha. Ela voltara a morar em Paris com Fernando, que, nesse meio-tempo, vivia da venda de seus quadros, e o filho deles, Juan, que chamavam de Tito. Era uma criança encantadora, e Simone, para sua própria surpresa, estava totalmente apaixonada pelo menininho.

Stépha estava com o filho no colo quando abriu a porta para a amiga. Sobre a mesa da sala, encontrava-se a edição mais recente da *VU*, a revista de orientação esquerdista que Simone já conhecia. "Espanha. A defesa da República", lia-se sobre uma foto de homens armados e uma bandeira vermelha gigante.

— Onde está Fernando? — ela perguntou, mas o rosto sério de Stépha respondia sua pergunta.

— Está a caminho da Espanha — Stépha falou baixinho, beijando o cabelo sedoso de Juan. — Vai tentar atravessar a fronteira secretamente em Figueras. Provavelmente, já está do outro lado.

— Oh, Stépha — disse Simone, triste.

— Temos de nos defender. Se ninguém fizer nada...

Stépha não prosseguiu o raciocínio, mas Simone sabia exatamente o que queria dizer. Ela mal ousou olhar as fotos no jornal: cidades em ruínas, mulheres em fuga com o pânico estampado no rosto, uma bandeira rasgada por balas com a inscrição *"No pasarán"*. Uma imagem comoveu-a especialmente: tratava-se de um soldado republicano no momento de sua morte. Atingido por um disparo, ele esticou os braços para trás e estava caindo.

— Tenho orgulho de Fernando, mas não quero que ele morra desse jeito — disse Stépha.

— E eu tenho orgulho de você por ter permitido que ele fosse — disse Simone. Ao perceber o que tinha falado, acrescentou rapidamente: — Ele voltará. O que você vai fazer agora?

— Ficarei em Paris com Juan, o que mais?

Simone foi para casa, tristíssima. E não foi o único momento de despedida. Nos tempos seguintes, muitos de seus conhecidos partiram rumo à Espanha. O escritor e comunista André Malraux coletava dinheiro para aviões, e, nas ruas, ela via grupos de refugiados alemães que queriam lugar nas brigadas internacionais contra Franco, que era aliado de Hitler.

Bost também foi falar com Simone e Sartre, explicando que pretendia se juntar às brigadas internacionais. Simone ficou paralisada de medo. Afinal, Bost ainda era quase uma criança. A ideia de que ele poderia morrer e ela nunca mais ver seus olhos verdes quase a deixava louca. Simone foi falar com Nizan e pediu ajuda. Nizan perguntou a Bost se ele sabia usar uma metralhadora. Ao ouvi-lo responder que não, a situação estava resolvida. Bost permaneceria em Paris, pelo menos a princípio. Mas o medo por Fernando e pelos outros se mantinha. Simone passou a visitar Stépha com frequência a fim de confortá-la.

Após alguns meses e muito trabalho, no início do ano, Simone finalmente encontrou coragem para enviar seu manuscrito sobre as cinco mulheres à Gallimard. Nizan, que tinha conhecidos na editora, intercedeu por ela. Simone estava confiante e contou ao pai, em sua visita seguinte, que logo estaria publicando um livro. Georges desdenhou.

— Quem quer ler essas coisas que você escreve?

A Gallimard recusou o manuscrito com a justificativa de que os leitores não se interessavam por histórias sobre mulheres. A editora Grasset também não quis o livro. Sartre implorou que ela o oferecesse a outros lugares, mas Simone preferiu não o fazer. Ela o proibiu de continuar falando sobre aquele livro. No fundo, ela sabia que o texto não representava o melhor de sua produção. Apesar disso, havia se esforçado nos meses anteriores em lapidá-lo, pois tinha a esperança de publicar um primeiro livro e então encontrar coragem para os próximos. Quando as recusas chegaram, ela ficou muito decepcionada.

Sartre pediu que ela não desistisse.

— Você ainda vai escrever um livro que as pessoas vão querer ler! — ele dizia, mas Simone tinha dificuldade de acreditar.

Ela se sentia exausta, pois passava horas sentada à sua escrivaninha, folheando os manuscritos, perguntando-se onde e como melhorar. A fim de espairecer um pouco, ela passava as noites em bares e cafés, bebia demais e dormia pouco. Sartre começou a ficar preocupado.

Naquela noite, ela tinha combinado de se encontrar com Bost no Select, em Montparnasse, e já passava da meia-noite. Bost estava perdidamente apaixonado por Olga, mas não sabia como lidar com seu jeito volátil. Como sabia da relação amorosa de Olga com Simone, ele queria seu conselho. Desesperado e cheio de paixão, conversou com Simone. Ela ouviu-o, mas, de repente, o rosto dele desapareceu de sua visão. Simone sentiu um estremecimento e esfregou as mãos nos braços, mas a pele continuava arrepiada.

— Tenho de ir — ela disse e quis se levantar, mas as pernas não corresponderam. Ela simplesmente caiu de volta na cadeira.

Bost teve muita dificuldade para levar Simone para casa e colocá-la na cama. Ele ficou ao seu lado até ouvir os passos de Sartre do lado de fora e chamou-o. Simone ficou aliviadíssima quando percebeu que ele estava ali. Sartre passou o tempo todo tranquilizando-a.

— Tudo vai ficar bem de novo, Castor, tenha paciência.

Simone alternava entre febres e calafrios; Sartre lhe aplicava compressas frias. Na manhã seguinte, ela se sentia muito melhor, descansada e quis descer com Sartre a fim de tomar café no Deux Magots. Na escada, foi acometida por uma tontura, mas ignorou-a. Afinal, nunca tinha se curvado diante de uma gripe. Quando chegou à rua, de braços dados com Sartre, sentiu um vento gelado. Simone cambaleou, mas tentou disfarçar, embora estivesse com a sensação de estar caminhando em uma neblina muito fria. A cada inspiração, o ar gelado cortava seus pulmões, e ela nunca se sentira tão fraca. A energia de seu corpo parecia se esvair a cada passo, até ela finalmente desfalecer na esquina seguinte. Sartre entrou correndo no café mais próximo e chamou uma ambulância.

Agora acabou tudo, pensou Simone enquanto era colocada sobre uma maca. *Nunca pensei que algo assim aconteceria comigo.* Durante todo o tempo, ela sempre teve a impressão de não ser ela mesma, mas de observar a situação do alto. Um sentimento que a deixou em pânico.

Foi quando ela viu o rosto de Sartre diante do seu.

— Eles vão levá-la ao hospital. Não posso ir junto, mas vou em seguida.

No hospital, o diagnóstico foi de pneumonia bilateral. Simone precisou ficar internada, e Sartre estava muito preocupado.

— Exigimos demais de você, *mon amour*. Você precisa cuidar melhor de si e dormir mais. Conversei com os outros, estão todos cientes e vão deixá-la em paz. A partir de agora, irei me ocupar de você...

Simone começou a chorar quando ouviu essa frase.

— Você já falou isso para mim antes, não lembra? Logo no início, depois da *agrégation*...

Dois dias depois, Simone estava implorando a Sartre que a levasse para casa, e ele brigou com os médicos até conseguir a permissão. Simone ficou deitada na cama em seu quarto de hotel. A mãe e Poupette passavam por lá todos os dias. Françoise tomava o maior cuidado para não cruzar com Sartre. Mas Simone viu com espanto como ela se dava bem com Olga. Ela estava infinitamente grata à mãe por terem se aproximado novamente.

As semanas seguintes foram de repouso na cama. Sartre vinha sempre que possível. Ele lia para ela durante horas; na hora do almoço, atravessava a rua e encomendava no Coupole, que ficava em frente, uma sopa substanciosa ou um *cassoulet* – um ensopado típico do sul da França –, que levava com o maior cuidado até a cama. Ele se sentava ao seu lado e segurava longamente a colher diante de seus lábios enquanto a encorajava ou fazia piadas até que ela comesse.

— Castor, tive medo por você. Já sabia há tempos, mas, nos últimos dias, fiquei ainda mais consciente: não posso viver sem você. — Ele segurou mais uma colher em frente aos lábios dela. Simone comeu para acalmá-lo, embora não estivesse com fome. Mas era tão bom tê-lo ao seu lado de maneira exclusiva.

— Declare-se novamente, por favor — ela pediu. — Uma declaração bonita.

Ele olhou carinhosamente para ela e começou a dizer o quanto a achava linda, com a pele delicada, mas, na verdade, estava mais apaixonado por seus olhos azuis; e como a amava porque ela sempre tinha pressa, porque era a mulher mais inteligente do mundo; e o quanto era grato por ela estar ao seu lado.

— Eu me casaria com você se esse fosse seu desejo — Sartre disse.

Simone afundou a cabeça novamente no travesseiro. Ela não precisava de mais nada para ser feliz.

Com os cuidados incansáveis dele, lentamente começou a convalescer. Quando se sentiu um pouco melhor, Simone contou-lhe da experiência de ter se observado do lado de fora, algo que sempre tinha sido importante para os dois a fim de compreender a vida em um sentido filosófico.

— Invejo-a por essa experiência — ele disse — que a permitiu vivenciar a filosofia.

— Mas não foi uma experiência boa.

Ele olhou pensativo para ela.

— Sabe de uma coisa, Castor? Talvez seu livro tenha sido recusado porque você fala dos outros. Mas você é muito mais interessante do que todo mundo. Talvez você devesse escrever sobre si mesma. Mas, primeiro, fique saudável de novo. Vou rapidinho à *boulangerie* comprar os croissants de manteiga de que você tanto gosta. Está me parecendo faminta.

Simone observou-o dirigindo-se à porta. Ele se virou e, com um desespero fingido, bateu a mão na testa.

— Como pude me esquecer de uma coisa dessas — ele disse. Em seguida, retornou para beijá-la. — Já estou com saudades. Amo você.

E eu amo você, pensou Simone. *Quem, fora você, me presenteia com tanto amor, cuidado e carinho? Quem, fora você, tem a confiança inabalável de que algum dia escreverei um livro? Que confia em mim como pensadora, como criadora de algo?*

Ela pegou uma folha e escreveu um lembrete: "Estou angustiada de tanto carinho que sinto por você, *mon amour*, e me parece um tanto patético amá-lo desse jeito. Seu encantado Castor".

Antes de cair em um sono feliz, ela prometeu a si mesma: nunca mais duvidaria de Sartre nem do amor que sentia por ele. Nunca mais.

No outono, Wanda, irmã de Olga, mudou-se para Paris, seduzida pelos relatos incríveis da vida ao lado de Simone e de Sartre. Wanda era ainda mais bela do que a irmã e dominava ainda melhor a arte da sedução. Ela entrou na vida noturna com vontade; Simone saía frequentemente com as irmãs. Logo, ela se tornou parte da família – e Sartre se apaixonou por ela no primeiro instante.

Simone ficou irritadíssima com o comportamento dele, e eles chegaram a brigar.

— Você está se comportando feito um adolescente apaixonado. Onde ficou meu filósofo? E não era você que vivia dizendo que as sensações físicas não lhe importavam? Então como explica essa paixão?

Sartre estava abatido.

— Talvez porque eu seja tão feio. Tenho de provar a mim mesmo que posso conquistar mulheres. Mas só você me importa.

Isso era verdade. Ele era um sedutor que se interessava unicamente pela corte. O relacionamento sexual, o amor físico, eram secundários. Depois de ter conseguido levar uma mulher para sua cama, Sartre logo se desinteressava dela.

Simone suspirava ao pensar nisso. Ela também não se deitava mais com Sartre com tanta frequência; e, quando acontecia, também não eram mais momentos de êxtase absoluto. Sartre inebriava com a voz, o charme, o domínio das palavras e o conhecimento, com seus cuidados e elogios. Dessa maneira, ele era um perigo para qualquer mulher e precisava conquistar quase todas, como Simone percebeu. Quando uma delas se recusava, como Olga no passado e agora Wanda, ele sofria horrores. E Simone chegava a ficar com pena dele.

Se não fosse tão triste, a situação seria engraçada. No fundo, ela não via problemas em não se deitar mais com Sartre. O sexo desviava a atenção do pensamento, e, além disso, para satisfazer suas necessidades físicas, ela tinha Olga, com a qual continuava mantendo uma relação carinhosa.

Naquele dia, Simone e Sartre tinham combinado de se encontrar no Dôme, em Montparnasse, que havia se tornado o novo café onde batiam ponto. Nos fundos do estabelecimento, havia cantos tranquilos nos quais podiam trabalhar sem serem incomodados.

Simone tinha ido até lá direto do Liceu Molière. Ela estava cansada, pois tinha passado metade da noite em um bar com Olga e Wanda e bebido demais. Mas Olga tinha conseguido seu primeiro pequeno papel no teatro, e isso precisava ser comemorado. Elas dançaram animadamente, chamando atenção dos homens. Quando entrou no café, Simone sorriu ao se lembrar disso.

Sartre já esperava por ela, impaciente.

— Finalmente você chegou, Castor. — Ele beijou-a nas faces e depois puxou-a para os fundos. — Já arrumei tudo para você. Garçom, por favor, traga café e um sanduíche. — Ele apontou para uma mesa, sobre a qual havia uma pilha de papéis ao lado uma caneta. — Por favor, apresse-se, quero levar isso à Gallimard amanhã.

— E você? — perguntou Simone.

Sartre já tinha virado as costas.

— Tenho um compromisso. Até mais tarde.

Franzindo a testa, Simone tirou o sobretudo e se sentou.

— Me veja também uma taça de vinho, mas não do caro — ela pediu ao garçom que lhe trouxe o café. Simone deu uma mordida no sanduíche de presunto, depois pegou a caneta e começou a trabalhar, embora sua real vontade fosse estar conversando com Sartre. Além disso, ela também tinha coisas para fazer. Mas o trabalho dele era prioritário, como sempre.

Meia hora mais tarde, Olga apareceu. Ela ficou furiosa quando viu Simone debruçada sobre os manuscritos.

— Você sabe que Sartre acabou de aparecer na casa de Wanda? Ele está perturbando minha irmã enquanto você corrige os textos dele e fica aqui, solitária, tomando vinho barato. Por que aceita isso? Você sabe que aquela tal de Marie, de Berlim, está novamente na cidade? Ela será a próxima com quem ele vai trair você.

— Sei que Marie está em Paris de novo. Sartre me disse. — Mas o fato de ele estar naquele momento com Wanda era uma novidade que a irritou. Ela o questionaria a respeito daquilo mais tarde.

— E ele ainda fica se gabando das suas conquistas! E você não diz nada? Por quê? Isso não machuca? Ainda por cima, ele é feio! — Olga estava furiosa. — E, em vez de escrever o seu próprio romance, você passa o tempo todo corrigindo o dele. Isso é doentio.

Simone mordeu os lábios.

— O relacionamento entre mim e Sartre segue outros critérios que não os burgueses — Simone falou de um jeito um tanto solene. — Não vou proibi-lo de se encontrar com outras mulheres.

Mas Olga tinha razão, claro. O comportamento de Sartre machucava. No início, com Marie, em Berlim, ela ainda acreditou que o *affair* acabaria em breve. Naquela época, ela não teve a sensação de que o relacionamento dele com outras mulheres fizesse com que ela saísse perdendo alguma coisa. Também agora não era a proximidade física com ele que lhe faltava, mas sim o tempo em conjunto, que ele passava cada vez mais com outras. Ela sentia falta do companheiro ao seu lado. Simone poderia ter exigido isso, e ele teria obedecido, mas exatamente aí estava o dilema. Era como antes, quando ele sugeriu que se casassem. Ela teria pressionado ambos para algo com que não concordava. Ela teria traído seus ideais. Mas então ela não seria mais a Simone de Beauvoir que gostaria de ser. No entanto, esse assunto só dizia respeito a eles dois, e Olga não ficou sabendo dessas reflexões.

— Você não entende. Entre mim e Sartre há algo que está acima de todo o resto — ela apenas comentou, secamente.

Quando Olga se foi, Simone voltou a trabalhar, mas não conseguia mais se concentrar direito. As palavras de Olga ecoavam. E, muitas vezes, ela mesma tinha pensado no assunto. Seria ciúme? Sim, claro que ela era ciumenta e claro que preferia não imaginar outras mulheres nos braços de Sartre. Entretanto, era um ciúme discreto, não comparável com as conturbadas emoções que a tinham assaltado no início.

Sete anos haviam se passado desde que eles selaram o pacto; o relacionamento dos dois ainda era o que eles tinham de mais importante, e, apesar disso, algumas coisas haviam mudado. Nas raras vezes em que se deitavam, o que importava era o carinho e o sentimento de pertencimento, não mais a paixão. Simone queria ter tempo ao lado de Sartre. Um tempo que se alargasse e que fosse infinito. Eles se viam diariamente, em alguns casos até várias vezes ao dia, uma vez pela manhã, a caminho da escola, e depois à tardinha, em um café. Quando se encontravam, Sartre monopolizava sua atenção em Simone, mas essas horas nunca eram infinitas. Sempre havia o próximo encontro à espera. Essa situação, porém, não era exclusividade de Sartre. Simone também funcionava desse modo. Ela e Sartre estavam discutindo coisas íntimas e profundas quando um deles consultava o relógio e se levantava porque havia outro compromisso à espera.

Como eles gostavam de fazer seus passeios por Paris, de braços dados, mergulhados em conversas, sempre à procura de pequenas preciosidades, um parque ou um café simpático. Mas eles não podiam mais se dar a esse luxo. Mesmo quando estavam recolhidos no quarto de um deles, de noite, poderia acontecer de alguém bater à porta ou simplesmente entrar. Simone suspirou resignada e percebeu o olhar interrogativo do garçom.

— Tudo certo por aqui? — ele perguntou.

Simone fez que sim com a cabeça, mas não interrompeu o fluxo de pensamentos. Mesmo em suas viagens conjuntas, sempre havia alguém com eles, pelo menos em metade do tempo; em geral, era alguém da família, e eles quase nunca podiam desfrutar da condição de casal. Analisando bem, isso ocorrera até em sua primeira viagem à Espanha. Como ela ficara infeliz naquela época quando chegaram a Madri, encontrando-se lá com Fernando e Stépha.

Simone teve uma ideia que iria sugerir a Sartre. Que tal se eles marcassem dias fixos, só deles, e que deveriam ser respeitados por todos? Poderia funcionar.

Um pouco mais calma, voltou a olhar para a passagem do texto que lhe trazia alguma dificuldade. Apenas ela estava em condições de revisar os textos dele. Sartre aceitava todas as sugestões e correções dela; nunca havia recusado nada. Mesmo quando Simone riscava ou reescrevia parágrafos inteiros. Sartre confiava cegamente em seu julgamento e dizia isso a todos que quisessem ouvir.

Simone se empertigou de repente. Apesar de tudo, apesar da quantidade de tempo que não passavam juntos, ela era parte do mundo intelectual de Sartre. Ambos viviam no mundo da Filosofia e da Literatura, que não seriam facilmente explorados caso tivessem de adentrar neles sozinhos. Nesse ponto, seu relacionamento era único. Não havia nenhum outro casal que entretecera suas vidas de tal maneira.

O pensamento deixou-a contente. Ela inspirou profundamente algumas vezes e depois concentrou-se de novo no texto à sua frente.

Três horas mais tarde, Sartre apareceu. Ele parecia aflito.

— Estive com Wanda.

— Eu sei.

— Ela ainda não quer se deitar comigo. E me contou que vocês tiveram uma noite divertida ontem. — Ele parecia estar infeliz.

— Sim, nos divertimos muito. — Enquanto falava, Simone percebeu o quanto esse pequeno momento de vingança lhe fazia bem. Mas já era suficiente. Ela pegou as folhas à sua frente.

— O que você está achando? — ele perguntou.

— Agora está bom — Simone respondeu.

Sartre tomou a mão dela e apertou-a.

CAPÍTULO 22 – Julho de 1938

Finalmente caminhar de novo. Deixar para trás, por algumas semanas, a vida agitada de Paris, as preocupações com as confusões políticas e as brigas em família. Eles simplesmente viviam juntos demais, todos exigindo tempo exclusivo uns dos outros, e Simone sentia-se responsável por satisfazer todos os interesses. Ela tinha a esperança de se acalmar em meio à natureza e, protegida pela solidão, refletir. Nos últimos meses, estava se sentindo cada vez mais exausta e combalida, quase sem forças para prosseguir na escrita de seu romance. Queria descansar o corpo e a mente.

Para deixar toda a carga para trás, Simone, como sempre, colocou apenas o indispensável em uma bolsa, e Sartre levou-a até a estação.

— Não estou gostando nadinha da ideia de você me deixar — ele disse na hora da despedida, um pouco triste.

Simone riu.

— Não faça bobagem enquanto eu estiver fora — ela disse.

O condutor apitou avisando da partida, e Sartre ainda completou:

— Descanse bastante e me escreva.

Ela desceu em Chamonix e inspirou profundamente. Estava mais fresco do que havia imaginado, e, a uma pequena distância da cidade, viu picos nevados, mas não se assustou. Depois de passar uma noite em uma hospedaria, ela saiu bem cedo pela manhã. Simone caminhava de nove a dez horas por dia até ficar completamente exausta. Caminhar assim ajudava a pensar. Seus pensamentos, a cada passo, eram dedicados a Sartre.

Ele continuava fascinado por Olga, exatamente como Olga era fascinada por ele, embora o considerasse fisicamente repulsivo. Mas, em sua recusa em fazer planos ou combinados, Olga era o exato oposto de Simone, para a qual a ligação com Sartre estava baseada no projeto de um futuro em comum, no pacto que tinham selado no passado. Totalmente sem fôlego, Simone parou diante do pico de uma montanha e ficou sem ar não apenas devido ao esforço, mas também por medo. Era preciso analisar friamente os fatos. Nos últimos tempos, por algumas vezes, tivera a sensação de não ser mais a relação necessária para Sartre e de cerceá-lo com suas exigências. Eles haviam conversado a respeito disso, e ele não concordara. Sartre se esforçava ao máximo para não fazer nem dizer qualquer coisa que pudesse modificar o relacionamento deles. Mas isso não correspondia ao desejo de Simone por autenticidade. Ela continuava acreditando nele, mas havia algo de errado ali. Talvez fosse ela que tivesse começado a ver as coisas de um jeito diferente? Quando Sartre estava em jogo, ela sempre pensava em termos de "nós". Mas quem seria ela caso esse "nós" não existisse mais? E será que esse "nós" não ia de encontro ao seu próprio conceito de liberdade individual? Será que ela o introduzira apenas por comodidade, mentindo para si mesma? De repente, ela percebeu que não havia caminho para escapar da separação entre dois indivíduos, que o abismo entre o eu e o outro – entre ela e Sartre – sempre estaria presente. Ela chegou ofegante ao pico. A nova percepção afetou-a de modo quase tão intenso quanto no dia em que ela reconheceu a inexistência de Deus.

Suas pernas cederam, e ela caiu ao chão. Havia experiências pelas quais o indivíduo precisava necessariamente passar sozinho? O amor entre dois indivíduos autônomos tinha de ser continuamente retrabalhado e reconquistado?

Simone passou um bom tempo sentada lá no alto até o sol atravessar uma fresta das nuvens. Em seguida, começou a descer.

Nos dias seguintes, ela sentiu-se mais tranquila. O fato de investigar seus problemas com a própria força lhe trazia vigor. Ela chegou até a pensar em trabalhar suas reflexões em um romance. O antigo projeto sobre o triângulo amoroso, do qual Olga fora a inspiração, tinha sido retomado. A ideia trouxe novo ânimo. Simone passava dias inteiros caminhando e, à noite, devorava porções imensas de comida que lhe eram servidas para depois cair na cama, exausta. Em suas cartas diárias, Sartre relatava minuciosamente, como de costume, visitas intermináveis e passeios, flertes e encontros casuais no café, e tentava contar vantagem se referindo ao aroma dos primeiros morangos. Simone riu ao ler aquilo. Com um pouco de sorte, ela também encontraria frutinhas silvestres pelo caminho e, naquele momento, podia muito bem abrir mão de todo o resto.

Estava combinado que Bost a encontraria depois de duas semanas. Ele tinha estado na Suíça, e eles queriam passar a última semana caminhando juntos.

Simone sentou-se ao sol diante da estação de Annemasse, pensando nele. Ela gostava muito do pequeno Bost, que era simplesmente adorável. Além disso, suspeitava que estivesse apaixonado por ela, o que a fez abrir um sorriso. O trem chegou, e Bost desceu. De pulôver amarelo-ovo, ele se destacava na multidão feito um papagaio. Simone teve de rir ao vê-lo. De repente, o fato de Bost estar ali a fazia feliz.

No dia seguinte, os dois logo venceram uma subida muito exigente. A marcação da trilha estava ruim, e, por esse motivo, eles se perderam. Durante o desvio, chegaram a uma altura em que já havia neve. Apesar do contratempo, Simone aproveitou o dia. Na companhia de Bost, tanto as subidas quanto o frio inesperado eram facilmente suportáveis, porque eles passavam o tempo todo conversando. Impávido, ele caminhava ao seu lado. Eles conversavam sobre Deus e o mundo, e admiravam as paisagens.

À noite, jantaram em um restaurante às margens do lago de Annecy cheio de gente barulhenta. Lá, havia mais uma carta de Sartre à espera deles. Simone recebeu-a e logo sentou-se ao lado de Bost para ler.

"Você, pequena viajante maluca, você estaria ainda comigo, totalmente satisfeita, com seu sorriso bom e discreto, caso não tivesse essa estranha mania de engolir quilômetros. Onde, diabos, você está?" Continuava escrevendo que imaginava Simone no alto de uma montanha olhando para o mar de nuvens aos seus pés como um pescador olha o mar. Pediu-lhe para que, pelo amor de Deus, não quebrasse uma perna. "E agora estou feliz porque imagino que esteja comendo, contente, sopa de repolho com meia garrafa de vinho. Gosto de você, maluquinha."

Ah, como ela amava as palavras de Sartre. Ele era um verdadeiro poeta, e suas cartas brilhavam com formulações criativas e belas frases. Em geral, começavam com uma de suas declarações de amor muito estranhas que a faziam ora rir, ora sonhar.

Ela sorriu, ergueu o olhar e percebeu Bost a observando.

— Continue lendo, fico assistindo — ele disse.

Em seguida, vieram observações sobre a mulher pela qual Merleau-Ponty havia se apaixonado. Simone suspirou ao ler aquilo, pois imaginava o que viria a seguir. Ela estava certa: Sartre descreveu com todos os detalhes como ele, afinal, começou a flertar com a mulher, como Ponty ficou enciumado e o chamou de porco. Sartre disse que a moça se apaixonou por ele, que se mostrou indiferente. Ela ficava à sua espreita em bares e restaurantes e, no fim das contas, ele se aproximou dela – que era virgem e queria se manter assim, e, quando Sartre disse que não queria se deitar com ela, a reação foi totalmente descontrolada etc. Simone já havia vivenciado essa história e suas variantes tantas vezes que não queria mais saber delas. Por fim, Sartre descrevia o formato das nádegas dela e como as beijava.

"Aliás, ela é charmosa na cama. Esta é a primeira vez que me deito com uma mulher de pele escura, ou melhor, uma negra; e ela tem pelos na parte inferior das costas..."

Simone soltou um som involuntário. Por que ele tinha de perturbá-la com esse tipo de detalhe? Já não era suficiente que ele caísse nesses joguinhos?

— Você nem está comendo. O que aconteceu? — perguntou Bost, que percebera o incômodo dela.

Simone balançou a cabeça.

— Sartre acha, uma vez mais, que tem de satisfazer todas as mulheres.

— Todas menos você — Bost retrucou, olhando-a atentamente com seus olhos verdes.

— Não creia que eu esteja especialmente enciumada. Mas acho que isso é desonroso para ele. E agora vamos mudar de assunto.

Ela dobrou a carta novamente e guardou-a no bolso da saia. Mas seus pensamentos ainda estavam em Sartre e seus relacionamentos. Todos os amigos, e provavelmente metade de Paris, deviam saber deles. Havia situações em que uma dessas mulheres se dirigia a Simone para relatar como havia sido a noite com Sartre e dizer que ele prometera se separar de Simone por causa dela. Na opinião de Simone, tudo aquilo era desonroso.

Na manhã seguinte, eles prosseguiram com as caminhadas, e Simone aproveitou a companhia de Bost. Com seu pulôver amarelo, que fazia seus olhos verdes brilharem, ele estava sempre ao seu lado. Às vezes, ela parava só para se alegrar com o fato de que ele estava ali, e não em um campo de batalha na Espanha. Ele sorria, encorajador, quando Simone ofegava, sem fôlego, e estendia-lhe a mão quando passavam por algum trecho especialmente complicado. Eles dividiam o amor pela natureza e descobriram que adoravam as mesmas coisas. Bost revelou-se um grande apanhador de cogumelos e lhe mostrou onde achar cogumelos Paris e silvestres. Simone não sabia nada daquilo, mas logo foi contagiada pelo prazer de colhê-los. Ela, por sua vez, conhecia bem ervas e árvores.

— Nossas caminhadas são autênticas aulas de biologia — disse Bost, cheirando um alho silvestre que Simone lhe mostrara.

À noite, eles tentavam cozinhar seus achados em uma fogueira; esfomeados, tudo lhes parecia uma delícia. As noites eram passadas em uma barraca porque não tinham dinheiro para hotéis, mas também porque queriam ficar em meio à natureza e não queriam perder tempo procurando por hospedagem. Eles simplesmente montavam a barraca em um lugar bonito qualquer. Bost havia se esquecido de pedir que lhe enviassem seu saco de dormir, e, portanto, eles dividiam o de Simone, que felizmente era grande o bastante, até que o irmão de Bost providenciou o equipamento. Os dois ficavam deitados lado a lado, contavam histórias um ao outro ou liam.

Naquele dia, eles tinham encontrado um lugar simpático debaixo de abetos, junto a um pequeno riacho. Simone estava deitada no saco de dormir escrevendo para Sartre, relatando por onde havia caminhado durante o dia. Ela já tinha estado naquela região com Sartre anos antes, para esquiar, e as cidades por onde passou com Bost despertavam muitas recordações da época. Escreveu dizendo o quanto o amava e que, naquele exato instante, sentia sua falta. "Você poderia imitar o elefante-marinho para mim agora", ela escreveu. Quando Simone ficava mal-humorada, às vezes Sartre olhava para ela de baixo para cima como o velho elefante-marinho que eles tinham visto no zoológico de Vincennes, de ombros caídos, olhos revirados, a imagem da tristeza. Ele fazia um beicinho, e ela sempre caía na risada. Nesse instante, ela parou e olhou para as árvores. Como seria bom estar nos braços de Sartre naquele momento, debaixo do céu estrelado, conversando baixinho. Ele lhe diria como gostava quando ela apoiava a pequena cabecinha inteligente no ombro dele, e ela beijaria sua bochecha, dizendo que tinha o gosto das madalenas que comera à tarde.

Seu olhar foi até Bost, que se lavava na água gelada do riacho. Ele havia tirado a camisa, e a luminosidade natural da lua fazia as gotas sobre seu torso musculoso brilharem. Ele girou os braços para se secar e espantar o frio. Quando percebeu que estava sendo observado, sorriu e acenou para ela.

Simone aninhou-se melhor no saco de dormir e continuou assistindo a Bost. Havia outro anseio dentro dela que aumentava a cada noite na hora de dormir. A convivência com a natureza sempre a deixava sentimental, mas agora havia também o desejo do toque, da proximidade física. Claro que ela sentia falta de Sartre e adoraria tê-lo por perto naquele momento. Mas ela sabia que ele não conseguia ser tudo em sua vida. O capítulo do desejo sexual entre eles já tinha sido encerrado. E Simone supunha que havia coisas do amor físico que ainda não conhecia, que não vivenciara nem com Sartre, nem com os abraços de Olga, mais contidos. Ela bem que gostaria de saber o que eram essas coisas e qual era a sensação que provocavam.

Mas não hoje. Os acontecimentos de seu dia em meio à natureza tinham deixado Simone tão cansada e feliz que ela adormeceu sob o céu estrelado e nem percebeu quando Bost se deitou ao seu lado.

No dia seguinte, eles subiram quase três mil metros. A chegada ao topo coincidiu com o início da névoa da tarde, e eles tiveram de se apressar para alcançar o vale antes que escurecesse. O caminho íngreme não era de todo visível. Além disso, começou a chover sem parar. Eles desceram o mais rapidamente possível. Simone escorregou em umas pedras soltas, tropeçou e, ao tentar se segurar em um lugar qualquer, abriu uma ferida na mão. A visão do sangue escorrendo entre os dedos assustou-a. Bost, entretanto, manteve a calma e estancou o sangramento da melhor maneira possível com um lenço, e eles conseguiram descer. No vale, procuraram por um médico, que costurou a ferida e fez um curativo grande.

— Hoje, passaremos a noite num hotelzinho. Temos de descansar — determinou Bost.

Em um hotel cuja construção era circundada por uma varanda de madeira com gerânios vermelhos e rosas que vicejavam até o chão, os dois tomaram um farto café e beberam champanhe. Em seguida, tomaram banho e aproveitaram a água quente.

— Isso deve bastar para uma semana — disse Simone ao sair do banheiro, dando espaço para Bost entrar.

— Você vai se espantar ao chegar no nosso quarto — disse Bost sorrindo para ela. — Há somente uma cama, mas é uma cama alta e muito macia, que quase bate no teto.

Simone riu.

— Parece que o destino quer que dividamos a cama.

Um pouco mais tarde, foi a vez de Bost sair do banheiro. Ele abriu a janela porque estava abafado e deitou-se ao lado dela.

Simone escorregou para o lado. Eles afastaram o edredom pesado com os pés. O corpo de Bost estava fresco por causa da ducha, e Simone ficou arrepiada quando sentiu o toque da pele dele. *Que sensação deliciosa,* pensou. Havia algo de diferente naquela noite. Uma estranha inquietação se apossara deles. Talvez fosse resultado do perigo que tinham superado, talvez da proximidade que tinham vivenciado. Eles estavam deitados um ao lado do outro, distantes apenas poucos centímetros. Simone estava cansada, e Bost também, mas ninguém queria dormir porque o momento era muito especial. Uma luz difusa os envolvia; do lado de fora, a chuva molhava a varanda.

— Levei um grande susto quando você caiu. Poderia ter sido feio. Fiquei muito apreensivo...

— Esse café com bolo que serviram me deixou tão satisfeita. Por que não há algo parecido em Paris?

— Você também está com essa sensação de bem-estar? O que um pouco de água quente não pode fazer...

Eles ficaram trocando essas frases breves e tolas, mas, no fundo, a questão era bem outra. E ambos sabiam.

Por fim, Simone riu.

— Por que você está rindo?

Simone apertou os lábios e encarou os lindos olhos verdes dele.

— Estou imaginando o que você diria se eu lhe perguntasse se quer se deitar comigo.

— Talvez você imagine que estou com vontade de beijá-la faz tempo, mas apenas não tenho coragem.

— É isso?

Bost suspirou.

— Amo você faz tempo, Simone.

— Então não me enganei. Também sempre tive um sentimento especial por você. Desde a primeira vez que nos vimos, quando você foi com Sartre para Rouen.

Bost ficou espantado.

— É verdade?

Quando Simone confirmou com a cabeça, ele a envolveu nos seus braços e beijou-a.

Na manhã seguinte, Simone acordou aninhada em Bost, que ainda dormia. Ela se virou com cuidado e passou os braços ao redor dele. Como ainda estava chovendo, decidiu continuar deitada e aproveitar a intimidade do momento. Ao se aproximar ainda mais, percebeu o desejo despertar de novo.

— Bost — ela disse —, você precisa acordar e me beijar.

***

Simone escreveu a respeito disso para Sartre apenas três dias mais tarde. Antes, não foi possível, pois a felicidade com Bost não lhe deixava tempo. Ela própria não conseguia acreditar na intensidade de seu amor por Bost. Era como se suas dúvidas tivessem sido apagadas por ele. Simone sentia-se jovem, bonita e passava o dia inteiro com um sorriso no rosto enquanto caminhavam lado a lado, às vezes de mãos dadas.

O que se passava entre ela e Bost era algo muito especial, único, sem comparação com as conquistas sexuais maníacas de Sartre e quase inevitável. Ou será que tinha alguma relação com as longas reflexões dos últimos dias? Será que a confusão emocional entre ela e Sartre se tornaria mais branda caso existisse outra pessoa além de Olga? Ela pegou a caneta e escreveu:

"Aconteceu algo extremamente agradável comigo, algo com que nunca teria sonhado quando parti – me deitei com o pequeno Bost e me sinto muito feliz."

Nas noites restantes até sua partida, Simone dividiu a cama com Bost e não queria perder nenhuma delas.

Havia tempos que ela não se sentia tão feliz. Bost proporcionava algo até então inédito para ela. Ele a admirava como mulher – gostava não apenas de sua mente, mas também de seu corpo –, mostrava-se apaixonado e descortinava experiências sensuais desconhecidas. Vivências novas, que em seu relacionamento com Sartre nunca tinham sido importantes, à exceção de sua primeira vez, no quarto dele na Cité, quando tudo aquilo ainda era novidade para ela. Quando pensava a respeito, Simone lembrava que a situação era parecida com aquela de muitos anos antes, quando ela precisou se decidir entre Sartre, Maheu ou Jacques. Mas agora não era preciso tomar nenhuma decisão. Ela não tinha de abrir mão de nada – nem do companheirismo intelectual de Sartre, nem do amor físico de Bost. Olga não poderia saber de nada, pois ela e Bost formavam um casal, e Simone não queria tirá-lo da amiga.

Uma semana mais tarde, Simone se encontrou com Sartre em Marselha. Os dois viajariam juntos para o Marrocos.

— Bost lhe faz bem. Você está mais bonita que nunca — Sartre afirmou ao revê-la.

***

As semanas com Sartre no Marrocos foram movimentadas. Simone esteve em um deserto pela primeira vez e chorou diante da beleza da luz. À noite, deitou-se debaixo de um céu com milhões de estrelas. Ela se alegrava pelo colorido e pelo barulho dos mercados tradicionais, os *souks*. Em um dos bazares, um homem tentou roubá-la. Simone não se importou. Como sempre, ela passava muitas horas passeando enquanto Sartre trabalhava. À noite, encontravam-se e trocavam impressões sobre suas experiências. De volta à França, Simone retornou à Marselha com o desejo de mostrar a cidade a Olga. Depois, elas regressaram a Paris, antes do reinício das aulas, em meados de outubro.

No fim de setembro, ela estava voltando com Olga de uma excursão às Calanques quando recebeu um telegrama de Sartre pedindo-lhe que retornasse imediatamente a Paris. Em Munique, Hitler e Mussolini, Daladier e Chamberlain estavam negociando o destino da região dos Sudetos, na Tchecoslováquia, que Hitler exigia para si porque muitos alemães viviam por lá. Se não fosse atendido, entraria em guerra – essa era sua ameaça. Simone e Olga arrumaram suas coisas, compraram todos os jornais que estavam à disposição, e Simone chegou a Paris já na noite seguinte. Olga havia descido no meio do caminho para se encontrar com os pais, que estavam no interior. Sozinha no trem durante as últimas horas, Simone sentiu pânico. No dia seguinte, o acordo de Munique foi assinado. Hitler ficou com a região dos Sudetos; uma parte da Tchecoslováquia foi arrancada sem que os tchecos tivessem sido consultados. Ao aterrissar em Paris, o premiê francês Daladier temeu ser linchado por seus compatriotas por ter cedido a Hitler. Mas foi ovacionado, e também Simone estava contente pelo fato de o conflito não ter evoluído. O perigo de uma guerra havia passado.

— Daladier e os outros tinham razão. Melhor uma paz injusta do que uma guerra! — Triunfante, ela agitava o jornal com o acordo de Munique ao entrar no Flore.

Colette Audry quebrou o silêncio gelado com que Simone fora recepcionada, dizendo:

— Como pode ser tão ingênua, Simone? Você não percebe que esse acordo é apenas um incentivo para Hitler fazer novas exigências? Ele nunca dará sossego.

— Talvez você tenha de se acostumar com a ideia de que Hitler, no fundo, quer a guerra e vai pressionar os outros países até não haver alternativa — Sartre acrescentou, cuidadoso.

Simone não queria se dar por vencida assim tão facilmente, mas a discussão posterior deixou-a pensativa. Será que seu alívio não vinha apenas do medo que sentira por Sartre e Bost e todos os outros jovens que entrariam na guerra caso ela fosse declarada? Será que estava se esquecendo do essencial, ou seja, do fato de que a liberdade tem seu preço e de que uma vida com medo e opressão nunca poderia ser livre?

Seus amigos haviam lhe mostrado muito claramente o significado desse adiamento: em um futuro próximo, em seis meses ou um ano, Hitler colocaria a próxima exigência, e, no fim, os franceses não passariam de vassalos da Alemanha. Ela percebeu que estava sendo ingênua e desleal ao permanecer alheia à política, que influenciava cada vez mais a vida na Europa. *Não posso mais me apegar à paz a qualquer preço enquanto outros arriscam a vida por isso*, ela pensou.

Simone passou a noite inteira matutando sobre sua linha de pensamento estar ou não errada. Introvertida, não participou da conversa com os demais.

Mais tarde, ao voltar para casa com Sartre, ela lhe disse:

— Sei que não temos como impedir Hitler, mas, de todo modo, fazemos parte da geração que permitiu que isso acontecesse: nossa postura, que é aguardar politicamente, me parece adequada sob a condição de aceitarmos tudo sem raiva, como uma catástrofe da qual não participamos e que não poderíamos ter evitado. Esse seria um ponto de vista muito egocêntrico, embora correto. Se você pensar nos jovens que ainda não tiveram a oportunidade de mexer nem o dedo mínimo para protestar e que provavelmente serão aqueles que irão sofrer as consequências de nossas ações, imediatamente fica claro quão injusta e arrogante é essa postura. Não podíamos ter feito nada, não tenho a consciência pesada por não ter feito nada, mas tenho a consciência pesada quando penso que outro terá de pagar por nossa impotência.

Sartre pegou a mão dela e apertou-a.

— Você tem um bom coração, pequeno Castor. Vou amá-la para sempre por ser tão inteligente e, ao mesmo tempo, olhar com tanta empatia para o mundo.

Duas semanas mais tarde, o outono chegava ao fim, todos estavam de volta a Paris, e o ano letivo tinha começado.

— Você está tão bonita ultimamente, Simone. E esse vestido é novo? — Olga perguntou. Ela tinha batido à porta de Simone porque elas queriam ir ao cinema e, depois, se encontrar com Sartre e Bost no Coupole. Olga abraçou Simone. Sua voz demonstrava admiração e uma leve desconfiança. — E você também foi ao cabeleireiro. Se todos não soubéssemos que você só tem olhos para Sartre, diríamos que está apaixonada.

Por um instante, Simone sentiu uma culpa enorme pousar em seus ombros. Nem Bost, nem ela haviam contado a Olga sobre seu relacionamento. O pequeno Bost fazia bem a Olga, ele era o único que conseguia acalmá-la quando seus desequilíbrios a tiravam do prumo. Olga ouvia Bost porque o amava. Seu mundo cairia se ela soubesse do relacionamento amoroso dele com Simone. Ela era tudo menos centrada, e seus ciúmes eram violentíssimos. Além disso, ela confiava em Simone, que não queria nem pensar como a amiga reagiria caso soubesse que sua única confidente e o homem que amava tramavam às suas costas. Isso nunca poderia vir à tona.

— O que você tem? Por que não responde? — perguntou Olga, tirando Simone de seus pensamentos.

Simone tentou sorrir.

— Por quem eu estaria apaixonada? — ela perguntou. Mas detestava as enganações e as mentiras nas quais se enredara.

Depois de terminados os dias de caminhada em companhia de Bost, os dois não haviam combinado nada em relação ao seu futuro. Simone imaginava, silenciosamente, que o relacionamento acabara ali. Durante a viagem pelo Marrocos com Sartre, entretanto, ela sentiu muitas saudades de Bost. E chegou inclusive a lhe comprar *babouches*, umas pantufas maravilhosas, bordadas com fio de prata.

— Diga a Olga que foram presente de Sartre — ela aconselhou Bost.

Após o cinema, quando as duas chegaram ao Coupole, Bost e Sartre já ocupavam sua mesa preferida. Olga estava alegre e se aninhou em Bost.

— O filme se passa em Marselha — ela disse, para depois comentar, animada, de sua viagem com Simone até a cidade.

— Fiquei num quarto enorme no sexto andar com vista para o porto velho. Deitada na cama, podia ver os navios na água e, à noite, as luzes piscando. — Ela fez um movimento largo com as mãos, e os olhos sob a franja loira piscaram, sedutores, para o grupo. — Era como se estivesse dormindo no meio da rua. Simone ficou com inveja porque seu quarto não era tão bonito. Mas o meu também tinha desvantagens. Havia um tapete vermelho enorme, todo comido por traças. Recusei-me a pisar nele descalça e sempre dava a volta.

Simone não estava prestando muita atenção, pois sentia os olhares desejosos de Bost. Ele acabara de acariciar sua mão por debaixo da mesa. Era estranho. Por um lado, Bost a deixava incrivelmente feliz com seus gestos, e seu corpo entrava em alerta. Por outro lado, ela estava com muito medo de que Olga pudesse perceber alguma coisa, e esse conflito moral, a deslealdade de seu desejo, era perturbador. Felizmente, Olga estava mergulhada em seu relato e flertava com Sartre, que a adorava. Mais tarde, quando Simone e Sartre falaram sobre o Marrocos, Simone percebeu que estava se dirigindo quase exclusivamente a Bost. Ela queria que *ele* a ouvisse.

Eles se separaram bem depois da meia-noite. Na saída, Bost segurou-a para trás.

— Vou à sua casa depois. Preciso ver você.

Simone assentiu.

Uma hora mais tarde, quando ele bateu à sua porta, ela o recebeu com um sorriso e abraçou-o.

— O que faremos caso Olga apareça aqui? Afinal, ela mora neste mesmo hotel.

Bost deu um sorriso triste.

— Acompanhei-a até seu quarto e lhe disse que ainda tinha um encontro. Depois, fui para a rua e acenei para ela; sempre fazemos assim. Em seguida, fiquei matando o tempo na esquina feito um jovem apaixonado até ela desligar a luz. Apenas então tive coragem de subir aqui.

— Olga nunca poderá saber disso.

— Não vai saber. E não estamos tirando nada dela, Simone. Amo Olga, e nada vai mudar isso. Mas isso aqui é apenas nosso. Suponho que Sartre esteja informado.

Simone fez que sim com a cabeça.

— Certamente. Não há segredos entre nós. Mas ele não dirá nada a Olga.

A voz de Bost mudou, ficou suave. Lentamente, ele começou a desabotoar o vestido de Simone.

— Senti sua falta. E fiquei com tanto medo de que nossa história pudesse terminar quando estivéssemos de volta a Paris.

Simone envolveu o pescoço dele com os braços.

— Preciso de você, Bost. Meu corpo precisa.

Em seguida, ela sentiu apenas os beijos dele.

A partir de então, Simone e Bost se viam regularmente, pelo menos uma vez na semana, o que nem sempre era muito simples. Havia o perigo constante de Olga aparecer casualmente. Às vezes, eles aproveitavam o tempo em que ela estava com Sartre ou nos ensaios do teatro. E, quanto mais sua história avançava, mais claro ficava para ambos que sua paixão era algo sério. Nenhum dos dois queria abrir mão do relacionamento.

"Minha vida só é sensualmente satisfeita com você", escreveu Simone com ansiedade e alegria em uma carta pneumática a Bost, que passaria a tarde com ela. "Trata-se, para mim, de algo infinitamente valioso, sério, importante e passional. Eu não poderia ser infiel, porque, caso contrário, você se tornaria apenas um episódio da minha vida, que é totalmente definida por você, e não quero trocá-la por nada. Venha o mais rapidamente possível, ou se demore, pois então ficarei mais tempo pensando em você. Mas venha!"

Bost, que era meio ano mais novo que Olga, ou seja, quase dez anos mais novo que Simone, passava-lhe a sensação de ser jovem novamente. Com sua leveza e tranquilidade, ele espantava o medo de envelhecer que a torturava nos últimos tempos, aquela sensação de estar com trinta anos e não ter feito nada de importante na vida. E Bost a amava intensamente. Amá-lo era mágico, tão leve e sem limites, algo que Simone nunca sentira antes.

Às vezes, Simone tinha a sensação de que Bost completava sua vida porque ele lhe dava aquela sensação física que faltava com Sartre. Ah, se não fosse a consciência pesada por causa de Olga. Como era complicado, com tantos arranjos complexos, passar secretamente o fim de semana com Bost sem que Olga suspeitasse de nada. Sartre sempre sabia de tudo para garantir que ninguém desse com a língua nos dentes.

CAPÍTULO 23

Em 9 de janeiro de 1939, Simone completou trinta e um anos. Sartre veio vê-la cedo pela manhã, ainda antes das aulas na escola. Simone não estava feliz.

— Mas, Castor, o que aconteceu? — ele perguntou, espantado. — É seu aniversário, vamos comemorar de noite.

— Estou ficando velha — ela disse. — Vou morrer durante esta guerra, que certamente vai acontecer, e nunca publicarei um livro. Minha vida acabou. — Enquanto falava, Simone se deu conta do melodrama de sua queixa e sorriu amargamente. Mas, no fundo, ela realmente se sentia assim. O que havia conquistado na vida?

— Você tem a mim — disse Sartre. — E você tem de ficar comigo. Não consigo viver sem você. E, por favor, coloque seu belo chapéu... Não, não esse. Pegue o vermelho. Espere, tenho algo... — Ele pegou um pacote no qual havia uma bolsa de couro vermelho-escuro, grande o suficiente para seus manuscritos, mas ainda assim elegante. A cor combinava perfeitamente com o chapéu. Simone adorou-a assim que a viu.

— Poupette me ajudou a escolher — ele disse. — Entramos em todas as lojas de Saint-Germain até encontrar essa. Gostou?

Simone passou a mão no couro macio de novilho e testou a fivela, que abria com um clique suave. Ela nunca tinha tido nada tão caro.

— Sartre... — falou, antes de começar a chorar.

— Venha, vamos tomar um chocolate quente no Dôme, e vou ler umas notícias do jornal para você. Mas só as boas.

Ele lhe ofereceu o braço, e eles desceram juntos, rindo, a escada em caracol, que era estreita demais para os dois.

Em 30 de março, as manchetes anunciavam: "Caiu Madri!". Com a queda da capital, o general Franco derrotara a República na Espanha, e Simone viu as fotos do general triunfante e das massas que o saudavam com os braços esticados. Alguns dias depois, a imprensa mostrava as fotos do destino de milhares de republicanos, homens, mulheres e crianças, que fugiram para a França pelos Pirineus, expostos à chuva e ao frio, dormindo a céu aberto. Nos cafés de Paris, ela observava os cansados e desesperados combatentes das brigadas internacionais que haviam retornado. Eles contavam suas histórias terríveis, e alguém lhes pagava o café. Na Alemanha, Hitler continuava ameaçando guerra, agora exigindo um corredor alemão até a Polônia e uma anexação de Danzig à Alemanha. "Morrer por Danzig?" A pergunta estampava a capa de um jornal diário, colocando em dúvida a necessidade da entrada da França na guerra caso a Alemanha atacasse sua vizinha, a Polônia. Quem era realista não podia mais negar que a guerra aconteceria de qualquer jeito, e Simone também estava consciente disso. Se não fosse naquele ano, seria no próximo. Em Paris, chegavam mais e mais refugiados da Espanha e da Alemanha, e cada vez mais os franceses queriam se livrar deles.

No fim de agosto, a divulgação de que Stalin tinha firmado um pacto de não agressão com Hitler caiu feito uma bomba. Todas as esperanças de que uma guerra de duas fronteiras pudesse desestimular Hitler a atacar os vizinhos tinham ido por água abaixo. E por que exatamente Stalin, o inimigo-mor de Hitler? Nizan saiu do Partido Comunista. Quando Sartre e Simone o encontraram em um café, não havia mais sinal do grão-duque – que era como eles o chamavam antes. Pálido e sem muitas palavras, ele estava sentado diante de um copo de aguardente. Sua batalha sempre tinha sido contra o fascismo; e agora Hitler deveria ser um aliado? Assim como para tantos comunistas, seu mundo tinha trincado. Ele não pertencia mais a nada. Para o Partido, Nizan era um traidor, um renegado, e a arrogância dos outros, que sempre o alertaram contra o comunismo, deixava-o doente. Sartre quis discutir com ele, mas Nizan se manteve em silêncio. Aquele pacto era tão absurdo, tão fora de qualquer lógica, que não era possível conversar a respeito.

Mas, apesar de todas essas catástrofes da história mundial, que lançavam tantas pessoas ao seu redor à infelicidade, Simone precisou confessar que estava feliz. Fazia dez anos que tinha conhecido Sartre e selado um pacto com ele que os mantinha, desde então, em uma aventura intelectual. Nos braços de Bost, ela encontrou a paixão e a juventude e, naquele verão, sentia-se bonita como nunca. Ela virara, inclusive, assinante da revista *Marie Claire* a fim de se atualizar das novidades da moda. Simone mandou fazer, na costureira, um terninho de lã clara e uma saia preta plissada e comprou uma blusa cor de mostarda que combinava com os lenços. Ela se inspirava ao ver mulheres bonitas vestidas com elegância e criatividade ou usando acessórios especiais. Aprendeu a desenhar as sobrancelhas e sempre usava batom e esmalte que combinavam com sua bolsa vermelha. Entre as alunas do Liceu Molière, ela era uma estrela. As meninas disputavam o privilégio de acompanhá-la, pelas manhãs, do metrô até a escola. No início, Simone achou que encontrar uma delas na saída da estação era algo casual. Depois, percebeu que as meninas esperavam por ela. Algumas eram tão audazes que a procuravam à noite nos cafés e, temerosas, aproximavam-se de sua mesa para dizer um oi.

— Essas meninas veneram você — disse Sartre para ela.

— Mas por quê? Sou apenas professora delas — Simone se admirou.

Sartre balançou a cabeça, divertido.

— Castor, acho que você não faz ideia de como é atraente. Esse seu turbante e a novidade desses lenços no pescoço, o esmalte vermelho e seus olhos, que conseguem iluminar até o canto mais recôndito de uma alma, fazem de você muito diferente de todas as outras mulheres. Além disso, você é inteligente e bondosa. Porém, acho que o que mais encanta essas moças é seu estilo de vida. Você é livre e independente. Ninguém lhe diz o que fazer. Você vai ao café com suas alunas e empresta livros a elas. Você lhes mostra que não se considera melhor do que elas. Não espanta que suas adoradoras queiram imitá-la. E não espanta também que os homens se apaixonem em série por você.

Simone olhou para Sartre, para a boca sempre um tantinho torta que sabia sorrir tão lindamente.

— Nós nos conhecemos há tanto tempo, e você ainda é quem me faz as melhores declarações de amor.

Ele sorriu e olhou para ela com seus olhinhos inteligentes e calorosos.

— Ah, mas isso é muito simples, porque só preciso dizer a verdade e o que vejo diante de mim.

Mais uma coisa a deixava feliz: o romance de Sartre, que originalmente se chamaria *Melancolia*, tinha sido finalmente publicado com o título *A náusea*. E era dedicado a ela. "*Pour Castor*", lia-se na primeira página, e Sartre dizia a todos que não teria conseguido escrever a obra sem Simone. Esse romance transformou-o na nova estrela da literatura francesa. As críticas dos jornais eram muito positivas e ressaltavam a nova voz, o clamor por liberdade. Muitas pessoas passaram a querer algo dele – um artigo, um ensaio ou sua opinião sobre os assuntos mais diversos. Às vezes, quando estavam em um café, um jovem tímido ou uma mulher se aproximavam e pediam para cumprimentá-lo.

Seu sucesso também inspirou Simone, e a ideia para um romance, que trataria da aspiração de uma mulher por liberdade, se tornou mais concreta. Ela chamou o manuscrito provisoriamente de *L'invitée*, ou *A convidada*.

Sem que Simone tivesse essa intenção a princípio, a personagem Xavière, de seu romance, passou gradualmente a incorporar mais e mais traços de Olga. Xavière era a terceira ponta de um triângulo formado por Henri e Françoise, um casal mais velho, cujo amor ela ameaçava. A história se passava em Rouen e no meio teatral; nesse sentido, Simone fez uso de sua experiência com Charles Dullin.

Ela entregou alguns capítulos já revisados para Sartre ler, e ele ficou impressionado.

— Prossiga, Castor. E pense no quanto você me ajudou com meu livro. Agora é minha vez de ajudá-la. Você escreverá um bom romance, tenho certeza disso.

Só que Simone jogou metade do livro no cesto de lixo, seguindo a orientação de um editor da Gallimard, e recomeçou. Ela ainda estava indecisa sobre como resolver o conflito das três personagens-chave. Mas, apesar de sua nova investida, dessa vez ela estava certa de que escreveria o romance até o fim e de que ele seria publicado.

Enquanto isso, Sartre passou a se interessar por outra jovem, embora estivesse em meio a um relacionamento muito desgastante com Wanda, irmã de Olga. Wanda havia resistido a ele durante muito tempo, mas, depois de ter cedido, exigiu ser sua única mulher. Simone, por sua vez, ficou furiosa. E agora havia ainda Bianca, mais uma das alunas dela. Bianca era uma judia polonesa de cabelos ruivos intensos, assustada e acuada pelo antissemitismo que se propagava na imprensa francesa. Comovida por sua fragilidade, Simone passou a protegê-la, e, imediatamente, a conhecida história se repetiu: Sartre conheceu Bianca, a jovem ficou encantada com a atenção do grande autor, e a paixão de Sartre pegou fogo.

— Quando vamos revê-la? Traga-a junto. Você fala de mim para ela? Diga que sou seu admirador...

Uma nova e complicada história de amor estava começando. Sartre, entretanto, logo perdeu o interesse por Bianca, que era instável e muito menos sagaz que Simone. Assim, era tarefa de Simone consolar a moça quando Sartre faltava aos seus encontros e se escondia dela.

Dessa vez, porém, Simone deu um basta. Ela sentia algo parecido com vergonha quando Sartre fazia as vezes de garanhão. E era solidária com Bianca, que sofria por amor enquanto ele já estava interessado na próxima. Certa vez, quando Sartre quis se deitar com Simone, ela recusou.

— Acho desonrosa a maneira como você se comporta. Será que você já pensou em como se sentem essas pobres moças ao serem seduzidas e abandonadas por você? E como eu me sinto em ter de consolá-las?

Sartre ficou triste, mas não estava disposto a mudar seu comportamento. A sedução fazia parte dele tanto quanto o estrabismo. E ele sempre afirmava que seus amores não ameaçavam de maneira nenhuma o relacionamento especial que mantinha com Simone.

— Não é esse o caso. — Simone o interrompeu. — Não estou falando de mim ou de você. Em nosso pacto, nós nos esquecemos dos outros, que sofrem e pagam um preço alto por ele.

Era de costume eles festejarem, em outubro, o aniversário de seu pacto, outrora selado no jardim do Louvre. Mas, naquele ano, pouco depois da briga por causa de Bianca, foi diferente.

Sartre e Simone tinham viajado por alguns dias à casa de praia de madame Morel. Eles queriam escapar um pouco do turbilhão de Paris, onde só se falava da guerra por vir, e supunham que essas poderiam ser as últimas férias por um longo tempo.

Eles estavam sentados em um jardim da Côte d'Azur, debaixo de pinheiros, olhando para as estrelas. Simone estava infinitamente grata por esses dias passados a sós com Sartre. Mas Wanda e Bianca os seguiam incessantemente com queixas e exigências. Não se passava um dia sem que recebessem cartas das duas moças, e Sartre passava horas respondendo a elas, defendendo-se de acusações. À tarde, Simone repreendeu-o por esse comportamento. Primeiro, ele ficou furioso e, depois, pensativo.

Sartre pigarreou e, em seguida, tomou a mão de Simone.

— Talvez você tenha razão, Castor. Estou machucando você. Não quero isso. Por favor, não fique triste, senão terei falhado no objetivo de minha vida, que é fazê-la feliz.

Simone ficou prestando atenção, e ele prosseguiu.

— Sabe, Castor, esse é o décimo aniversário de nosso pacto. Acho que não precisamos mais colocar um limite temporal para nossos acordos.

Afinal, nós vamos ficar juntos para sempre, porque ninguém nos compreende como nós compreendemos um ao outro. De minha parte, tenho certeza de que vou querer ficar até o fim da vida ao seu lado. Você está de acordo?

Essas palavras deixaram Simone boquiaberta. Por um momento, ela ficou em silêncio. Um pacto para toda a vida? Mas ela já não partira, desde sempre, do pressuposto de que amaria Sartre até o fim? Ela percebeu que nunca poderia ter imaginado nada diferente do que dividir sua vida com ele.

— Sim — ela disse. Sua felicidade era tamanha que as palavras emudeceram.

Naquela noite, ao se deitar, ela ouviu um estalido do lado de fora do quarto. Sartre aproximou-se de sua cama, e, dessa vez, ela não o rejeitou.

O regresso a Paris foi caótico. Hitler havia ameaçado abertamente a Polônia com a guerra, e, dessa vez, a Inglaterra e a França não conseguiriam ficar fora do conflito e teriam de honrar seus compromissos de alianças. Muitos trens estavam lotados de soldados que tinham sido chamados de volta das férias; o Exército francês estava se organizando. E, por isso, todos os outros trens estavam atrasados ou nem sequer partiam. Eles precisaram de quase dois dias para voltar e, então, passaram a caminhar pelas ruas de Paris sempre alertas em relação a notícias ruins.

Em 1º de setembro, Sartre tinha uma reunião na editora Gallimard, e Simone esperou por ele no Dôme, onde trabalhava em seu romance. Um corre-corre do lado de fora fez com que ela se distraísse. Vários clientes saíram apressados e gesticulavam ferozmente para a rua. O garçom os seguiu e, logo em seguida, voltou com um jornal, que agitava sobre a cabeça.

— Chegou a hora — ele disse ao passar pela mesa de Simone. — Hitler invadiu a Polônia! Estamos em guerra!

Simone levantou-se para ir correndo ao encontro de Sartre.

CAPÍTULO 24

Todos os homens aptos foram mobilizados. Inclusive Sartre, que foi convocado a se apresentar às seis horas da manhã seguinte em uma praça no norte de Paris. Simone estava praticamente em transe ao descer com ele até o porão do hotel a fim de procurar por seu uniforme. Eles tiraram o pó da roupa e tentaram passá-la a ferro da melhor maneira possível. Depois, deitaram-se na cama e ficaram abraçados. Dormir era impossível. Os pensamentos corriam céleres pela mente de Simone; nenhum deles podia ser revelado em voz alta. Será que ela deveria pedir a ele que retornasse? Como Sartre poderia manter uma promessa dessas? Ela tentou imaginar o medo dele de ser atingido por uma bala, de ser estraçalhado por uma granada. Não conseguiu. E assim eles ficaram mudos, pela primeira vez na vida, em uma tentativa vã de descansar e se consolar mutuamente.

Às três da manhã, o despertador tocou. Com os membros pesados, mas, ao mesmo tempo, absolutamente despertos, eles se colocaram a caminho. Quando chegaram ao local marcado, não havia ninguém, apenas dois policiais que os encaminharam à Gare d'Est. Dois trens totalmente lotados estavam parados na plataforma. Os homens já tinham embarcado; as mulheres, os filhos e também algumas mães e pais aguardavam ao lado. Muitas mulheres choravam e soluçavam, outras gritavam conselhos ou erguiam os filhos para que pudessem olhar os pais uma última vez. O trem da esquerda partiu. Os familiares desses homens deixaram a estação em silêncio. Imediatamente, vieram outros, e um novo trem chegou. O condutor apitou, e o trem de Sartre parou na plataforma. As mulheres davam um último beijo nos maridos, um último abraço. Sartre e Simone também se despediram, e então ele se foi. Ela viu como ele se virou para o aceno derradeiro. Ela se apressou e lhe estendeu a mão mais uma vez.

— Lembre-se sempre de que eu apenas observo o tempo, Castor. Por causa dos meus olhos, é pouco provável que me mandem ao front, e não farei outra coisa senão preparar previsões sobre a possível direção dos ventos. Você me conhece. Como eu conseguiria atirar num alemão? — Eles acabaram rindo, e Sartre passou a mão no rosto dela. — Vamos nos rever, tenha certeza disso. E tome conta dos meus livros — ele disse por fim.

O trem partiu, e Simone deu meia-volta, afastando-se rapidamente. Ela não suportaria ficar assistindo àquilo por muito mais tempo. Sua cabeça estava totalmente vazia. Ela se proibiu de ficar parada, era preciso sair dali, ir para longe. Por medo de desabar, Simone começou a caminhar sem olhar para os lados. Também não chorou, porque chorar lhe parecia inútil – sempre haveria lágrimas a serem derramadas. A ideia de Sartre entrar na guerra estava além de sua capacidade de imaginação, aquele mundo não era mais o seu. Ela ficou andando sem rumo pelas ruas, incapaz de ir para casa, pois lá estava a cama na qual havia dormido com Sartre. Tudo nela fazia lembrar a ausência dele.

Já era tarde da noite, e seus pés doíam. Simone estava tão exausta que poderia ter um colapso. Sem perceber, acabou chegando na frente da casa onde Stépha e Fernando moravam. Tocou a campainha. Stépha veio recebê-la. Depois, entregou-lhe um sonífero e forrou o sofá para que ela descansasse.

Simone adormeceu pensando que, se algo acontecesse com Sartre, ela também não viveria mais. A ideia lhe trouxe algum conforto.

Logo os parisienses começaram a chamar a guerra de "guerra de mentira", *un drôle de guerre*, porque era o que parecia ser. Os soldados franceses estavam estacionados na fronteira esperando pela invasão alemã. Eles morriam mais de tédio do que de balas ou granadas alemãs.

Todos queriam saber as notícias, e também Simone trocava a fila da padaria pela da banca de jornal. O *Paris-Soir* e os outros grandes jornais diários com frequência se esgotavam, e os parisienses iam contando as manchetes uns aos outros. Desse modo, entre os boatos mais espantosos, ouvia-se que os russos haviam aterrissado em Hamburgo. Que os Estados Unidos haviam entrado na guerra. Que os alemães cortavam as mãos dos bebês. Como antes, não havia batalhas reais, os soldados alemães e franceses estavam entrincheirados frente a frente sem disparar um tiro sequer.

Simone obrigou-se a ficar calma. Ela não tinha ideia do paradeiro de Sartre e esperava impaciente por uma carta dele. Quando não vinha nenhuma, ela perguntava no Deux Magots e no Coupole. Talvez ele tivesse escrito para lá a fim de driblar a censura. Mas o garçom balançava a cabeça quando ela passava pelo Coupole a caminho da banca de jornal. Nenhuma notícia de Sartre.

Como todos os outros, nos primeiros dias de setembro, Simone se acostumou com a guerra que ainda não era uma guerra. Os parisienses carregavam máscaras de gás em estranhas sacolas marrons. Até as prostitutas, em Clichy, circulavam com elas como se fossem bolsas chiques. A tinta azul sumiu das lojas, porque todos a compravam para pintar os faróis dos carros, janelas e portas de vidro. Devido à ordem de blackout, Simone e Olga penduraram panos grossos diante de suas janelas para conseguir acender a luz à noite e ler. As escolas ainda mantinham as aulas, mas os caminhos de Simone por Paris se tornavam cada vez mais longos e complicados, porque inúmeras estações de metrô estavam fechadas, e os trens simplesmente não paravam nelas. No Louvre, as obras de arte foram embaladas e enviadas para o interior; a Mona Lisa viajou em uma ambulância. Simone teve de abrir mão inclusive das suas amadas palavras cruzadas no jornal – elas foram proibidas por medo de códigos secretos. Todos os bares e restaurantes fechavam às onze da noite, e seu amado Café de Flore encerrou as atividades por completo.

Um consolo, nessa época, foram as amigas e sua pequena família. Simone, Olga, Wanda, Gégé e Stépha transformaram-se em um grupo muito unido. Elas se viam com frequência, tomavam chá fraco, dançavam e conversavam. Cada uma delas temia por alguém. Fernando era o único homem entre elas. Após a derrota da República, ele conseguira sair da Espanha na última hora e, na condição de estrangeiro, não fora convocado, algo que lhe rendia olhares desconfiados e até cheios de ódio nas ruas de Paris.

Naquela noite, Simone foi correndo para casa a fim de não furar o toque de recolher. De repente, porém, ela parou, espantada. Ao seu redor, havia uma atmosfera encantada, o Boulevard Saint-Germain estava silencioso como uma praça de vilarejo. A Lua clareava a noite, e as luzes azuis pareciam vagalumes. Um carro dobrou a esquina, seus faróis brilhavam feito gigantes pedras preciosas azuis. Essa visão deixou-a tão contente que lágrimas brotaram de seus olhos. Como uma beleza daquele quilate poderia surgir em meio à guerra? Simone consultou o relógio e, a contragosto, prosseguiu célere no seu caminho. Mas ela parou uma vez mais e lançou um último olhar à igreja de Saint-Germain, que reluzia prateada à sua frente. *Mesmo se formos bombardeados, ninguém pode roubar a imagem dessa beleza de mim*, ela pensou. *Ninguém pode me tirar o que vivi até agora, minhas conquistas, minhas experiências e meus pensamentos*. De repente, ela se sentiu viva. *Vou seguir vivendo*, ela pensou. *Continuarei escrevendo*.

Na manhã seguinte, Simone sentou-se no terraço de um café. Em seguida, pegou papel de carta e tinta de sua bolsa para relatar a Sartre a sensação que tivera na noite anterior. Ainda antes de o garçom trazer sua xícara, ela já tinha preenchido meia página com a letra minúscula. "Ontem, passamos um bom tempo sentados no terraço do Deux Magots. Foi uma noite gostosa, num círculo pequeno, e adoraria tê-lo comigo, minha amada pequena criatura."

Ela escrevia a ele apostando na sorte, pois não sabia a localização exata de Sartre nem tinha qualquer outro endereço. Redigiu um relato preciso, de várias páginas, sobre o que havia feito, lido, comido e com quem havia se encontrado. Simone achava importante contar-lhe tudo. "Quando escrevo a você e, principalmente, quando recebo uma carta, parece que estamos conversando, a sensação é de muita, muita proximidade." Simone colocou a caneta de lado e pegou uma foto de Sartre da bolsa, observando-a longamente. "Acho que ainda não me dei conta de que não vou revê-lo por um bom tempo – sinto-me tão unida a você. *Mon amour*, eu te amo."

Ela pegou uma nova folha de papel. Sua mão tinha adormecido, os dedos estavam contraídos de maneira dolorida. Simone sacudiu a mão energicamente e se curvou mais uma vez sobre a carta.

Os dias seguintes foram parecidos.

Depois de uma semana, ela finalmente recebeu notícias de Sartre. Os soluços de alívio foram imediatos. Sua impaciência era tamanha que ela resgou o envelope. Ele descrevia seu trabalho em uma estação meteorológica na Alsácia-Lorena. Era evidente que não era permitido dar a localização precisa. Três vezes por dia, ele e seus companheiros tinham de encher um balão com água e fazê-lo subir a fim de medir a direção do vento e sua intensidade. Como os balões eram frágeis, estouravam logo depois da partida – para grande diversão dos camponeses ao redor. Então ele tinha de aguardar por novos balões. Enquanto seus companheiros matavam o tempo e se entediavam, ele trabalhava e escrevia cartas. "Quando penso em você, em como você é, simples assim, perseverante, mais perseverante que Paris, como você é minha vida, como foi incrível na partida de Paris. Amo você. Adeus, minha pequena." Ela leu a carta várias vezes. Em seguida, enxugou as lágrimas. Se Sartre conseguia manter a calma, ela também conseguiria.

No mesmo instante, ela pegou uma folha de papel para responder a ele, contar de Paris com suas janelas azuis.

Dois dias mais tarde, chegaram notícias de Bost. Ele estava provisoriamente na base, embora pudesse ser enviado ao front a qualquer momento. Ao ler isso, Simone teve um ataque nervoso. Gégé encontrou-a e conseguiu acalmá-la.

A certeza de que ambos os homens que amava não estavam – pelo menos naquele momento – expostos a um perigo imediato tornou a vida de Simone um pouco mais suportável. Ela pensou em seu tempo em Marselha, quando também viveu separada de Sartre.

Simone decidiu ser forte e manter uma rotina diária. A primeira coisa que fez foi comprar um pequeno caderno na livraria Gibert Jeune. Ela se lembrara de como manter um diário, no passado, havia sido de grande valia nas fases difíceis de sua vida e, agora, queria fazer o mesmo. Em seguida, decidiu tomar um café no Dôme todas as manhãs a fim de começar o dia em meio às pessoas. O mais importante, porém, foi ter tirado novamente o manuscrito de seu romance *A convidada* da gaveta na esperança de que se ocupar com a história ocorrida na Rouen de 1938 a distraísse. Ela também comprou um maço de cigarros, porque sentia que fumar ajudava a se concentrar. Tudo isso resolvido, começou a ler com uma sensação esquisita no estômago. Para sua surpresa, as cem primeiras páginas estavam muito fluidas, e ela achou o texto muito bom e divertido. Havia pequenos acertos a fazer aqui e acolá, mas seria fácil consertar essas passagens. Ela ergueu os olhos das folhas e ficou satisfeita, porque sabia que, finalmente, conseguiria escrever um livro até o fim.

Bateram à porta, e Simone foi abrir, bem-humorada. Do lado de fora, estava Olga. Em silêncio, ela abraçou Simone e começou a sussurrar palavras doces em russo no seu ouvido. Simone entregou-se às carícias.

As aulas recomeçaram na semana seguinte. Simone estava aliviada por poder continuar trabalhando como professora, pois precisava do dinheiro. Além disso, o horário determinado ajudava a superar o desespero crescente e a sensação de inutilidade. Para seu desgosto, no entanto, ela recebera duas classes de último ano em duas escolas diferentes. Pela manhã, no Liceu Camille Sée, no 15º *arrondissement*, e, à tarde, no Liceu Fénelon, que ficava na esquina da rua de sua casa. Isso significava longos trajetos de metrô. Além disso, ela precisava dar quatro horas-aula a mais do que antes, o que lhe rendia um salário maior, mas também não lhe deixava muito tempo livre para o romance. Durante a semana, era quase impossível trabalhar nele concentradamente. Como se não bastasse, a diretora do Camille

Sée vivia fazendo simulações para o caso de alarmes, e todos – alunos e professores – tinham de se dirigir aos abrigos de segurança.

A vida de Simone era puxada, mas, mesmo se, depois de um longo dia, seus olhos estivessem fechando de cansaço, ela sempre achava tempo para escrever longas cartas a Sartre e a Bost. Sartre tinha de saber exatamente o que ela pensava para que o fio da conversa entre eles não se rompesse. Ela ansiava todos os dias por notícias dele, respondia suas perguntas com precisão e incitava-o a responder igualmente as dela. Tratava-se de uma conversa mediada pela caneta. Às vezes, algumas cartas se perdiam; em alguns dias, ela não recebia carta nenhuma, noutros, logo três de uma vez. Esses eram seus dias de sorte.

Em uma de suas cartas, ela achou uma flor seca, que fazia o papel de um buquê. "Faz mais de dez anos que fizemos nosso casamento morganático." Depois, vinha um parágrafo inteiro em que ela era apresentada como a mais perfeita, a mais inteligente, a melhor e a mais apaixonante das mulheres e no qual ele jurava seu amor em potentes figuras de linguagem. Eram palavras grandes e que deixavam Simone feliz. Ela apertou a carta contra o peito até aquecê-la. Sartre sempre estaria por perto; o amor entre eles já havia superado muita coisa e continuaria a superar o que viesse, independentemente das seduções que pudessem tentá-los, independentemente das desgraças do mundo.

Quando trabalhava em seu romance, Simone sentia alegria e satisfação. Ela gostava dos diálogos e dos episódios isolados, mas tinha dificuldade com o relacionamento entre Pierre e Xavière, personagem essa que, em sua opinião, estava pouco desenvolvida, embora fosse o motivo do triângulo amoroso e despertasse os ciúmes de Françoise. Ao escrever para Sartre, ela esperava ter novas ideias.

"Não acho o estilo ruim, e a construção está bastante razoável", ela escreveu para ele, pedindo por conselhos. "Por enquanto, prosseguirei com prazer – acredito que seja um tema atual, pois, no fim das contas, trata-se da questão da felicidade individual que entra em conflito com a catástrofe", ela explicou. "*Adieu, mon amour.* Agora, quando for trabalhar, minha vida terá sentido novamente. Amo você, meu queridinho. Seu adorável Castor."

Ela fechou o envelope e levou a carta para o correio, embora estivesse chovendo a cântaros. Depois, retornou ao seu quarto e se deitou na cama, mas não conseguiu dormir.

Ah, se ao menos não sentisse tanta falta de Sartre. Simone já havia usado todas as melhores expressões de que tinha conhecimento para lhe dizer, nas cartas, o tamanho de suas saudades. Havia dez anos que dividia todo e qualquer pensamento com ele, e a separação de seu companheiro de alma era mais complicada do que ela podia imaginar. Agora que sabia onde Sartre estava, ela queria vê-lo a qualquer custo. Mas a empreitada não era muito fácil. Simone foi à sede da polícia onde, ingenuamente, solicitou permissão para ir ao lugar.

— Por quê? — perguntou o oficial.

— Quero visitar meu noivo. Ele está estacionado na Alsácia.

O homem balançou a cabeça.

— Sinto muito. Visitas a maridos no front estão proibidas. Que dirá a noivos.

E logo ela estava de volta à rua.

Droga, por que ela não tinha se informado a respeito daquilo antes? Mas Simone não desistiu.

Na vez seguinte, ela foi mais inteligente. Para não ser reconhecida, dirigiu-se a outro comissariado, inventou uma irmã com pneumonia na Alsácia e disse que precisava de sua ajuda. Ela quase não acreditou na sua sorte quando o oficial carimbou um papel sem mais perguntas.

Agora ela tinha de achar um médico que lhe desse um atestado. Quando, finalmente, estava com todos os documentos reunidos, Simone recebeu uma mensagem de Sartre. Ele havia sido transferido e ainda não sabia para onde. Furiosa, rasgou os papéis.

Dois dias mais tarde, ele citou, em uma carta, inúmeros nomes que não faziam qualquer sentido para Simone. Quem seriam Bernard e René Ulmann, Maurice, Adrien e Thérèse, e o que fazer com isso? Ela ficou relendo as linhas até que compreendeu. As iniciais formavam a palavra "Brumath". Simone pegou um atlas e foi consultá-lo. Bingo! Havia uma cidade com esse nome e ficava entre Estrasburgo e Baden-Baden. Ele devia estar ali.

No dia seguinte, Simone retomou os esforços para conseguir um salvo-conduto. Ela ficou em filas, suplicou e mendigou, mentiu com energia quase criminosa, até conseguir todas as permissões.

Seu trem partiria às seis e meia da manhã seguinte. Estava lotado, mas, apesar disso, Simone conseguiu entrar e até achar um lugar para se sentar e ler. Seu olhar, no entanto, estava sempre voltado para fora, observando a paisagem luminosa de outono que passava ao seu lado. Os campos estavam parcialmente encharcados, o Sol brilhava sobre os espelhos d'água. O trem parava o tempo todo no meio do caminho, fora das estações; ninguém sabia o motivo, mas todos apostavam em ataques aéreos alemães. Simone não se permitiu sentir medo. Ela estava muito feliz pelo iminente reencontro com Sartre. Perto da hora do almoço, ela chegou a Nancy, onde teve de fazer uma baldeação.

Como ainda tinha algumas horas até a próxima partida, ela decidiu usar o tempo para conhecer a cidade. Simone espantou-se com o fato de que ninguém pediu seus documentos ao sair da estação. Não havia nenhum oficial à vista. Quando chegou à praça diante da estação, foi recepcionada por um silêncio profundo. Ali também não havia vivalma. Ela começou a andar e passou por vitrines repletas de alimentos. Um aroma inebriante de balas de caramelo escapava de uma das lojas. Simone engoliu em seco ao pensar no gosto de creme e açúcar. Mas ela não tinha dinheiro para esses extras, além disso, a loja estava fechada – assim como todas as outras, apesar da grande oferta. Isso a intrigou. *Onde estão as pessoas dessa cidade?* De repente, ouviu uma sirene. Alarme antiaéreo. Enquanto Simone procurava ao redor por um lugar para se proteger, as pessoas que até então estavam sumidas apareceram de todos os lados. Entretanto, elas pareciam despreocupadas e entraram nas lojas. Algumas a encararam. Com o turbante amarelo, os sapatos de salto alto e grandes brincos de argola, era fácil adivinhar que ela vinha de Paris.

Foi então que percebeu seu engano: a sirene marcara o fim do alarme. Ela tinha estado totalmente sozinha na rua em meio a um suposto ataque aéreo. Sartre precisava saber disso sem falta. Ela vivenciara uma "situação" no autêntico sentido sartreano, ou seja, tinha sido confrontada com determinadas circunstâncias, mas conseguiu superá-las com sua ação. A questão interessante era que ela não sabia dessa "situação", ou melhor, tinha ocorrido um erro de interpretação. Só de pensar em discutir a respeito daquilo com Sartre, ela já se animava. Simone estava contente principalmente por ter saído ilesa. Cheia de felicidade, ela voltou à doceria e comprou seis caramelos. Eles derretiam na língua como um manjar dos deuses. Simone comeu três e guardou os outros três para Sartre.

No meio da noite, ela desembarcou em Brumath e logo foi abordada por dois soldados, visto que estava infringindo o horário do toque de recolher. Apesar de suas roupas mundanas, ela fingiu ser uma mulher amedrontada, exausta, que, devido ao atraso do trem, ainda não tinha onde passar a noite. Os soldados ficaram com pena dela e a levaram a uma hospedaria, que já estava fechada, e tocaram a campainha até o dono aparecer.

"Mas só por uma noite, pois o quarto já está reservado para amanhã", ele resmungou.

A noite foi inquieta, Simone quase não dormiu com aquele lençol gelado. Além disso, estava faminta. Mas nada disso era problema, pois, no dia seguinte, ela reveria Sartre depois de dois longuíssimos meses.

Ele havia escrito a ela que sempre tomava seu café em um determinado lugar, e Simone escreveu um bilhete: "Você esqueceu seu cachimbo no Café du Cerf. Ele está lá à sua disposição." Ela procurou o caminho até a caserna e pediu ao soldado que entregasse a mensagem a Sartre. Em seguida, foi até o café e esperou por ele. Será que Sartre compreenderia a informação? Será que podia sair daquele lugar? Será que ainda estava naquela cidade? Simone sentia-se tão nervosa que só conseguiu tomar um café, embora estivesse quase desmaiando de fome. Desde os caramelos do dia anterior, ela não tinha comido mais nada.

Simone ficou vigiando a rua, e – seu coração deu um salto! – lá vinha ele. O caminhar e o cachimbo o tornavam inconfundível. Quando ele se aproximou, ela notou a barba crescida que o deixava com a aparência de um caçador desleixado. Lentamente, ela se levantou e foi em direção à porta, sem perdê-lo de vista. Agora ele também já a tinha visto, e Simone enxergou espanto em seus olhos incrédulos. Sartre começou a correr, e eles se abraçaram.

— Castor — ele sussurrou. — *Mon amour.*

— Você não recebeu meu recado — concluiu Simone.

— Não — ele confirmou, sorrindo.

Eles se afastaram, porque abraços eram proibidos a soldados, e subiram até o quarto de Simone, mudos de alegria.

Sartre tinha apenas uma hora. Quando a porta fechou atrás deles, os dois se encararam. Será que era o momento de se amarem? Eles se deitaram na cama, se enlaçaram e começaram a contar tudo o que haviam passado nos últimos dois meses. Ele teve de voltar ao serviço rápido demais. Simone estava tão cansada que quase não conseguia mais se manter em pé, e o reencontro com um Sartre saudável, embora desgrenhado, tinha mexido demais com ela, então se deitou e dormiu profundamente por três horas, sem sonhar. Em seguida, já tinha energia suficiente para ir à chefatura de polícia e prolongar sua permissão de estadia. Sem muitas palavras, o oficial carimbou seu papel. Foram-lhe concedidos mais dois dias.

— Posso ficar até domingo — ela comunicou, exultante, quando reencontrou Sartre em sua pausa para o almoço. Ele estava recém-barbeado, e Simone reconheceu seu amante. Eles passaram um bom tempo abraçados.

— Conversei com minha locadora, você pode ficar no meu quarto — ele disse. — Infelizmente, ela tem regras rígidas e não permite que nós, que não somos casados, passemos a noite juntos num mesmo quarto. E não se espante, sobre a cama há uma almofada bordada com os dizeres "bom descanso", em alemão. Ficarei com meus companheiros durante esses dias. Mas vou chegar sorrateiramente até você. Ela dorme muito pesado. — Sartre sorriu de maneira cúmplice para Simone. — Trouxe o que escrevi na semana passada. Trata-se de um romance sobre os caminhos da liberdade. Você deve ler tudo e me dar sua opinião. — Ele lhe entregou uma pilha de papéis.

Igualzinho a antes, pensou Simone, feliz. Como se a guerra não existisse.

— Também tenho algo para você — ela falou, feliz, estendendo seu romance na direção dele. — Revisei-o todinho, quero saber o que acha.

Sartre precisou voltar para soltar seu balão meteorológico e anotar os resultados em um caderno.

Até seu reencontro, à noite, ambos já tinham lido os manuscritos e os diários um do outro e, depois de terem saboreado deliciosas bistecas de porco com chucrute, passaram horas conversando a respeito. Simone estava radiante porque Sartre também achava que o romance dela era bom.

Os dois conversaram longamente sobre a família em Paris.

— Como vai Bost? — Sartre perguntou.

Simone deu um suspiro.

— Fiquei abalada em saber que ele escreve cartas de amor para Olga mais longas do que aquelas destinadas a mim. E, quando ele tirar férias e vier a Paris, sofrerei por não conseguir monopolizá-lo, visto que terá de passar seu tempo com Olga. Mas tenho a consciência pesada em relação a ela, sinto-me verdadeiramente mesquinha.

Sartre afastou uma mecha de cabelo do rosto de Simone e se aproximou.

— Mas por que isso? Você não é propriedade de Bost nem ele é sua propriedade. Aliás, Olga também não.

Ela sorriu para ele, agradecida.

— Eu poderia fazer de conta que o relacionamento com Bost aconteceu sem minha participação, que fui flechada pelo amor, mas seria mentira. Fui eu que dei o primeiro passo. Mas entenda: se observasse a coisa do lado de fora, de um lugar mais alto, então seria arrogante e faria de conta que não sinto nada por ele, negaria meu amor. Isso seria hipocrisia. O ideal é conseguir as duas coisas, entregar-me aos meus sentimentos e, apesar disso, enxergar os fatos de maneira honesta do lado de fora.

— Agora é meu querido Castor quem fala — exclamou Sartre, admirado. — O que você diz é tão importante que creio que está em vias de descobrir a América. Continue refletindo e escreva a respeito.

Simone assentiu, como se tivesse acabado de dar mais um passo rumo ao autoconhecimento.

— Sinto que estou prestes a me tornar algo muito específico. Sinto-me uma mulher completa, mas ainda estou querendo entender como. Eu me pergunto de que maneira participo de meu gênero ou não, o que me diferencia das outras mulheres... caso exista algo nesse sentido. Gostaria de refletir mais longamente sobre isso.

Ela parou e encarou Sartre, que notou o gesto. Seu olhar era tão potente que ela não conseguiu continuar falando.

— O que foi? — ele perguntou, com delicadeza.

— Estou apenas muito feliz em ter a sua companhia novamente. Eu já tinha quase esquecido como é bom conversar com você. Minha vida intelectual seria inimaginável sem a sua presença.

— Também sinto sua falta. Apenas a sua e de Paris — ele disse.

No fim da tarde de domingo, Simone tomou o último trem. O céu reluzia com as estrelas quando Sartre acompanhou-a até a estação. Dessa vez, era ela quem partia, e Sartre ficava. A despedida foi triste, mas não tão desesperançada como no início de setembro. Já instalada no trem e vendo a paisagem passar pela janela, Simone pensou: *não sou infeliz. Nunca serei infeliz enquanto tiver Sartre, mesmo que longe de mim.*

CAPÍTULO 25

O trem estava atrasado e vinha lotado, como sempre naqueles dias. Já eram oito horas quando Simone chegou a Paris. Ela estava mais do que exausta e quase não conseguiu acreditar na sorte quando um táxi parou bem na sua frente ao sair da estação. Simone largou-se no banco de trás e acabou chegando em cima da hora para a aula no Liceu Camille Sée, que começava às oito e meia. Depois do fim das aulas, ela buscou a correspondência de Bost no correio. Ele sempre enviava as cartas ao endereço da agência, porque Olga não podia saber que escrevia linhas carinhosas também a Simone. Em seguida, foi até o hotel e encontrou com Olga.

— Que bom que você voltou. Como vai Sartre? Me conte tudo, agora! — Olga beijou-a.

Simone afundou ainda mais as cartas na bolsa; elas seriam lidas mais tarde. Era bom rever Olga. Elas deram um passeio pelo Jardim de Luxemburgo e aproveitaram aquele dia dourado e quente de outono. Em seguida, Olga convidou-a para um restaurante.

De volta para casa, Simone leu com calma as cartas de Bost e, em seguida, escreveu algumas linhas para Sartre, sobre as quais adormeceu, fatigada. Agora que sabia como Sartre estava passando, como vivia e que, ao menos temporariamente, não estava em perigo, tinha sido possível reconquistar a paz interior. Desde a conversa com ele, Simone conseguia imaginar como seria a vida durante a guerra: ela trabalharia, visitaria Sartre de vez em quando caso tivesse sorte, mas seria novamente sua vida, o tempo não estaria morto. Ela caiu em um sono profundo e sem sonhos.

Na manhã seguinte, o despertador tocou cedo demais, mas a sensação da noite anterior, de que tudo estava nos conformes, ainda persistia. Depois das aulas, ela voltou correndo para o hotel, pois queria começar a tirar suas coisas da mala e, principalmente, mexer nos papéis que Sartre havia lhe dado.

Ela colocou a pilha de papéis diante de si sobre a mesa e, enquanto lia tudo por alto, inclusive aquelas folhas escritas em Brumath, percebeu que não se sentia mais como se tivesse sido enterrada viva. Antes da viagem, ela ficava horas sentada naquele quarto, pensando em Sartre e se lamentando. E qual era o resultado disso? Nenhum. Agora, porém, a coragem estava de volta, e o que ela mais queria era tornar a trabalhar em seu livro.

Simone continuou a folhear as páginas cheias de observações, pontos de interrogação e riscos feitos por Sartre. "Por que você escreve tanto sobre Elisabeth?" Simone levou um susto. Sartre tinha razão. No romance, Elisabeth era uma amiga de Françoise, mas tinha apenas um papel secundário no triângulo amoroso e, afinal, Simone queria falar de Françoise. E também de sua mais forte antagonista, à qual havia dado traços de Olga. Mas ambas as mulheres ainda estavam muito pálidas, as peculiaridades de seus temperamentos não haviam sido ressaltadas o suficiente. Ela pegou o verso das páginas já escritas e recomeçou mais uma vez.

As semanas seguintes foram totalmente dedicadas à escrita. De vez em quando, ela via os amigos no Flore, que tinha reaberto. Havia até novos bancos, maravilhosamente macios. As janelas continuavam escurecidas, como antes, o que dava ao lugar uma aura de caverna ou sala de cinema. Simone gostava muito daquela atmosfera e frequentava o café para escrever. Agora, era preciso pagar de antemão, porque o alarme antiaéreo podia tocar a qualquer momento. Quando o Flore fechava, ela seguia para casa e sentia a alegre expectativa de voltar no dia seguinte e retomar a escrita.

Gégé e seu novo marido deixaram Paris por uma semana e ofereceram seu apartamento na Rue d'Assas para Simone morar durante sua ausência. Já que o apartamento tinha dois quartos, Olga também foi. Desde que tinha saído da casa dos pais, Simone nunca havia vivido em um apartamento próprio com cozinha e banheiro e, para sua surpresa, achou essas comodidades domésticas muito satisfatórias. Às vezes, Olga fazia arroz doce para ela, elas tomavam o café da manhã juntas e conversavam. Havia uma vitrola no apartamento e muitos discos, de modo que, de vez em quando, as duas ficavam em casa à noite escutando música – jazz ou mesmo Beethoven –, e Simone leu inúmeros livros sobre a história da música que havia nas estantes da casa. Além disso, montavam pacotes pesados com livros, tabaco, tinta e papel para enviar a Sartre e Bost.

Além dos dois homens, Simone se ocupava principalmente de sua pequena família, que ainda era constituída por Olga, Wanda e Bianca Bienenfeld. Entretanto, o contato com Bianca se afrouxara desde que Sartre deixara a cidade. Seu lugar fora ocupado por Natalie Sorokin, antiga aluna de Simone do Liceu Molière. Também Natascha – o verdadeiro nome de Natalie – tinha raízes russas e era de uma beleza excepcional. De início, ela fazia parte das admiradoras tímidas, mas, desde que Simone deixara de lecionar em sua escola, a jovem perseguia a ex-professora por toda a cidade, jurando-lhe amor eterno. Como Olga, ela buscava algo na vida, tinha curiosidade, era destemida e de personalidade forte. Simone gostava muito de ficar em sua companhia e acabou se afeiçoando a Natalie como se afeiçoara a Olga. Natascha era problemática na escola, e Simone lhe dava aulas de reforço de Filosofia e Matemática, mas, às vezes, elas não estavam com vontade de estudar e ficavam apenas conversando. Em uma dessas ocasiões, Simone ficou sabendo que Natascha cometia pequenas contravenções quando precisava de dinheiro. Certa vez, furtou canetas-tinteiro caras no magazine Printemps para depois vendê-las na escola.

Agora, na ausência de Sartre, Simone cuidava sozinha dessas duas jovens que ela escolhera para compor sua família. Quando questões de ciúme começavam a tomar corpo, Sartre não podia fazer nada além de tentar acalmar as coisas por meio de suas cartas.

Simone dava às moças dinheiro – aquele que ela própria ganhava e algum do ordenado de professor de Sartre, que continuou a ser pago – e também afeto. Além disso, tinha voz ativa no caso de brigas com os pais ou em questões escolares. Mas, apesar de sua íntima ligação, às vezes ela reclamava da responsabilidade. Olga e Natascha não se gostavam e eram más uma com a outra. Os pais das jovens desconfiavam das intenções de Simone, ponto em que tinham alguma razão. Olga e Natascha tinham ciúmes de Simone e prestavam muita atenção para que uma não recebesse nem um minuto a mais de atenção do que a outra. Isso, por sua vez, fazia com que Simone tivesse de recorrer a mentiras e subterfúgios, os quais combinava detalhadamente com Sartre para que ele não desse com a língua nos dentes em suas cartas. Tudo isso custava tempo e, às vezes, era demais para ela. Mas esse conceito de família que se compunha a partir de indivíduos tinha sido uma vontade sua e de Sartre, porque, para eles, tratava-se da filosofia vivenciada, de uma forma de convivência para além das convenções burguesas e de laços de parentesco casuais. Simone se esforçava para ser justa com todos e tentava, inclusive, dar aulas extras de reforço para dispor de dinheiro suficiente. Certa vez, Wanda perdeu a carteira de Simone com todo o dinheiro que tinha, e eles se viram em dificuldades novamente.

Por fim, quando sua irmã Poupette – que, até então, estava morando na casa da tia, em La Grillère – exigiu também ver Simone diariamente, seu frágil cronograma foi para os ares.

Poupette acusou-a de passar tempo demais com Olga e Natascha, permitindo que elas cometessem abusos. Felizmente, a irmã não sabia nada do relacionamento íntimo entre elas. "Ela anunciou que, depois da guerra, vai nos ver, a você e a mim, com muito mais frequência do que antes – ao mesmo tempo, Olga se queixa de que não me vê o bastante e quer se vingar quando Poupette tiver ido embora", ela escreveu a Sartre.

Além disso tudo, ela sentia saudades de Bost e se preocupava com ele. Como era constantemente transferido, Simone nunca sabia direito onde estava estacionado e como se sentia. Em suas cartas, ele sempre relatava a lamentável monotonia que o torturava.

Desde a volta de Gégé a Paris, retomando seu apartamento, Simone passou a morar no Hotel Danemark da Rue Vavin, logo na esquina do Hotel Mistral, estabelecimento que deixara de agradá-la devido à antipatia de sua gerente. Simone imaginava ter ouvido a mulher murmurar "lésbica" e "vagabunda" quando se cruzavam nos corredores. Sua mãe também se recusava a entrar no Mistral porque achava o lugar terrivelmente sujo. No Danemark, a gerente lhe mostrara um quarto enorme com uma cama grande em uma alcova, uma mesa espaçosa e prateleiras de livros. Simone gostava muito do armário com espelho em uma das portas. As janelas eram protegidas por cortinas grossas de veludo que, embora esburacadas, conseguiam bloquear a claridade de maneira que Simone pudesse ler com luz adequada durante o blackout. A pia ficava atrás de um biombo com flores pintadas.

— Posso colocar a mesa em frente à janela? — ela perguntou à gerente.

— Por mim... — a mulher respondeu, dando de ombros.

As duas carregaram a mesa até o ponto desejado. Simone sentou-se para testar o lugar: perfeito! Logo sentiu vontade de trabalhar.

Ela se levantou e ficou diante do espelho. Naquele dia, estava vestindo sua saia plissada preta e uma blusa amarela. Por cima, um sobretudo de finíssimo pelo de camelo que sua mãe havia costurado, um sonho. Ela se sentiu muito bonita. Infelizmente, gastara duzentos francos no tecido do sobretudo e não tinha mais dinheiro para sapatos novos, dos quais necessitava com urgência. Suspirando, olhou para os pés quase sempre frios, metidos em calçados gastos e furados.

— Vou ficar com o quarto — ela disse. — Venho hoje à tarde com minhas coisas. São poucas.

Uma semana mais tarde, outro quarto ficou livre, e Wanda e Olga também se mudaram para aquele hotel.

Em uma tarde escura de novembro, Simone estava no quarto de Olga. Fumando descontraidamente, uma ajeitava o cabelo da outra. Simone quis pegar um pente da mesa quando notou uma carta, amassada e manchada com vinho. Ela logo reconheceu a letra de Bost e leu rapidamente algumas linhas. O tom carinhoso fez com que sentisse uma pontada de ciúme. Subitamente, ela largou o pente.

— O que foi? — perguntou Olga.

Se eu realmente acho que ele a ama, então não posso mais achar que também me ame, pensou Simone, tonteando.

— O que aconteceria se Bost morresse na guerra? Como você reagiria? — ela perguntou sem tirar os olhos da carta.

Olga olhou para ela, inocente.

— Não entendi a pergunta. Seria uma enorme infelicidade para mim, mas nenhuma catástrofe. — Ao mesmo tempo, ela se olhou no espelho e checou o penteado, sem perder mais tempo com a conjectura.

Simone estava atônita, mas não queria que Olga percebesse como sua reação a tinha deixado transtornada.

— Preciso ir embora — Simone falou, levantando-se de repente, assolada por uma dor de cabeça terrível.

Ela não queria ficar sozinha e, por isso, foi até o Coupole. Lá, pediu uma aquavita, mas, quando Henri colocou o copo na sua frente, foi impossível beber de tão enojada que se sentia do veneno que as palavras escritas de Bost tinham gotejado em seu sangue. Além do mais, a indiferença de Olga a deixava triste. Ela não gostava de estar à mercê desses sentimentos. Naquele momento, Simone não era mais a mulher que determinava sua própria vida – não era a mulher que queria ser. A consciência pesada que sentia em relação a Olga, a saudade de Bost e, ao mesmo tempo, a inveja de Olga, contra quem não podia lutar, a transformavam em outra pessoa.

Simone pensou durante muito tempo sobre o assunto, parada ao lado do balcão. A dor se tornou quase insuportável, e ela então imaginou ouvir a voz de Sartre consolando-a. Ela viu o rosto delicado dele diante de si e teve certeza de que Sartre, enquanto ela estivesse viva, nunca a machucaria. Sempre ao seu lado, ele era toda sua força e parte inerente de sua vida. O pensamento consolou-a. A felicidade brilhava através da dor. Simone sempre soube que não tinha direito à felicidade, que ninguém o tinha, mas, naquele instante, ela percebeu que Sartre foi um presente de grande alegria – e ficou profundamente agradecida por isso. Ela pegou a aquavita e bebeu-a toda, depois, foi para casa, atravessando a praça diante da igreja de Saint Germain, cujo calçamento brilhava sob o luar.

Durante a noite, os alarmes antiaéreos soaram repetidamente. Simone ouviu a agitação dos outros hóspedes do hotel e o barulho nas escadas. Olga bateu à sua porta, mas ela não respondeu. As emoções do dia haviam drenado tanto suas energias que ela simplesmente ficou na cama e continuou a dormir.

Janeiro não trouxe nada além de longos e tristes dias na escola e uma saudade cada vez maior de Sartre. Apesar de toda adversidade, Simone conseguiu avançar em seu romance, que já contava cento e sessenta páginas. A certeza de que Sartre trabalhava em sua grande obra filosófica embora fosse soldado animava-a. E então ele escreveu anunciando que teria dez dias de férias em fevereiro. Imediatamente, os dois fizeram um plano para manter secreta a presença dele em Paris a fim de conseguirem passar o máximo de tempo juntos. Apenas a mãe dele sabia da notícia, mas não havia perigo de ela encontrar com alguém e revelar o paradeiro do filho. Antes de sua chegada, Sartre terminou por escrito o relacionamento com Bianca, que ficou inconsolável.

O restante da família não poderia, de modo algum, saber da sua presença. Simone temia complicações sentimentais principalmente com Wanda e Natascha e gemeu ao pensar como a irmã de Olga tinha descoberto que ela visitara Sartre. Wanda havia enviado cartas para meio mundo e ficado furiosíssima. Ainda por cima, quando Simone se recusou a fornecer o endereço de Sartre, a moça perdeu completamente a compostura, e Olga teve de intervir porque Wanda partira para cima de Simone.

Por isso, estava fora de questão que Wanda soubesse da presença de Sartre em Paris. Ela não o deixaria em paz nem por um minuto sequer. Simone ficou irritada por não poder mostrar a Sartre seu belo quarto novo de hotel, mas o perigo de que Wanda e Olga – vizinhas no estabelecimento – acabassem descobrindo algo era grande demais. Também seus cafés prediletos, o Dôme, o Flore, o Deux Magots e o Coupole não eram opções.

Em 4 de fevereiro, Simone foi à Gare de l'Est sem que as outras soubessem e se sentou na *brasserie*. Ela pegou um livro da bolsa, mas estava agitada demais para ler. Seu olhar não desgrudava da grande escada pela qual Sartre deveria chegar. O trem foi pontual, e então ela o viu – ele a estava procurando com os olhos. Naquele momento, Sartre era todinho de Simone, que o observava em silêncio. Ele usava um casaco do Exército puído e sapatos que deviam ser alguns números maiores que o ideal. Simone enxergou uma expectativa alegre no olhar dele. E enfim ele a viu! Seu rosto se iluminou, e ele foi ao encontro dela, colocou as diversas bagagens no chão e sentou-se ao seu lado. Eles imediatamente começaram a conversar. Era como se houvessem se separado há dois dias, e não há três meses.

Depois, eles foram para o hotel em que Simone havia reservado um quarto para Sartre e o abastecido com algumas coisas a fim de que ele pudesse se instalar. Eles se esconderam por ali nos primeiros dias, que transbordavam de pensamentos, passeios e carícias. Havia tanto para conversar e ler. Para Simone, foi um tempo de felicidade completa, porque estavam a sós e o afeto e a atenção de Sartre eram monopólios seus.

Mas então Wanda apareceu chorando histericamente diante da porta; atrás dela, Olga entrou furiosa no quarto. Poupette dera com a língua nos dentes e deixara escapar que Sartre estava na cidade. Wanda exigia que ele saísse dali com ela imediatamente e passasse o resto dos dias de férias em sua companhia. Wanda estava fora de si porque Sartre queria se esquivar, e Olga estava enciumada porque Simone dispunha de tempo para ele. Se a situação não fosse tão dramática e lacrimosa, todos poderiam ter gargalhado. Sartre cedeu e combinou de passar os dias seguintes com Wanda; apesar disso, veria Simone ao menos uma vez ao dia.

Na primeira manhã sem Sartre, Simone acordou e percebeu que estava feliz, sem sinal de ciúmes, porque sabia que à noite iria encontrá-lo. Além disso, ela precisava dar suas aulas e, depois, tinha combinado de conversar com Olga.

Os dias que se seguiram foram cheios de compromissos; Sartre quase não conseguia dormir, sendo demandado o tempo todo por alguém – seus admiradores, a editora, os amigos, as amantes.

Apesar de tudo, Simone e ele tiveram algumas noites felizes a dois. Como antes, eles caminharam de braços dados pela cidade que, ao cair da noite, tinha um ar quase interiorano, pois não se viam mais as suas luzes. Passearam pelo Jardim de Luxemburgo. Como os outros parques de Paris, ele não era mais cuidado por jardineiros. Os caminhos estavam recobertos por camadas grossas de folhas de todas as cores, de amarelo até vermelho-escuro, uma imagem incomum, que encantou Simone. Quando um céu noturno deslumbrante se juntou ao quadro, ela apertou a mão de Sartre, comovida.

— A liberdade individual vale em qualquer situação, ela está em todo lugar — ele explicou a Simone, enquanto se dirigiam à saída, retomando assim um tema sobre o qual ele já havia discorrido nas cartas. — A liberdade não é apenas um presente, mas uma obrigação para o indivíduo, pois ela condiciona sua ação.

Simone achou o conceito muito sedutor, pois oferecia muitas oportunidades, mas estava cética.

— Mas por que tantas pessoas não estão dispostas a assumir sua liberdade? Pense, por exemplo, em Bianca, que não é capaz de tomar uma decisão e depende integralmente de nós. Ou na personagem Elisabeth, de meu romance. Ela se recusa a aceitar a própria liberdade, da qual tem até medo. Além disso, Sartre, acho que há uma questão aí. Nem toda situação do ser humano é igualmente livre. Uma mulher num harém tem um conceito diferente de liberdade do que tem um homem livre.

Sartre tirou os óculos para limpá-los na gravata. Sem as lentes, ele era quase cego, o que sempre comovia Simone, mas ela o conhecia bem demais e sabia que ele usava esses momentos para pensar intensamente, escurecendo tudo que era exterior. Ele recolocou os óculos e olhou para ela.

— Trata-se de uma bela imagem, Castor, mas ainda acredito que tenho razão. Não vou mudar de opinião. Mas se você é de outra, coloque-a por escrito — ele incentivou. — Mostre-me a Elisabeth de seu romance. Explique-a para mim.

Simone assentiu. Ela faria exatamente isso já naquela noite, checando os trechos em questão no seu manuscrito. O que Simone mais gostava na teoria de Sartre era o chamado à ação que estava implícito nela. Quem era livre para agir devia fazê-lo. Para o próprio Sartre, isso significava concretamente que ele queria abandonar sua recusa à política.

— Depois da guerra, vou me engajar politicamente. Não posso mais assistir, do alto da torre de marfim, a como as coisas estão se deteriorando neste país.

Simone concordou.

Eles desviaram até o Sena, porque a Lua havia aparecido, cheia, em um céu sem nuvens, e eles amavam mais que tudo o brilho do rio nessas noites. Simone e Sartre se apoiaram na balaustrada e passaram um bom tempo olhando a água correr.

— Paris e você — disse Simone. — Mais não preciso.

— Sinto o mesmo, *mon amour*.

Eles se beijaram e foram para casa.

Sartre adormeceu, mas Simone não conseguiu relaxar. Ela ficava pensando na conversa, que havia fortalecido a sensação de que seu romance andava em círculos. Sartre havia mostrado o manuscrito a um editor na Gallimard, que aconselhou novas mudanças. O problema era o fim. Ela não sabia como libertar as personagens Françoise, Pierre e Xavière do triângulo que os sufocava cada vez mais. Cada uma das personagens vivia um conceito diferente de liberdade, e todas se sentiam mutuamente ameaçadas.

Pouco antes de finalmente ceder ao sono, sob o impacto da nova teoria de Sartre, mas talvez também pela fúria que sentia pela maneira como as outras mulheres os pressionavam, teve uma ideia adequada para o fim de seu romance. De início, Simone não estava muito convencida de que fosse a melhor saída, mas não conseguiu permanecer deitada, tamanha sua excitação. Em silêncio para não acordar Sartre, ela se levantou para se sentar à escrivaninha.

A fim de checar se sua ideia valia a pena, ela esboçou seus pensamentos em uma nova folha de papel e os desenvolveu. Muitas vezes, acontecia de ela achar ter tido uma boa ideia, mas que, no caminho da cabeça à mão, revelava-se um engano. Naquela noite, porém, não foi o que aconteceu. Quanto mais pensava a respeito, mais detalhes anotava, mais adequado lhe parecia o desfecho. Ela havia encontrado a solução para seu problema. Quase eufórica, começou a redigir o último diálogo entre Françoise e Xavière, tremendo de felicidade. A claridade já começava a entrar pela janela quando finalmente ela voltou para a cama.

Na manhã seguinte, enquanto eles tomavam rapidamente um café no Flore antes de Simone ir à escola, ela contou a Sartre sobre sua noite.

— Encontrei um desfecho para meu romance, e ele combina com sua filosofia. É a chave para aquilo que Françoise faz no fim.

Sartre olhou-a de maneira interrogativa.

— E o que ela faz?

— Ela mata a rival. Ela abre o gás, e Xavière vai morrer por causa disso. Mas Françoise age assim num ato de liberdade e assume essa responsabilidade terrível com absoluta consciência, na intenção de ser livre. Tive essa ideia ontem à noite. De repente, a solução apareceu. Não há outra. Françoise fez sua escolha: ela não sofre mais com a situação, ela a supera.

Sartre escorregou para perto dela e esticou os braços.

— Genial, Castor. E, realmente, é nossa filosofia existencial aplicada à literatura. Estou tão orgulhoso de você.

— Tenho de ir, senão vou me atrasar. A diretora já está de olho em mim. Até mais tarde.

— Vá rápido. Esperarei por você. É nossa última noite.

Ela se levantou e partiu.

Quando Simone retornou de tarde, eles discorreram mais uma vez, longamente, sobre sua vida em comum.

— Nada é mais importante para mim do que nosso futuro juntos — disse Sartre para Simone e abraçou-a.

— Para mim também — ela confirmou.

E, até eles estarem juntos de novo, ela se manteria fiel à máxima de seu romance: nada de resignação silenciosa, e sim a superação ativa da situação. Esse momento de intimidade ainda a consolava quando ela o levou à estação.

Na manhã seguinte, ao despertar, Simone tateou a cama, sonolenta, à procura de Sartre. Mas ele não estava lá. Em vez disso, tudo tinha voltado: a guerra, a separação deles, a monotonia. Sem energia, ela se levantou e foi ao café. Não foi fácil seguir os próprios propósitos. Apenas a rotina do dia a dia ajudou-a a se sentir melhor.

Na semana seguinte, Bost tirou férias. Simone odiava a ideia de que teria de dividi-lo e de que só poderia ficar sozinha com o rapaz às escondidas. Mas, quando pensava em seu rosto bonito, ela logo ficava com vontade de acariciá-lo delicadamente.

No segundo dia de sua estadia, Olga precisava ir ao teatro ensaiar, e Simone ficou no quarto esperando por Bost. A expectativa a fazia tremer, e ela conferiu, pela milésima vez, o relógio. Mais vinte minutos. Ela se postou diante do espelho e observou-se criticamente. *Estou me comportando como se tivesse dezessete anos*, pensou, com um sorriso.

Em seguida, soltou as presilhas do cabelo. Ela ainda o lavaria rapidamente para que ficasse brilhante e cheiroso. Bost sempre dizia, sorrindo, que ela se parecia com um pequeno faquir corajoso quando usava o turbante, mas hoje ela queria ser apenas uma mulher para ele. As unhas já estavam pintadas de vermelho-escuro, e a blusa escolhida era a amarela, que lhe caía tão bem.

Simone tinha acabado de se aprontar quando bateram à porta.

Ao abri-la e ver o pulôver amarelo e o amor nos olhos dele, ela começou a chorar.

— Simone — ele gemeu e tomou-a nos braços.

Seu desejo físico, do qual ela teve de abrir mão por tanto tempo e que havia aumentado muito nos últimos dias, fez com que o abraço os unisse com força. Enquanto Simone beijava Bost, ela se perguntava, admirada, onde esses sentimentos estavam dormitando dentro dela durante todo esse tempo. Ela riu quando percebeu que foi apenas por meio do prazer que conseguiu se desconectar das ideias. E então não pensou em mais nada, só sentiu.

Depois de o primeiro desejo ter sido saciado, Bost se levantou e pegou algo de sua bolsa. Eram as *babouches* que Simone havia lhe trazido do Marrocos.

Um pouco desajeitado, ele as calçou e olhou para ela.

— Estes sapatos me salvaram nos últimos meses, porque, com eles, sempre me senti perto de você.

Simone se levantou e se aninhou nele.

— Ah, Bost — ela falou, acariciando seus braços.

Por um instante, eles ficaram parados assim. Será que ele sabia o que alguns dos amigos pensavam sobre ela? Que eles sentiam pena de Simone e a consideravam uma mulher traída? Todos conheciam as amantes de Sartre, e era possível, inclusive, ler a respeito nos jornais. Houve até comentários muito maliciosos sobre ela, Simone. Seu próprio pai a considerava uma prostituta, e, como antes, o padrasto de Sartre se recusava a recebê-la porque não era casada com seu enteado.

— Por que você também não arranja um amante? — Colette Audry tinha perguntado havia não muito tempo. — Apenas para não o deixar ganhar todas.

Simone dera de ombros. Ela não se deixava abater por esse tipo de humilhação. Seu amor por Bost não podia se tornar público porque machucaria Olga. E seu delicado relacionamento com Olga, e às vezes também com Natascha, não era da conta de ninguém.

— Em que você está pensando? — perguntou Bost, afastando-a um pouco para olhar em seus olhos.

— Em nós. Em você e eu.

Bost ficou por uma semana. Simone o via o máximo possível, e sua paixão fazia com que se sentisse dez anos mais nova. Ela andava pelas ruas de Paris e, a cada passo, se lembrava de que ele também estava na cidade. O pensamento a deixava feliz e, ao mesmo tempo, melancólica. Ela o procurava o tempo todo. Quando tomava seu café no Dôme, pela manhã, quando saía da escola. Afinal, era possível que ele tivesse se libertado de maneira inesperada e estivesse aguardando por ela. As situações mais torturantes eram aquelas na presença de outras pessoas. Nesses momentos, eles tinham de fazer de conta que não passavam de amigos. Uma vez, ela cabulou a aula para vê-lo por duas horas roubadas. Fora isso, lhes restavam apenas duas noites. Bost mentira para Olga: tinha dito que visitaria os pais no interior para contar a eles sobre seus planos de casamento. Aquelas noites foram um inebriamento total de amor; Simone e Bost não se cansavam e mal conseguiam dormir tamanha sua entrega à paixão. Simone nunca tinha vivido nada parecido com Sartre. Quando seus corpos estavam exaustos, eles conversavam. Simone relatava os avanços de seu romance, mas, quando Bost a olhava daquele jeito especial e começava com suas carícias, até a literatura se tornava secundária.

Naquela semana, ela vivia apenas para Bost. Com ele, Simone se sentia mulher, nada mais. Para todo o resto, haveria tempo mais tarde.

CAPÍTULO 26 – Primavera de 1940

Simone soprou o esmalte para secá-lo e depois escolheu seu vestido mais bonito. Ela tinha combinado de se encontrar com Gégé e estava animada pela perspectiva de uma noite alegre. Por um instante, ao pensar em Sartre, seu humor mudou. Como seria bom se ele estivesse ali com ela; eles passeariam juntos pela noite parisiense. Mas ela pensava nele como alguém que reveria dali a poucas horas. Para ela, a ausência tinha passado a significar algo diferente, pois sentia-se conectada a Sartre por meio de suas cartas detalhadas e sua troca de ideias.

— É uma intimidade à distância — falou baixinho para si mesma.

Ela era jovem demais para ficar presa na amargura. Afinal, quem sabia quando a guerra iria terminar? Ela se aproximou do espelho para passar o batom e apertou os lábios até que ele ficasse uniforme. Perfeito.

Simone e Gégé chegaram a um bar em Montmartre. Meia Paris parecia estar ali. Como não havia mesas livres, as amigas se apertaram no balcão. Um trompetista negro improvisava temas de jazz que davam o tom da noite. Um grupo bem estranho reunia-se ali: um homem de smoking, um outro de estola de pele branca. Simone observou uma mulher que carregava um macaco no ombro e, depois, virou-se para Gégé.

As amigas tomaram uísque e estavam de ótimo humor quando Marie, a antiga amante de Sartre, de Berlim, apareceu ao seu lado subitamente. A mulher da Lua. Ela também parecia animada e ficou muito contente em ver Simone. Marie pediu mais uísque, e elas começaram a declarar amizade uma à outra.

Logo depois, quando o bar estava descendo suas portas e elas foram colocadas para fora, nenhuma das três queria ir para casa.

— Vamos comprar mais uísque e depois passamos na Youki. Lá, sempre está acontecendo alguma coisa — sugeriu Marie.

Youki era a ex-mulher e musa do pintor japonês Foujita que, agora, estava casada com o poeta surrealista Robert Desnos. De braços dados, as três seguiram para a Rue Mazarine e subiram a escada até o apartamento de Youki, que lhes abriu a porta usando um quimono de seda e um chapéu enorme. Ela fez algo como uma reverência e deixou-as entrar em uma verdadeira sucursal do inferno. Elas chegaram em uma sala enfumaçada, cheia de gente embriagada e barulhenta; Simone conhecia de vista algumas daquelas pessoas. As amigas tiveram de passar por cima de alguns corpos sentados ou deitados no chão. Muitas figuras exóticas e raras reunidas. Em um dos quartos, um homem, que já havia falado com elas no Flore, estava abrindo cartas. Uma mulher de cabelo curto beijava um loiro maravilhoso. Youki lia em voz alta uma carta de seu marido no Exército, e um soldado embriagado de uniforme xingava os outros devido a sua suposta mentalidade civil. Ninguém prestava atenção nele, todos riam e conversavam entre si. A mulher do cabelo curto passou a cantar músicas licenciosas, e todos a acompanharam. Simone e Gégé se entreolharam. Fazia tempo que não frequentavam uma festa tão assombrosa. *Olga e Wanda iriam gostar*, pensou Simone. Mas ela também estava gostando, era pura alegria de viver. Afinal, quem sabia da expectativa de vida de cada um deles ou se os alemães logo estariam em Paris? Então as festas seriam proibidas, certamente.

— No fundo, trata-se de um ato de resistência — ela falou para Gégé e Marie, tentando suplantar o barulho. Simone ainda pegou um copo vazio da mesa e o encheu com o uísque que elas haviam levado. — Saúde! — Primeiro ela bebeu, depois Gégé e, por fim, Marie.

Marie tirou um chapeuzinho vermelho e enfeitado com penas da cabeça de uma mulher e o vestiu. Depois, foi até o loiro bonito e também começou a beijá-lo, enquanto olhava provocativamente para Simone, que estava razoavelmente bêbada e se sentara no sofá porque as pernas bambeavam. Marie subitamente curvou-se sobre ela.

— Sabe que sou louca por você? Desde Berlim. E Sartre é um monstro. Por causa dele, coloquei meu casamento em jogo. Aliás, nunca senti atração por ele. Mas você é bem diferente... — Ela beijou a boca Simone, que se desvencilhou. Ela queria dançar e puxou Marie, envolveu seu corpo delicado com o braço e começou a se movimentar lentamente com ela, algo que não era muito fácil naquele lugar apinhado. Elas trombavam com outros casais; em todo lugar havia corpos suados que disputavam os mesmos espaços. Marie passou a mão na cintura de Simone, seguindo as curvas do seu corpo até os seios, enquanto começou a beijar seu pescoço. Os toques agradaram Simone, que, de todo modo, estava bêbada demais para se esquivar daquele êxtase sensorial. Todos ao seu redor pareciam estar na mesma sintonia – as pessoas se acariciavam, beijavam, abriam camisas e vestidos, que faziam um ruído ao cair no chão, diziam e faziam o que tinham vontade na hora, tocavam em quem lhes seduzia e puxavam os escolhidos para si. Youki começou a dançar com movimentos lascivos; seu quimono se abriu e revelou a nudez do corpo.

Por volta das quatro da manhã, a festa acabou. A maioria das pessoas, com os corpos seminus entrelaçados, tinha adormecido, outras sussurravam as últimas palavras amorosas. Simone queria ir para casa; Marie fez questão de acompanhá-la e foi difícil dissuadi-la. Depois dessa explosão dos sentidos e da sensualidade, Simone precisava de um tempo a sós e queria apenas dormir. Assim que sua cabeça tocou o lençol fresco da cama, ela caiu em um sono profundo e sem sonhos.

Foi a sede que a acordou no dia seguinte, já no começo da tarde. Simone se levantou para pegar um copo d'água. Agora ela via a conta dos excessos da noite anterior: o espelho lhe devolvia a imagem de uma mulher cansada com rugas ao redor dos olhos. A visão de seu eu precocemente envelhecido fez Simone começar a rir. Ela tinha se divertido à beça no dia anterior, raramente beijos e carícias foram tão prazerosos como naquela barafunda de corpos – apesar disso, ela se perguntava como era possível chegar àquele ponto. Naquele exato momento, havia tantos homens arriscando suas vidas; Sartre e Bost estavam no front na condição de soldados sem que houvesse qualquer garantia de sua segurança. Era o medo de que sua vida supostamente segura em Paris pudesse acabar de uma hora para outra que motivara Simone e os outros a gozarem com tamanha intensidade aquele momento sem limites e de pura alegria de viver? O que eles tinham feito podia parecer inadequado ou até ignorante, mesmo assim, uma noite daquelas só era possível na guerra, quando antigas regras tinham perdido a validade e qualquer dia podia ser o último.

Subitamente, Simone sentiu-se livre de uma maneira muito peculiar. Acontecia a mesma coisa com cada nova experiência sensorial dos últimos anos. A liberdade de gozar de seu próprio corpo também dava asas à mente, abria a possibilidade de enxergar as coisas sob outra perspectiva e superar antigos limites do pensamento. Ela precisava escrever sobre isso. Ainda naquele dia. Apressada, jogou água fria no rosto e foi até o Flore. Um café forte e um ovo mexido com presunto lhe fariam bem. Então ela relataria a Sartre os acontecimentos da noite anterior, minuciosamente. Ela imaginava o quanto ele se divertiria, e escrever para ele ajudaria a organizar seus pensamentos.

Ao se sentar em seu lugar habitual no Flore, Simone se sentiu tão cheia de saudade que tirou a última carta de Sartre da bolsa para reler. Ela procurou pelo fim carinhoso: "Até amanhã, minha pequena, *mon amour*, meu querido passado e meu belo, tão aguardado, futuro". Depois de ler, ela se sentiu melhor.

E, de repente, teve uma ideia, que registrou com muita vivacidade.

Em maio de 1940, nove meses após a declaração de guerra, esta já não era de mentira. Os alemães invadiram a Holanda e a Bélgica. Dois dias depois, ultrapassaram as linhas francesas na floresta de Ardennes. Sartre permanecia na Alsácia, mas sua unidade vivia sendo transferida. Ele não tinha contato com o inimigo, mas aconselhou Simone a deixar Paris e ir até madame Morel, não em sua mansão na Côte d'Azur, mas na casa em La Pouëze, próximo a Angers, por ser mais perto da capital. Além disso, ela recebeu também uma carta muito assustada de sua irmã, que, pouco tempo antes, havia viajado com o namorado, Lionel, a Portugal, onde morava a mãe dele. Era para ter sido apenas uma visita, mas a guerra havia atrapalhado os planos, e eles estavam presos em Lisboa, sem possibilidade de voltar para casa. Simone foi imediatamente até os pais a fim de colocá-los a par da situação.

Em 22 de maio, chegou a notícia de que Bost, que lutava na fronteira belga, tinha sido ferido – um tiro na barriga – e estava sendo tratado em um hospital.

Simone consolou Olga, acalmou-a dizendo que tudo ficaria bem embora ela própria estivesse com muito medo. O fato de Bost estar machucado dilacerava seu coração. Mas a namorada sofredora por direito era Olga; Simone só podia ser a amiga empática. Pouco tempo depois, elas descobriram que Bost havia superado a fase mais difícil. Ele sobreviveria e, devido aos ferimentos, temporariamente não retornaria ao front. Dois dias mais tarde, veio mais uma notícia – a guerra e suas consequências terríveis estavam cada vez mais próximas. Paul Nizan tinha morrido, o seu Nizan, que fizera parte do grupo dos *petits camarades*. Quantas lembranças Simone tinha do rapaz elegante, que sempre parecia um duque meio arrogante. Ela havia passado tantas noites em sua companhia e na da esposa; eles discutiram, riram e beberam juntos. A última vez que ela o viu fora após a assinatura do pacto entre Stalin e Hitler, aquele que o atingira até a medula, trazendo a mais profunda desilusão. Simone chorou a noite inteira por essa comprovação inequívoca de que a guerra era real e de que não pouparia nem aquelas pessoas especiais que lhe eram próximas e significativas. Não, as pessoas estavam morrendo, também sua família de Montparnasse.

A partir de então, o medo por Sartre quase enlouqueceu Simone, e ela ficou muito abatida, enfrentando os dias sem qualquer ânimo. Em 4 de junho, as primeiras bombas caíram sobre regiões periféricas de Paris, onde se situavam as grandes fábricas. O Exército francês não conseguia fazer frente aos alemães, e era apenas uma questão de tempo até que Paris fosse invadida. Hitler gabava-se, dizendo que, em poucos dias, estaria na Torre Eiffel. Muitos parisienses ficaram temerosos e deixaram a cidade. Mesmo a faxineira do banheiro do Flore já tinha feito as malas, e muitos estabelecimentos comerciais estavam fechados. O pai de Bianca Bienenfeld, que tinha boas relações e um carro, quis deixar a cidade com a família, e Bianca suplicou a Simone que aproveitasse a carona. Foi assim que ela conseguiu sair de Paris um dia antes da invasão, e estava longe quando o grande êxodo teve início. Naquele dia, milhares de parisienses e o contingente inteiro das pessoas que tinham vindo do norte da França fugindo dos alemães saíram da cidade, em pânico, em um único grande fluxo de pessoas. Mais tarde, falou-se em oito milhões. Tanto fazia como – de carro, de trem, em carroças e charretes, de bicicleta ou a pé –, as pessoas queriam apenas sair de Paris. Em poucos dias, todas as cidades no caminho para o sul haviam sido exauridas. Faltava comida, gasolina, quartos em hotéis. As ruas entupidas eram palco de cenas terríveis. Crianças se perdiam, homens e mulheres eram atropelados em meio à confusão, e a Força Aérea alemã não tinha escrúpulos em bombardear esses cortejos miseráveis, matando crianças e mulheres.

Simone estava sentada no carro ao lado de Bianca, com as lágrimas embaçando totalmente sua visão, quando eles atravessaram a Porte d'Orléans saindo de Paris. Ninguém falava nada, todos estavam mudos de tristeza. O destino da cidade dilacerava Simone de dor. Quando voltasse, como estaria Paris? Em sua bolsa, carregava uma última carta para Sartre. Ela não a tinha despachado, pois era quase certo que não alcançaria o destinatário. Sua localização fora atacada há tempos pelos alemães, e, certamente, ele era prisioneiro. Simone torcia para isso, pois, do contrário, ele estaria ferido ou morto.

À noite, eles chegaram a Laval. Visto que a pequena cidade estava entupida de refugiados, foi difícil a família encontrar hospedagem e algo para comer. Na manhã seguinte, eles escutaram a notícia de que também o governo francês havia deixado Paris. *Monsieur* Bienenfeld soluçava sem parar. Simone telefonou para madame Morel em La Pouëze, que a convidou para ir até lá. Assim, ela se despediu de Bianca e do pai e buscou um ônibus que fosse na direção de Angers.

Em La Pouëze, madame Morel dispunha apenas de uma cama gasta para ela, pois havia mais gente na casa, mas Simone não se importou. Até porque ela passava o dia inteiro e metade da noite sentada diante do rádio a fim de acompanhar, com desgosto, o que acontecia em Paris. No dia 14, os primeiros alemães chegaram à cidade. Simone ouviu pelo rádio como os carros e tanques circulavam pelos boulevares. Dava para ouvir tiros e gritos, além do som das botas dos soldados em marcha. Ninguém encarava os alemães, e eles chamavam Paris de cidade sem olhos. Alguns dias mais tarde, o governo francês se rendeu. O batalhão expedicionário britânico havia sido derrotado fragorosamente em Dünkirchen; alguns soldados conseguiram escapar para a Inglaterra, mas todo o seu equipamento permaneceu nas praias. Outros soldados foram parar em prisões alemãs, e mais outros, enviados para casa. A França foi dividida em duas metades. Paris e o norte se tornaram ocupação alemã, enquanto o sul foi denominado de "zona livre", governado pelo idoso Philippe Pétain com a bênção de Hitler.

Simone ouviu tudo isso, mas se sentia em meio a um pesadelo, presa e quase petrificada de medo. Seus pensamentos eram todos voltados a Sartre. Onde ele estava? Estaria vivo ainda? Seria prisioneiro?

Na noite de 18 de junho, um homem clamou por resistência nos microfones da BBC. Todos os franceses deveriam se unir a ele. "A França perdeu uma batalha, mas não a guerra", ele anunciara. No dia seguinte, o apelo estava colado em muitas paredes e era distribuído como panfleto.

Simone se espantou ao ouvir o nome do homem. Tratava-se do general De Gaulle, e Simone o conhecia. Lionel, namorado de Poupette, era seu secretário particular. O discurso do general devolveu a coragem aos franceses, e também Simone se permitiu acalentar novas esperanças.

Alguns dias mais tarde, os primeiros alemães passaram pela pequena cidade. Homens grandes e loiros, de rostos rosados. Para espanto de todos, eles pagavam pelo vinho que consumiam nos cafés e pelos ovos que buscavam com os camponeses.

Simone não aguentou ficar longe de Paris por muito tempo. Um conhecido de madame Morel queria ir à cidade, e ela decidiu ir com ele. O carro foi carregado com malas, utensílios de cozinha, um colchão, um resto de vagens do jantar e uma bicicleta; depois, subiram o homem, sua esposa e sua sogra, e Simone espremeu-se entre eles. A viagem foi desconfortável, o homem tinha pouca gasolina, e eles precisaram esperar horas em Le Mans até conseguir alguns litros. Simone suportou tudo com grande estoicismo. A ideia de Sartre estar possivelmente desmobilizado, procurando por ela na cidade, dava-lhe energia. Às vezes, ouvia-se dizer que os prisioneiros seriam mandados de volta para casa; em outras, que teriam de permanecer na Alemanha até o fim da guerra, comendo ração para cães. Mas Simone não queria perder a esperança, simplesmente porque as alternativas eram terríveis demais.

Durante o caminho, ela teve de lutar contra as lágrimas. Havia carros incendiados e capotados por toda parte, carrinhos de bebê abandonados e malas estouradas das quais eles tinham de desviar com esforço. Em um dos vilarejos, a torre da igreja tinha sido alvejada; na praça, dava para ver o túmulo de um alemão, seu capacete estava pendurado na cruz. Eles passaram por um cavalo morto já inchado e que fedia terrivelmente. Quanto mais ela se aproximava de Paris, mais seu coração se contraía. Como estaria sua cidade? Será que aquilo no horizonte era fumaça?

Quando desembarcou na estação de Montparnasse, ela se espantou com a calma reinante. *Paz de cemitério*, pensou. Não se via casas incendiadas nem barricadas. No caminho para seu hotel, Simone foi parada três vezes por patrulhas alemãs e precisou mostrar documentos. Os alemães eram jovens, loiros e educados, e um deles até se esforçou para falar francês. Quando chegou ao hotel, a gerente lhe avisou, agitadíssima, que havia jogado todas as suas coisas fora, à exceção de uma mala com alguns vestidos.

— Afinal, eu não sabia se a senhora voltaria — ela se defendeu.

Simone suspirou. Tanta gente tinha perdido tanta coisa naqueles dias que era possível superar a falta de alguns livros e peças de roupa. Triste mesmo era perder as cartas de Bost e de Sartre. Simone procurou nas latas de lixo do pátio, mas não havia mais nada.

Ela voltou para o quarto e caiu na cama, desolada. Simone não fazia ideia do que aconteceria nem do que os próximos dias lhe reservavam. Ela não sabia o que esperar da vida dali em diante. Naquela situação, onde ficava a teoria de liberdade que ela criara com Sartre? Onde ela ficava sob a dominação dos nazistas, que não permitiam nem a ideia de liberdade? Ela pensaria a respeito no dia seguinte. Primeiro, era preciso dormir.

Simone sonhou que ia ao Café de Flore e que Sartre estava esperando por ela lá, como antes. Encharcada de lágrimas, ela despertou.

Como a estratégia sempre a auxiliara antes, ela repetiu a dose, retomando seus antigos hábitos: escrever no Dôme ou no Flore. Era consolador rever os conhecidos garçons e caixas. Para se preparar para o retorno de Sartre, ela comprou um novo caderno de notas e registrou tudo o que acontecera nas semanas que se passaram.

Ah, se ele chegasse! Para se sentir próxima a ele, Simone acostumou-se a usar um de seus pulôveres, que ainda recendia a tabaco de cachimbo.

CAPÍTULO 27 – 1940/1941

A multidão a empurrava de um lado para o outro sem parar. Gritos agudos, indignados. "Me deixe passar. Cheguei primeiro." "Por favor, cheque se Paul Batard está na lista. Eu suplico!"

Uma mulher gorda com um bebê no colo pisou nos pés de Simone.

Simone esticou-se a fim de espiar por sobre as cabeças das outras mulheres. Várias centenas delas se espremiam diante das grades do Palais Royal, onde finalmente as listas com os nomes dos presos tinham sido divulgadas. As mulheres parisienses estavam tomadas pela angústia em relação a seus maridos e filhos. Simone entrou na fila. Ela observou as colegas de sofrimento e se perguntou como a incerteza não as fazia enlouquecer de vez. Mas, não, elas se tornavam pacientes. A notícia viria em oito dias? Então elas esperariam oito dias.

— Volte amanhã — disse um policial para ela. — Só há informações sobre os campos nos arredores de Paris.

Simone decidiu seguir o conselho. Sartre certamente não estava perto de Paris, e não fazia sentido continuar esperando por ali.

Ela foi em direção à ópera e prosseguiu até o teatro de Charles Dullin, do outro lado do Boulevard de Rochechouart, torcendo para que ele estivesse na cidade de novo, pois pressentia que estava prestes a ter um colapso. O que mais precisava no momento era um amigo com quem dividir suas preocupações.

Já havia quatro semanas que não tinha notícias de Sartre. Ele estava ferido ou coisa pior? Ela ficaria quase contente em descobrir que ele estava em uma prisão alemã, pois isso seria um sinal de vida.

Simone passou pelo Café de la Paix. Oficiais alemães estavam sentados no terraço, de pernas abertas e falando alto, suas botas brilhantes estalavam, e os botões reluziam.

Ela atravessou a rua e apertou o passo, com os punhos cerrados dentro do bolso.

No teatro, descobriu que Dullin ainda estava no interior. Triste, Simone caminhou de volta para casa. Não apenas seu medo por Sartre só aumentava como também ela não tinha ninguém com quem conversar em Paris. Olga, Wanda, Gégé e Stépha estavam no interior. Nunca antes ela sentira tamanha falta de sua pequena família como naquele momento — era insuportável.

No dia seguinte, Simone se dirigiu à Biblioteca Nacional, tentando encontrar um pouco de normalidade e não enlouquecer. Seu lugar predileto, o número 271, estava vago. Aliás, havia pouca gente no local. Ela se sentou. Sua intenção era ler Hegel, a fim de compreender melhor o texto filosófico desse autor. Além disso, havia iniciado um trabalho filosófico próprio. Em uma das épocas mais sombrias da guerra, ela sentia necessidade de se ocupar com os temas liberdade e futuro, para conseguir criar alguma esperança. Mas se concentrar foi impossível. Simone ficou simplesmente sentada, matutando. Apesar disso, quando o vigia anunciou o fechamento do lugar, ela se sentiu minimamente consolada.

Ao retornar para o hotel, a concierge foi ao seu encontro com uma pilha de cartas na mão.

— Veja só! São de *monsieur* Sartre — a moça exclamou, nervosa.

Simone engoliu em seco, pegou as cartas e se sentou na escada para abri-las.

A primeira delas datava de 2 de julho. Simone estava tão mergulhada em suas emoções que não reconheceu a letra de imediato. Ela havia esperado por tanto tempo aquela notícia misericordiosa que seu cérebro se recusava a aceitá-la quando finalmente chegou. Ela leu as frases inúmeras vezes antes de conseguir compreendê-las: ele fora preso pelos alemães e estava em um campo em Baccarat, próximo à fronteira alemã, mas não se sentia infeliz. Em suas palavras, Simone deveria permanecer em Paris, onde ele esperava revê-la em breve. As outras cartas diziam quase a mesma coisa. Sartre partia do pressuposto de que muitas delas se perderiam e esperava que ao menos uma chegasse às mãos de Simone.

Nos dias seguintes, Simone continuou recebendo notícias de Sartre, de modo que, pouco a pouco, sua preocupação foi sendo aplacada. Gradualmente, ela começou a acreditar que ele realmente estava fora de perigo. Sartre relatava monotonia e dizia estar trabalhando. Simone se acalmou; ela tinha muito mais do que outras mulheres que ainda permaneciam sem notícias de maridos ou filhos.

Foi Natascha Sorokin quem a impediu de cair em uma melancolia nostálgica. Certo dia, sua antiga aluna apareceu com uma bicicleta Peugeot quase nova.

Simone observou, espantada, o veículo reluzente. O guidão era revestido por couro avermelhado.

— Ela é maravilhosa.

— Um presente meu para você.

— Mas...

Simone supôs que a bicicleta tivesse sido roubada de algum lugar. A moça havia interrompido seu comércio de canetas-tinteiro roubadas – provavelmente, as bicicletas eram melhor negócio agora. Natascha circulava por toda a cidade para furtá-las, depois as repintava e vendia. Havia interessados o suficiente, já que o metrô não circulava mais com tanta frequência, e a gasolina era racionada. Simone engoliu seu protesto. Aquela bicicleta era uma verdadeira tentação. Ela logo se imaginou cruzando Paris com ela.

Havia, entretanto, outro problema bem diferente.

— Não sei andar de bicicleta — ela confessou, odiando sua educação burguesa, que não permitia às meninas de sua época se sentarem sobre uma bicicleta.

— Não faz mal. Você aprende rapidinho. — Natascha acalmou-a.

Elas treinaram nas calçadas largas e nas ruas tranquilas ao redor do cemitério de Montparnasse. Simone sentou-se no selim, e Natascha segurou seus quadris.

— E agora, pedale — ela exclamou, começando a correr ao lado de Simone.

Simone sempre foi uma pessoa corajosa e tinha bom domínio corporal devido às caminhadas. Mas, no início, era lenta demais, virava o guidão e tinha de descer da bicicleta antes de cair.

— Você precisa pedalar mais forte — disse Natascha.

Então vamos lá, pensou Simone, pedalando. Realmente foi melhor, e, depois de alguns metros, ela estava tão rápida que Natascha não conseguia mais acompanhá-la.

— É para frear agora! — Natascha exclamou às suas costas.

Simone entrou em pânico, porque a rua adiante tinha um ligeiro declive, e ela ganhava cada vez mais velocidade.

— Como assim?

— Pedale para trás!

Simone pedalou com toda força para trás, a bicicleta parou de repente, e ela saltou, mas arranhou a perna.

Natascha apareceu ao seu lado, ofegante.

— Não tão forte! — ela disse.

Simone riu, feliz.

— Mas é claro que "tão forte". Senão não tem graça. Agora, preciso apenas aprender a fazer curvas.

Depois de alguns dias, ela estava segura o suficiente para andar sozinha pela cidade. A bicicleta abriu-lhe novos mundos e presenteou-a, justamente nessas primeiras semanas de derrota francesa, com uma liberdade surpreendente. Simone cruzava Paris de cima a baixo à procura de sua cidade, do espírito e da vontade de viver de seus moradores, pois, sob a ocupação alemã, tudo mudara de um jeito terrível.

Bandeiras com a cruz suástica tremulavam agora sobre o prédio do Senado, no Jardim de Luxemburgo. Simone cerrou os punhos ao ver a cena. Ela ficou ainda mais irada pelo fato de os franceses terem de adiar seus relógios em uma hora a fim de se alinharem ao fuso alemão. Às onze horas, havia toque de recolher – ou seja, às dez. Eles tinham de ficar dentro de casa em meio às deliciosas noites de verão. Simone olhava, amargurada, pela janela, vislumbrando as ruas vazias, que ainda tinham alguma claridade. Carros blindados fechavam as ruas e as pontes do Sena e atrapalhavam o panorama. Havia cartazes em alemão por todos os lados, e Simone logo passou a odiar a escrita naquela letra típica, angulosa – até a escrita dos alemães era bruta. Era difícil conseguir batatas, carne e manteiga, e os cinemas só exibiam filmes péssimos, todas as produções americanas estavam proibidas. E alemães apareciam por todos os lados. A maioria tentava ser simpática e atenciosa, não furava filas e elogiava as mulheres em um francês estropiado. Nos bastidores, porém, começavam as prisões e as repressões. Não apenas contra os judeus, mas contra todos que se opunham ao nazismo. No artigo dezenove do acordo de cessar-fogo, as autoridades francesas comprometiam-se a entregar refugiados alemães à Alemanha de Hitler. Simone preocupava-se com seus amigos judeus, principalmente com Bianca, mas também com Fernando. Até então, ela nunca dera importância a uma confissão religiosa, mas esse detalhe podia, agora, decidir entre vida e morte.

Em meio a esse tempo obscuro, Simone ampliou o raio de seus passeios de bicicleta e apreciava os desafios físicos oriundos deles, gostava de sentir o peso e o cansaço nas pernas e, em algum momento, superá-los, enquanto o vento cálido do verão soprava em seu rosto. A resistência e o jeito incansável de antes, nas caminhadas, replicava-se agora nos percursos de bicicleta. Ela cruzava a Île-de-France, ia para Compiègne e até a Évreux, a mais de cem quilômetros de distância. E, quanto mais longe sua bicicleta a levava, quanto mais ela rodava sobre caminhos pedregosos pelo campo, mais próxima se sentia de Sartre – independentemente de onde ele pudesse estar àquela hora. Nos fins de semana, ela pernoitava, às vezes, em algum albergue pequeno, comprava algo de comer dos camponeses e continuava o passeio no dia seguinte. Mas não ficava mais de dois dias longe de Paris, pois sempre nutria a esperança de Sartre logo estar de volta.

Porém, em agosto, ela recebeu a notícia de que ele fora transferido para um campo na Alemanha, nas proximidades de Trieste. Ela teria de esperar mais tempo por ele, e a preocupação reapareceu.

Um novo ano letivo estava começando, o primeiro sob ocupação alemã. Todos os docentes precisavam assinar uma declaração de que não eram judeus. *Então chegou até esse ponto*, pensou Simone, pedalando de volta para casa. *Em tão pouco tempo, os alemães já nos fizeram delatar nossos próprios compatriotas, diferenciando-nos entre judeus e não judeus.* Apesar disso, ela não viu alternativa senão assinar o termo, mesmo com um sentimento ruim.

Em setembro, Bost retornou a Paris. Simone ficou infinitamente feliz em revê-lo. Ele estava morando com Olga e Wanda em um hotel nas proximidades. Os encontros furtivos com ele mantinham Simone no prumo. Em seus braços, ela conseguia se esquecer da angústia por Sartre durante algumas horas.

Muitos livros desapareceram das estantes das bibliotecas, aqueles que não eram convenientes aos alemães. Quando Simone pediu um livro de Gide na Biblioteca Nacional, o funcionário apontou com uma careta para uma relação que estava ao seu lado sobre a mesa.

— Esta é a "lista Otto" — ele disse. — Em homenagem ao embaixador alemão, Otto Abetz. São quase quarenta páginas que listam os livros e os autores que não são mais permitidos na França. — Ele se curvou para frente e falou baixinho: — Temos de entregar todos os livros desta lista. Serão queimados. E temo que ainda não sejam todos. Os alemães estão trabalhando numa nova versão da lista.

Ele a entregou para Simone, e ela folheou as páginas. Feuchtwanger, Heine, Malraux, Mann...

— Hegel não consta — disse o homem, sorrindo de um jeito cúmplice. — Acho que ele é demasiado complexo para os militares alemães.

Simone também sorriu e voltou ao seu lugar. A partir de então, ler Hegel lhe pareceu ainda mais importante. Aliás, o importante era ler e pensar, porque os alemães queriam mesmo era acabar com essas atividades. Isso lhe dava um certo consolo. Ela vivia em um país ocupado, mas cada inspiração, cada leitura que fazia voltada ao tema da liberdade eram protestos silenciosos, Simone dizia a si mesma, convencida. De início, ela não teve alternativa senão viver e sobreviver, esperando por uma oportunidade melhor.

As regras ditadas pelos alemães eram constantemente violadas. Naquele dia, quando voltou para casa, Simone notou que uma carta tinha sido passada pelo vão de sua porta. Era de Sartre. Ele havia conseguido contrabandear uma carta para fora da prisão, na qual pôde escrever livremente. E, assim, ele relatou, para grande alívio de Simone, que estava recebendo comida suficiente e que conseguia, inclusive, prosseguir trabalhando em seus textos. Os alemães haviam antecipado que libertariam em breve muitos franceses das prisões de guerra. Sartre esperava que sua vez chegasse em algum momento.

Em março de 1941, Simone voltou de uma de suas excursões, que haviam se transformado em peregrinações em busca de alimentos. Depois de pegar o metrô para chegar à estação final com sua bicicleta, ela pedalara por quase trinta quilômetros, perguntando a cada camponês do caminho se havia algo para comprar. Foi assim que angariou dois quilos de batatas e cenouras; quase na hora de dar meia-volta, ela passou por um camponês que estava degolando galinhas. Simone insistiu até o homem lhe dar três fígados e algumas asas. Apesar de exausta e faminta, estava orgulhosa por ter conseguido alguma carne. Olhou para baixo. Seu vestido dançava em seu corpo, as meias-calças escorregavam para baixo, e suas curvas tinham desaparecido porque simplesmente nunca havia o suficiente para comer. Sem suas ações de suprimento, que, muitas vezes, eram realizadas na companhia de Natascha, ela e a família certamente já teriam morrido de fome. E, embora Simone tivesse jurado a si mesma que nunca se tornaria dona de casa, durante esse período de necessidade ela começara a cozinhar na boca de fogão que havia em seu quarto de hotel. Geralmente, jogava todos os legumes em uma panela, adicionava água e torcia para que aquilo viesse

233

a satisfazê-la durante um tempo. Vez ou outra, quando dispunha de um pedaço de linguiça ou bacon, o ensopado se transformava em um banquete. Os outros a ajudavam na cozinha, e Simone ficava prestando atenção para não haver o menor desperdício.

Ela salivou ao pensar na sopa encorpada que logo haveria de preparar enquanto carregava a pesada sacola de compras escada acima. Ao abrir a porta do quarto, encontrou novamente um bilhete que alguém deve ter passado por debaixo da porta. E, imediatamente, reconheceu a letra de Sartre. Simone soltou a sacola, que caiu no chão fazendo barulho, e se curvou para pegar o papel. "Estou no café Trois Mousquetaires", ela leu.

Simone se virou e saiu apressada. Durante o caminho, sua cabeça estava a mil. Ela vira Sartre pela última vez no ano anterior. Como ele estaria? O que a guerra havia feito com ele? Será que sua vivência o transformara? Na realidade, ele havia vivido em um mundo bem diferente do dela. Será que ele conseguiria amá-la como antes? Em meio a essas perguntas, Simone era acometida por ondas de felicidade – Sartre estava de volta, estava vivo! De repente, ela ficou com calor, arrancou o lenço do pescoço e, sem parar de caminhar, enfiou-o no bolso do sobretudo.

Na sua frente, dois homens andando lado a lado não lhe davam passagem.

— Com licença — ela exclamou.

Os homens se viraram e começaram a rir. Um deles esticou os braços a fim de segurá-la.

Simone lhe deu uma cotovelada. Totalmente ofegante, ela chegou ao café.

A visão que teve congelou-a imediatamente. Sartre estava sentado junto à uma mesa perto da parede, curvado sobre seus papéis. Como se nunca tivesse saído dali. Exatamente como ela o imaginara.

Lentamente, ela foi em sua direção, e ele a notou. O rosto de Sartre abriu-se em um sorriso. Seus óculos estavam quebrados e emendados com esparadrapo. Ele se levantou e deu a volta na mesa.

— Castor — ele disse. — O que a guerra fez com você?

Simone baixou o olhar para inspecionar o corpo magro, viu o sobretudo de pelo de camelo, que um dia fora tão bonito, manchado pela ação do tempo; viu os sapatos sem graça, que serviam para excursões pelo interior, mas não ficavam bem em um café parisiense. Ela passou a mão pelo cabelo.

— Você está mais bonita do que nunca — ele disse, abraçando-a. Em seguida, fez com que ela se sentasse ao seu lado no banco e beijou-a no rosto.

Simone não falou nada. Ela precisava de toda sua força para se segurar e não cair no choro, pois seria quase impossível parar depois.

Depois de ficarem algum tempo mudos e imóveis lado a lado, eles foram até o quarto de Simone, e ele se deitou na cama.

— Só um minuto — ele pediu, e ela reconheceu o cansaço em seus olhos.

— Enquanto isso, vou cozinhar algo para nós — disse Simone.

— Desde quando você cozinha? — ele perguntou com um sorriso carinhoso.

— Desde que se tornou necessário.

Quando Simone olhou para a cama novamente, Sartre já tinha adormecido. Ele não acordou quando a sopa ficou pronta. Ela comeu sozinha, o tempo todo com o olhar fixo nele. Em seguida, deitou-se ao seu lado.

Em algum momento, no meio da noite, Sartre despertou e sentou-se à mesa para comer. Então contou a ela como tinha conseguido sair da prisão. Uma comissão médica tinha aparecido no lugar para verificar aqueles que não representavam perigo: os velhos demais, os doentes demais e outros inofensivos. O homem à sua frente havia dito que sofria de arritmia cardíaca, mas foi colocado para fora do consultório com um chute. Sartre tinha tirado os óculos, baixado a pálpebra inferior e mostrado o olho estrábico.

— Dispensado — decidiu o médico, e Sartre era apenas um civil novamente. Entretanto, ele não foi desmobilizado de maneira correta e não tinha todos os papéis de dispensa. Assim sendo, apenas estaria seguro depois de consegui-los na "zona livre".

CAPÍTULO 28

Nos dias seguintes, Simone e Sartre começaram a colher os frutos de sua correspondência tão detalhada. Apesar da longa separação, o fio da conversa nunca fora interrompido, mesmo quando Sartre esteve na prisão na Alemanha. De volta a Paris, ele estava cheio de planos e, a cada dia, havia um novo. Simone observava-o com a maior alegria. Era simplesmente impossível ficar triste ao seu lado, pois sua curiosidade pela vida, sua paixão, seu bem-querer em relação aos outros eram simplesmente contagiantes. Apesar disso, algo entre eles havia mudado – Sartre havia mudado. Durante a prisão, ele fora obrigado a abrir mão de grande parte de sua individualidade. Vestido com uniforme, de aparência igual à dos outros, seus dias, inclusive suas horas, eram determinados por terceiros, à exceção dos momentos de folga. Agora, entretanto, ele voltara a ser civil, com mais possibilidades de ação, e não conseguia compreender por que os franceses não se opunham aos alemães, por que continuavam simplesmente vivendo seu cotidiano. A filosofia de Sartre baseava-se no ser humano engajado, tomando a vida nas mãos. E, dada a situação em que se encontravam, ele esperava que as pessoas fossem ainda mais decididas. Assim que recobrou um pouco as forças, Sartre entrou em ação.

Simone e Sartre tiveram pesadas discussões nas quais ficavam com a impressão de estarem vivendo em mundos diferentes. Sartre se mostrava implacável com qualquer tipo de colaboração com os nazistas e usou de palavras amargas para censurar o fato de Simone ter assinado uma declaração afirmando não ser judia. O argumento dela de que, do contrário, perderia o emprego e de que não apenas ela, mas também Olga, Wanda e Natascha ficariam sem dinheiro, não foi aceito.

— Você teve a liberdade de dizer não — ele explicou com a voz brava.

— Você ficou muito tempo fora de Paris — Simone o contradisse.

— Você não sabe como as coisas estão por aqui. Como é difícil conseguir comida e outros suprimentos essenciais. Você não vê as pessoas todas esmaecidas nas ruas? Sem meu trabalho, eu teria morrido de fome há tempos. E os outros também.

— Respirar já é um ato de colaboração — ele retrucou.

Simone olhou, furiosa, para ele.

— Isso pode ter valido onde você estava, mas não aqui. Você enxerga a liberdade de modo muito teórico. — Ela tentou apaziguar a situação. — É semelhante com a liberdade das mulheres num harém. Só que, aqui, as questões são práticas e, às vezes, a liberdade entre escolher ou agir não existe.

— Mas a ideia de liberdade existe, e ela é inalienável.

— Sim, como ideia. Mas uma ideia não compra nada. Uma ideia não teria colocado na mesa essa sopa que você está tomando agora.

Desse modo, ela estava fazendo referência a outra censura de Sartre. Ele não queria que ela comprasse nada no mercado negro, porque, na sua opinião, isso era imoral. Simone lhe deu razão a princípio. Ela também odiava se deixar corromper pelos alemães. Mas era preciso ter pragmatismo. Se as lojas não tinham manteiga, ela precisava arranjar manteiga.

— Meu pai pensa como você. Ele se recusa a comer coisas que minha mãe tenha comprado no mercado negro. Mas sabe qual é o resultado dessa intolerância? Minha mãe dá a ele seus cupons de alimentação e fica sem comer. Você viu como ela está magra? Meu pai vive seus ideais e se sente um herói, mas não carrega as consequências de sua decisão.

Sartre olhou para ela, constrangido. Em seguida, curvou-se sobre a sopa.

Apesar disso, ele não queria concordar com tudo. Estava firmemente decidido a se opor aos alemães e queria formar um grupo de resistência intitulado Socialismo e Liberdade. Olga e Bost faziam parte, além de Natascha, Merleau-Ponty e alguns alunos dele. Mas Sartre não conseguiu achar outros companheiros fora esses amigos próximos. O grupo tinha ideias geniais, sonhava com ataques e sabotagens, mas não dispunha da menor condição de concretizá-los. Não possuíam nem mesmo uma arma de caça. Eles queriam coletar "informações", mas de que tipo e para quem transmiti-las? Desse modo, suas ações ficaram limitadas a infinitas discussões teóricas. Quando Sartre quis entrar em contato com grupos de resistência já atuantes, percebeu o quanto era ingênuo. Ele carregava panfletos em sua maleta e fazia reuniões no seu quarto de hotel que eram tão divulgadas que era como se ele tivesse convocado as pessoas para o centro da Praça da Concórdia. Certa vez, Bost largou a bolsa com uma lista de nomes e endereços do grupo em um trem do metrô. Alguém a encontrou e devolveu, mas todos correram risco de morte. Essas ações tornavam o grupo não confiável, e os contatos com outros grupos foram cortados. *Socialisme et Liberté* não avançou além dos discursos filosóficos sobre uma nova ordem europeia.

Depois de algum tempo, a vida de Simone ao lado de Sartre voltou a ser parecida com a de antes. Eles trabalhavam ambos como professores, saíam às vezes e encontravam os amigos. Mas não iam ao cinema. Pouquíssimos franceses se dispunham a assistir aos filmes alemães de implícita propaganda antissemita, como *Jud Sü*, que passaram a ser exibidos. No verão, eles passaram seis semanas de férias no sul da França, atravessando secretamente a linha demarcatória entre a zona ocupada pelos alemães e a "zona livre". Na França de Vichy, a situação do abastecimento estava um pouco melhor, e os judeus e outros opositores do nazismo podiam se movimentar com alguma liberdade, mas não estavam em total segurança. A maioria tentava ir a Marselha e encontrar um navio para chegar aos Estados Unidos ou atravessar a fronteira em um ponto não vigiado e alcançar a Espanha na esperança de seguir de lá até Portugal e, depois, deixar a Europa.

Simone e Sartre enviaram suas bicicletas à "zona livre" antecipadamente, por trem, porque, curiosamente, isso era permitido.

Eles próprios atravessaram a linha de demarcação com a ajuda de um facilitador, um *passeur*, e pedalaram pelo sul da França. Em seu caminho, visitaram algumas pessoas, como André Gide e André Malraux, a fim de tentar convencê-los a se juntar ao seu movimento de resistência, mas nenhum dos dois se mostrou muito interessado. Naquelas semanas, Sartre teve de reconhecer que seus esforços em fundar uma célula de resistência armada tinham fracassado em definitivo.

A viagem prosseguia lentamente, pois suas bicicletas apareciam com os pneus furados todos os dias devido às estradas pedregosas. A bicicleta de Sartre era especialmente frágil e, aos poucos, os pneus se tornaram uma colcha de retalhos. Às vezes, eles pedalavam apenas poucos quilômetros e já era preciso parar novamente. Os consertos não eram fáceis de serem conseguidos. Um jogo de pneus novos teria resolvido o problema, mas não havia pneus; o material para remendá-los também era extremamente escasso. Desse modo, eles tinham de empurrar as bicicletas durante longos quilômetros até chegarem a um vilarejo com oficina. Na segunda semana, um carro veio de encontro a Simone em uma estrada em declive. Ela tentou desviar e caiu. Seu rosto ficou totalmente desfigurado, com o olho esquerdo inchado e um dente perdido.

Qualquer outra pessoa teria desistido da viagem, mas não Simone. Enquanto empurrava sua bicicleta debaixo do sol inclemente em uma estrada de cascalho, esforçando-se para se esquecer das dores no rosto, ela analisava sua situação em pensamento e na conversa com Sartre, que andava ao seu lado. Sua alegria era que Sartre havia retornado e estava ali. Todo o resto era secundário. Ela aceitaria que a vida não tivesse planos muito favoráveis para ela no futuro, que a guerra ainda reinasse. Para Simone, a vida tinha deixado de ser uma história em que a narradora era ela e o final feliz compulsório. As dificuldades trazidas principalmente pela guerra não estavam mais no caminho de sua felicidade, não eram mais tragédias e injustiças pessoais, mas simplesmente fatos. Era preciso aceitá-las e se arranjar com elas; se necessário, combatê-las. Essa maneira de aceitar a vida em todas as suas facetas lhe dera liberdade. Ela não sentia mais a angústia petrificante diante da morte, mas sim uma inédita despreocupação que a acompanhava durante o dia. E nem a queda ou a dor podiam tirar isso dela.

Simone conseguiu manter essa postura quando retornou a Paris e sentiu ter evoluído de maneira significativa durante o verão rumo ao seu objetivo de voltar a ser um pouco mais Simone. Em seu cotidiano, isso se refletia em, às vezes, ir para a cama com fome e passar frio sob o lençol gelado, mas nunca parar de trabalhar em seu romance. Nele, as personagens dispunham de todas as liberdades. E Simone não deixava passar nenhuma oportunidade de se encontrar com os amigos e rir com eles.

Ela gostava de se recordar de uma noite em especial. Tinha feito a sopa diária, dessa vez, apenas com cenouras, batata e água, e estava prestes a se sentar. Sartre e Wanda estavam presentes. Wanda estava de cara amarrada porque Sartre havia lhe dito que ela precisaria ir embora depois do jantar.

Alguém bateu à porta, e Natascha entrou. Atrás dela, havia um rapaz.

— Este é Bourla, e estou terrivelmente apaixonada por ele. — Natascha tomou a mão do rapaz e puxou-o para dentro da sala.

— *Bonsoir* — ele cumprimentou. Em seguida, colocou um presunto magnífico sobre a mesa, muito perfumado. E mais duas garrafas de vinho.

— O pai dele trabalha no mercado negro — explicou Natascha, pois os outros estavam curiosíssimos para saber onde eles tinham conseguido aquilo. Fazia muito tempo que ninguém via um presunto inteiro.

Simone lançou um rápido olhar para Sartre. Será que ele faria uma cena porque as coisas tinham vindo do mercado negro?

Natascha parecia estar pensando algo parecido, pois disse:

— Bourla veio da Argélia, sua família é judia.

Sartre olhou para o pedaço de carne.

— Bem, já que isso está aqui... — ele disse, afinal. — Vai ser difícil devolver.

— Justamente. São provas que temos de eliminar. Imagine se os alemães encontram um presunto aqui conosco — disse Simone com um sorriso.

— E os judeus estão impedidos de fazer qualquer trabalho, sendo praticamente obrigados a entrar para o crime — disse Sartre, rindo também. — Eis a força do fático.

Rapidamente, eles pegaram mais pratos e copos e aproveitaram o banquete. Depois da farta refeição incomum, Simone sentiu-se pesada e cansada. E ela tinha bebido mais de uma taça do vinho bom. Depois de todos satisfeitos, ninguém estava com vontade de se separar, pois o ambiente estava animado. Wanda teve a ideia de ir até a vizinha de baixo e pedir emprestado seu gramofone. Eles escutaram canções francesas e começaram a dançar.

Wanda fez questão de que Sartre dançasse com ela, e ele lançou a Simone um olhar de elefante-marinho em busca de socorro, mas Simone não conseguia desviar sua atenção de Natascha e de seu amante. A bela e loira Natascha, com os movimentos enérgicos de uma camponesa, e, ao seu lado, Bourla, moreno e esguio. Eles formavam um casal bonito e pareciam se fundir durante a dança. Bourla pegou o lugar de Sartre ao tirar Wanda para dançar, e Sartre dançou de rosto colado com Simone.

Já havia passado muito da meia-noite quando escutaram uns gritos furiosos de algum vizinho.

— Silêncio!

Eles tiveram de ir, mas, na despedida, Natascha pediu que Simone a beijasse.

— E Bourla também.

Sartre mandou Wanda ir embora com eles, e, então, ele e Simone tiveram finalmente um momento a sós.

— O que significa para você o fato de Natascha ter um namorado? — perguntou Sartre.

— Você sempre sabe o que me move. — Ela o encarou e depois foi até ele e se sentou ao seu lado. — Talvez ela se torne um pouco mais independente com esse homem e pare de ficar tão colada em mim; não seria nada mau.

— Você exagera, Castor. Está sempre disponível para todos.

— Mas eu ficaria triste se não pudesse mais ver Natascha.

— Não chegará a tanto. Natascha a ama. Agora descanse. Nos meus braços. Venha, *mon amour*.

Simone e Sartre haviam decidido – como a maioria dos escritores – não trabalhar para os jornais e estações de rádio da zona ocupada pelos alemães, mas sim para a França de Vichy. Era um compromisso de sabor amargo, pois seus textos tinham de sair em algum lugar. Sartre escrevia, sem parar, críticas, resenhas e ensaios filosóficos a fim de ganhar o suficiente para a família e todos os outros que precisassem de apoio. Depois ele criou uma peça de teatro, em primeiro lugar para Olga atuar nela. Dullin iria montá-la.

Poucas semanas antes, Simone havia entregue, finalmente, seu romance *A convidada* à editora Gallimard. Agora, o editor de texto, Jean Paulhan, havia convidado a autora para uma conversa. Pela primeira vez, ela foi até o escritório minúsculo dele, com pilhas de manuscritos revestindo as paredes.

— Você se disporia a reescrever tudo mais uma vez? — Paulhan perguntou, após pedir explicações sobre algumas passagens.

Simone perdeu o ânimo. *Bem, acabou*, ela pensou. *Passei três anos de minha vida com Françoise, Pierre e Xavière, mas agora basta. Se é assim, o livro não vai sair. Talvez nunca venha a publicar um livro*. Ela inspirou profundamente e depois disse:

— Não. Trabalhei por três anos nesse livro, deve ser o suficiente.

— Como quiser — disse Paulhan. — Sempre faço essa pergunta para ter certeza de que os autores estão confiantes. Só então aceitamos os originais. Trata-se de um livro maravilhoso. Será publicado no início do ano que vem.

De volta à rua, Simone mal conseguia acreditar na sua sorte. Ela queria dizer a todos que passavam a seu lado que no ano seguinte lançaria um livro. Depois de três anos, sua hora tinha chegado. Ah, se seu pai tivesse vivenciado isso! Ela gostaria de ter provado a ele que uma mulher também era capaz de escrever um livro e formular pensamentos importantes. Mas Georges havia falecido no verão, serenamente. Na época, Simone não ficou muito triste, pois o pai tinha mostrado vezes demais que a rejeitava. Poupette não conseguiu participar do enterro porque ainda estava presa em Portugal. Desde a morte do marido, a vida da mãe de Simone havia mudado de maneira espantosa. Ela saiu do apartamento no qual não fora feliz. Agora, trabalhava em uma biblioteca e tinha muitas amigas. Simone apoiava-a com dinheiro, e Françoise falava da filha para todo mundo, cheia de orgulho.

Georges certamente não teria aprovado a nova vida da esposa, assim como não aceitou a vida que Simone levava. Mas agora ele não contava mais. Simone pensou na promessa que fizera aos quinze anos. Ela sempre quis escrever. E agora era escritora. Naquele momento, na calçada da Rue Sébastien-Bottin, ela era a mulher mais feliz do mundo. Era autora de um romance que seria publicado; tinha Sartre ao seu lado e uma pequena família. Mais, não era necessário.

Ela se apressou até o Café de Flore, onde Sartre a aguardava, para lhe contar a novidade.

— Sempre soube disso — ele afirmou. — E qual será o próximo livro?

Simone já pensara a respeito.

— Você conhece a ideia. Um homem trabalha para a Resistência e, por esse motivo, a mulher que ama corre um grande perigo. Ele reflete sobre sua responsabilidade durante toda a noite. Será que dará a ordem para o ataque na manhã seguinte, aceitando a possibilidade da morte da amada?

Sartre ficou animado.

— Isso é bom, Castor. E, depois, você escreve algo sobre filosofia.

— O romance trata de filosofia — Simone disse, com cuidado. — De liberdade, para ser exata. De que a liberdade pessoal termina onde ela toca o outro. E como lidamos com isso.

Simone se debruçou em seu trabalho. O Café de Flore se tornou seu ponto de apoio. Pelas manhãs, ela costumava ser a primeira, a fim de ocupar o lugar perto do aquecedor. Enquanto escrevia, observava o movimento do café ao seu redor. A gerente se sentava atrás do caixa e contava as moedas, os garçons limpavam as mesas. Os primeiros clientes chegavam.

Muitos eram assíduos, que se sentavam sempre nos mesmos lugares, muitos escritores ou jornalistas. Eles cumprimentavam Simone com um aceno de cabeça. Na hora do almoço, ela ia comer em casa, porque não tinha como pagar esse consumo no café. Em seguida, dava suas aulas e retornava ao Flore, onde ficava até a hora do jantar para, depois, voltar pela terceira vez. Esse último era, geralmente, o melhor momento do dia, pois Sartre já estava sentado à mesa quando ela chegava. Eles ficavam até a hora do toque de recolher, escrevendo e conversando.

Raramente os soldados alemães entravam no Flore, o que era bom. Bem ao contrário dos jornalistas dos periódicos que colaboravam com os alemães. Eles se sentavam separados e falavam alto, mas mantinham distância de Simone e de seus amigos.

A situação do abastecimento começou a ficar cada vez mais crítica. Para beber, havia apenas sucedâneo de café, sucedâneo de cerveja, sucedâneo de gim. Certo dia, entrou uma desconhecida que evidentemente não ia a Paris há tempos. Ela se sentou junto ao balcão e, na maior inocência, pediu um *café au lait*. O salão inteiro caiu na gargalhada.

No último dia letivo antes das férias de verão, Simone foi chamada pela diretora de sua escola. Sua intuição lhe dizia que isso não era nada bom.

— *Monsieur* Sorokin disse que a filha dele está vivendo com a senhora e com um jovem de origem duvidosa e que a senhora teria feito com que *mademoiselle* Sorokin recusasse um casamento que os pais consideravam vantajoso. Além disso, parece que a senhora também mantém uma relação libertina com *mademoiselle* Sorokin.

O desejo de Simone era o de simplesmente se levantar e ir embora, mas ela conseguiu se conter. Uma acusação daquelas podia ser perigosa.

— Foi isso que *monsieur* Sorokin afirmou? — ela perguntou, cautelosa.

Alguns dias antes, a mãe de Natascha realmente tinha ido falar com ela, suplicando para que convencesse a filha a aceitar o tal casamento. Simone tinha se recusado, claro. Era evidente que os pais estavam tentando, aos seus olhos, endireitar Natascha, que vivia uma vida não convencional e tinha passado a usar suas bicicletas como veículos de transporte para a Resistência. E, ainda por cima, estava se relacionando com Bourla, um judeu. Também era verdade que Simone havia iniciado um relacionamento amoroso com ela. Natascha e Bourla moravam no Hotel Danemark, e Simone esteve várias vezes em seu quarto; a recepção certamente testemunhara isso.

— O que você pode dizer em sua defesa? — perguntou a diretora.

— Trata-se de uma mentira deslavada — Simone respondeu, embora imaginasse que a coisa não terminaria por aí.

— Atualmente, vivemos, aqui na França, uma política de renovação — a diretora prosseguiu. — O lema da Revolução, "liberdade, igualdade, fraternidade", não vale mais. Hoje, nos pautamos por "trabalho, família, pátria". Não seria vantajoso se o ministério da Cultura soubesse dos fatos. Não sei se a senhora está entendendo o que quero lhe dizer. Os alemães estão dominando o ministério, e uma acusação de perversão sexual poderia lhe custar uma deportação. Aconselho-a a pensar na possibilidade de se desligar do magistério.

Simone foi se aconselhar com Sartre e com Natascha, que soltou palavrões terríveis contra os pais. Ela pensou em não se demitir, mas Sartre disse que não era inteligente chamar a atenção dos funcionários alemães. No fundo, queriam eliminar mulheres como ela do sistema público de ensino por seu não alinhamento com a nova ideologia, ele explicou. Simone já tinha se destacado antes devido aos seus métodos de ensino e, principalmente, pelos autores que apresentava, mas também pela falta de distanciamento em relação às alunas. Brava e chateada, ela aceitou as explicações e acabou saindo do magistério.

Simone decidiu olhar a situação pelo lado bom. Ela tinha sido professora durante tempo suficiente. E, além disso, precisava de tempo para seu segundo romance.

Mas como eles iriam se sustentar?

A oferta para escrever matérias para a Rádio Vichy chegou em boa hora. Seu salário seria muito maior do que o de uma professora. Entretanto, ela estaria trabalhando para uma emissora considerada alemã, e aqueles que atuavam nela eram considerados "membros da colaboração" pela Resistência. Simone achou que não tinha escolha e resolveu se manter neutra em seus textos. Ela devia entregar matérias sobre fatos históricos, algo que lhe parecia inofensivo enquanto se mantivesse cuidadosa.

A partir do verão de 1942, todos os judeus tinham de usar a estrela amarela. Simone ficou com os olhos marejados ao ver Bianca pela primeira vez assim. Os judeus eram perseguidos, presos em batidas policiais e desapareciam. Ela fez com que Bianca prometesse deixar Paris e se esconder no campo.

Não era fácil criar um programa de rádio nessa atmosfera. Simone perguntou a Bost se ele poderia ajudá-la, e, juntos, eles desenvolveram a ideia de uma "história do teatro de variedades", que deveria contar sua trajetória da Idade Média até o presente, com episódios de meia hora. Uma cena de mercado do século XV marcou o início da série. Ouviam-se os comerciantes oferecendo suas mercadorias e conversas que eles montaram a partir de textos antigos. Além disso, havia exclamações, música e ruídos de fundo. O resultado foi uma espécie de colagem de sons e de textos.

Simone se divertiu muito nesse trabalho, porque conseguia pesquisar nas bibliotecas por textos adequados e era livre para escolhê-los. No episódio seguinte, ela inventou um grupo italiano de teatro que ensaiava uma apresentação em uma praça de Paris. Desse modo, a história foi sendo contada semana após semana, de episódio em episódio, chegando até os dias atuais. O último aconteceu no "Boulevard des Crimes" de Paris que, na realidade, chamava-se Boulevard du Temple. Com suas espeluncas e bordeis, o lugar era ponto de meliantes e prostitutas.

— Acho que isso é subversivo demais — disse Simone a Bost quando trabalhavam no texto.

Como locutores, eles usaram os alunos de Dullin, entre eles também Olga, que ficou contente com essa possibilidade de ganhar algum dinheiro. Visto que não tinha mais os horários fixos das aulas, Simone reservou mais tempo para o trabalho em conjunto com Sartre. Ela se alegrava a cada dia pelas horas em que passavam escrevendo. O café se tornou o ponto de apoio do casal, assim como antes tinha sido o de Simone. Pela manhã, eles começavam lendo a correspondência. Ambos mantinham intensos contatos por cartas, e era natural que conhecessem o conteúdo das missivas um do outro. Na hora do almoço, cada um saía para encontrar os próprios amigos e, no fim da tarde, voltavam a se encontrar no Flore, trabalhando lado a lado em sua mesa cativa perto do aquecedor no primeiro andar. Muitas vezes, Simone e Sartre permaneciam a sós no lugar. Suas penas riscavam o papel, o ar ficava impregnado pelo cheiro do cachimbo dele e dos cigarros dela. De vez em quando, eles se olhavam, trocavam um sorriso ou uma palavra e, depois, voltavam a curvar a cabeça sobre os manuscritos.

— Esses brincos ficam ótimos em você, *mon amour* — dizia Sartre. — Eles são maravilhosos.

Simone sorria, feliz, para ele. Sartre não deixava passar nada de diferente e continuava gostando de dizer o quanto ela era bonita e o quanto a amava, embora ela estivesse parecendo um espeto de tão magra. Simone conseguia abrir mão da comida farta e também não se importava de usar um terno velho do pai como pijama à noite porque o preço do carvão era proibitivo. Sartre resumiu assim essa sensação de ambos:

— Sabe, Simone, nunca fomos tão livres quanto agora, sob a ocupação alemã. Não temos mais direitos, não podemos mais dizer o que queremos, temos de nos calar diante de muitas coisas. Mas, já que o veneno nazista goteja em nosso cérebro, cada pensamento autêntico é uma vitória. Já que a polícia onipresente nos faz calar, cada palavra é uma batalha ganha.

Simone olhou para ele com um sorriso. Tudo era secundário enquanto Sartre permanecesse ao seu lado e eles conseguissem trabalhar em seus livros. Em algum momento, a guerra chegaria ao fim, e seu futuro seria luminoso e cheio de alegrias. Por ela, a vida poderia prosseguir indefinidamente assim.

CAPÍTULO 29 – 1943

Simone se mudou mais uma vez. Giacometti, um escultor de olhar melancólico e cabeleira desgrenhada que ela conhecia do Flore, tinha lhe dado a dica de que um dos famosos quartos redondos do Hotel La Louisiane, na Rue de Seine, tinha vagado. O hotel era um endereço apreciado por artistas, que promoviam festas de arromba e se inspiravam mutuamente. Simone foi até lá imediatamente, antes que alguém alugasse o quarto na sua frente, e a concierge mostrou-o para ela. Elas subiram a escada, que fazia uma leve curva, e chegaram a um corredor estreito, revestido com madeira. Dava para ouvir uma cantoria atrás de uma porta, Simone gostou da voz. Devia ser bom ouvi-la com frequência.

Elas subiram mais um lance e, finalmente, chegaram diante do quarto de número cinquenta. Era maior que todos os quartos de hotel nos quais Simone já havia morado e dispunha de um nicho de cozinha, indispensável em tempos de guerra, e também de um belo divã vermelho. Havia, inclusive, espaço para sua bicicleta, que ela poderia estacionar diante da estante de livros. E a escrivaninha ficaria na frente da janela. Simone olhou para fora e ficou encantada. Ela enxergava os telhados de Paris. Abrindo ambas as folhas da persiana e se curvando para fora, a sensação era de estar ao ar livre. Ela se apaixonou pelo lugar na mesma hora. Pela primeira vez, Simone sentia-se em casa.

Sartre e ela conheceram o etnólogo e artista Michel Leiris e sua esposa Louise, chamada Zette, e logo ficaram amigos do casal. Em seu grande apartamento cheio de arte à beira do Sena, os Leiris às vezes acolhiam judeus e outras pessoas procuradas pelos nazistas. Eles impressionaram Simone por sua audácia e vontade de viver, e ela decidiu se espelhar neles, convidando-os com mais frequência a seu quarto de hotel. Logo Sartre também se mudou para o Louisiane, no número dez, mas seu quarto era tão pequeno que ele dava seus livros de presente assim que acabava de ler, porque não havia lugar para eles. A gerente era generosa e não se importava

247

com a vida de seus hóspedes; o principal era o aluguel pago mais ou menos em dia. Caso achasse que havia barulho demais e estivesse na hora de dormir, ela simplesmente cortava a energia. Então, Simone e Sartre levavam seus convidados até o terraço do hotel, que tinha uma vista deslumbrante para o Sena.

Em agosto, *O ser e o nada* foi publicado. Nessa obra, Sartre expôs, em muitas centenas de páginas, suas reflexões filosóficas sobre a liberdade do indivíduo. Ele já tinha chamado a atenção com artigos e ensaios anteriores, mas esse livro caiu feito uma bomba. Seu pensamento atingiu o ponto nevrálgico da época. No momento de maior falta de liberdade, sob o domínio dos alemães, ele devolvia aos seres humanos sua liberdade de decisão e de ação enquanto as antigas autoridades, a Igreja e os colaboradores do governo e também os stalinistas ameaçavam com os ditames da moral ou já tinham fracassado. No fundo, ninguém conseguia compreender como o livro de Sartre havia passado pela censura. Provavelmente, era extenso demais para os alemães, e seu conteúdo, muito complicado. As vendas foram boas, e a editora divulgou que, surpreendentemente, as donas de casa estavam entre suas compradoras. Ninguém conseguia entender muito bem o motivo, até que Sartre descobriu: o livro pesava um quilo exato, e as mulheres o usavam como medida de peso – uma aplicação bastante prática de sua herança filosófica, que o divertiu muito.

Algumas semanas mais tarde, Simone recebeu os primeiros exemplares de *A convidada*. Ela mal conseguia acreditar que seu primeiro livro realmente tinha sido publicado. Comovida, ela folheou as páginas, leu algumas frases aleatoriamente (que sabia de cor há tempos) e foi tomada por um sentimento de infinito alívio. Dois dias mais tarde, quando Sartre apareceu, triunfante, agitando um jornal com a primeira resenha, Simone estava no ápice da felicidade. A crítica confirmava, preto no branco, que ela havia escrito um livro de verdade, que ela realmente era escritora. Depois de tantas tentativas vãs no início de sua escrita, depois de tantas ideias descartadas, depois de anos de trabalho árduo, o livro finalmente tinha ganhado vida e foi lido como a filosofia existencial em forma de romance, uma complementação, por assim dizer, de *O ser e o nada*, de Sartre.

No dia seguinte, quando ela foi ao Flore, os clientes das outras mesas lhe acenaram simpaticamente. Afinal, eles passaram anos acompanhando Simone escrevendo naquelas mesas e, certamente, sabiam do lançamento do livro.

O garçom se aproximou dela. Para grande alegria de Simone, ele estava com um exemplar debaixo do braço e lhe pediu uma dedicatória.

Simone escreveu e devolveu o livro a ele.

— E agora gostaríamos de champanhe — Sartre disse, animado.

O garçom ergueu as sobrancelhas, lamentando-se.

— *Pardon, monsieur*, mas o senhor sabe que, no momento, não temos champanhe.

Então eles brindaram com o que mais tomavam nos últimos tempos, gim barato, mas estavam de ótimo humor.

— À liberdade — brindou Sartre.

Essa foi a palavra-chave para Simone. Em *O ser e o nada*, a ética da liberdade era abordada apenas em algumas páginas bem no fim da obra. Enquanto Sartre escrevia, Simone discutiu inúmeras vezes com ele sobre a definição do conceito de liberdade. Para Sartre, a única liberdade válida era a pessoal, um bem maior cujos efeitos sobre outros não deveriam ser considerados. Simone, por sua vez, era de outra opinião. Para ela, o outro era mais do que um objeto, mais do que um obstáculo para o caminho rumo à própria liberdade.

— Se sigo minha liberdade de maneira arbitrária, imponho limites à liberdade dos outros. E o resultado disso é que não sou livre.

Sartre, porém, insistia em sua ideia de que, entre duas pessoas, havia sempre a dominadora e a dominada.

— E como você classifica a nossa relação? — perguntou Simone, bebericando seu gim.

— Bem, em nosso caso, não é evidente quem é o dominador e quem é o dominado. Além disso, os papéis podem se inverter. Hoje dominador, amanhã dominado. Mas uma relação entre iguais não existe.

Simone balançou energicamente a cabeça.

— Você não avança em seu pensamento, Sartre. Você se esquece do momento ético, que deve ser válido em todo relacionamento. E que certamente existe no nosso caso. Mas não sei como isso se dá com Bianca e Olga.

Eles tinham mentido para as moças e se aproveitado delas. Simone tinha consciência disso. Olga havia saído mais ou menos ilesa desse *ménage*, embora ainda não soubesse da relação entre Simone e Bost. Bianca, entretanto, ficara em frangalhos e, em seu desespero, casara-se com um homem que não amava e que havia sido escolhido por seus pais apenas para estar em segurança.

A convidada ficou entre os finalistas do Goncourt, o prêmio literário mais famoso da França. Esse anúncio fez as vendas chegaram a quase vinte mil exemplares, garantindo a Simone um dinheiro inesperado. O livro foi apresentado na imprensa como um drama de ciúmes, e não poucos achavam que, com o assassinato de Xavière, Françoise tinha simplesmente dado cabo da rival. E claro que os comentaristas se deleitaram em palpitar que Françoise devia ser uma representação de Simone, e Xavière seria uma das inúmeras amantes de Sartre.

Esse era o revés da fama repentina. As pessoas achavam que sabiam tudo sobre Sartre e Simone, e podia acontecer de um estranho falar com eles na rua e até xingá-los. Esses ataques traziam insegurança a Simone, e a insolência de gente que ela nunca vira antes era amedrontadora. Principalmente porque pouquíssimos leitores reconheciam que Françoise tivera mais um motivo, importante, para seu crime: ela não poderia suportar o olhar acusador da rival caso esta descobrisse a traição da suposta amiga. Simone também não suportaria que Olga soubesse de sua relação com Bost, que, no fundo, era uma traição à sua amizade.

— Agora você compreende o que quero dizer com ética, com a responsabilidade que cada um carrega simultaneamente com a liberdade? — ela perguntou a Sartre depois de ter lido as resenhas do romance nos jornais. — Acho que vou escrever uma ética para sua filosofia — ela prosseguiu. — Será um pequeno ensaio, não mais. Imagine uma conversa entre um rei e seu conselheiro. O rei quer conquistar o mundo, e seu conselheiro lhe pergunta, com toda ingenuidade, por que ele simplesmente não fica em casa e se embebeda. Você acha que não há diferença — ela prosseguiu, adiantando-se à objeção de Sartre. — Mas aí está o engano. Não estamos sozinhos no mundo, e nossa liberdade, nossos planos só podem dar certo com a colaboração de outros. Isso fica muito claro no exemplo do meu rei. Se ele iniciar uma guerra, seus soldados sentirão seus efeitos, e também as esposas, caso eles morram. Ele precisa se responsabilizar por isso. Cada ser humano, inclusive um rei, precisa da liberdade dos outros para ser livre, para não ser um mero objeto. Foi exatamente isso que os nazistas tentaram: negar a liberdade dos seres humanos ao lhes tomar a humanidade.

Enquanto formulava esse pensamento na conversa com Sartre, Simone se questionou: será que estava pensando dessa maneira por ser mulher? Ela resolveu desenvolver o raciocínio.

Sartre assentiu, concordando. Ele havia tomado notas em um papelzinho enquanto ela falava e agora as consultava.

— Castor, você é ainda mais inteligente do que eu imaginava. Talvez você tenha razão. Vou pensar a respeito. — Ele pegou o papel e guardou-o no bolso do casaco.

Nesse momento, um homem muitíssimo bem-apessoado se aproximou da mesa deles. *Como um ator de Hollywood*, pensou Simone. Um cigarro pendia de um canto da boca, e a gola de seu sobretudo estava erguida.

— Que tempo horrível — ele disse, esticando a mão para ela.

Era Albert Camus, que queria parabenizar Simone pelo livro. Ela havia se encontrado rapidamente com ele no ensaio geral da peça de Sartre e, já naquela ocasião, tinha-o achado interessante. Agora, ele a encantava com seu bom humor e o sorriso charmoso.

— O vinho daqui é horrível, mas a companhia é o que importa! — Simone sorriu e convidou-o a se sentar com eles. Camus passou a noite inteira contando histórias da Argélia, onde tinha crescido, e eles só foram embora depois de terem bebido bastante. Do lado de fora, diante do Flore, ele subitamente tirou o sobretudo, dobrou-o e, depois, sentou-se sobre ele na calçada.

— Já lhe contei de meu amor infeliz? — ele perguntou, olhando de maneira tão inocente para ela, de baixo para cima, que Simone poderia beijá-lo. — Pensei em perguntar, porque você é tão inteligente — ele prosseguiu. — Mas Sartre não deve palpitar, ele não tem ideia do amor. — E bateu com a mão aberta no sobretudo ao seu lado.

Simone caiu na risada e sentou-se ao lado dele para que ele pudesse lhe contar a respeito. Sartre não teve alternativa senão se sentar também.

Desde aquela noite, Camus se tornou um amigo íntimo. Ele e Sartre saíam juntos com frequência e ficavam provocando as mulheres, algo que irritava Simone. Na manhã seguinte, quando ela encontrava com Sartre no corredor do hotel, ele estava sem dormir, bêbado – e ambos se sentiam constrangidos.

O grupo de amigos de Simone ampliou-se. Durante uma festa na casa de Michel e Zette Leiris, ela conheceu Picasso. Giacometti chamou-a com um aceno e apresentou-os. Simone ficou encantada com a gentileza do pintor e achou a esposa dele, Dora Maar, em suas luvas de renda preta, um tanto exaltada, mas divertida.

* * *

Em 7 de junho de 1944, depois de passarem a noite em uma festa, Sartre e Simone saíram cambaleando de uma estação de metrô, perto do hotel. Eram cinco horas da manhã, e as ruas já estavam agitadas. Todos os trens em direção ao oeste estavam parados. Chegando no hotel, logo ligaram o rádio e souberam da notícia: os Aliados tinham desembarcado na Normandia. Finalmente! Embora estivessem exaustos e embriagados, começaram a dançar e acordaram todos os outros hóspedes.

Agora não deveria mais demorar muito para Paris também ser liberada. As três cores da bandeira começavam a aparecer em todos os lugares da cidade: uma varanda expunha um travesseiro azul ao lado de uma toalha muito branca e um cachecol vermelho. O vendedor de flores junto ao Sena, que ficava ao lado dos comerciantes de pássaros (que, nas últimas semanas, estavam vendendo grãos de milho aos parisienses), negociava apenas esporinhas azuis, lírios brancos e rosas vermelhas. Os combatentes dos diversos grupos de resistência que haviam se juntado em um exército conclamaram, nas ruas, uma batalha contra os ocupantes. Os alemães perderam um pouco de sua arrogância, mas se tornaram ainda mais brutais. O número de reféns assassinados só fazia aumentar. Em agosto, porém, os americanos alcançaram o outro lado do Sena. Chegar até a cidade seria questão de dias.

Em 19 de agosto, a rebelião começou com uma greve. Os parisienses ergueram barricadas com tudo o que encontraram pela frente: blocos de pedra, árvores, móveis, bicicletas. Esses obstáculos tinham um valor mais simbólico, pois ninguém sabia direito para que serviam. Afinal, eles não deveriam impedir a entrada dos americanos, os libertadores, nem romper a ligação entre os bairros bombardeados de Paris, nos quais os alemães ainda se encontravam. A rebelião foi organizada por um comando central de inspiração comunista, que ficava bem embaixo da praça Denfert-Rochereau. Todas as notícias eram levadas até ali. De Gaulle pressionava a cidade do lado de fora com seu exército. O general queria impedir a todo custo que os comunistas liberassem Paris sozinhos. Sartre foi convocado para defender a Comédie Française. Ele não dispunha de arma, mas foi até lá mesmo assim e passou as noites na plateia do teatro.

Simone estava sentada sozinha em seu quarto. Ela havia cozinhado algumas batatas, mas ainda tinha fome. De repente, ouviu barulho do lado de fora. E até alguns tiros. Ela se levantou e espiou pela janela.

— De Gaulle está em Paris — um homem gritou, nervoso.

Em seguida, ele correu para a entrada de um prédio em frente, e Simone viu a parede do lugar ser atingida por tiros. Assustada, ela se afastou. Quando um ruído abafado foi ouvido no fim da rua, ela reuniu coragem para olhar mais uma vez para fora. Um tanque vinha subindo a rua! O coração de Simone começou a bater mais forte – tinha chegado a hora, a libertação das mãos dos ocupantes alemães estava prestes a acontecer. Era um tanque americano e, atrás dele, vinham soldados caminhando abaixados, as armas na mão. Eles tinham de se defender da mira de atiradores posicionados nos telhados.

Bateram à porta. Simone torceu para que fosse Sartre, mas, quando abriu, viu que era Natascha. Ela abraçou Simone e dançou com ela pelo quarto.

— Você ouviu? De Gaulle e os americanos estão entrando. No mais tardar amanhã, Paris será nossa novamente. Eu só queria avisá-la. Melhor você ficar por aqui, em segurança.

— Espero que a notícia venha a tempo para Bourla.

Natascha balançou a cabeça negativamente, e Simone tomou suas mãos para consolá-la. Certa noite, em março, Bourla não voltou para casa. Ela ligou várias vezes para o pai do rapaz, a quem ele tinha ido visitar, mas ninguém nunca atendeu. Por fim, Natascha foi ao lugar. A concierge confirmou que alguns dias antes houvera uma confusão no apartamento. A mulher subiu com ela as escadas e abriu a porta do quarto. Havia duas cadeiras, uma sobre a outra; o piso em frente estava coberto de bitucas de cigarros alemães. Todos sabiam o que isso significava: Bourla e o pai tinham sido presos. Eles não deram ouvidos aos conselhos de deixar a França ou, pelo menos, esconder-se até tudo passar. Então a Gestapo bateu à sua porta. Desde aquele dia, ninguém mais soube deles.

— Ele acreditou até o fim que estava imune a tudo isso porque seu pai tinha contatos — disse Natascha, suspirando. — Tenho de ir embora, cuide-se.

E então ela se foi. Pela janela, Simone acompanhou-a dobrando a esquina com sua bicicleta. Provavelmente, levava notícias de um ponto de apoio da Resistência para outro.

Simone passou o resto da noite junto à janela, prestando atenção aos ruídos da rua. Às vezes, seus olhos se fechavam até que o barulho a despertasse novamente. Pela manhã, os alemães tinham sumido como se nunca tivessem estado por lá. Apenas alguns franco-atiradores ainda perambulavam pela cidade, mas não intimidavam mais ninguém. Simone foi buscar Sartre, que havia passado a noite em uma poltrona, na plateia do teatro, e eles seguiram, com milhares de outros, até a Champs-Élysée para festejar a chegada do general De Gaulle.

Na noite de 24 para 25 de agosto, todos os sinos de Paris tocaram como um alerta da vitória. E continuaram assim até o amanhecer.

Finalmente, Paris tinha voltado a ser dos franceses! Enfim um basta aos uniformes cinza. As odiosas bandeiras com cruzes suásticas foram retiradas de todos os lugares e queimadas. Em seu lugar, aparecia a bandeira tricolor. No metrô, as placas alemãs, com os anúncios dos assassinatos de reféns, desapareceram. Simone viu uma mulher de olhos marejados pisoteando uma delas com seus finos sapatos de couro.

No Flore, os revestimentos das janelas foram arrancados, o interior do café brilhava como uma jovem noiva. Nos terraços, as pessoas riam alto, discutiam sobre política, faziam piadas. Finalmente os parisienses podiam fazer tudo isso de novo, sem medo de serem denunciados por informantes da Gestapo.

No entanto, a libertação foi seguida por um período de ajuste de contas muito brutal. Colaboradores, assim como qualquer um que fosse considerado suspeito, foram espancados nas ruas, presos. Alguns até linchados.

Dias depois, Simone estava a caminho de casa quando viu um grupo de pessoas – homens, mulheres e crianças – que escoltava uma mulher pela Rue de Seine. À sua frente e às suas costas seguiam também homens com braçadeiras da FFI (*Forces Françaises de L'Intérieur*), unidades de infantaria formadas por diversos grupos da Resistência, que empurravam a mulher com os cabos de suas armas. Sua cabeça tinha sido recém-raspada. Os botões do vestido foram arrancados, e a roupa quase caía de seu corpo. Ela segurava um bebê nos braços ao mesmo tempo que tentava se manter vestida. Uma senhora mais velha segurando uma menina pela mão gritou: "*Pute de boche*, prostituta de alemão!", cuspindo na mulher. As pessoas ao redor gritaram, triunfantes. A mulher limpou o rosto, misturando a saliva com o sangue que escorria da cabeça raspada. Seu olhar estava fixo no bebê, como se não quisesse enxergar o terror, esperando apagá-lo pela visão do filho. Simone sentiu um horror profundo. Ela tinha empatia pela mulher. Aquilo não era humano. Ela via as bocas abertas, o ódio e a avidez por escândalo das pessoas ao redor e se sentia revoltada.

Com lágrimas nos olhos, ela foi falar com Sartre.

— Expulsamos os alemães para nos comportarmos igualmente feito monstros? — ela se queixou. — Temos de nos lançar nos mesmos abismos que nossos inimigos?

Sartre não foi tão compreensivo.

— Trata-se da colaboração horizontal, apenas isso — ele disse, fazendo Simone se lembrar da postura impiedosa com a qual ele saíra da prisão de guerra. De onde ele tirava essa complacência e essa convicção de não ter sujado as próprias mãos? Como se tivesse sido fácil manter a decência nos últimos anos.

— E se ela realmente tiver amado esse alemão? E se ela se juntou a ele para garantir a sobrevivência do filho ou para não morrer de fome? Afinal, deve haver uma diferença entre denunciar os vizinhos ou se deitar com um alemão porque está perdidamente apaixonada. Penalizar uma jovem porque amou um inimigo do país é de uma atrocidade e hipocrisia sem fim. Por que o padeiro que vendeu pão aos alemães também não é penalizado? O garçom, que lhes serviu uma cerveja e aceitou sua gorjeta?

— Sempre há uma escolha — disse Sartre, teimoso. Simone balançou a cabeça, incrédula, mas não respondeu.

No fundo, aquelas mulheres estavam sendo castigadas por terem amado o homem errado e não estarem mais disponíveis para os homens de seu país. Mas quem determina que homens as mulheres podem amar? Não eram as próprias mulheres, evidentemente. Uma mulher não podia simplesmente amar quem quisesse, Simone havia sentido isso na pele. Mas será que o problema era ainda mais agudo? Será que, no fundo, a questão era tirar das mulheres seu direito de decidir sobre sua sexualidade? Será que, no fim da guerra, essas mulheres estavam sendo castigadas por não estarem mais sexualmente disponíveis para os homens de seu país? O pensamento lhe pareceu plausível.

— Você está brava comigo, Castor? Ficou muda... — Sartre interrompeu suas reflexões.

Simone pensou em lhe contar o que passava por sua cabeça. Mas desistiu, ainda era cedo demais. Porém se propôs a investigar o tema de maneira sistemática. Talvez até escrever a respeito.

Ela olhou para Sartre.

— O que será que fizeram com aquela moça? Ela estava sendo levada na direção do Sena...

CAPÍTULO 30 – 1944/1945

A neve pesava no alto dos pinheiros e brilhava sob o Sol. Ao caminhar, Simone passou a mão por um galho pendente e neve recente caiu sobre seus ombros. Ela não se importou com isso nem se atentou à paisagem deslumbrante. Entretanto, devia estar transbordando de alegria: era o primeiro Natal após a libertação de Paris, e ela estava esquiando com Sartre em Megève, próximo à fronteira com a Suíça. Em Paris, não havia comida suficiente nem carvão para os fogões, e, por esse motivo, eles decidiram ir para as montanhas, como antes. O hotel no qual já haviam se hospedado no passado era muito barato, e eles esperavam conseguir comer mais ali do que na cidade. Naquela manhã, Simone tinha convencido Sartre a dar um passeio pelos arredores da floresta, mas agora ela caminhava um tanto aborrecida diante dele. Eles tinham tido apenas três dias a sós. No dia seguinte, chegariam Wanda e Bost – e, mais uma vez, a cumplicidade que Simone continuava a apreciar tanto desapareceria.

Em um acesso de raiva, ela puxou um galho especialmente carregado de neve que estava bem ao seu lado. Sartre, atrás dela, que já estava achando a caminhada exaustiva, foi atingido no rosto por toda aquela neve. Ela se virou e riu.

— Você fez isso de propósito — ele disse, rindo, enquanto sacudia a neve. — Sei que está insatisfeita, Simone. Sinto muito por não conseguir lhe oferecer mais tempo.

Simone deu de ombros.

Ela tinha sugerido a caminhada porque havia muitas questões a serem discutidas. Por exemplo, a publicação de uma revista que eles estavam planejando, um tipo de tratamento jornalístico para suas convicções filosóficas. Ela se chamaria *Les Temps Modernes*, como o filme de Charlie Chaplin, e apontaria uma via alternativa entre o comunismo e o gaullismo, fortalecido após a guerra. Desde a libertação da França, ambos os grupos lutavam pelo domínio político do país; Sartre e Simone não se sentiam participantes de nenhum dos lados. Eles também queriam encontrar um caminho intermediário entre os Estados Unidos e a Rússia, os dois aliados da guerra, que começaram a lutar pelo domínio ideológico do mundo. A *TM*, como chamavam o projeto, seria dedicada à busca por uma nova literatura que ultrapassasse os limites da reportagem. Eles queriam apresentar autores desconhecidos na França, principalmente os americanos. Os preparativos eram muito intensos, e, evidentemente, a empreitada representava uma ousadia financeira. Além disso, ainda era preciso garantir a entrega de papel e disputar lugar nas máquinas tipográficas. E andar rápido, pois novas revistas surgiam sem parar na Paris livre.

— É importante que eu vá aos Estados Unidos pesquisar autores — disse Sartre. Ele tinha se distanciado alguns passos dela, e Simone parou para esperá-lo.

Ele foi na direção dela, procurando, com esforço, o caminho por entre a neve alta, que visivelmente o estava cansando.

Ele vem até mim, Simone pensou, *apesar disso, vai se afastar.* Logo em janeiro, Sartre iniciaria uma longa viagem pelos Estados Unidos para dar palestras a convite do ministério de Relações Exteriores americano e não cabia em si de felicidade. Finalmente ele conheceria com os próprios olhos o país dos faroestes e romances policiais que devorava às centenas. Simone estava contente por Sartre. E ele iria levar suas ideias aos Estados Unidos. Entretanto, era difícil para ela disfarçar a decepção de não poder acompanhá-lo. Viajar era difícil, a guerra ainda estava em curso e só havia um convite, uma passagem de avião. Além disso, alguém em Paris tinha de preparar o primeiro número da revista.

— Sempre dissemos que faríamos nosso primeiro voo juntos — ela disse baixinho, mais para si mesma. Eles tinham saído da floresta e estavam em uma trilha larga o suficiente para andarem lado a lado. O sonho de descobrir mundos distantes viajando de avião sempre tinha sido dos dois. Agora, ele seria apenas de Sartre.

— Não fique triste — disse ele, que ouvira sua observação, mas que não escondia sua alegria pela viagem.

Eles caminharam em silêncio de volta ao hotel. Simone foi para seu quarto. Na manhã seguinte, ela iria se refugiar nos braços de Bost, e a expectativa a consolava. Ela vivenciava momentos de paixão muito especiais com o rapaz. Mas Bost estava cada vez mais decepcionado com o fato de os jornais não implorarem por artigos seus como acontecia com Sartre.

Simone suspirou. Provavelmente ela teria de encorajar Bost, embora ela própria estivesse precisando de uma injeção de ânimo.

No início de janeiro, eles encerraram sua estadia no encantado mundo invernal de Megève e regressaram a Paris. Simone passou seu aniversário a sós com Sartre e proibiu a visita dos outros. Em 12 de janeiro, Sartre partiu para Nova York, e Simone ficou enfurnada em seu quarto no Louisiane. As únicas notícias pessoais que recebeu dele nas semanas seguintes vieram por intermédio de Camus, que trocava algumas mensagens com Sartre quando este telegrafava seus artigos. A guerra ainda estava presente no restante do mundo, e não havia uma ligação postal privada entre os Estados Unidos e a Europa. Simone sentia-se cada vez mais triste e apática. Mas ela não queria isso. Nunca enfrentara a vida assim. Era chegado o momento de um inventário. *Qual é o motivo da apatia? Quem sou eu?*, ela se perguntou em uma tarde cinzenta quando seu olhar encontrou o espelho do quarto. *Sou a mulher que queria ser aos quinze anos?* Ela se observou criticamente. As férias lhe tinham feito bem, o corpo estava fortalecido pela prática de esqui e pelos longos passeios ao ar livre, e o sol de inverno a presenteara com uma pele reluzente, mas as primeiras ruguinhas já tinham aparecido fazia algum tempo. No entanto, o que mais a incomodava era a expressão levemente resignada ao redor dos olhos. Ela tentou esboçar um sorriso, mas o resultado não foi bom.

Atrás do espelho, ela viu uma pilha de folhas de papel, que se destacavam, brancas, à luz do entardecer. Imediatamente, ficou com vontade de escrever alguma coisa. Descrever como se sentia e, assim, chegar ao fundamento de seu desconforto. Ela dividia essa necessidade com Sartre. Ele também não conseguia vislumbrar uma folha em branco sem ter a vontade de preenchê-la. A lembrança dele fez nascer um sorriso doloroso nela. Havia tanta coisa em comum, tudo, na verdade...

Ela acendeu a luz. Em seguida, sentou-se e pegou a caneta para anotar as questões que a incomodavam.

Bem, por onde começar? Talvez com a questão sobre o que havia alcançado em sua vida. Onde estava agora? Simone contava trinta e sete anos. Havia sobrevivido à guerra, publicado um romance e trabalhava em outro. Desse modo, seu sonho de escrever tinha se concretizado. Sua voz estava sendo cada vez mais ouvida, ela tinha muitos admiradores, principalmente mulheres. A editora Gallimard já pedira várias vezes por outro romance depois da publicação de *A convidada*, que continuava vendendo bem.

Sartre, ela e sua filosofia comum eram muito influentes na França libertada. Nos cafés de Montparnasse e Saint-Germain, seus livros eram discutidos de maneira inflamada. Há pouco, o conceito de existencialismo voltara à tona. Ela ficava brava com o fato de haver também vozes desdenhosas, como a revista semanal *Samedi-Soir*, que a chamava maliciosamente de "*la grande Sartreuse*" e "*Notre Dame de Sartre*". Desde a época da Sorbonne, isso não havia mudado muito. Era comum que a vissem apenas como apêndice de Sartre e dissessem que ela permitia que ele a traísse com outras mulheres. Também intelectualmente ele seria o pensador mais vanguardista, e ela, a imitadora que se aproveitava da fama dele. Simone sabia muito bem como essas avaliações eram equivocadas.

Graças a suas intervenções, Sartre estava repensando seu conceito absoluto e, em certa medida, hostil de liberdade, e levaria suas observações em consideração. Todos podiam acompanhar pelos artigos como a teoria dele se modificava e se desenvolvia por meio da influência dela. Assim como antes, ele não publicava nem uma linha sem que Simone a tivesse lido e aprovado de antemão. Agora que se encontrava nos Estados Unidos, ela escrevia até artigos em nome dele para a *Les Temps Modernes*. Raymond Aron e Merleau-Ponty, membros do comitê editorial, estavam cientes. Simone se perguntava por que as mulheres ainda eram vistas como dependentes dos homens. Como se não pudessem ser autônomas nem avaliadas de maneira individual. Afinal, as mulheres conseguiam pensar por conta própria!

Esse pensamento deixava Simone tão furiosa que ela não conseguiu mais ficar sentada. Ela se levantou e começou a caminhar pelo quarto. Talvez seu problema, o motivo de se sentir inadequada, fosse ainda mais profundo. Talvez não se tratasse de seu relacionamento com Sartre, mas do relacionamento de homens e mulheres no geral. Como esse relacionamento era pensado e julgado no mundo.

Uma ideia começou a se formar, mas ela ainda não conseguia nomeá-la totalmente. Se Sartre estivesse ali naquele momento, ela poderia ter discutido o assunto com ele, e suas perguntas a teriam ajudado a avançar com as reflexões e concretizá-las. Os outros membros da família também não estavam na cidade. Bianca tinha ido para os Estados Unidos logo após a guerra. Olga fora internada, havia algumas semanas, em um sanatório. Seu estilo de vida desregrado, sua contínua negação em dormir e se alimentar direito, cobraram seu preço, facilitando o desenvolvimento de uma tuberculose bilateral. Ela superara uma cirurgia, mas ainda estava longe de se recuperar. Bost viajara à Alemanha como jornalista para acompanhar o avanço dos americanos. Poupette permanecia em Portugal. Simplesmente não havia ninguém com quem Simone pudesse conversar.

De repente, ela não aguentou mais ficar no quarto. Precisava sair um pouco. Pegou o sobretudo e se pôs a caminho do Jardim de Luxemburgo, onde tantas vezes encontrara sua paz interior. Ela passou pelo portão e foi em direção ao grande lago. Seus passos eram rápidos devido ao frio. A neve se acumulava nas cadeiras vazias do parque. Simone passou a mão em uma delas e sentiu a neve fresca. Algumas árvores do parque tinham sido derrubadas, e o carrossel ainda não tinha sido remontado, mas ela quase não notou. Ainda estava ocupada com seus pensamentos. Em que ponto da vida se encontrava?

Simone tinha alcançado muitas coisas. Tinha conseguido superar a guerra e também ajudar os amigos a enfrentar seus horrores. Ela vivia em Paris, a cidade de seus sonhos, e tinha Sartre a seu lado – essa era a maior alegria que já havia sentido.

Muitas pessoas achavam esse sucesso imerecido, não acreditavam que ela tivesse conquistado tudo sozinha. Diziam que esperavam uma produção mais significativa de sua parte como escritora. Já que era mulher.

Depois de ter dado três voltas ao redor do lago a passos rápidos, Simone sentiu o frio atravessar seu sobretudo e parou. A decisão estava tomada. Ela escreveria um artigo sobre o significado de ser mulher.

De repente, ela ficou com muita pressa. Deu meia-volta e correu para casa, sentindo que não necessitava de mais ninguém. Apenas da tranquilidade de seu quarto, uma xícara de chá quente e uma folha de papel em branco.

Ela mal tinha começado a trabalhar em seu novo texto quando precisou interromper tudo mais uma vez. Lionel, o marido da irmã, trabalhava no Institut Français em Lisboa e conseguira um convite para Simone viajar por Portugal dando palestras. Ela deveria falar sobre a situação contemporânea da França e, ao mesmo tempo, escrever relatos de viagem para a revista *Combat*, de Camus. Simone quase não acreditou em sua sorte.

Ela viajaria novamente! E depois de cinco anos de separação, enfim reencontraria Poupette. Antes, entretanto, era preciso conseguir a permissão de viagem, algo tão trabalhoso e complicado que quase teve a impressão de estar de volta a 1940, quando visitou Sartre durante a guerra. Mas ela acabou conseguindo juntar todos os papéis e viajou no fim de fevereiro. Chegando do outro lado da fronteira com a Espanha, Simone ficou incrédula com o que viu nas cidades: as vitrines estavam cheias como antes da guerra. Ela encontrou coisas que estavam em falta em Paris havia anos. Onde tinha ido parar toda essa comida? Por que não estava disponível na França? Em Portugal, a situação era parecida. Quem tivesse dinheiro conseguia viver bem.

O reencontro com Poupette foi emocionante. Quantas coisas tinham acontecido desde que as irmãs se viram pela última vez. O pai tinha morrido, Poupette estava casada. Nesse meio-tempo, ela se tornara uma pintora levada a sério e aguardava uma provável oportunidade de expor em Paris. Mas a irmã ficou chocada com a aparência de Simone, ainda muito magra, com a roupa gasta e tamancos de madeira. Então, a primeira coisa que fez foi ir às compras com a ela. Simone escolheu três pares de sapatos, uma bolsa, saias e um sobretudo. Quando Poupette, enojada, lançou os sapatos com sola de madeira no fogo, Simone ficou com a consciência pesada. Afinal, nos anos de penúria, ela não jogara fora nada que ainda pudesse ter algum tipo de uso. Mas depois comprou mais algumas coisas que queria levar aos amigos de Paris, cintos, camisas de linho e pulôveres.

Ela dispunha de dinheiro suficiente para todas essas aquisições porque as palestras eram surpreendentemente muito bem remuneradas. Além disso, ela podia dispor dos honorários de Sartre, que, no momento, estava sendo regiamente pago nos Estados Unidos. A sensação de não precisar se preocupar com dinheiro era totalmente nova, e Simone decidiu aproveitá-la. Comia o dia inteiro, não se cansava de todos aqueles sabores aos quais não teve acesso por tantos anos. Comia enquanto andava pelas ruas e à mesa, impressionando com seu apetite não apenas a irmã, mas todos os anfitriões que a convidavam. Nozes, chocolates, bananas, ovos e carne – ela comia de tudo até não poder mais. Aos poucos, começou a engordar, a magreza desapareceu, a pele voltou a se tornar brilhante e macia. Havia uma nova mulher à sua frente no espelho, que se sentia bonita novamente.

Simone voltou para casa com duas malas gigantes cheias de roupas e comida. Chegando a Paris, espalhou tudo sobre a cama de seu quarto, e todos os amigos puderam escolher alguma coisa antes de devorarem juntos as linguiças, presuntos, massas e chocolates.

Durante sua estadia em Portugal, ela passou semanas sem receber notícias de Sartre. De volta a Paris, chegaram até ela boatos de que ele tinha encontrado uma mulher nos Estados Unidos e estava apaixonado.

De novo, não, ela pensou, cansada. Depois, Simone recebeu um telegrama dele.

"Viagem de regresso adiada até o fim de abril. Amo você. Sartre."

Já era maio e a temperatura estava fria demais para a época do ano. Nas estações de metrô, as mulheres ofereciam mirrados buquês de lírios-do-vale. Mesmo assim, Simone estava feliz. A guerra na Europa tinha terminado, Hitler estava morto, a Alemanha nazista se rendera. Todos que um dia estiveram em perigo encontravam-se a salvo. Bost logo retornaria da Alemanha. Em 8 de maio, Simone, Olga e os Leiris se juntaram a mais algumas pessoas na Place de la Concorde a fim de comemorar o fim oficial da guerra. Entretanto, assim que saíram da estação, eles se dispersaram. A quantidade de gente era inimaginável, quem tropeçasse e caísse estava perdido. Simone e Olga ficaram de braços dados e foram conduzidas juntas pela multidão. No céu, eram projetados imensos "V" de *victoire*, e os grandes prédios estavam iluminados com as cores da bandeira tricolor vitoriosa. As pessoas dançavam e cantavam em todos os lugares. De um dos balcões do Grand Palais, uma cantora começou a entoar *A Marselhesa*, e todos a acompanharam, felizes. Até mesmo Simone, que nunca havia cantado o hino nacional francês com tanta emoção. Um grupo de soldados americanos em um jipe parou e deu uma carona para Olga e ela até Montmartre. Eles entraram em um estabelecimento onde, como por um milagre, encontraram seus amigos. Simone subiu nas mesas para conseguir se aproximar deles. Os soldados americanos seguiram-na e, visto que não havia espaço, passaram a dançar sobre as mesas. Todos festejaram, animados, até o dia seguinte. Para Simone, essa foi uma das melhores noites de sua vida. Pena que Sartre e Bost não puderam estar presentes.

Mas o que se seguiu a essa explosão de alegria assemelhou-se ao retorno do ano do terror, fazendo um tipo de sombra ao otimismo do recomeço. Nas semanas seguintes, começaram a ser divulgadas mais e mais fotos tiradas pelos americanos durante a libertação dos campos de concentração. Bost tinha estado em Dachau logo após a abertura do campo; em seu retorno a Paris, não se sentia em condições de falar sobre o assunto. As imagens bastavam para fazer com que Simone e os amigos não insistissem em saber o que ele havia presenciado e sentido. Ninguém conseguia imaginar o que havia acontecido de fato por lá. Os sobreviventes dos campos começaram a chegar nas semanas seguintes ao Hotel Lutetia, onde eram aguardados por seus familiares. Mas esses reencontros raramente eram animadores, de modo que rapidamente Simone passou a evitar o lugar. Ela não conseguia suportar a visão daquelas pessoas raquíticas, que não eram reconhecidas nem mesmo por suas mães ou esposas.

Os jornais publicavam longas listas de nomes dos assassinados. Algumas de suas antigas alunas estavam nelas. Certo dia, ela viu o nome de Bourla e foi imediatamente até Natascha, que já estava sabendo. Ele e o pai tinham sido deportados em um dos últimos trens de Drancy diretamente a Auschwitz.

Pelo menos ele não estava sozinho, pelo menos estava na companhia do pai. Esse pensamento não saía da cabeça de Simone. Mas ela não tinha certeza se isso havia aliviado o destino do amigo. Talvez tenha sido o contrário.

A atmosfera contraditória de Paris, na qual a alegria do recomeço sempre estava acompanhada pela sombra da morte, fez com que Sartre retornasse como que a um mundo estranho. Ele era só elogios aos Estados Unidos, à abundância reinante por lá, às máquinas que vendiam bebidas e sanduíches, aos carros enormes, às geladeiras, à modernidade.

Mencionou também a mulher que havia conhecido. Ela se chamava Dolores, e Sartre falava dela com carinho. Simone sabia que eles se correspondiam e também via as cartas dela para ele, mas acreditava que a grande distância entre os dois acabaria esfriando a relação.

Além disso, ambos estavam felizes por terem um ao outro novamente. Eles voltaram a viver como de costume, retomando também os pequenos e adorados rituais.

Logo após o retorno de Sartre, eles aceitaram, juntamente com Michel e Zette Leiris, um convite à casa de Dora Maar. Picasso havia deixado Dora dois anos antes, e ela sofrera um ataque de nervos, tendo passado um tempo em uma clínica psiquiátrica. Simone havia se encontrado com ela algumas vezes durante a guerra em festas. Ela gostava muito de seus quadros, mas não sabia bem o que achar de Dora enquanto pessoa. Simone a considerava lindíssima e excêntrica, algo que combinava com o que Zette lhe contara sobre ela. Anos antes, no Deux Magots, Dora ficou espetando a mão aberta com uma faca até ficar ensanguentada, conseguindo, assim, a atenção de Picasso.

Agora, a mulher parecia acreditar no sobrenatural, ao menos por aquela noite. Ela anunciou que gostaria de fazer uma sessão espírita e entrar em contato com os mortos ou desaparecidos.

— Isso é um completo absurdo — disse Simone de antemão, mas, movida pela curiosidade, acabou indo.

Dora recepcionou-os com uma túnica larga e olhos bem marcados com delineador preto. Eles beberam champanhe, e, depois, Dora fechou as cortinas e apagou a luz. Todos estavam sentados à mesa de refeições no escuro e de mãos dadas. Nada acontecia. O único ruído era o tique-taque de um relógio, e Simone começou a se entediar. Nesse momento, a mesa começou a tremer.

— Não solte — sussurrou Dora —, não interrompa a ligação! Pablo, é você?

A mesa se ergueu por alguns centímetros e, depois, parou novamente sobre o piso. Simone sentiu Zette apertando sua mão. Em seguida, ouviu-se o nome do avô de Sartre.

— Schweitzer, Schweitzer. — Ouviu-se um murmúrio. — Sartre tem alergia à clorofila — a voz anasalada proferiu.

Simone percebeu que Sartre inspirou profundamente. Seguiramse mais alguns ruídos e palavras que ninguém conseguia compreender. Depois, a mesa ficou parada, e a luz foi acesa novamente.

— Ninguém sabia dessa alergia esquisita que Sartre usou como desculpa certa vez, de brincadeira, porque não estava a fim de fazer caminhadas longas — Simone falou. — Sartre, confesse que você contou algo a respeito para Dora.

Sartre negou ter se referido à alergia. Todos olharam com espanto para ele, e Dora Maar riu, triunfante. Depois, mandou os convidados para suas casas, pois queria descansar.

Sartre e Simone desceram as escadas atrás de Michel e Zette.

— Não entendo, deve haver algum truque — disse Sartre.

— E existe mesmo — afirmou Simone, com um sorriso. Ela confessou ter levantado a mesa com os joelhos porque estava ficando entediada.

— E vocês querem ser intelectuais? — ela perguntou. — Acreditando nessas bobagens?

Os outros quase morreram de rir.

CAPÍTULO 31 - 1945

No segundo semestre, Simone ocupou-se intensamente com o trabalho para a sua revista. Diariamente, era preciso avaliar originais e verificar se eram adequados à *Les Temps Modernes*. Quando começava o trabalho, a pilha à sua frente chegava a ter meio metro de altura e, até a noite, ela tinha dado conta de tudo. Entretanto, na manhã seguinte, começava tudo outra vez. Sua revista viria a ser um sucesso, com as pessoas sempre discutindo as matérias da *TM*. Caminhar com um exemplar debaixo do braço seria considerado chique, e muitos autores queriam ver seus textos publicados nela: Camus, Leiris, Hemingway, Beckett... até aquele momento, ninguém se recusara a atender o pedido de Simone por um artigo. Além de suas tarefas editoriais, ela também escrevia os próprios ensaios filosóficos, e seus dias eram tomados com a escrita e a discussão sobre ela.

Mas Simone não deixava de sair, ela nunca estava cansada demais para isso. Em Paris, haviam surgido muitos clubes de jazz no último ano. Praticamente não se passava uma semana sem que um novo endereço se juntasse à lista. Esses lugares eram o ponto de encontro dos americanos que, gastando pouco, moravam em Paris e faziam a festa com o dinheiro. Muitos eram músicos negros, com frequência ex-militares, que gostavam de Paris porque o racismo não grassava de maneira tão intensa na capital. Para Simone e seus amigos, esses clubes eram um presente. Ela gostava dos drinques, da música e, principalmente, das novas danças, que aprendia olhando os outros.

— O jazz é mais importante do que a manteiga — disse Olga, que dividia com ela essa paixão.

As duas saíam juntas com frequência, como no início de sua amizade, e se divertiam à beça. *Ando muito farrista*, pensou Simone com um sorriso, mas não era possível chamar aquelas noites selvagens de outro jeito. Ela sempre assistia a um jovem trompetista americano, que, além de tocar seu instrumento, declamava poesia. Ele se vestia com jeans americanos e camisas de caubói com padronagem xadrez. Ao seu lado, sempre havia uma mulher lindíssima, vestida de maneira parecida. Certa noite, Simone lhe perguntou se ele não queria escrever para a *Les Temps Modernes*. O homem se chamava Boris Vian, sua bela esposa era Michelle. Vian era oriundo de uma família burguesa, tinha passado a guerra na casa de campo dos pais no sul da França, dando festas de arromba e esvaziando o estoque de vinhos do lugar. Depois da guerra, ele e a esposa começaram a frequentar os clubes de música de Saint-Germain. Assumiram o jeito de se vestir dos soldados americanos e logo passaram a ser chamados de Zazous. Simone gostava muito dele. Vian ficou muito contente ao saber quem estava à sua frente, pois ele admirava Simone e Sartre.

— Escreverei um romance sobre vocês dois — ele falou alto, mais alto do que a música.

Depois de seu regresso dos Estados Unidos, Sartre também se tornou amigo de Boris. E Michelle, sua amante. Simone deu de ombros quando soube.

Ela passava quase todas as noites em meio às turmas barulhentas e festivas e considerava o inebriamento desses momentos como instantes de total liberdade. Adorava estar em meio a tantas pessoas tão diferentes e interessantes, beber e comer com elas, e era apreciada tanto como interlocutora inteligente quanto como dançarina desenvolta. Era a pura alegria de viver. Ao amanhecer, ela se punha a caminho de casa, às vezes na companhia de alguém porque tinha bebido demais ou se sentia solitária. Certa vez, esqueceu sua bolsa no estabelecimento. Ao voltar para buscá-la na manhã seguinte, o gerente ainda lhe entregou um olho de vidro.

— Um dos seus amigos esqueceu isso aqui — ele disse, balançando a cabeça.

Simone se lembrou do velho húngaro que tinha colocado o olho de vidro na mesa e conversado com a prótese. Ela pegou o olho sem hesitar. Reencontraria o homem naquele dia ou no seguinte e o devolveria. O que mais poderia fazer?

Mas, independentemente do quanto tinha festejado, independentemente de quão tarde voltara para casa, no dia seguinte Simone estava novamente a postos em sua mesa no café, trabalhando. Ela era fascinada pelas duas coisas: pelo trabalho e pelas festas, as noites loucas com os amigos. A quantidade de gente que se encontrava em Paris naqueles dias, transformando os clubes de Saint-Germain no centro da boa vida, não parava de crescer:

a cantora Juliette Gréco, que havia se mudado para o antigo quarto de Sartre no Louisiane depois que ele foi para um maior; o escritor Arthur Koestler e a esposa, Mamaine; Camus; Picasso; Boris e Michelle Vian; as escritoras Violette Leduc e Marguerite Duras; o autor americano Richard Wright e a esposa, Ellen; Jean Genet; Hemingway e muitos outros. E Simone se divertia mais e melhor quando tinha trabalhado bem durante o dia.

Ela quase não conseguia acompanhar todas as inaugurações de clubes de jazz, saber quem tinha escrito qual livro, quem tinha dirigido qual filme, e tudo tinha de ser homenageado e festejado. Até Sartre confessou que Nova York não era páreo para aquela Paris renascida e pulsante.

Muitos de seus amigos fizeram carreira e ocupavam agora cargos importantes na nova França; alguns eram membros do governo, outros estavam em redações de grandes jornais. Malraux era ministro, Aron seu diretor de gabinete, Mahen estava na Unesco.

Certa manhã, quando Simone abriu a *Combat*, revista dirigida por Camus, ela disse:

— Tenho a impressão de estar lendo minha correspondência particular.

— Dolores e eu também sempre líamos os jornais pela manhã. Ela tinha de traduzir para mim — disse Sartre.

Simone estremeceu. Dolores Vanetti ainda ocupava um papel importante na vida dele. Sua expectativa de que a distância esfriaria o amor não tinha se concretizado. Era Dolores para cá, Dolores para lá, Simone não aguentava mais ouvir aquele nome! De início, ela havia feito· as vezes de guia turístico e intérprete para Sartre nos Estados Unidos, mas depois ele se apaixonou por ela. Simone se torturava, perguntando-se se ele gostava mais da americana ou dela. Será que o relacionamento deles tinha se desgastado? Não de sua parte, mas talvez da de Sartre? Será que a sintonia que ele sentia com Dolores ainda valia para ela?

Meia hora mais tarde, eles estavam a caminho do café. Simone tinha dado o braço a Sartre, como no passado.

— Dolores e eu nos entendíamos tão bem, mesmo sem dizer qualquer coisa, que durante um passeio ela parava justamente no lugar em que eu também pretendia parar — ele contou. — E prosseguia no instante em que eu também queria prosseguir.

Simone diminuiu o passo e soltou o braço de Sartre. Ela sabia que havia mais a ser dito.

Sartre virou a cabeça para trás e olhou interrogativamente para ela. Simone se acalmou e aproximou-se outra vez.

— Dolores só quer ficar comigo se eu deixar você.

Então era isso. Simone sentiu sua raiva se transformar em desespero. O que essa mulher significava para ele? Quando isso chegaria ao fim? Ele mencionava frequentemente a vontade de visitá-la em breve ou trazê-la a Paris. Simone quase passou mal ao pensar nisso.

Foi difícil para ela fingir que estava tudo bem durante o resto do dia. Quando fechou a porta de seu quarto, no entanto, ela se sentiu um peixe fora d'água, lutando para respirar. A sensação já era sua conhecida.

Na noite seguinte, não aguentou mais. Em um momento totalmente inadequado, quando eles estavam saindo do hotel e prestes a entrar em um táxi, ela falou:

— Você ama Dolores mais do que me ama?

Sartre fechou a porta do carro com cuidado e se virou para ela:

— Amo Dolores. Mas estou aqui com você. Porque você é meu Castor. Eu poderia discorrer longamente sobre os motivos de nosso pacto ser mais importante para mim do que todo o resto. Ele me permite amar outra mulher, mas, mesmo assim, fico com você porque quero. Aceite como um fato. Afinal, sempre demos mais valor aos fatos do que às palavras.

Simone não conseguiu retrucar, pois Sartre abriu a porta do carro e deixou-a entrar. Durante o percurso, ele olhava para fora, mas segurava a mão dela. Eles foram a um clube de jazz em Montparnasse. Simone passou a noite inteira ensimesmada, refletindo sobre o que tinha ouvido. A cada vez que olhava para Sartre, ele sorria para ela, acalmando-a.

Acredito nele, ela pensou.

Na manhã seguinte, sua segurança estava restabelecida. Na vida de Sartre, havia Dolores, mas tratava-se de um amor contingente, nada mais que isso. O fato de ele se deitar com Dolores ou com outras mulheres não a incomodava. Ela também agia assim, havia anos que Bost era seu amante, além de Olga. De vez em quando, alguém para uma noite, apenas. O significado de seu relacionamento com Sartre estava em outro nível que não o sexual; tratava-se de amizade, companheirismo intelectual, lealdade. Ela era a companheira de reflexão dele. E, nesse aspecto, Simone era a mulher mais importante da vida de Sartre, e sempre seria assim. Ela não receberia nada a mais de Sartre nem era esse seu desejo.

Agora que estava mais calma, a vontade de escrever retornou com força total. Ela se sentou no Deux Magots, uma folha em branco à sua frente e a caneta na mão, ávida para colocar no papel as milhares de cenas e frases que tinha na cabeça, embora a ideia para uma história ainda faltasse.

Nesse momento, Alberto Giacometti se aproximou de sua mesa com seu andar ondulante. Os cabelos bastos e escuros, o nariz pronunciado e os membros finos faziam com que ele se parecesse, para Simone, com um boneco de marionetes. Ela ficou contente em ver o homem simpático, ao qual tinha de agradecer pelo quarto no Hotel La Louisiane e que havia se tornado um amigo fiel.

— Você está com uma expressão muito determinada — ele disse com um sorriso. — Determinada para quê?

Simone suspirou.

— Ah, se eu soubesse. Quero escrever, imperiosamente, mas não sei sobre o quê.

Ele se sentou ao seu lado.

— Escreva sobre qualquer coisa. E o resto virá.

— É assim que você cria suas esculturas?

Giacometti assentiu.

— É preciso começar, ter a coragem para o início. Você vai conseguir, afinal é autora de dois livros. Dois livros ótimos, aliás. — Ele acenou gentilmente com a cabeça para ela e foi embora.

Simone acompanhou-o com o olhar e depois voltou a se fixar no papel diante de si. Seu segundo romance havia acabado de ser lançado. Tratava-se de *O sangue dos outros*, romance sobre as necessidades morais do combatente da Resistência Jean Blomart, que questionava os efeitos de suas ações sobre os outros. Blomart deve realizar o ato de sabotagem planejado para o dia seguinte e que vai custar a vida de pessoas inocentes? Ela se lembrou de uma frase-chave proferida por ele antes de cometer o atentado: "Aqueles que iremos assassinar amanhã não escolheram a morte; sou a rocha que os destrói; não escaparei da maldição: para eles, sempre serei um outro, a força cega do destino". E ele chega à conclusão de que, com seu ato, está assumindo a culpa na intenção de defender a liberdade. Simone havia escrito o livro nos anos mais sombrios da guerra, 1943 e 1944, quando papel e esperança eram matérias escassas. Havia poucos meses, ela levara a pilha de papéis de diferentes formatos, preenchidos com as mais diferentes tintas e caligrafias, até a editora Gallimard. Durante a guerra, ele não poderia ser publicado.

Mas agora o livro estava em todas as vitrines das livrarias pelas quais ela passava. Todos os grandes jornais traziam resenhas nas primeiras páginas, a maioria positiva e elogiando sua coragem de ter abordado o tema durante a ocupação alemã. E sempre ressaltando o conceito existencialista de liberdade que o livro propagava.

Em outubro, o primeiro número de *Les Temps Modernes* foi lançado. Simone estava cheia de expectativa, havia trabalhado intensamente durante meses para isso. Mas quando Merleau-Ponty lhe entregou o primeiro exemplar, ela estranhou sua expressão constrangida. O que havia acontecido? Em seguida, ela abriu a revista. E ficou petrificada. Na dedicatória, lia-se: "Para Dolores".

— Ele deveria ter dedicado a você, depois de todo trabalho que teve para fazer este projeto ficar em pé — disse Ponty, afastando-se para não ser testemunha de seu desapontamento.

Simone estava farta. Aquilo tinha passado dos limites. Ela foi até Sartre tirar satisfações.

Ele logo ergueu as mãos, defendendo-se.

— Mas você é a editora, seu nome também aparece.

Sartre expôs sua justificativa sem grande convicção, e Simone suspeitou de que Dolores pudesse tê-lo convencido daquilo. Ela conhecia a impotência de Sartre diante das mulheres; ele já tinha feito coisas nesse sentido pelas quais depois se lamentou. No início da guerra, Sartre quase tinha se casado com Wanda só para impedir que ela o visitasse na caserna e para cessar suas queixas. Então ela se lembrou de que o primeiro romance de Sartre havia sido dedicado a ela. A dedicatória dizia "Para Castor", e até hoje ela se orgulhava disso.

Mesmo assim, a traição – impossível não chamar assim – atingiu Simone em cheio. Ela se trancou em seu quarto. Bost e outros membros da família passaram por lá a fim de consolá-la e assegurar que estavam do seu lado, além de dizer que fariam de tudo para manter a influência de Dolores sobre Sartre no menor nível possível.

— E se ela ousar aparecer por aqui, vamos enxotá-la — Olga esbravejou.

Simone pensou a respeito, e, no fim, seu pragmatismo venceu. Ela tinha um pacto com Sartre, que ambos iriam cumprir. Isso era o essencial. Ela era livre para mantê-lo ou não. Ela sabia que Sartre tinha fracassado sob o ponto de vista burguês, mas seu desejo foi sempre implodir essa visão. Depois de alguns dias, Simone voltou à ativa, dividia-se entre cafés e reuniões na redação, sempre agindo como se estivesse tudo bem.

Ela era notícia de jornal. De repente, Simone e Sartre estavam em todas as bocas. Uma verdadeira tempestade de admiração caiu sobre eles. Repórteres fotográficos ficavam à espreita, e eles precisaram diminuir a frequência no Flore, um de seus lugares preferidos, porque eram incomodados excessivamente por lá.

Havia também inimizades amargas. Do lado conservador, seu estilo de vida era tachado de imoral e herético, enquanto os comunistas acusavam Simone de ter traído o marxismo. Muitos identificavam o conceito do existencialismo com pulôver de gola rulê, amor livre, festas de arromba e a vontade de derrubar a boa e velha ordem. O que, em parte, era verdade.

Sartre havia marcado um encontro no Deux Magots com um jornalista, pedindo que Simone o acompanhasse. Ele gostava de vê-la sentada ao seu lado, prestando atenção ao que dizia para, se necessário, complementar alguma coisa ou levar o assunto ao ponto.

Havia duas horas, ele estava tentando discorrer sobre sua filosofia com um jornalista não exatamente brilhante. As perguntas desse último eram incessantes. Como assim? Explique melhor isso da hipocrisia e do autoengano. E essas ideias realmente chamavam por uma ação concreta? Seria possível resumir para os leitores o existencialismo em uma frase?

Simone perdeu a paciência e perguntou ao jovem por que ele simplesmente não lia os livros de Sartre.

Sartre, por sua vez, tentou retomar a explicação mais uma vez.

Simone o admirava nesses momentos. De onde ele tirava tanta paciência? Mas ela sabia a resposta: Sartre fazia questão de que sua filosofia fosse divulgada, era para isso que ele vivia e trabalhava. Ele queria mudar o mundo com o existencialismo, torná-lo um lugar melhor e fazer cada ser humano mais feliz. Por isso lhe era importante que todos conseguissem compreendê-lo, inclusive alguém sem formação superior. Ele esperava mais sagacidade de um jornalista, mas, se fosse necessário, explicaria suas ideias a esse jovem, que suava de nervoso, tantas vezes quanto fossem necessárias.

Simone soltou um suspiro profundo. Olga e Bost estavam à sua espera, sentados algumas mesas adiante, e acenavam para que eles fossem logo.

— E *mademoiselle* também é existencialista? — o jornalista perguntou a ela.

Antes que Simone conseguisse responder, Sartre tomou a palavra.

— Mas claro. *Mademoiselle* De Beauvoir é uma das melhores conhecedoras da matéria.

Em meio às entrevistas, festas e o trabalho na revista, Simone queria mesmo era achar um tema para o próximo livro.

Ela preenchia folhas e mais folhas com anotações e perguntas, todas de algum modo relacionadas a ela; havia tanta coisa a dizer, mas faltava o contexto, o questionamento decisivo, a partir do qual tudo poderia se organizar.

No outono, seu amigo Michel Leiris lhe deu suas memórias de infância para ler.

— Considero a realização da minha autobiografia íntima como condição para uma vida bem-sucedida — ele disse.

A ideia fascinou Simone, e ela não parou mais de pensar nisso. Será que ela também devia escrever sobre a própria vida a fim de compreendê-la e vivê-la com alegria?

Avidamente, ela começou a leitura do livro de Michel. Admirada, percebeu que a infância descrita pelo amigo era a de um menino, enquanto suas próprias memórias da época eram bem diferentes simplesmente porque se tratavam das memórias de uma menina. Mas por que tamanha diferença? Era possível que a vida de uma criança fosse definida de tal maneira pelo gênero a que pertencia? Ela intuiu que estava no caminho de uma tese revolucionária.

— Sempre imaginei que o fato de ser mulher nunca me impediria de fazer qualquer coisa — ela disse, pensativa, a Sartre.

Ele olhou interrogativamente para ela.

— Será? Acho que seria bom pensar a respeito. Não acredito que seus pais a educaram como a um menino.

Simone começou realmente a pensar nisso e chegou em um sem-número de exemplos: todas as fábulas que tinha ouvido sobre princesas pacientes e príncipes audazes, todos os livros que sua mãe lhe proibira de ler porque "não eram para meninas". A proibição de chegar à exaustão física (ela não podia nem frequentar as aulas de Educação Física na escola)! A eterna exigência para que fosse calma e estivesse sempre bem-arrumada, a proibição de ter amigos homens ou contradizê-los, e então, claro, a rejeição do pai, porque ela era inteligente... Simone foi juntando as peças e, de repente, percebeu: o mundo era um mundo de homens. Eles podiam se movimentar livremente e se desenvolver enquanto diziam o que meninas e mulheres podiam ou não fazer e quais regras precisavam seguir.

O pensamento eletrizou-a. Ela queria pesquisar e descrever esse mundo masculino e como as mulheres tinham de se virar nele. Finalmente encontrara seu tema e mal podia esperar para dar início ao trabalho. Com a percepção aguçada, ela entendeu que vivenciava quase diariamente situações que exemplificavam a urgência de seu questionamento.

Uma de suas antigas alunas a procurou, desesperada, porque tinha ficado grávida sem querer. Simone lhe deu dinheiro e acompanhou-a ao médico. A interrupção da gravidez ocorreu sem complicações, mas Simone já tinha vivenciado, mais de uma vez, o quanto o procedimento era extremamente arriscado à vida das mulheres. Ela queria contar essa história, pois tratava-se de uma daquelas desconhecidas pelos homens. Outra era a do absoluto desconhecimento do próprio corpo. Muitas mulheres não faziam ideia do que era a gravidez, a sexualidade prazerosa, não sabiam sequer o porquê da menstruação! Simone via as mulheres com roupas masculinas nos cafés para mulheres. Também suas histórias seriam parte do livro. Ela pensou em Mamaine, que ouvia a promessa de casamento de Koestler havia anos e, em contrapartida, tivera de prometer que não teria filhos. Essa mulher esperava e esperava, ouvia desculpas esfarrapadas, enquanto ele não se importava com ela. Simone também queria discutir com Freud, pois era um escândalo o fato de ele analisar a sexualidade feminina apenas em comparação com a masculina, chamando-a de deficitária. Quanto mais pensava sobre a psicologia de Freud, mais claramente se delineava o tema básico, que deveria servir de tese principal para seu trabalho: para os homens, as mulheres eram sempre apenas o "outro" sexo, eles se viam como absolutos e as mulheres apenas como um desvio, como o diferente.

Eles estavam havia horas em meio a um grupo barulhento no primeiro andar do Flore. Simone ao lado de Sartre, Boris e Michelle à sua frente. A mesa estava cheia até a borda com garrafas vazias e cinzeiros cheios. Simone havia colocado seu manuscrito e os jornais ao seu lado, no banco, para protegê-los. Camus e Arthur Koestler haviam se levantado furiosos da mesa e ido embora. Mais uma vez, a discussão fora sobre o stalinismo no Partido Comunista. Em seus livros sobre os processos de Moscou, Koestler havia revelado o caráter repressivo do comunismo e se transformara em um ferrenho anticomunista, o que não o impedia minimamente de flertar com Simone. Camus, por sua vez, ficava furioso por causa disso, pois achava que era mais bem-apessoado e, como a conhecia havia mais tempo, tinha algum direito nesse sentido. Além disso, ele tinha ficado incomodado pelo fato de o livro de Koestler, *O zero e o infinito*, ter sido publicado em francês e se tornado imediatamente um best-seller. O Partido Comunista tentou comprar todos os exemplares e destruí-los para evitar sua disseminação, mas isso só fez com que mais leitores esperassem pela edição seguinte. Camus era cristão demais para ser um comunista convicto, mas, apesar disso, ficou nervoso com o livro. Simone e Sartre também tinham suas dúvidas sobre a política partidária, mas acreditavam na importância do partido para manter os conservadores pressionados. Dessa confusão ideológica – e com desdobramentos amorosos – havia surgido uma briga daquelas, e os dois tinham ido embora, furiosos.

Um homem da mesa ao lado juntou-se ao grupo sem ser convidado, sentando-se em uma das cadeiras livres, e entrou na conversa.

— Estou ouvindo-a falar faz um tempo e me admiro, madame — ele se virou para Simone —, com sua obstinação nas questões políticas. Afinal, a mulher quer apenas um grande amor em sua vida. A política é algo para os homens. E é exatamente essa singeleza feminina que torna as mulheres tão atraentes, não concorda?

Simone escutou-o com as sobrancelhas erguidas. O estilo desdenhador do estranho lembrava seu pai falando. Tudo voltou à sua mente: as reprimendas sarcásticas, as humilhações, as profecias de que ela não encontraria um marido porque era inteligente demais.

Fazendo-se de inocente, ela perguntou:

— Certas coisas simplesmente não combinam com a essência feminina, não é?

O homem assentiu, confiante.

— Exatamente. E nada vai mudar isso. — Enquanto falava, ele piscou de maneira cúmplice para os outros homens da mesa.

Simone empertigou-se e inspirou fundo antes de começar a falar:

— *Monsieur*, eu lhe asseguro que nenhum mito é mais irritante e falso do que o do eterno feminino, que descreve as mulheres como intuitivas, atraentes e sensíveis. Talvez o senhor até acredite que está nos fazendo um favor ao pensar assim, mas eu passo. Esse mito foi criado unicamente para impedir que as mulheres exerçam suas possibilidades. Se elas não são femininas, se escolhem profissões "masculinas", se não querem ser mães, se são mais inteligentes do que os homens – isso sempre lhes é jogado na cara. O castigo é não conseguirem marido. — Ela pigarreou e percebeu o olhar aprovador de Sartre. — O senhor já pensou que as mulheres só são subordinadas na sociedade porque são mantidas nessa subordinação? — ela perguntou com a voz muito calma, embora estivesse fervendo por dentro.

— Pode ser que antigamente fosse assim. Mas agora as mulheres podem até votar — apressou-se a dizer o homem. — Se a senhora me perguntar...

— E isso basta para a emancipação?

O outro assentiu novamente.

— Mas ninguém nasce mulher, torna-se mulher — disse Simone. Sartre ergueu o olhar, e, de repente, ela soube que tinha encontrado a frase que encarnava a essência do seu livro – e não só, também a essência de sua vida. Ela sempre tinha se perguntado quem queria ser, que tipo de ser humano, que tipo de mulher. Esse livro sobre o papel da mulher na sociedade iria responder.

Sartre se levantou.

— *Monsieur*, acho melhor o senhor ir agora. *Mademoiselle* De Beauvoir acaba de ter a ideia de sua vida. Ela poderá se tornar violenta caso o senhor a continue perturbando. E se ela não o fizer, faço eu.

Sem atentar para o fato de o homem estar bufando com desdém, ele se virou para Simone e beijou suas duas faces.

— Você vai fazer história, *mon amour*.

Michelle Vian aplaudiu.

A caminho do Hotel Louisiane, Simone não parou de falar sobre o tema. Não se nasce mulher... Ela tinha a impressão de estar prestes a dar um grande passo em sua escrita, e até mesmo em seu pensamento. Animada, queria dividir suas reflexões com Sartre.

— Sabe de uma coisa — ela falou para ele, enquanto desviava de uma poça que havia se formado na calçada molhada —, sempre acreditei que o fato de ser mulher não importava em nada para mim, pois nunca me senti inferior por causa disso. — Ela pensou por um instante e completou: — Agora já não tenho mais tanta certeza.

Sartre estava satisfeito e apoiou-a.

— Até hoje, ninguém na filosofia pensou em escrever sobre a mulher. Nem mesmo eu! O tema é importante demais para ser tratado apenas num ensaio. Acho que você deveria começar a trabalhar. — Ele tomou suas mãos. — Amo você, Castor.

Chegando diante da porta do quarto dela, eles pararam por um instante.

— Você entra? — ela perguntou.

Sartre disse que não com um movimento de cabeça. Em seguida, foi embora.

Quando Simone se aproximou da janela e olhou para a rua, viu Michelle Vian, que tinha acabado de passar pela entrada do prédio. Ela se afastou com um sorriso dolorido. Deitada na cama, os pensamentos sobre o livro ocuparam sua mente. Ela passou metade da noite matutando a respeito: ela iria escrever, tinha de escrever e com certeza o faria.

No dia seguinte, Simone se encontrou com Bost. Nesse meio-tempo, ele começara a trabalhar para a revista de Camus, *Combat*. Um de seus primeiros artigos foi sobre a libertação do campo de Dachau, que foi muito bem recebido.

Simone lhe falou da conversa da noite anterior.

Ele ouviu atentamente e depois perguntou:

— Então você acha que as mulheres são um segundo sexo?

Simone assentiu.

— Ora, nesse caso, intitule seu livro assim: *O segundo sexo*.

Simone olhou para ele cheia de gratidão.

— Obrigada, Bost. Vou usar esse título. E vou dedicá-lo a você. Como lembrança do nosso amor.

CAPÍTULO 32 – 1946

Logo no dia seguinte, Simone foi à Biblioteca Nacional. Ali, muitas de suas ideias tinham germinado, e era ali que ela esperava reunir todas as informações de que necessitava para seu livro.

Cheia de alegria, todos os seus pensamentos convergiam para o novo tema. Ele ficara adormecido durante muito tempo em seu interior, mas agora tinha começado a ganhar corpo. Isso a deixava muito animada. De repente, Simone ficou com muita pressa para começar os trabalhos preparatórios.

Ela atravessou o grande portão, o jardim interno e o saguão com as colunas e os quadros nas paredes. Em seguida, com o coração batendo forte, entrou na sala de leitura. Ao se sentar em seu lugar predileto, ouvindo os ruídos que lhe eram tão familiares, como o clique do correio pneumático e a batida seca com a qual grandes volumes eram postos sobre as mesas, Simone se sentiu em casa. Ela se lembrou do passado, quando ainda era jovem e, entre as leituras feitas ali, procurava seu caminho para se tornar escritora. Naquele momento, Simone sentiu que estava prestes a começar algo muito importante.

Ela começou a pesquisar. Na biblioteca e em sua escrivaninha no Louisiane, os livros formavam pilhas tão altas que ela mal conseguia enxergar o outro lado. Mais de uma vez, as pilhas desabaram quando ela puxou um dos livros que estava embaixo. E eles se multiplicavam cada vez mais. Rapidamente, ela percebeu que havia uma bibliografia imensa a respeito do tema. Tudo estava relacionado, e sua formação abrangente lhe ajudava a reconhecer as conexões. Ela fazia citações de literatura da Antiguidade, de Filosofia, de contos de fadas, da Bíblia e do Alcorão. Pesquisou em cartas e diários de mulheres ao longo dos séculos. Quanto mais lia, mais perguntas era preciso responder. Ela começou com o papel legal da mulher na História e acabou nos mitos que dominavam as mulheres, a começar pela Bíblia. Uma questão puxava a outra. As pilhas de livros tomaram também o chão do quarto, e ela teve a impressão de que o projeto consumiria meses, quiçá anos de sua vida. Simone estava animada, tinha tomado gosto e não abandonaria as pesquisas até conseguir esclarecer e comentar a questão da mulher.

Todos os dias, ela passava horas na biblioteca e em casa lendo suas anotações pessoais, os diários e as cartas à procura de registros que se referissem a seu próprio papel como mulher.

Ficou espantada com a quantidade. Começava com as exigências colocadas por seus pais, pois ela era filha de uma boa família. Ao pensar em tudo que poderia ter feito se fosse um menino, Simone ficou furiosa. A procura por exemplos femininos voltou à sua mente, e ela se lembrou de como tinha sido difícil para ela enquanto menina não ter encontrado nenhum; pensou também em sua solidão na Escola Normal, onde mal havia mulheres. Pesquisou a história de rainhas e soberanas e se perguntou se elas realmente eram poderosas e, se sim, como tinham conquistado o poder. Depois, Simone investigou o destino de empregadas domésticas e de donas de casa através dos séculos a fim de contar sua história. Os preconceitos que encontrou nos textos contra mulheres fizeram com que ela se voltasse à biologia. Quais eram as diferenças físicas entre homens e mulheres? E qual era seu papel nas diferenças sociais que surgiam daí?

Com tudo isso, uma coisa se tornava cada vez mais clara: sua suspeita inicial de que os homens enxergavam as mulheres como inferiores era correta. Eram os homens que se viam como o primeiro sexo, como o padrão a partir do qual as mulheres eram medidas. Tudo que não era masculino acabava sendo considerado inferior, um desvio. Essa era a base para os homens expressarem sua pretensão de dominação sobre as mulheres. E eles nem se esforçavam em reconhecer a essência do feminino.

Alguns meses mais tarde, Simone foi até as Dolomitas e passou dias caminhando, sem encontrar ninguém, a fim de perceber claramente a extensão de suas descobertas. Ela se sentiu um pouco como antes, em Marselha, e se lembrou com gratidão daquele ano em que conheceu a força da solidão. Desde então, havia percorrido um longo caminho. De volta a Paris, avançou no trabalho, febrilmente e até a exaustão.

Certa noite, ela se encontrou com Colette Audry no Café de Flore. Desde a mudança de Colette para Grenoble, elas tinham se afastado um pouco.

— Você ainda se lembra do livro do qual tanto falou em Rouen? O livro que deveria mostrar às mulheres o quanto elas são exploradas? Um livro para deixá-las furiosas e fazer com que se revoltassem?

— Sempre quis escrevê-lo, mas nunca consegui. Alguma outra terá de fazer isso por mim. — Colette disse.

Simone sorriu para ela.

— Bem, eu vou escrever esse livro. Já comecei.

Tudo que Simone via, vivenciava ou lia era analisado do ponto de vista de seu papel para a importância da mulher na sociedade. Ela ficou ciente de sua sorte por não ter tido filhos. Sua vida teria se desenrolado de uma maneira muito diferente caso precisasse se ocupar de crianças – ela nunca poderia ter vivido da maneira que sempre desejara. Simone pensou nas mulheres que havia conhecido no norte da África. Como era a vida delas? Ela queria pesquisar e escrever a respeito disso.

Simone discutia suas investigações e resultados com Sartre. Ele ouvia fascinado, fazia perguntas, encorajava-a a dizer tudo e a lembrava que, no momento da publicação do livro, ela estaria no olho de um furacão.

Simone teve uma amostra disso quando o capítulo sobre a sexualidade da mulher apareceu na *Les Temps Modernes*. Ela foi chamada de frígida, ninfomaníaca, lésbica... A lista de acusações era interminável. Até Camus repreendeu-a por ridicularizar o homem francês. A crítica mais dolorosa, no entanto, foi a do escritor François Mauriac, a quem venerava, que chamou Simone de "lastimável" e passou a dizer que sabia tudo sobre a vagina de *mademoiselle* De Beauvoir, embora achasse isso irrelevante. E a antiga crítica, mais ou menos escancarada, de que ela não passava de uma discípula de Sartre coroava toda essa confusão.

As sujeiras que foram despejadas sobre Simone atingiram a ambos. Pela primeira vez, não foi possível simplesmente ignorar o julgamento dos outros a seu respeito, como tinham feito até então.

— Foi um erro publicar justamente esse capítulo primeiro — ela disse a Sartre.

— Não, foi correto começar com um estrondo. Veja — ele tomou as mãos dela —, você está fazendo história com esse livro. Ele vai mudar o mundo. Admiro-a por isso. E amo você.

No início de 1947, Simone recebeu um convite para uma turnê de palestras pelos Estados Unidos – algo com que sempre sonhara. Naquele país, ela teria novos impulsos para o livro e faria pesquisas sobre a situação das mulheres americanas.

Apenas quando pensava em sua relação com Sartre, que, no momento, lhe parecia mais frágil do que nunca, ela ficava inquieta. O que essa longa separação significaria para eles?

— É imprescindível que você viaje — Sartre lhe disse, embora sem olhar em seus olhos.

Simone teve uma suspeita.

— Por acaso você teve algo a ver com o convite?

Ele pigarreou. Em seguida, disse:

— Dolores virá a Paris, e achei que seria melhor se você não estivesse na cidade.

Então seus temores estavam confirmados. Mas ela não se daria por vencida tão facilmente.

— Como quiser. Você sentirá minha falta — ela disse. — Você precisa de mim para conseguir pensar. Minha aprovação sempre antecede a entrega dos seus originais. Organizo nossas finanças e organizo tudo em sua vida. Preocupo-me com a família. E, por fim, você depende de mim para cumprir com suas obrigações e ter o sossego necessário para trabalhar.

Com essa última observação, ela se referia ao fato de que Sartre tinha se acostumado a usá-la para se livrar não apenas de jornalistas chatos, mas também de admiradoras e antigas amantes. Como Simone o protegia e afastava as pessoas de maneira brusca, ela ganhara muitos inimigos – mas Sartre estava a salvo de confrontações desagradáveis.

Ela sorriu maliciosamente para ele.

— Você sentirá minha falta, Sartre. E você nem sabe o quanto.

Apesar disso, ela estava preocupada em saber como Sartre se viraria sem sua presença e qual seria a influência de Dolores, que, nesse meio-tempo, exigia que Sartre se casasse com ela.

Bost, Olga e os outros estavam do seu lado de maneira incondicional. Eles prometeram tentar manter Sartre longe de Dolores e tornar a vida dela em Paris o mais difícil possível para que ela voltasse quanto antes para os Estados Unidos.

Alberto Giacometti, que havia se tornado um amigo confiável de Simone e era o único, além de Bost, a saber de suas preocupações e diante do qual ela até vez ou outra derramava algumas lágrimas, encorajou-a.

— Você tem de viajar — ele disse. — É preciso sacudir os leitores além-mar. E será interessante para você analisar in loco o modo de vida das americanas. Esse material poderá ser usado em seu livro. Mas é preciso prestar atenção.

Ela levou um susto. Será que Giacometti também era da opinião de que Sartre se afastaria dela caso não estivesse presente?

— Você está mais bonita e fascinante do que nunca. Por favor, não se deixe ser conquistada por um homem.

Simone riu, aliviada.

— Eu? Quem há de me querer? Além disso, em minha vida, nunca existirá homem mais importante do que Sartre.

Sentada à escrivaninha folheando uma pilha de papéis cheios de anotações para *O segundo sexo*, ela ainda refletia sobre o conselho amigável de Giacometti. Eram muitas folhas, mas ainda havia infinitas coisas a serem descobertas sobre seu tema. Ela ficou contente. Era raro Simone sentir-se mais contente do que depois de um dia produtivo de trabalho intelectual. Nesses momentos, a vida era leve, e ela saía animada para encontrar amigos ou contar a Sartre sobre os progressos realizados.

Ela supunha que o trabalho no livro ainda lhe presentearia com muitos momentos assim. Estava autoconfiante, e isso a ajudava também a compreender a própria vida. Para Simone, a escrita havia se transformado, mais do que nunca, em um processo de autoconhecimento. Ela sempre quis escrever, mesmo antes de conhecer Sartre. E tinha tido sonhos, sonhos audazes. Com esse livro, estava em vias de concretizá-los e ser feliz – da maneira como havia prometido a si mesma.

O segundo sexo era uma obra existencialista no melhor sentido da palavra. Os olhos das mulheres se abririam. Lendo o livro, elas reconheceriam as injustiças do mundo masculino, seriam colocadas em condição de se opor a elas e lutar por liberdade. Isso era existencialismo vivido, e o momento não podia ser melhor. Agora que as mulheres não corriam mais o risco de uma gravidez indesejada, graças aos métodos anticoncepcionais, e podiam ganhar dinheiro, elas podiam também ter acesso ao próprio eu. Não precisavam mais ser o resto, definidas unicamente pelas suas relações com os homens.

Simone se recostou para aproveitar o momento de satisfação. Chovia do lado de fora, e os pingos da chuva escorriam pelo vidro da janela e brilhavam amarelados pela iluminação diante do prédio. Ela acendeu um cigarro e inspirou profundamente a fumaça.

Amo tanto a vida, ela pensou. *Sou ávida por ela. Da vida, quero tudo: quero ser mulher, mas também quero poder ser como um homem, quero ter muitos amigos e ficar sozinha, trabalhar muito e escrever bons livros, mas também quero viajar e me divertir. Com Sartre, sou parte de um casal de escritores, mas quem sabe Giacometti tenha razão e eu encontre um homem que amarei como amei Sartre no começo. Com esse outro homem, encontrarei, talvez, uma nova forma de amor, sem perder meu amor por Sartre.*

Tinha ficado tarde. Ela percebeu que estava cansada e decidiu ir para a cama.

Enquanto escutava a chuva, Simone continuou imaginando a vida no futuro.

Depois desse livro sobre as mulheres, ela seguiria escrevendo sobre o tema com o qual estava muito envolvida, romances. Talvez contasse a própria vida a fim de relatar como uma moça de boa família havia se transformado em Simone de Beauvoir.

EPÍLOGO

1951

Sartre e Simone tinham se acostumado a passar as tardezinhas na Rue de la Bûcherie, onde, havia pouco tempo, Simone morava em um apartamento pequeno de três cômodos com uma vista maravilhosa para a Notre Dame. Esse era seu primeiro lar de verdade, comprado com os honorários recebidos pelas vendas de *O segundo sexo*. Alberto Giacometti lhe presenteara com duas luminárias que ele mesmo havia feito e que inundavam o espaço com uma luz aconchegante. Cerâmicas, máscaras e tapetes feitos em tear que Simone trouxera de viagens davam ao lugar sua atmosfera inconfundível. Sartre, como sempre, havia ocupado a antiga poltrona enquanto Simone estava semideitada na cama de colchão gasto. Eles tinham colocado um novo disco de jazz para tocar na vitrola.

— Se você continuar comprando tantos discos, terá de se mudar — disse Sartre com um sorriso. — O apartamento ficará pequeno demais.

— Então é o que farei. Quero apenas tocar para você o disco que temos vontade no momento.

Sartre se levantou e serviu uísque com água para os dois. Ele entregou o copo a ela.

— Não há ninguém com quem eu me sinta melhor do que com você — ele disse. — Essa sensação não me abandonou nos últimos vinte anos.

Simone sabia exatamente a que ele se referia. Depois de ter rompido com Dolores Vanetti durante uma viagem catastrófica pelo sul dos Estados Unidos, Sartre sossegou. A mulher que Simone tanto temia tinha se tornado uma espécie de catalisador e mostrado a ambos que eles não eram nada um sem o outro.

Sartre descansava ao lado de Simone, e ela se sentia segura ao seu lado. Eles gostavam da companhia um do outro, porque dividiam o tesouro do passado em conjunto e muitas experiências importantes. E o futuro também seria moldado em conjunto.

Apesar de tudo que havia acontecido e independentemente do que lhes aguardava, nesse momento ela sabia, com uma certeza inabalável, que Sartre sempre seria seu companheiro. Além dele, agora havia também Nelson Algren, por quem Simone se apaixonara durante sua viagem pelos Estados Unidos. Por um breve momento, ela flertou com a ideia de deixar Sartre. Mas não o fez, mantendo-se fiel ao pacto em que ainda acreditava. Nelson e ela se viam durante alguns meses por ano. Ele tinha estado naquele apartamento, o casal tinha morado junto ali por algum tempo, e Nelson permanecia ao seu lado enquanto Sartre tinha outras mulheres. Mas isso não importava para sua vida em comum. A relação entre Sartre e Simone ainda era a mais importante – aquela que sempre existiria. Ela não se importava que os invejosos de plantão dissessem que eram um casal que não tinha mais forças para se separar. As pessoas não sabiam que os anos em comum lhes haviam dado uma serenidade incrível e uma confiança inimaginável.

— Estamos juntos há mais de vinte anos — ela falou, mais para si mesma.

— Sei disso — disse Sartre. — E você nunca me deixaria na mão. — Ele balançou a cabeça.

Não, pensou Simone. *Nunca faria isso. E se Sartre combinasse de se encontrar comigo numa determinada hora de um determinado dia e ano num lugar muito distante, eu iria até lá, absolutamente confiante de que ele estaria me esperando.*

POSFÁCIO.

"Não se nasce mulher, torna-se mulher." Esta famosa frase do livro *O segundo sexo*, de Simone de Beauvoir, foi meu lema enquanto escrevi este romance. Ainda menina, Simone tinha tomado uma decisão séria. Ela queria se tornar Simone de Beauvoir. Como conseguiu? Hoje em dia, as jovens têm todo tipo de exemplos para decidir em quem se espelhar. Elas veem mulheres que fazem carreiras e têm poder; mulheres sem filhos; mulheres que vivem com mulheres; mulheres que mudam o mundo...

No tempo de Simone de Beauvoir, não havia exemplos femininos. Todas as mulheres deviam se casar e ter filhos. Tocar piano e conhecer um pouco de literatura era aceitável, mas nada de muita erudição, pois enfeava. Ponto. As mulheres que não encontravam maridos – pois não se imaginava que alguma mulher resolvesse se manter solteira por livre e espontânea vontade – eram olhadas com desconfiança.

Como Simone conseguiu tamanha coragem para abandonar esse caminho e trilhar seu próprio rumo? Para ler o que queria, amar quem queria, fossem homens ou mulheres? Já que não tinha exemplos, ela se tornou exemplo para si mesma e para milhões de outras mulheres. Esse caminho foi difícil e desconfortável, tanto para Simone quanto para sua família e seus amigos. Mas ela não se deixou intimidar. Desse modo, tornou-se um ícone, um exemplo por excelência de uma vida autodeterminada, de uma mente brilhante em paralelo a sentimentos exuberantes.

Neste livro, mostro o caminho da formação de Simone.

Limitei-me à primeira metade de sua vida porque todo o resto teria excedido o escopo de um romance. Aquilo que insinuo no fim – a possibilidade de ela conhecer outro homem – aconteceu em 1947. Em sua viagem aos Estados Unidos, ela se apaixonou pelo escritor Nelson Algren. Em sua companhia, passou noites animadíssimas e teve seu primeiro "orgasmo completo". Depois de seu retorno, eles passaram meses separados, pois, na época, as viagens não eram tão confortáveis e acessíveis quanto agora.

Em Paris, Simone morria de saudades de Nelson. Ele sentia o mesmo, e exigiu que ela se separasse de Sartre e passasse a viver com ele nos Estados Unidos. Simone recusou. Sua vida estava ligada à de Sartre, esse era o pacto de ambos. Como não queria perder Sartre, depois de cinco anos, ela perdeu Nelson Algren. Depois dele, veio outro homem: Claude Lanzmann, autor de *Shoah*. Simone também manteve um relacionamento longo com ele, que foi o único homem com quem dividiu um apartamento.

Depois do sucesso mundial de *O segundo sexo*, lançado em 1949 e que se tornou a bíblia do movimento feminista, seguiram-se vários outros livros. Em 1954, Simone foi agraciada com o Goncourt, o prêmio literário mais prestigioso da França, pelo romance *Os mandarins de Paris*. Em 1958, foi lançado o primeiro volume de sua autobiografia, *Memórias de uma moça bem-comportada*, que acompanha sua vida até a morte de Zaza. Cinco outros livros se seguiriam a esse. Com essa autobiografia, Simone criou um gênero novo. Implacável, com informação e autorreflexão, ela investigava a própria vida e relatava o surgimento do existencialismo.

Simone de Beauvoir morreu em 1986. Até a morte de Sartre, em 1980, eles se viam quase todos os dias, às vezes mais de uma vez por dia.

Ela foi enterrada ao lado dele no cemitério de Montparnasse, em Paris. Algo que não teria lhe significado muita coisa. "Mesmo que me enterrem ao seu lado, de suas cinzas para meus restos não haverá nenhuma passagem."

Simone de Beauvoir praticamente salvou minha vida quando, aos vinte e poucos anos, eu estava sozinha e infeliz, trabalhando como *au pair* em Paris. Ela tinha sido tema de meu trabalho de conclusão do ensino médio, e eu me lembrava de uma frase sua: "Não conseguia imaginar uma vida sem escrever. Sartre vivia unicamente para escrever". A maioria dos meus colegas queria ir aos Estados Unidos depois da escola; por causa dela, eu quis ir a Paris.

Naquela época, ela me encorajou, li suas memórias enquanto comia e engordava quilo após quilo. Segui seus caminhos por Paris. Li os livros que ela havia lido. Admirei-a por sua força de trabalho, pela quantidade de leituras, por seu anseio por conhecimento, mas também por seu prazer irrefreável pela vida. Tentei imitá-la. Quando acompanhei sua vida por meio de suas memórias, pensei: *Uau, isso é mesmo possível?* Eu queria ser como ela. A mim, Simone mostrou como é satisfatório viver entre livros. E, por fim, ela me encorajou a escrever.

290

Ao redigir este livro, na primavera de 2020, marcada pela pandemia do coronavírus, nas muitas vezes em que me senti desesperançada e não conseguia me motivar para trabalhar porque não sabia se o livro seria publicado, se seu lançamento seria postergado e ignorado pelos leitores e leitoras, ela me encorajou. Fiz uma lista de leituras, do mesmo modo que ela fez no passado, e me propus, a partir daquele dia, a ler um número determinado de páginas e pesquisar sobre esse ou aquele assunto. Quando chegava o fim do dia e eu tinha conseguido cumprir minha meta, sentia-me melhor, fortalecida, não era mais inútil. Muitas vezes, me senti como na época da faculdade, tempos felizes e produtivos. As reflexões de Simone sobre os esforços da escrita me incentivaram a prosseguir.

Simone de Beauvoir tornou minha vida difícil. Como escrever um livro sobre seu ídolo sem se aproveitar dele? Nunca havia sido tão difícil para mim escrever um livro, nunca um texto me trouxe tanta complicação. O motivo não estava na abundância de material, pois as outras pesquisas foram parecidas. Estava na área em que ela atuava. Como escrever um constructo filosófico dentro de um romance que deve trazer entretenimento? Só um exemplo: transformei a cena no café em Rouen, quando o dono enxota o trabalhador, em uma conversa filosófica sobre engajamento e classe social. Foi muito fácil!

Quando mergulhamos profundamente na vida de um ídolo, é impossível não haver fraturas. Há coisas na vida de Simone de Beauvoir que vejo de maneira crítica, a começar por seu envolvimento com uma antiga aluna, que, hoje, em tempos de "MeToo", seria impensável. Em 1973, porém, ela criou uma coluna em *Les Temps Modernes* – "O sexismo cotidiano" – para as mulheres discorrerem sobre suas experiências.

Houve outras acusações: Sartre teria sido a parte mais forte em seu pacto. Ele traiu Simone e a machucou, ela ficou sozinha enquanto ele se relacionava com outras mulheres. Foi apenas após a morte de Olga Kosakiewicz que ela revelou que manteve, por quase dez anos a partir de 1938, uma relação íntima e muito carinhosa com Jacques-Laurent Bost, marido de Olga. Antes, ela foi forte o suficiente para suportar as acusações e proteger sua amiga da vida inteira, Olga. Lealdade lhe era mais importante que aparência. E ela sempre esteve disposta a assumir erros e corrigi-los.

Às vezes, era difícil organizar cronologicamente, com precisão, acontecimentos, leituras e afins. Isso vale principalmente para a primeira parte do romance, até o encontro com Sartre. Para o progresso da história e a descrição de Simone, me pareceu secundário se, por exemplo, o encontro com Maheu tinha se dado em 1927 ou apenas um ano mais tarde. O que importa é o relacionamento significativo entre ambos e que ele a apresentou a Sartre.

Em alguns trechos, a cronologia teve de ser ligeiramente alterada para acomodar a dramaturgia. Desse modo, o capítulo sobre sexualidade de *O segundo sexo* foi publicado apenas em 1949, e não em 1947. Sua novela sobre as cinco mulheres, citada no romance, foi publicada apenas em 1979 com o título *Marcelle, Chantal, Lisa...*

E então ela escreveu "o" livro sobre mulheres e, apesar disso, muitos críticos e leitores não conseguem imaginar Simone de Beauvoir sem Sartre. Ela foi "a mulher ao lado de Sartre". Quando ele morreu, seus obituários mal a mencionaram; quando Simone morreu, no entanto, em 1986, todos os comentários citaram Sartre; e, em 2001, o prestigioso *Times Literary Suplement* chamou-a de "escrava sexual de Sartre". Para mim, ela sempre foi Simone de Beauvoir, e estou feliz por tê-la conhecido a partir de seus livros. Tenho muito a agradecer a ela e a reverencio.

Desejo que muitas mulheres, também e especialmente as mais jovens, leiam seus livros e sintam-se encorajadas por ela.

Caroline Bernard, novembro de 2020

Bibliografia selecionada

Li a maioria dos livros de Simone de Beauvoir, principalmente suas memórias, aos vinte e poucos anos, em francês. Para este trabalho, usei trechos dos seguintes livros, que traduzi:

Livros de Simone de Beauvoir

Briefe an Sartre, vol 1: 1930–1939, org. e anotado por Sylvie Le Bon de Beauvoir. Hamburgo, 1997. [*Lettres a Sartre*]

Cahiers de jeunesse. 1926–1938. Paris, 2008.

Correspondance croisée 1937–1940 (cartas a Jacques-Laurent Bost). Paris 2004.

Das andere Geschlecht. Hamburgo, 2020 (nova edição). [*Le Deuxième sexe*. Edição brasileira: *O segundo sexo*. Rio de Janeiro: Nova Fronteira, 2017. 4ª ed. Trad. de Sérgio Milliet.]

Das Blut der Anderen. Hamburgo, 1963. [*Le Sang des autres*. Edição brasileira: *O sangue dos outros*. Rio de Janeiro: Nova Fronteira, 1984. Trad. de Heloysa de Limas Dantas.]

Kriegstagebuch 1939–1941. Hamburgo, 1994.

La force de l'âge, vol 1. Paris, 1980. [Edição brasileira: *A força da idade*. Rio de Janeiro: Nova Fronteira, 2018. 6ª ed. Trad. de Sérgio Milliet.]

La force de l'âge, vol. 2. Paris, 1979.

La force des choses, vol. 1. Paris 1981. [Edição brasileira: *A força das coisas*. Rio de Janeiro: Nova Fronteira, 2017. 6ª ed. Trad. de Sérgio Milliet.]

L'invitée. Paris, 1963. [Edição brasileira: *A convidada*. Rio de Janeiro: Nova Fronteira, 1985. Trad. de Vitor Ramos.]

Marcelle, Chantal, Lisa... Hamburgo, 1985.

Memoiren einer Tochter aus gutem Hause. Hamburgo, 1982. [*Mémoires d'une jeune fille rangée*. Edição brasileira: *Memórias de uma moça bem-comportada*. Rio de Janeiro: Nova Fronteira, 2017. 5ª ed. Trad. de Sérgio Milliet.]

Bibliografia de apoio

Agnès Poirier, *An den Ufern der Seine. Die magischen Jahre von Paris 1940–1950*. Stuttgart, 2019.

Claude Francis, Fernande Gontier. *Simone de Beauvoir. Die Biographie*. Hamburgo, 1989.

Deirdre Bair, *Simone de Beauvoir. Eine Biographie*. Munique, 1990.

Jean-Paul Sartre, *Briefe an Simone de Beauvoir*, vol. 1, 1926–1939. Hamburgo, 1984.

Jean-Paul Sartre, *Briefe an Simone de Beauvoir*, vol. 2, 1940–1963. Hamburgo, 1985.

Julia Korbik, *Oh, Simone! Warum wir Beauvoir wiederentdecken sollten*. Hamburgo, 2018.

Kate Kirkpatrick, *Simone de Beauvoir. Ein modernes Leben*. Munique, 2020. [Edição brasileira: *Simone de Beauvoir. Uma vida*. São Paulo: Planeta, 2020. Trad. de Sandra Martha Dolinsky.]

Pascale Fautrier, *Le Paris de Sartre et Beauvoir*. Paris, 2019.

Sarah Bakewell, *Das Café der Existenzialisten. Freiheit, Sein und Aprikosencocktails*. Munique, 2018. [Edição brasileira: *No café existencialista*. Rio de Janeiro: Objetiva, 2017. Trad. de Denise Bottmann.]

Wolfram Eilenberger, *Feuer der Freiheit. Die Rettung der Philosophie in finsteren Zeiten*. Stuttgart, 2020.

Copyright © 2022 Tordesilhas

Copyright © Aufbau Verlag GmbH & Co. KG, Berlin 2021 (Published with Aufbau Taschenbuch; »Aufbau Taschenbuch« is a trademark of Aufbau Verlag GmbH & Co. KG)

Título original: *Die Frau von Montparnasse: Simone de Beauvoir und die Suche nach Liebe und Wahrheit*

Todos os direitos reservados. Nenhuma parte desta edição pode ser utilizada ou reproduzida – em qualquer meio ou forma, seja mecânico ou eletrônico –, nem apropriada ou estocada em sistema de banco de dados, sem a expressa autorização da editora. O texto deste livro foi fixado conforme o acordo ortográfico vigente no Brasil desde 1º de janeiro de 2009.

CAPA www.buerosued.de in Munich for Aufbau Verlage GmbH & Co. KG a partir de várias imagens e da seguinte foto: © Marie Carr / Arcangel
ADAPTAÇÃO DE CAPA Cesar Godoy
PREPARAÇÃO Carolina Forin
REVISÃO Mariana Rimoli e Laura Folgueira

1ª edição, 2022

Dados Internacionais de Catalogação na Publicação (CIP)
(Câmara Brasileira do Livro, SP, Brasil)

Bernard, Caroline
Simone de Beauvoir : a mulher de Montparnasse / Caroline Bernard ;
tradução Claudia Abeling. – São Paulo : Tordesilhas, 2022.

Título original: Die Frau von Montparnasse : Simone de Beauvoir und die
Suche nach Liebe und Wahrheit : roman
ISBN 978-65-5568-053-9

1. Beauvoir, Simone de, 1908-1986 - Ficção 2. Filósofos - França - Paris -
Século 20 - Ficção 3. Homem-mulher - Relacionamento - França - Paris -
Século 20 - Ficção 4. Literatura alemã 5. Romance alemão I. Título.

| 21-84365 | CDD-830 |

Índices para catálogo sistemático:
1. Romance biográfico : Literatura alemã 830
Cibele Maria Dias - Bibliotecária - CRB-8/9427

2022
Tordesilhas é um selo da Alaúde Editorial Ltda.
Avenida Paulista, 1337, conjunto 11
01311-200 – São Paulo – SP
www.tordesilhaslivros.com.br
blog.tordesilhaslivros.com.br

Leia também

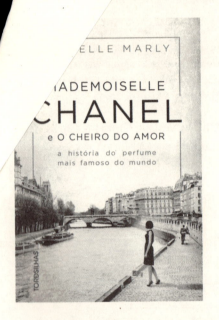

 /Tordesilhas /TordesilhasLivros
 /eTordesilhas /TordesilhasLivros

Este livro foi composto com as famílias tipográficas
Celeste para os textos e Gotham para os títulos.
Impresso para a Tordesilhas Livros em 2022.